W0323699

KNAUR

Über die Autorin:
Madeleine Puljic wurde 1986 in Oberösterreich geboren. Sie absolvierte die Kunstschule in Wien und lebt heute in Hamburg. Ihr erster Roman *Herz des Winters* erschien 2013 im Selbstverlag. Neben ihren eigenen Romanen in den Bereichen Fantasy und Science-Fiction schreibt sie außerdem regelmäßig für die Serie »Perry Rhodan Neo«. Ihr Roman *Noras Welten – Durch den Nimbus* wurde 2017 mit dem 1. Deutschen Selfpublishing-Preis ausgezeichnet.

MADELEINE PULJIC

ZWEITE HEIMAT

DIE REISE DER CELESTE

ROMAN

KNAUR

Besuchen Sie uns im Internet:
www.knaur.de

Aus Verantwortung für die Umwelt hat sich die Verlagsgruppe Droemer Knaur zu einer nachhaltigen Buchproduktion verpflichtet. Der bewusste Umgang mit unseren Ressourcen, der Schutz unseres Klimas und der Natur gehören zu unseren obersten Unternehmenszielen.
Gemeinsam mit unseren Partnern und Lieferanten setzen wir uns für eine klimaneutrale Buchproduktion ein, die den Erwerb von Klimazertifikaten zur Kompensation des CO_2-Ausstoßes einschließt.
Weitere Informationen finden Sie unter: www.klimaneutralerverlag.de

FSC www.fsc.org MIX Papier aus verantwortungsvollen Quellen FSC® C014496

Originalausgabe März 2020
© 2020 Knaur Taschenbuch Verlag
Ein Imprint der Verlagsgruppe Droemer Knaur GmbH & Co. KG, München
Alle Rechte vorbehalten. Das Werk darf – auch teilweise – nur mit Genehmigung des Verlags wiedergegeben werden.
Redaktion: Silvana Schmidt
Covergestaltung: Guter Punkt, München
Coverabbildung: Guter Punkt, Anke Koopmann unter Verwendung von Motiven von dotted yeti / shutterstock und getgg / shutterstock
Satz: Adobe InDesign im Verlag
Druck und Bindung: GGP Media GmbH, Pößneck
Printed in Germany
ISBN 978-3-426-52435-0

2 4 3 5 1

Für alle Träumer, die den Mut haben, ihren Weg zu gehen.
Und für alle, die ihn erst noch finden müssen.

1. KAPITEL – ERDE

Ein einzelner Schweißtropfen lief Alvar Lajunen den Rücken hinauf. Alvar ignorierte das Kitzeln in seinem Nacken. Unter seinem Raumanzug trug er definitiv ein paar Schichten zu viel, er schwitzte wie in einer miesen Sauna. Dennoch arbeitete er konzentriert, ging mit routinierter Achtsamkeit vor. Noch zwei Schrauben, dann konnte er die Platte lösen und die Sicherung austauschen.

Er setzte den Inbusschlüssel in den Schraubkopf und bemühte sich, nicht auf das dumpfe Klacken zu warten, mit dem die Metallteile ineinandergriffen. Geräusche waren trügerisch. Mit langsamen Bewegungen drehte er den Schlüssel, löste die Schraube – und griff daneben. Die dicken Finger seiner Handschuhe verfehlten den Schraubkopf, und der trudelte nach unten.

»*Perkele.*«

Umständlich schob sich Alvar von dem Modul fort, um einen Blick nach unten zu erhaschen. Da, am Rand des Visiers, sah er das kleine Mistding am Boden liegen. Alvar seufzte. Er war wohl doch nervöser, als er gedacht hatte.

Er griff in die Tasche an seinem Werkzeuggürtel, um den Ausreißer zu ersetzen, als ein leises Knacken in seinem Helm erklang.

»Alvar?«

»Ich höre dich, Peter.« Alvar zog eine Ersatzschraube hervor und steckte sie in das Loch in der Abdeckplatte.

»Kulmer sucht dich. Du sollst in sein Büro kommen.«

»Jetzt gleich?« Mit ein paar raschen Drehungen zog Alvar die Schraube mit den Fingern an, ehe er erneut den Steckschlüssel ansetzte. »Ich bin gerade beschäftigt.«

»Jep. Er sagt, du sollst aufhören herumzuplanschen und deinen Hintern rüberbewegen, und zwar dalli.«

Alvar ließ sein Werkzeug sinken. »Und wie ist seine Laune?«

»Da fragst du mich was.« Peter lachte. »Komm einfach aus dem Becken und sprich selbst mit ihm.«

»Schon gut, ich bin dabei.« Alvar befestigte den Steckschlüssel an seinem Gurt, griff nach den Metallsprossen an der Außenseite des Moduls und zog sich nach oben. Was konnte so dringend sein, dass Kulmer ihn mitten aus einer Übung in sein Büro zitierte?

An der Oberseite des Moduls angekommen, hakte er die Sicherung in den Anzug ein. »Ziehst du mich hoch?«

Peter antwortete nicht, aber das Seil straffte sich und hob den Tauchanzug samt Alvar aus dem Wasser. Er hing noch mit den Knien im Becken, als das gesamte Gewicht seines Körpers und des Anzugs zurückkehrte. So schnell gelangte man nur in der Trainingshalle des Europäischen Astronautenzentrums vom Weltall auf festen Boden. Na gut, die Amis, Russen und Chinesen hatten ähnliche Tauchbecken, aber die hatte Alvar nie selbst getestet.

Umständlich schälte er sich aus dem Anzug. Das Shirt klebte ihm auf dem verschwitzten Rücken, ebenso wie die leichte Jogginghose. Nicht gerade der Aufzug, in dem man vor seinen Chef treten wollte, aber Alvar sprach gut genug Deutsch, um zu wissen, dass Ernst Kulmer niemand war, der »dalli« als leere Floskel betrachtete.

Also schnappte er sich ein Handtuch, wischte sich notdürftig über Gesicht und Hals und trabte auf den Ausgang der Halle zu.

Wenige Minuten später klopfte er an das opake Milchglas von Kulmers Büro. Die Tür ging auf. Es war jedoch nicht der Leiter des EAC, der ihm öffnete, sondern eine Frau im Trainingsshirt der ESA. Im Gegensatz zu Alvars T-Shirt war ihres frisch, die schwarzen Locken hatte sie nach hinten gebunden.

»Hana.« Verblüfft hob Alvar die Augenbrauen. »Was …?«

»Kommen Sie rein, Herr Lajunen.« Kulmer lehnte sich in seinem gepolsterten Sessel zurück und deutete auf die beiden Stühle vor seinem Schreibtisch. »Setzen Sie sich.«

Hana zuckte mit den Schultern und nahm Platz. Alvar folgte dem Beispiel seiner Frau.

»Was gibt es?«, fragte er.

Kulmer war kaum älter als Alvar, doch im Augenblick schienen ihn die wenigen Jahre wie eine Last niederzudrücken. Seine Schultern hingen nach vorne. Auf seiner Glatze glänzte der Schweiß, und der Kragen des sonst stets makellosen Hemds war nicht zugeknöpft. »Ich habe wichtige Neuigkeiten.« Er legte die Hände ineinander und schob sie ein paarmal auf der Tischplatte hin und her, als würde er sich eine Kuhle suchen, in der er sie bequem ablegen konnte. »Für Sie beide.«

Unter dem Tisch schob Hana ihre Hand in Alvars und drückte sie sanft. »Ja?«

»Paris hat angerufen. Die Kommission hat eine Entscheidung getroffen.«

Augenblicklich war Alvar hellwach. Er umklammerte die Hand seiner Frau. »Und?«

Kulmer atmete langsam aus. »Sie wollen Sie als Kommandanten.«

Hana stieß ein leises Quieken aus. Alvar selbst hätte wohl einen Freudenschrei ausstoßen sollen, aber er fühlte sich, als hätte ihn eine Abrissbirne getroffen. »Als Kommandanten?«, wiederholte er stumpf. »Für die *Celeste?*«

»Allerdings.« Kulmer zog einen einzelnen Mundwinkel nach oben. »Ich darf Ihnen gratulieren.«

»Wow. Ich meine ... danke.« Die *Celeste* war nicht nur das größte Raumschiff, das bisher gebaut worden war – sie war das erste seiner Art. Ein Pionierschiff, das die ersten Menschen auf den Mars bringen würde. Die ersten Kolonisten. Eine globale Zusammenarbeit von ESA, NASA, Roskosmos und CNSA. Astronauten der ganzen Welt hatten sich für diese Mission beworben.

Und er hatte es nicht nur auf die Mission geschafft, er sollte sie auch noch leiten!

»In diesem Zusammenhang gibt es allerdings auch noch eine schlechte Nachricht«, warf Kulmer dazwischen. »Die Russen stellen den Bordpsychologen.«

Schlagartig verpuffte Alvars gerade erst aufkeimende Freude. »Was?«

Hana wurde blass. »Aber ...«

»Es hieß doch, dass bei der Einteilung auf Angehörige Rücksicht genommen wird!«, fuhr Alvar auf. »Wir sollten den Siedlungstrupps gemeinsam zugeteilt werden, das war der Deal.«

»Ich weiß. Es tut mir leid.« Kulmer hob die Hände. »Die Russen haben uns eben ausgestochen. Frau Lajunen wurde für die *Destiny* eingeplant.«

»Aber die *Destiny* fliegt erst zwei Jahre später!« Alvar wollte es nicht glauben. Das musste ein Irrtum sein.

Kulmer schüttelte nur sacht den Kopf. »Wenn Sie auf den Kommandantenposten verzichten und stattdessen ins Team der *Destiny* möchten, habe ich vollstes Verständnis dafür. Allerdings bitte ich Sie, es zumindest in Erwägung zu ziehen. Das wäre eine große Chance für Sie.«

»Ich …« Alvar hatte absolut kein Interesse daran, auch nur irgendetwas dergleichen zu erwägen, doch Hana brachte ihn mit einem weiteren Händedruck zum Schweigen.

»Denken Sie drüber nach«, sagte Kulmer. »Sie haben drei Tage, dann muss ich Ihre Antwort nach Paris schicken. Überlegen Sie es sich gut.«

»Du solltest es tun.« Seine Frau wusch einen Teller ab und reichte ihn Alvar, damit er ihn abtrocknen und in den Schrank räumen konnte. »So eine Chance bekommst du nicht wieder.«

»Ich weiß.« Sorgsam stellte er den Teller auf den Stapel und nahm den nächsten entgegen. »Es fühlt sich nur falsch an.«

»Wegen mir?«

»Auch.« Alvar grinste, als er ihren vorwurfsvollen Blick empfing. »Hauptsächlich wegen dir. Aber da ist noch die andere Sache.« Er seufzte. »Es fühlt sich unverdient an.«

Hana ließ den Spülschwamm sinken. »Das verstehe ich nicht.« Sie drehte sich zu ihm um und wischte sich die Hände an der Hose trocken. »Was meinst du mit ›unverdient‹?«

Verlegen kratzte er sich hinter dem Ohr. »Realistische Einschätzung.« Da sie nur abwartend die Lippen verzog, erklärte er: »Dass sie mich an Bord haben wollen, sehe ich ja noch ein. Immerhin bin ich der beste Chemiker, den sie zur Verfügung haben.«

Hana lachte und spritzte etwas Spülwasser in seine Richtung. »Angeber.«

Geschickt wich Alvar ihrem halbherzigen Versuch aus. »Hey, realistische Einschätzung!«, lachte er. Gleich darauf wurde er wieder ernst. »Bester Chemiker vielleicht, aber bester Kommandant?« Er schüttelte den Kopf. »Das ist eine politische Entscheidung, sonst nichts.«

»Du glaubst, dass du den Posten bekommen hast, weil du Finne bist?«

»Ja.« Alvar schloss den Geschirrschrank und lehnte sich gegen die Arbeitsfläche. »Was die Raumfahrt angeht, befinden sich die Amerikaner und die Russen immer noch im Wettstreit. Den Deutschen und Franzosen vergönnt es keiner, und den Chinesen erst recht nicht.« Er breitete die Arme aus. »Finnland ist unparteiisch, sowohl in der UN als auch in der Raumfahrt.« Mit beiden Daumen deutete er auf seine Brust. »Bingo.«

»Selbst wenn es so wäre – und ich sage nicht, dass es so ist!« Seine Frau wiegte den Kopf. »Sie hätten dich nicht ausgewählt, wenn du nicht über die notwendigen Qualifikationen verfügen würdest. Und zwar nicht bloß in Bezug darauf, das Raumschiff zu fliegen. Ich meine auch den ganzen anderen Kram. Die Leitung der Expedition.« Alvar wollte etwas einwenden, doch sie brachte ihn mit erhobenem Zeigefinger zum Schweigen. »Also selbst *wenn* es eine rein politische Entscheidung wäre … finde ich, du solltest sie begrüßen.«

Irritiert runzelte er die Stirn. »Wieso das?«

Hana zuckte mit den Schultern. »Ganz einfach: Die *Celeste* gründet die erste Kolonie auf dem Mars. Wer auch immer die Mission leitet, legt den Grundstein für die erste menschliche Zivilisation außerhalb der Erde.« Sie trat auf ihn zu, legte die Hände um seinen Nacken und sah ihm in die Augen. »Du hast zwei Jahre, um die grundlegende Richtung festzulegen, nach der die Kolonie funktionieren soll, ehe die *Destiny* nachfolgt.«

»Vorausgesetzt, ich nehme das Angebot an«, wandte er ein.

Hana schmunzelte nur. »Zwei Jahre, um dieser zweiten Welt einen friedlichen Start zu ermöglichen. War das nicht der Grund, weshalb wir uns überhaupt für diese Mission beworben haben? Um etwas mitzugestalten, das besser sein soll als das, was wir hier haben?«

Alvar schluckte. »Schon.« Allerdings war das nur ein Teil der Wahrheit. Sie hatten sich gemeinsam beworben, weil es auf der Erde nicht sicher war. Nicht für jemanden, der mit offenen Augen durchs Leben schritt und nur allzu deutlich wahrnahm, wo diese Welt hinsteuerte. Nicht für jemanden, der sich Kinder wünschte – und einen möglichen Ausweg sah. Die Marskolonie war ihr Ausweg.

Sanft legte er seiner Frau die Arme um die Taille und zog sie zu sich heran, bis er das Gesicht in ihren Haaren vergraben konnte. »Aber so war das nicht geplant. Wir wollten zusammen fliegen. Nicht so. Wir wären über zwei Jahre getrennt.«

»Wir schaffen das.« Sie drückte einen schnellen Kuss unters Ohr. »Wie im Studium, weißt du noch?«

Er schnaubte. »Ja, nur dass das bloß zweieinhalb Flugstunden waren zwischen Helsinki und Zürich und nicht ein paar Millionen Kilometer. Mit Besuchen am Wochenende dürfte das etwas schwierig werden.«

Hana lehnte sich zurück und sah zu ihm auf. Der Schalk blitzte in ihren Augen. »Dann müssen wir die Wochenenden eben vorziehen.«

Alvar rollte mit den Augen. »Auch das noch.« Hastig fing er Hanas Kniff in seine Seite ab. Er zog sie fester an sich. »Also soll ich wirklich fliegen?«

»Würdest du es bereuen, wenn du es nicht tust?«

Er seufzte. »Das werden eine Menge Wochenenden.«

»Hundertzwölf.« Sie zwinkerte. »Also streng dich an.«

Mehr als ein Jahr später erwartete die *Celeste* ihn im Orbit. Ein Raumschiff, das nie den Boden der Erde berührt hatte, und das sie nun zum roten Planeten bringen sollte. Ein Jahr Training, um auf jede Eventualität vorbereitet zu sein. Eine Woche Quarantäne, damit er für die Reise bei bester Gesundheit war. Er und der Rest der Crew. *Seiner Crew.*

Alvar konnte es immer noch nicht glauben. Heute war *der* Tag. Er fühlte das Prickeln der Nervosität, das sich in seinem Bauch ausbreitete. Dabei war es nicht sein erster Flug ins All. Für niemanden von ihnen war es das. Aber ein kurzer Trip in den Orbit, selbst wenn der Einsatz ein paar Monate dauerte, war etwas verdammt anderes als die Gewissheit, mit dem Aufbruch ins All auch seinem Planeten endgültig Lebewohl zu sagen.

»Nervös?« Michael Harris, der stellvertretende Kommandant, grinste ihm zu.

»Natürlich.« Alvar verzog den Mund zu einer unglücklichen Grimasse. »Zwei Jahre mit dir? Das ist eine furchtbare Vorstellung.«

Der Amerikaner lachte und streckte bereitwillig die Arme aus, damit die Suitup-Crew ihn in seinen Raumanzug stopfen konnte. Alvar tat es ihm gleich. Es waren routinierte Bewegungen. Sie wussten genau, wie sie sich drehen und winden mussten, um den Technikern das Umschnallen der Druckabsorber zu erleichtern. Jeder Handgriff war Hunderte Male geübt und einstudiert worden. Vielleicht war es gerade das, was es so unwirklich erscheinen ließ. Diesmal war es keine Übung.

»Sag bloß, die Erde geht dir jetzt schon ab«, scherzte Harris weiter.

Alvar brummte. »Die Erde nicht.« Der Verschluss an seiner Hüfte rastete mit einem vernehmlichen Klicken ein.

Nun wurde auch der Amerikaner ernst. »Aber deine Frau.«

In Harris' Stimme schwang Mitgefühl mit. Doch Alvar wusste, dass sein Stellvertreter nicht wirklich nachfühlen konnte, wie sehr ihn die Aussicht auf zwei Jahre ohne Hana tatsächlich bedrückte. Jeder von ihnen hatte seine eigenen Gründe gehabt, um sich für diese Mission zu bewerben. Er selbst wollte zum Mars, weil er hoffte, dort etwas zu bekommen, das ihm hier verwehrt war. Harris dagegen flog, weil es auf der Erde nichts gab, was ihn hielt. Er hatte keine Familie … Nur eine Vergangenheit, der er entfliehen wollte.

Alvar sah zu den anderen Crewmitgliedern. Ganz gleich, weshalb sie auf dieser Mission gelandet waren – die Zeit des Abschieds war gekommen. In wenigen Stunden würde sie das Spaceshuttle in den Weltraum befördern.

Alvar atmete langsam durch, beruhigte seinen Herzschlag. Wie in Trance nahm er die Scherze und Blödeleien der anderen wahr, hörte er das Ratschen und Klicken der verschiedenen Verschlüsse, die an den Raumanzügen geschlossen und gesichert wurden. Er warf einen Blick auf die Uhr, die an der Wand der Halle montiert war – zwei Meter groß, damit jeder sie sehen konnte. 04:32 Uhr. Noch zweieinhalb Stunden, ehe der Countdown begann. Es wurde Zeit.

Er spürte den abschließenden Klaps auf die Schulter, nickte dem Techniker an seiner Seite zu und setzte sich in Bewegung. Einen Schritt vor den anderen, durch die Halle, zum Tor hinaus. Den Journalisten zuwinken. Selbst das hatten sie geübt. Bloß nicht den Blick auf das Gesicht verwehren, die Welt brauchte Vorzeigefotos von ihren Pionieren. Alvar lächelte verkrampft, winkte und war froh, als er die paar Meter hinter sich gebracht hatte und in den vordersten der drei Busse einsteigen konnte, die sie zum Shuttle bringen würden. Er setzte sich auf den ihm zugeteilten Platz, hakte den Arm artig in die Haltestange ein und sah nach draußen.

Dort vorne, der kleine Leuchtpunkt in der Dunkelheit, weit hinter den blitzenden Lichtern der Fotografen – das war ihr Shuttle. Die *Pioneer*. Eine Velc-09, schlank, weiß, knapp fünfzig Meter hoch und an drei gewaltigen Treibstofftanks befestigt. Gebaut, um zwanzig Menschen in den Orbit und zur *Celeste* zu befördern. Die ersten zwanzig. Einhundert würden es für die Reise zur Kolonie werden, doch nur sechs von ihnen würden den gesamten Flug im Wachzustand verbringen. Der eiserne Kern.

Alvar schreckte aus seinen Gedanken, als er das Klacken von

Stiefeln hörte. Harris nahm ihm gegenüber Platz, doch diesmal hatte der Amerikaner seine Aufmerksamkeit auf die Leiterin des Naturwissenschaftsteams gerichtet. Offenbar nahm er es mit der Besiedelung des neuen Planeten sehr ernst, denn Harris gab sich die größte Mühe, um die Französin mit seinen Scherzen zu beeindrucken. Alvar schmunzelte. Vermutlich fühlte Harris sich durch die Abwesenheit einer Delle an ihrem Ringfinger ermutigt – Imani Denaux war nicht verheiratet. Das bedeutete allerdings noch lange nicht, dass sie zu haben war. Alvar hatte einige Kurse an der Universität mit ihr besucht, und soweit er wusste, war sie ausschließlich an Frauen interessiert.

Abgesehen davon war Denaux ein schwieriger Mensch. Sie besaß einen IQ, mit dem sie ihn und mit ziemlicher Sicherheit auch Harris locker in die Tasche stecken konnte. Empathie dagegen war absolut nicht ihre Stärke. Es würde Alvar nicht wundern, wenn sie Harris' Annäherungsversuche nicht einmal mitbekam.

Einen kurzen Moment lang erwog Alvar, dem Ingenieur ein unauffälliges Zeichen zu geben, doch er verwarf die Intention, als sich der Rest ihrer illustren Fahrgemeinschaft in den Bus schob. Harris würde bald merken, dass er sich umsonst abmühte. Denaux hatte ein gutmütiges Lächeln aufgesetzt und einen abwesenden Gesichtsausdruck, der selbst einem Amerikaner verklickern sollte, dass seine Worte zwar gehört, aber keineswegs beachtet wurden. Harris hatte sich eindeutig die Falsche ausgesucht.

Womöglich war er damit sogar besser dran als Alvar. Immerhin musste der Ingenieur niemanden auf der Erde zurücklassen. Jedenfalls hatte Alvar niemanden gesehen, von dem Harris sich verabschiedet hätte.

Hana und er hatten nur stumme Blicke ausgetauscht. Was zu sagen war, hatten sie einander bereits gesagt, bevor für ihn die Zeit der Quarantäne begonnen hatte. Alles andere wollten sie nicht vor den Augen der Öffentlichkeit aussprechen, durch eine Glasscheibe und vor Hunderten Kameras, die auf sie gerichtet waren. Dennoch wünschte Alvar, er hätte sie ein letztes Mal umarmen können, statt nur die Hand an die Scheibe zu legen und zu sehen, wie sie dasselbe auf der anderen Seite der Barriere tat.

Er unterdrückte ein Seufzen und sah wieder zum Fenster hinaus. Inzwischen färbte der erste Hauch von Rosa den Horizont. Die Tür des Busses schlug zu, der Elektromotor startete mit einem leisen Sirren. Ihre letzte Reise auf dieser Welt begann.

Sie passierten die Reihen der Journalisten, die sich hinter der Absperrung tummelten. Jetzt erst bemerkte Alvar, dass das bei Weitem nicht alle Leute waren, die gekommen waren. Außerhalb des Pressebereichs, hinter dem zwei Meter hohen Maschendrahtzaun, drängte eine Masse an Demonstranten. Sein Magen verkrampfte sich, als er die Schilder sah, die in der Dunkelheit aufblitzten. Er kniff die Augen zusammen, um die Botschaften darauf zu lesen, nur um sie gleich darauf überrascht wieder aufzureißen. Keine Spur von den hasserfüllten Parolen, die er erwartet hatte. »Ihr seid unsere Hoffnung«, stand da. Und »Unsere Zukunft«.

Wie schlimm musste es um die Erde bestellt sein, dass jemand sich in aller Frühe aufmachte, um freundliche Botschaften zu verkünden? Alvar hätte es nur zu gerne auf die menschliche Güte geschoben, aber dazu kannte er die Menschen zu gut. Es war Angst, die sie hertrieb, nicht Hoffnung. Angst davor, dass die *Celeste* versagte, und es tatsächlich keinen Planeten B gab, wie die Klimaschützer ja schon seit geraumer Zeit mahnten.

Alvar versuchte, die Zahl der Demonstrierenden zu schätzen. Ein paar Hundert? Tausend vielleicht? Ihre Gesichter verschwammen, während der Bus an der Menge vorbeizog. Und dann waren sie plötzlich verschwunden. Die Marssiedler waren allein.

Sie passierten eine zweite Schranke, und die Busse fuhren hinein in das Niemandsland, das den Startplatz der Rakete umgab. Sicherheitszone. Alvar lehnte sich in seinem Sitz zurück. Entspannen konnte er sich nicht. Das war die letzte Stunde, in der er sich in der Sicherheit des relativen Alltags bewegte. Die letzte Stunde, in der ein anderer das Fahrzeug lenkte, ein anderer die Verantwortung trug.

Ich hoffe, du weißt, was du mir da angetan hast, Hana.

Er war nie der Mann gewesen, der anderen sagen wollte, was sie zu tun hatten. Aber vielleicht hatte seine Frau recht. Vielleicht war genau das der Grund, weshalb er das Kommando übernehmen musste.

Die Fahrt zum Startplatz dauerte rund eine halbe Stunde. Aus dem winzigen Punkt am Horizont wurde ein majestätischer Gigant. Und das war nur das Shuttle. Der wahre Titan erwartete sie erst im All.

Langsam ratterten sie auf einer zugigen Plattform in die Höhe. Neben der weißen Glätte des Shuttles wirkte die Plattform grob und antiquiert. Je höher sie stiegen, desto heftiger wehte ihnen der Wind um die Nasen. Alvar erwog, einen Witz über die Unsinnigkeit der Quarantäne zu machen, wenn sie sich nun hier eine Erkältung einfingen. Stattdessen stieß er nur ein leises Brummen aus und zog die Schultern hoch.

Oben angekommen, öffneten ihnen die Techniker die Tür zum Shuttle. Alvar atmete ein letztes Mal die frische Luft der Erde ein. Den Metallgeruch der Anlage, den Staub in der Luft. Dann duckte er sich durch den Eingang und betrat die Kommandokapsel.

Er musste sich zwischen den Sitzen hindurchzwängen, was in dem massiven Raumanzug nicht so leicht war. Beim Aussteigen würde er dieses Problem nicht haben – die Schwerelosigkeit eröffnete eine ganz neue Dimension. Er hievte sich in den Sitz des Kommandanten und schnallte sich ordnungsgemäß an. Anschließend betätigte er die Taste, die den Funkkontakt zur Missionskontrolle herstellte. »Hier Lajunen. Kommandant der *Pioneer* an Bord.«

»Alles klar, *Pioneer.* Wie ist die Aussicht da oben?«

Vor Alvar lag nur Himmel, der sich mittlerweile irgendwo zwischen verwaschenem Grau und dezentem Blau eingefunden hatte. Er wandte den Kopf und sah seitlich durch die Frontscheibe des Shuttles. Treibstofftank, Gerüst und dahinter ebenfalls Himmel. »Ich würde ja sagen, dass die Erde von hier oben winzig aussieht, aber dazu müsste ich sie erst einmal sehen.«

Aus dem Lautsprecher drang ein blechernes Lachen. »Okay, dann beginnen wir jetzt mit den Checks. Bereit?«

»Immer doch.« Während sich die Plätze hinter ihm allmählich füllten, kontrollierten Start- und Missionskontrolle jede Einstellung, überprüften die Funktion jeder Schleuse, jedes Triebwerks. Alvars Zweifel und Grübeleien rückten in weite Ferne. In diesem Sitz war kein Platz dafür. Jetzt gab es nur noch die Handgriffe und Kommandos, die er nach all den Übungssimulationen in routinierter Kontrolle vollzog. Die Verbindungen standen, einer nach dem anderen gaben die Astronauten ihr GO für den Einsatz. Es fehlte nur noch das der Kontrollzentren.

»Wir bewegen links noch mal.«

Alvar antwortete nicht, starrte nur gebannt auf die Kontrollleuchten vor sich. Drei Minuten bis zum Countdown. Seine Nervosität prickelte nicht länger. Mittlerweile lag sie ihm wie ein Stein im Magen und drückte auf seine Eingeweide.

Irgendwo hundert Meter unter ihm kreiste ein Triebwerk und kehrte dann reibungslos in seine Ursprungsposition zurück. Noch konnte die Mission vertagt werden. Noch waren sie in Sicherheit, falls etwas nicht wie gewünscht funktionierte. Angespannt wartete er ab, zwang seinen Atem zur Ruhe. Keine Fehlermeldung.

»Sieht gut aus von hier«, meldete die Startkontrolle.

»Von hier auch«, gab Alvar zurück.

»In Ordnung. Dann leiten wir jetzt die Startsequenz ein. In fünf, vier, drei … GO.«

Der Gigant, in dessen Bauch sie saßen, erwachte zum Leben. Mit einem lauten Röhren starteten die Hilfstriebwerke. Die Vibration war bis in den Sitz des Kommandanten zu spüren.

»Noch zwei Minuten«, drang es aus dem Lautsprecher. »Helme schließen.«

Alvar nickte, auch wenn es niemand sehen konnte. Er klappte sein Visier hinunter und ließ es einrasten. Sein Blick war auf die Uhr gerichtet. Die Sekunden krochen dahin, die Minuten rasten.

»Wir schalten um auf interne Energieversorgung.«

Damit waren sie nun auf sich allein gestellt. Eine Minute. Fünfundfünfzig Sekunden. Fünfzig. Vierzig. Zwanzig. Bei sechs Sekunden zündete das Haupttriebwerk. Alvar atmete aus. Langsam, gezielt. Trotzdem traf ihn der Schub mit der Wucht eines Rammbocks, als der Zähler die Null erreichte und der Shuttle startete.

Die Außentriebwerke brüllten, der gesamte Shuttle wurde durchgerüttelt, während sie höher und höher stiegen, bis sie schließlich kippten. Der Shuttle rollte herum und richtete sich zum Orbit aus, während er zugleich immer weiter beschleunigte. Alvar wurde in den Sitz gepresst und so heftig durchgerüttelt, dass er seinen Kopf aus der Polsterung des Sitzes stemmen musste, um die Anzeigen ablesen zu können. Flughöhe, Winkel, Position ... Mit jeder Veränderung der Werte ratterten hundert Protokolle durch seinen Kopf, spielte er jede Eventualität durch, jede Übung, die er im letzten Jahr und in den Jahren davor absolviert hatte.

Jeder Handgriff saß. Die Crew wusste genau, was sie tat. Die Routine bescherte Alvar ein entrücktes Gefühl, so als würde nicht er seine Gedanken und Bewegungen lenken, sondern die Missionskontrolle irgendwo weit unter ihm. Und zugleich hatte er sich nie fokussierter und gegenwärtiger gefühlt als jetzt.

Der Druck auf seine Brust wurde immer stärker, bis Alvar um jeden Atemzug kämpfen musste. Der Himmel über ihm wurde dunkelblau, dann schwarz. Sterne flammten auf. Alvar hatte das Gefühl, zwischen seinem Sitz und dem Nichts zerquetscht zu werden.

Und dann, mit einem Mal, war alles vorbei. Das Tosen der Antriebe erstarb, der Druck auf seiner Brust verschwand. Schwerelose Stille hüllte sie ein. Wie von selbst lösten sich seine Hände von den Armlehnen seines Sitzes und trieben empor, so als gehörten sie nicht länger zu seinem Körper. Inmitten der Sterne war er erfüllt von absoluter Leichtigkeit.

Ein erhabener Augenblick, der jedoch nicht lange währte.

»Heilige Scheiße«, meldete Harris. »Das ist mal ein Anblick.«

Der Amerikaner musste nicht weiter ausführen, was er meinte.

Über ihnen ragte das gigantischste Schiff auf, das die Menschheit bisher gebaut hatte. Die Arche, die den Grundstein einer neuen Zivilisation bilden sollte. *Ihr* Schiff.

Im gleißenden, ungefilterten Sonnenlicht glänzte das Metall der *Celeste* silbrig und weiß, durchbrochen nur von schmalen Sichtfenstern, die sich wie dunkle Bänder um den Schiffsrumpf zogen. Ein niedriger Diskus, vierhundert Meter im Durchmesser und auf der Hauptebene zwanzig Meter hoch. Massiv genug, um der geringen Schwerkraft auf dem Mars standzuhalten, und doch von einer ästhetischen Leichtigkeit, die verriet, dass dieses Schiff im Orbit und nicht auf der Erde konstruiert worden war. Der Aufbau zog sich in drei breiten, abgerundeten Stufen zum Zentrum hin, wo sich der Kevlarschirm wie eine Kappe wölbte. Fünf Verbindungsschächte führten aus dem Hauptschiff zu dem abgeflachten Ring, in dem sich die Frachtmodule befanden und der den Diskus umschloss. An jeder der fünf Verbindungsstellen befand sich ein Dock, um einen der Shuttles aufzunehmen.

Das gigantische Sonnensegel im Schlepptau der *Celeste* bildete auf jeder Ebene einen Kontrast zu dem Schiff, das es mit Energie versorgte: ein schwarzes Sechseck aus dünnen Solarpaneelen, das sich auch während des Flugs zur Sonne ausrichten ließ. Am Solarsegel vorbei blickte Alvar direkt in das gewaltige Ionentriebwerk an der Unterseite des Schiffes. Noch war es schwarz und stumm, aber schon in wenigen Tagen, wenn der letzte Shuttle angedockt hatte, würde es aufleuchten und die ersten Siedler zum irdischen Nachbarplaneten tragen.

Die Schilder der Demonstranten kamen ihm in den Sinn, und in Alvar breitete sich ein stilles Gefühl von überwältigender Freude aus.

Wir sind die Zukunft.

2. KAPITEL – CELESTE

Das gleichmäßige, unangenehm schrille Piepen des Alarms riss Alvar Lajunen aus dem Schlaf. Er fuhr hoch, soweit es ihm die Gurte um seinen Schlafsack erlaubten, und stöhnte. Während er sich noch mit dem Verschluss der Schlafsicherung abmühte, verstummte das Piepen wieder. Aber es half nichts. Er musste nachsehen.

Alvar griff an den Rand seiner Koje, zog sich aus dem Schlafsack und dirigierte seine schwerelose Bewegung gleich weiter in Richtung Kommandozentrale. Hundertachtzig Tage befanden sie sich nun schon im All, und das war bereits der dritte Alarm in dieser Woche. Auch wenn ein technischer Defekt sie auf dem Mars ebenso leicht umbringen würde wie an Bord der *Celeste* – Alvar war froh, dass sie in ein paar Wochen wieder festen Boden unter den Füßen spüren würden. Nach fünf Monaten der Reise hatte er allmählich genug von der Schwerelosigkeit des Alls.

Er stieß sich ab und driftete den kurzen Gang hinab, der seine Kabine mit der Hauptachse des Schiffes verband, und schlüpfte durch den Eingang zur Zentrale. Es überraschte ihn nicht, Michael Harris dort am Steuercomputer vorzufinden. Selbst wenn der Chefingenieur keinen Wachdienst hatte, hielt er sich bevorzugt dort auf, wo er sich am nützlichsten fühlte. Alvar argwöhnte, dass Harris insgeheim gehofft hatte, der Kommandantenposten würde ihm zufallen. Er war eine Autoritätsperson, souverän, befehlsgewohnt … Was möglicherweise an seinem militärischen Hintergrund lag. Und das war der Grund, warum Alvar froh war, dass er die Verantwortung trug und nicht Harris. Der Amerikaner war witzig, offenherzig, charmant – aber er hatte auch im Krieg gedient, hatte sich freiwillig für den Einsatz im Nahen Osten gemeldet, wie er sich auch für die Mission der *Celeste* gemeldet hatte. Und Alvar hatte Hanas Worte noch deutlich im Kopf: Kriege gab es auf der Erde bereits genug, der Mars musste ihnen eine neue Chance einräumen. Eine bessere Zukunft.

Doch ganz gleich, was Alvar von Harris' bisherigem Berufsweg halten mochte, seine Kompetenz als Ingenieur schätzte er durchaus. »Was war das für ein Alarm?«

»Ein Meteoroid«, erklärte Harris, ohne von seinem Bildschirm aufzusehen. Er warf sich einen Kartoffelchip zum Mund und fing den frei schwebenden Snack mit einem Biss. »Ist am Schirm vorbei und hat eine Platte am Frachtring beschädigt.«

Alvar nickte. »Müssen wir sie austauschen?«

»Das werden wir sehen. In einer Stunde circa sollte ich die Messwerte reinkriegen. Wenn es einen Energieverlust gibt, seh ich mir das Ganze von außen an.«

»Danke. Nimm Mei mit, wenn du das tust.«

»Aye, Captain.« Harris salutierte und zwinkerte ihm zu, ehe er sich den nächsten Kartoffelchip zuwarf. »Sonst alles klar?«

»Sicher.« Alvar rieb sich die Müdigkeit aus dem Gesicht. Er spürte die rauen Bartstoppeln an der Handfläche und zog eine Grimasse. »Wenn ich schon mal auf bin, kann ich den Tag auch starten, nicht wahr?« Er stieß sich von der Wand ab und schwebte zu seinem eigenen Computer.

»Vorsicht, Cap. Du mutierst noch zum Workaholic.«

»Klar.« Als ob sein Zeitplan ihm da irgendwelche Freiheiten erlaubte. »Dann beginne ich den Tag eben am Trainer, das sollte die Gefahr mindern.« Er wollte nur eben sehen, ob die Post eingetrudelt war, ehe er sich auf die Tretmühle schnallte.

Die digitale Uhr auf seinem Bildschirm, die ihm die Lokalzeit in Houston anzeigte, zeigte kurz nach zehn Uhr vormittags. Eigentlich müsste das Datenpaket von der Erde bereits eingetroffen sein. Alvar stieß ein nachdenkliches Brummen aus, als er die Nachrichten durchsah, die in seinem Posteingang gelandet waren. Meist war es nur eine, heute dagegen gleich drei: der tägliche Brief von Hana, das Status-Update der Missionsleitung – und eine weitere Nachricht. Diese trug den Absender des UN-Hauptquartiers und war als vertraulich markiert.

Dass die UNO selbst ihn kontaktierte, machte Alvar stutzig. Das bedeutete, dass es nicht ihren Flug, sondern die Kolonie betraf. Noch ungewöhnlicher als der Absender war allerdings der Betreff. »Aktualisierung Missionsziel *Celeste*«, stand da.

Alvar runzelte die Stirn. Mit einem kurzen Blick vergewisserte er sich, dass Harris in seine eigenen Analysen vertieft war, ehe er die kurze Nachricht überflog. Er stutzte, las den Text noch einmal – und verwarf seinen Vorsatz mit dem Sportprogramm. Hastig schloss Alvar die Nachricht. Er atmete tief durch. Etwas war geschehen. Etwas so Gewaltiges, dass er es unmöglich für sich behalten können würde. Die UNO stellte ihm frei, seine Mannschaft zu informieren. Und das würde er müssen, bevor sie es auf andere Weise erfuhren. Erneut rieb Alvar sich über das Gesicht. Die Müdigkeit war verschwunden, er fühlte sich, als würden tausend Nadeln unter seiner Haut prickeln.

Sie hatten noch vier Wochen vor sich, ehe sie den Mars erreichten. Vier Wochen voller Angst, wenn er die Information preisgab. In zwei Wochen sollte eigentlich das Bremsmanöver eingeleitet werden. Ganz gleich, wie es weiterging – die Mannschaft war auf ihre Konzentration angewiesen.

Auf keinen Fall sollte er alle zugleich informieren. Erst einmal nur … Unsicher sah Alvar zu seinem Stellvertreter. Harris war immer noch mit den Energiewerten und seinen Chips beschäftigt. Das war jedoch nicht die Art von Nachricht, bei der man anschließend einen Weltraumspaziergang hinlegen sollte, selbst dann nicht, wenn es dabei nur um die Steuerung einer Drohne ging.

»Kleine Planänderung«, sagte Alvar deshalb. »Mei geht alleine.«

»Was?« Nun hatte er Harris' volle Aufmerksamkeit. »Was soll das, Cap? Es ist meine Schicht und –«

»Halt die Klappe und sieh dir das hier an.« Alvar deutete auf seinen Rechner. »Das ist wichtiger.«

Der Amerikaner runzelte die Stirn. Er stieß sich von seiner Station ab und schwebte zu Alvar. Eine Weile starrte er ungläubig auf die Nachricht. »Soll das ein Scherz sein?«

»Ich wünschte, es wäre einer.«

»Aktualisierung Missionsziel *Celeste*«, stand da. »Ein weiteres Raumschiff bislang unbekannter Herkunft scheint ebenfalls Kurs auf den Mars genommen zu haben. Falls der Mars das Ziel ist, wird es unseren Berechnungen zufolge in weniger als sechs Tagen dort eintreffen. Behalten Sie den Kurs bei, bis ein Funkkontakt hergestellt werden kann. Berechnungen für Ausweichmanöver folgen, falls erforderlich. Information der Mannschaft nach eigenem Ermessen.«

»Was soll das heißen, sie wissen nicht, woher das Scheißschiff kommt?«, brauste Harris auf. »Die müssen doch mitbekommen haben, wenn irgendwer eine Rakete losgeschickt hat. Erst recht, wenn sie bereits in sechs Tagen ankommt! Entweder sind die vor uns losgeflogen, oder sie ballern Unmengen an Treibstoff raus. Warum sagt man uns das erst jetzt? Und wieso Ausweichmanöver?«

Alvar ließ ihn ausreden. Dann öffnete er die Datei, die sich im Anhang befunden hatte. »Sieh dir die Koordinaten an.« Die Flugbahn und die Geschwindigkeit sprachen für sich.

Das Raumschiff war unbekannter Herkunft, weil es nicht von der Erde stammte.

***

Michael Harris, Kampfpilot der Air Force und seit 181 Tagen Chefingenieur der *Celeste,* hatte gedacht, auf jedes Problem vorbereitet zu sein, das ihnen auf dieser Mission begegnen könnte. Die kleine, harmlos wirkende Grafiksequenz, die Lajunen ihm zeigte, belehrte ihn eines Besseren.

Er starrte ungläubig auf das Display des Kommandanten und bemerkte erst, dass er abtrieb, als er mit der Schulter gegen die benachbarte Steuerkonsole stieß.

Michael stieß einige Schimpfworte aus, was der Finne mit seiner gewohnt stoischen Miene zur Kenntnis nahm. Dann zog er sich zu seiner eigenen Arbeitsstation und gab die Kennung von Chen Meis

Funkhörer ein. Nach dem zweiten Piepen nahm die zweite Ingenieurin das Gespräch an.

»Ja?«

»Hi, Mei. Tut mir leid, ich weiß, deine Schicht hat noch nicht begonnen, aber ich brauche hier kurz deine Hilfe.«

»Wieso so ernst? Geht's dir nicht gut?«

»Nein.« Michael biss die Zähne zusammen. Er war froh, dass sie ihn nur hörte und ihn nicht sah. Die Anspannung in seinem Gesicht hätte er wohl kaum verbergen können. »Alles in Ordnung.«

»Na, wenn du das sagst.« Sonderlich überzeugt klang Chen nicht. »Ich bin gleich da.«

»Danke.« Dann wandte er sich wieder seinem Kommandanten zu und brummte: »Und was jetzt?«

»Wir fliegen weiter«, meinte Lajunen. »Was sollen wir denn sonst tun?« Er tippte auf das Display und ließ die unheilvolle Nachricht verschwinden. »In sechs Tagen landet dieses außerirdische Schiff.« Er sagte das, als wäre daran nichts außergewöhnlicher als an einem verfluchten Meteoroideneinschlag in der Außenhülle. »Es ist völlig gleichgültig, welches Manöver die Missionskontrolle und die UNO berechnen. Wir haben nicht genug Treibstoff, um einfach umzukehren. Deshalb sollen wir den Kurs beibehalten – es ist unsere einzige Option.«

Das war es nicht, was Michael gemeint hatte. Dass sie nicht umkehren konnten, war ihm klar. Die *Celeste* war nie für den Rückflug konzipiert worden, sie sollte auf dem Mars als Operationszentrale verbleiben. Unbemannte Missionen hatten bereits eine Menge Zeug auf dem Planeten abgeladen. Verpflegung und Rohstoffe, die sie in der ersten Zeit am Leben erhalten sollten, bis die Kolonie einigermaßen autark funktionierte. Treibstoff für einen Notfall, der die Evakuierung der Marssiedler erforderte, war ebenfalls dabei. Um an diesen heranzukommen, müssten sie allerdings erst einmal landen.

»Trotzdem«, beharrte Michael. »Die können uns nicht einfach zum Mars fliegen lassen, als wäre nichts gewesen.«

»Das tun sie auch nicht. Wenn du mich fragst, tüfteln sie an einer Lösung, wie sie uns Treibstoff und Vorräte für einen Heimflug zukommen lassen können.« Sonderlich erfreut schien Lajunen über diese Aussicht nicht zu sein.

Michael war es jedenfalls nicht. »Dazu müsste ihnen erst einmal eine neue Rakete zur Verfügung stehen«, sinnierte er. »Selbst eine unbemannte braucht ein paar Monate zum Mars, und die Konstellation wird mit jeder Woche mieser.«

Die *Celeste* war unter günstigsten Konditionen von der Erde gestartet und nun bereits seit fünf Monaten unterwegs. Inzwischen hatte sich der Abstand der beiden Planeten vervierfacht. Eine günstige Startkonstellation würde es erst wieder in gut anderthalb Jahren geben. Lajunen hatte recht. Es war völlig gleichgültig, welche geniale Idee auf der Erde für sie ausgeheckt wurde – für die nächsten Jahre waren sie wohl oder übel auf sich allein gestellt.

»Also schön, Captain. Du bist der Boss. Was tun wir?«

Lajunen rieb sich nachdenklich über die Wange. Auf der Stirn des sonst so beherrschten Finnen erschienen tiefe Falten. »Vorerst gar nichts«, entschied er schließlich. Er seufzte. »Solange wir keine Details kennen, können wir an unserer Situation ohnehin nichts ändern. Wir informieren die Crew, sobald Mei zurück ist.«

»Und was ist mit den anderen?«, fragte Michael irritiert. »Willst du sie nicht aufwecken?«

Lajunen schüttelte den Kopf, erst langsam, dann nachdrücklich. »Das wäre keine gute Idee.«

»Spinnst du?« Das konnte der Finne doch nicht tatsächlich ernst meinen! »Sollen sie etwa auf dem Mars feststellen, dass wir ihnen *das da* verschwiegen haben?«

»Und was genau willst du ihnen sagen?« Lajunen schnaubte frustriert. »Noch wissen wir zu wenig«, behauptete er. »Wenn wir die Habitate vorzeitig aktivieren, bedeutet das einen enormen Energieaufwand, ganz zu schweigen davon, dass unsere Vorräte nicht darauf ausgelegt sind, wochenlang einhundert Passagiere zu verköstigen.«

Ungläubig sah Michael seinen Freund und Kommandanten an. »*Das* ist deine Priorität? Dass es weniger Kosten verursacht, die Leute in den Schlafkapseln zu lassen?«

Sein Vorwurf ließ Lajunen verärgert die Augenbrauen zusammenziehen. »Es geht nicht um *Kosten*«, entgegnete er scharf. »Aber solange wir die Berechnungen der Missionskontrolle nicht kennen, will ich keine Energie vergeuden. Was bringt es, die anderen aufzuwecken, nur um sie womöglich völlig unnötig in Panik zu versetzen? Wir wissen nicht, was dieses Schiff vorhat. Oder was uns die Missionsleitung aufträgt.«

»Spielt das eine Rolle? Du hast selbst gesagt, dass die auf der Erde nichts tun können. Und wenn diese Aliens nicht bloß die Gravitation des Planeten nutzen, um abzudrehen, werden sie in sechs Tagen auf dem Mars landen. Etwas anderes lässt ihr Kurs gar nicht zu. Die werden uns erwarten!«

»Und die anderen jetzt aufzuwecken ändert daran rein gar nichts, außer dass wir sie einer quälenden Ungewissheit aussetzen.« Lajunen schüttelte den Kopf und seufzte. »Warten wir ab, was uns die UNO vorschlägt. Vielleicht drehen die Außerirdischen ja ab. Die Hoffnung stirbt bekanntlich zuletzt.«

***

Eine tiefe Unruhe erfüllte Alvar, die er trotz aller Ausbildung und Fokussierung nicht bezwingen konnte. Er wusste nicht, worauf er hoffen sollte: dass die UN Entwarnung gaben? Dass sie ihnen einen Ausweg präsentierten, wie sie einer Begegnung mit den Außerirdischen entgehen konnten?

Oder sollte er sogar darauf hoffen, dass sie miteinander in Kontakt kamen? Der erste Kontakt mit Leben, das nicht von der Erde stammte – intelligentem Leben, ihrer Fluggeschwindigkeit nach zu urteilen technisch deutlich weiter entwickelt, als die Menschen es waren?

Was, wenn sie ihnen feindlich gesinnt waren? Wussten sie überhaupt von der Erde? Zumindest die *Celeste* mussten sie doch orten können. Aber warum steuerten sie dann den Mars an? Warum nicht die Erde?

Alvar schloss die Augen und atmete durch. Er musste es seiner Mannschaft sagen. Jedenfalls der Crew, dem Teil, der wach war. Die Leute hatten ein Recht darauf, zu wissen, dass ihre Reise nicht wie geplant verlief, ganz gleich, ob sie in Kürze Aliens gegenübertreten oder einfach wieder zur Erde zurückkehren würden. Mit dem Auftauchen des fremden Schiffes war ihre Mission gescheitert, noch ehe sie richtig begonnen hatte. Er hatte kein Recht, ihnen diese Information vorzuenthalten.

Doch was sollte er ihnen sagen, solange sie nichts Genaueres wussten? Noch war nicht sicher, ob dieses fremde Schiff überhaupt irgendwelche Auswirkungen auf ihren Flug haben würde, geschweige denn, wie diese aussehen würden. Sie hatten keinen Einfluss darauf, was sie auf dem Mars erwartete. Das Wissen über das fremde Schiff änderte nichts an den Wochen, die sie noch auf der *Celeste* zubringen mussten. Und Alvar brauchte sich bloß anzusehen, was die Nachricht über das fremde Raumschiff bei ihm selbst ausgelöst hatte. Die Anspannung machte ihn nicht fahrlässig – aber seine Gedanken kreisten unablässig um die beunruhigenden Neuigkeiten.

Aber wer war er, andere Leute zu bevormunden? Er war ihr Kommandant, seine Aufgabe war es, die Crew zusammenzuhalten – nicht, Zensur zu betreiben und ihre Eigenständigkeit zu beschneiden.

Den schlafenden Teil der Mannschaft musste er vorerst in ihren Schlafkapseln belassen. Sie aufzuwecken würde ihnen nicht helfen, im Gegenteil. Damit würden sie das gesamte Hauptschiff aktivieren müssen. Heizung, Strahlenschutz, Luftaufbereitung, ganz zu schweigen von Sanitäranlagen, Küche und dem ganzen Rest. Sechs Leute benötigten nur einen Bruchteil des Schiffes, einen Bruchteil der Energie. Sie wussten nicht, wie lange sie noch an Bord der *Celeste* ausharren mussten. Möglicherweise würden sie jeden Funken Energie bitter nötig haben.

Aber wer wach war, sollte die Wahrheit erfahren. Schweren Herzens berief Alvar eine Besprechung ein.

Die Schiffsmesse lag auf dem Hauptdeck, im Zentrum der *Celeste*. Ein runder Raum von zwanzig Metern Durchmesser. Selbst mit den Tischen, die in kleinen Gruppen auf dem Boden festgeschraubt waren, war der Speisesaal groß genug, um alle hundert Besatzungsmitglieder aufzunehmen. Im Augenblick wirkte ihre Mannschaft darin allerdings ziemlich verloren. Selbst die sechs Personen, die den harten Kern seiner Besatzung bildeten, hatte Alvar noch nie alle zur gleichen Zeit hier gesehen. Zwei Frauen, vier Männer. Chen Mei, die zweite Technikerin, Imani Denaux, die Physikerin. Dazu Victor Fernandez, der Mediziner, und Alexej Suchanow, ihr Psychologe – und natürlich Harris und er selbst. Der Übersicht halber saßen sie auf den Stühlen, die Füße in die Verankerungen gesteckt, statt frei im Raum herumzuschweben, was den Anblick erst recht ungewohnt wirken ließ.

Die Anspannung in der Messe war beinahe greifbar. Leise Gespräche drifteten durch den Raum, Spekulationen, Ungeduld und eine berechtigte Besorgnis. Es war das erste Mal, dass er sie hierherbestellt hatte, und die nächste Etappe ihrer Reise lag noch mehr als zwei Millionen Kilometer vor ihnen. Sie fragten sich sicher, was auf sie zukam. Alvar dagegen fragte sich, wie sie die Neuigkeiten aufnehmen würden.

Schließlich gab es keinen Grund mehr, länger zu warten. Er klatschte in die Hände, woraufhin das leise Murmeln verstummte.

»Danke, dass ihr gekommen seid«, begann er die Rede, die er sich grob zurechtgelegt hatte. »Ich weiß, ihr wollt alle an eure Posten zurück oder in die Ruhepause. Ich versuche, mich kurz zu fassen und alle Fragen zu beantworten, soweit ich kann.« Er blickte in die ernsten Gesichter, sah sie alle an, einen nach dem anderen, selbst Harris. Der Amerikaner nickte ihm kaum merklich zu. »Die UNO hat uns darüber in Kenntnis gesetzt, dass ein außerirdisches Raumschiff in unser Sonnensystem eingedrungen ist.«

Entsetztes Schweigen war die Folge. Fernandez lachte, unsicher, ob er das ernst meinte.

»Das ist noch nicht alles«, fuhr Alvar fort. »Ausgehend von ihrem Kurs ist davon auszugehen, dass diese Außerirdischen ebenfalls den Mars ansteuern.«

Nun schien die Bedeutung seiner Worte langsam bei ihnen anzukommen. Erste Stimmen wurden laut, die Fragen riefen oder die Wahrheit seiner Worte schlichtweg leugneten. Alvar hob die Hände, um noch einmal für Ruhe zu sorgen, doch das gelang ihm nur bedingt.

»Ich weiß, dass das beunruhigende Nachrichten sind«, rief er. »Aber noch gibt es keinen Grund zur Sorge.« Als ob er das selbst glauben würde. »Harris und ich stehen im Austausch mit der Missionskontrolle, um ein Manöver vorzubereiten, das es uns erlaubt, mit der *Celeste* zur Erde zurückzukehren, sofern das notwendig werden sollte. Bislang wissen wir noch nicht, was diese Fremden von uns wollen, aber die UNO ist zuversichtlich, bald den Kontakt herstellen zu können. Bisher schweigen die Unbekannten allerdings noch.«

»Warum steuern sie den Mars an?«, rief Fernandez. »Warum nicht die Erde?«

»Vermutlich aus demselben Grund, aus dem sie nur ein Schiff senden«, antwortete Harris. »Sie sind uns nicht feindlich gesinnt, sondern suchen vorsichtigen Kontakt.«

Alvar nickte seinem Stellvertreter anerkennend zu. Vielleicht brachte eine militärische Denkweise doch ein paar Vorteile mit sich.

»Aber warum senden sie dann nichts?«, fragte Fernandez weiter.

Diese Frage vermochte keiner von ihnen zu beantworten.

Denaux hob die Hand. »Wissen wir, woher das Raumschiff stammt?«

»Nicht aus unserem Sonnensystem, so viel ist klar.« Alvar seufzte. »Über den Rest können wir bislang nur Vermutungen anstellen. Wenn wir optimistisch sind und behaupten, sie kämen aus dem Centauri-System …«

»Dann wären sie damit immer noch über vier Lichtjahre geflogen«, fuhr Denaux fort. »Kennen wir ihre Fluggeschwindigkeit?«

Alvar nickte. Er wusste, worauf die Physikerin hinauswollte, und die Antwort würde ihr nicht gefallen. »Sie fliegen mit halber Lichtgeschwindigkeit. Tendenz stark fallend. Sie bremsen also bereits ab, was bedeutet, dass ihre ursprüngliche Geschwindigkeit wesentlich höher war.« Er atmete ein letztes Mal durch. »Falls sie tatsächlich aus unserem Nachbarsystem kommen, wie ihre bisherige Route nahelegt, könnten sie durchaus nach uns gestartet sein.«

Erneut brausten die Stimmen auf, alle redeten wild durcheinander. Angst breitete sich aus, denn wenn die Außerirdischen erst nach ihnen aufgebrochen waren, gab es keinen Zweifel daran, was sie auf den Plan gerufen hatte: sie selbst. Die *Celeste* war ihr Ziel. Und diese Aussicht war alles andere als beruhigend.

Immer weitere Fragen drängten auf sie ein, doch weder Harris noch er konnten mit Antworten aufwarten. Sie wussten einfach zu wenig.

Wir hätten warten sollen, dachte Alvar. *Bis wir Kontakt zu den Außerirdischen aufgenommen haben. Bis wir wissen, was sie von uns wollen und wie unsere Mission weitergeht – falls sie nicht ohnehin bereits hinfällig ist.*

Aber es gab keine Garantie dafür, dass überhaupt ein Kontakt zustande kam, und das Manöver der Missionskontrolle würde darauf hinauslaufen, dass sie die Gravitation des Mars als Umkehrhilfe nutzten, sofern sie nicht im Orbit selbst ausharren mussten. Hätte er warten sollen, bis die Aliens ihnen zum Fenster hereinschauten?

Dennoch hatte Alvar ein mieses Gefühl, als er die aufgewühlten Gesichter sah, mit denen die Crewmitglieder die Messe verließen. Noch sechs Tage, bis das fremde Schiff auf dem Mars eintraf. Noch sechs Tage der Ungewissheit.

3. KAPITEL – ORBIT

»Die Berechnungen sind da.« Michael öffnete die Nachricht der Missionskontrolle und war wenig überrascht, dass Denaux sich an seine Seite zog, um ebenfalls einen Blick darauf zu erhaschen.

»Lass mal sehen.« Die Physikerin tippte auf seinen Bildschirm und rief die Parameter für das Bremsmanöver auf. Michael ließ sie gewähren. »Hm.«

»Sag bloß, du findest einen Fehler«, scherzte er. Als sie nicht gleich antwortete, bereute er seine Worte. Ein Fehler in den Berechnungen der NASA war schließlich das Letzte, was sie gebrauchen konnten.

»Ich muss mir das genauer ansehen.« Denaux aktivierte die Tastatur und begann, wilde Zahlenkolonnen zu tippen, von denen selbst Michael nur die Hälfte verstand. Angespannt betrachtete er abwechselnd den Bildschirm und ihr ernstes Gesicht. Sie war schön, wenn sie lächelte. Jetzt hingegen wirkte sie eher beängstigend.

Ein leichtes Runzeln zeigte sich auf der Stirn der Physikerin. Sie tippte noch ein paar Befehle und wiederholte ihr »Hm«, ehe sie sich von dem Computerterminal löste und mit verschränkten Armen neben ihm schwebte.

»Kein Fehler«, meinte sie schließlich. »Nur nicht sonderlich elegant gelöst.«

Michael stieß ein freudloses Lachen aus. »Irgendwie beruhigt es mich, dass meine Arbeit nicht die einzige ist, der du nicht traust.«

Denaux sah ihn verwundert an. »Ich wollte dich nicht kritisieren. Ich fühle mich nur sicherer, wenn ich verstehe, was andere berechnen, und …« Sie brach ab.

»Und du es selbst nachgerechnet hast, um sicherzugehen, dass sie keinen Mist bauen?«, schlug er vor. Ertappt presste sie die Lippen zusammen, was ihr das Aussehen eines schüchternen Frosches verpasste. Michael schmunzelte. »Ich nehme es dir nicht übel, keine Sorge. Wir machen hier alle nur unseren Job.« Er wartete ihr

Nicken ab, ehe er wieder auf die Berechnungen für das Ausweichmanöver zurückkam. »Was sagst du dazu? Abgesehen davon, dass es unelegant ist?«

Sie zuckte mit den Schultern. »Unsere Mission habe ich mir anders vorgestellt, als ewig durchs All zu gondeln, nur um dann zur Erde zurückzukehren, ohne irgendetwas erreicht zu haben.«

Ewig bezog sich in diesem Fall auf weitere fünfhundertsiebzig Tage, zuzüglich der drei Wochen, die sie noch für die verbleibende Reise zum Mars benötigen würden. Das Manöver sah vor, die Gravitation des Planeten als Bremskraft zu nutzen, in einen Orbit einzudringen und den Mars so lange zu umkreisen, bis sie mit dem letzten Treibstoff, der ihnen zur Verfügung stand, in einer günstigen Konstellation wieder Richtung Erde starten würden.

Die Japan Aerospace Exploration Agency stellte eine Rakete zur Verfügung, die ihnen entgegenfliegen und sie mit neuem Treibstoff für den Abbremsvorgang zur Erde hin versorgen sollte. Ein schwieriges Unterfangen. Die *Celeste* würde bei dem Bremsmanöver am Mars fast ihren gesamten Treibstoff verbrauchen und somit weitestgehend manövrierunfähig sein, die Rakete der JAXA war dagegen aufgrund der Distanz von der Erde aus nicht zu kontrollieren. Die *Celeste* würde die Steuerung übernehmen müssen – sofern sie nah genug herankam. Bei einer Entfernung von mehreren Millionen Kilometern genügte die winzigste Abweichung, um sie zigtausend Kilometer weit aneinander vorbeidriften zu lassen.

Immerhin hätten sie Zeit genug. Denn ohne Treibstoff würde es ein verdammt langsamer Flug werden.

»Es ist irgendwie schade, findest du nicht?«, durchbrach Denaux seine Gedanken. Die Physikerin betrachtete verträumt eine Ansicht des roten Planeten.

»Dass wir nicht die ersten Siedler auf dem Mars sein werden?«

Sie lächelte. »Nein. Die Außerirdischen.« Denaux strich eine blonde Strähne, die ihr vor dem Gesicht schwebte, zur Seite und sah Michael an. »Wir hätten viel von ihnen lernen können.«

»Oder sie hätten uns aus dem Sonnensystem pusten können.«

Denaux verzog den Mund. »Wenn sie uns feindlich gesinnt wären, hätten sie längst agiert.«

»Und wenn sie mit uns hätten kommunizieren wollen, hätten sie auch das längst getan«, hielt er dagegen.

Denaux gab nur ein helles Seufzen von sich. Sie hob die Hände und wandte sich wieder ihrer eigenen Arbeitsstation zu.

Michael bewunderte sie für ihren Einsatz. Die Mission der *Celeste* war gescheitert, außerirdisches Leben war aufgetaucht und hatte ihnen auf die unaufdringlichste Weise demonstriert, wie klein und unwissend die Menschheit war – und Denaux führte ihre Experimente fort, als wäre überhaupt nichts geschehen. Entweder war sie tatsächlich so abgeklärt, wie sie tat, oder sie hatte gewaltig einen an der Klatsche. Michael mochte sie trotzdem. Vielleicht auch gerade deshalb.

Ein leises Piepen ertönte, das seine Aufmerksamkeit wieder auf seinen Rechner lenkte. Eine weitere Nachricht der Missionskontrolle – an ihn und den Kommandanten. Michael ahnte, was sie enthalten würde. Dennoch kostete es ihn Überwindung, die Nachricht zu öffnen und die vernichtenden Zeilen zu lesen.

Das unbekannte Raumschiff war gelandet. In unmittelbarer Nähe zu *Istar II*, jener Bodenstation, die von der letzten Aufklärungsmission der NASA zurückgeblieben war.

Ihrem eigenen Landeplatz.

***

Hanas Sohlen trafen die Erde in einem steten Takt, ihr Atem ging keuchend, aber immer noch gleichmäßig, während sie durch den Park joggte. Trockenes Laub raschelte unter ihren Füßen, in den Rhythmus ihrer Schritte mischte sich das leise Klacken von Benjis Krallen. Der Rottweilermischling, den sie aus dem Tierheim zur Pflege übernommen hatte, lief so eng neben ihr her, dass er immer wieder ihr Bein streifte, während sie durch den Park joggte. Hana war das nur recht.

Ihre Kollegen hielten sie für großherzig, weil sie den grimmig dreinblickenden Hund bei sich aufgenommen hatte, solange sie noch auf der Erde weilte, und Hana ließ sie in dem Glauben. Es war jedoch nicht der einzige Grund.

So früh am Morgen war kaum jemand unterwegs, nur ein alter Mann schob sein Fahrrad über den Weg und bedachte sie mit einem mürrischen Blick. Hana ignorierte ihn. Sie erreichte das Ende der Allee und kam zur Unterführung. Wie stets beschleunigte sie an dieser Stelle ihre Schritte. In dem dunklen Tunnel roch es nach Urin und Erbrochenem, Unrat sammelte sich trotz der immer strengeren Recyclingvorschriften zu beiden Seiten. Mitten auf dem Weg lag ein benutztes Kondom. Es war jedoch nicht der Gestank, der sie zur Eile antrieb, sondern das Versteck, das der Tunnel bot. Hana hörte Stimmen, und sie klangen weder freundlich noch nüchtern.

Vor ihr löste sich eine Gestalt aus der Dunkelheit. Jung, mit ungepflegtem Bart und einer Bierfahne, die ihr selbst auf die Entfernung bereits entgegenwehte. »Na, Schnecke?«

Der Kerl trat ihr in den Weg, was Benji ein leises Knurren entlockte. Der Hund lief unverändert an Hanas Seite weiter, aber allein dieses Geräusch reichte aus, um den Typen zögern zu lassen.

»Alte, kannst du den Köter nicht unter Kontrolle halten?«, rief er empört. »Und überhaupt, Maulkorbpflicht und so. Das ist doch ein Kampfhund!«

War es nicht, selbst wenn Benji ein reinrassiger Rottweiler gewesen wäre. Aber Hana sparte sich die Erklärung. Sie lief unbeirrt an dem aufdringlichen Betrunkenen vorbei, unter der Unterführung durch. Nur um sich unmittelbar danach dessen Kumpel gegenüberzusehen.

»Alter, pass auf, die hat einen Hund dabei!«, schrie der Kerl hinter ihr.

Sein Kumpel warf ihr nur einen kurzen Blick zu und spuckte ihr zwischen die Füße. »Frigide Schlampe. So hässlich, wie die ist, hat die doch eh Spinnweben zwischen den Beinen.«

Hana hörte den ersten Mann lachen. Seine Stimme hallte in der Unterführung wider. Verbissen lief sie weiter. Nicht schneller werden, nicht umdrehen. Sie konzentrierte sich auf das beruhigende Gewicht von Benji, das sie nah an ihrem Bein spürte.

Je weiter sie sich von den beiden Männern entfernte, desto derber wurden die Bemerkungen, die sie ihr hinterherriefen. Doch Worte konnten sie nicht verletzen. Nicht mehr.

Dennoch war Hana erleichtert, als sie endlich den Weg erreichte, der zurück zur Straße führte. Aus der Bäckerei am Marktplatz drang der Duft von frisch gebackenem Brot. Sie sprang über das Kopfsteinpflaster, wich geschickt den Stellen aus, an denen der Straßenbelag dringend erneuert werden musste, und fischte den Schlüssel aus der Tasche ihrer Jacke, noch ehe sie den Hauseingang erreichte.

An der Tür des Altbaus sah sie sich um. Sie schloss auf, ließ Benji hinein und schlüpfte anschließend selbst ins Treppenhaus. Die Haustür drückte sie geflissentlich ins Schloss.

Die Wahrheit war, dass sie Benji nicht bloß betreute, um Gesellschaft zu haben, solange Alvar unterwegs war. Ganz gleich, wie früh am Morgen sie joggen ging – alleine fühlte sie sich nicht sicher. An der Seite eines zwei Meter großen blonden Kerls wurde selbst jemand mit ihrer Hautfarbe nur selten von irgendwelchen Spinnern angepöbelt. Und wie sich herausgestellt hatte, war ein fünfzig Kilo schwerer Rottweilermischling in Sachen Abschreckung ein guter Ersatz für einen Finnen. Zumindest hielt er die Spinner auf Abstand.

Familien schreckten häufig vor der Rottweilerklassifizierung zurück und zögerten, den grimmig dreinblickenden Hund zu adoptieren. Dabei konnte Hana sich keinen liebesbedürftigeren Begleiter vorstellen. Selbst im Treppenhaus blieb Benji auf Tuchfühlung, während sie die Stufen zum dritten Stock hinaufjoggte.

Beim Einzug hatte Hana über den fehlenden Aufzug geflucht, als sie die Möbel über die enge, gewundene Treppe hatten hinaufschleppen müssen. Aber Alvar hatte recht behalten, was die Vorzüge dieser Wohnung anging. Mit den dicken Wänden und hohen Decken blieb sie selbst während der brütenden Sommerhitze kühl, und das Treppenlaufen ersparte ihnen beiden einige Zeit im Sportcenter.

Astronauten mussten fit bleiben. Das war auch der Grund, weshalb Hana jeden Morgen durch den Park lief, der seine Zeit als Erholungsgebiet schon lange hinter sich gelassen hatte. Noch hatte das Vorbereitungstraining für den Flug der *Destiny* nicht begonnen, aber lange würde es nicht mehr dauern. Und dann wollte sie vorbereitet sein – geistig wie körperlich. Sie hoffte nur, dass sich für Benji jemand finden würde, der dem großen Kuschelmonster die Liebe schenken konnte, die es verdiente.

Als sie den dritten Stock erreichten, stieß Benji ein kehliges *Wuff!* aus und lief zur Wohnungstür, wo er sich auf seinen breiten Hintern setzte und Hana mit heraushängender Zunge erwartungsvoll entgegenblickte.

»Schon gut, ich komme ja schon.« Hana lachte und rieb ihm liebevoll den Kopf. »Gieriger Köter.«

Sie schloss auf. Einmal, zweimal, *klack*. Die Tür schwang auf, und einen kurzen Moment lang spannte sie sich abwartend an. Dann stürmte Benji voller Begeisterung in die Küche, und sie entspannte sich. Es war alles in Ordnung.

Hana verschloss die Tür hinter sich, streifte die Schuhe ab, füllte dem hechelnden Hund den Futternapf und ging weiter in das winzige Badezimmer, das vorwiegend aus der Dusche, der Toilette und einem kleinen Waschbecken bestand. Während sie sich aus ihren Sportsachen schälte und unter den heißen Wasserstrahl trat, schalt sie sich selbst für ihre Ängstlichkeit. Natürlich war niemand in ihre Wohnung eingedrungen. Hier gab es auch nichts, das es sich zu stehlen lohnte, die meiste Zeit verbrachte sie ohnehin im EAC oder an der Kölner Universität. Aber man konnte nie wissen – sie wohnte nicht gerade in der besten Gegend, das hatte ihr die heutige Begegnung wieder einmal bewiesen.

Unwillig schüttelte Hana die Erinnerung ab. Sie griff nach ihrem

Handtuch, stieg aus der Dusche und warf einen Blick auf die Küchenuhr. Kurz vor sieben. Noch Zeit genug für einen Kaffee, ehe sie Benji zur Hundesitterin bringen und zur Arbeit aufbrechen musste.

Eine dampfende Tasse in der einen Hand, die andere kraulend auf den breiten Hundekopf gelegt, der auf ihrem Schenkel ruhte, überprüfte sie schließlich ihre Mails. Sie lächelte, als sie wie erwartet eine Nachricht der ESA fand – weitergeleitet aus der *Celeste*. Doch ihr Lächeln erstarb, als sie die knappen Zeilen las. »Arbeite mit Harris an einem Problem, aber wir sind uns uneinig über die Vorgehensweise. Die bevorstehende Landung macht uns nervös. Bald haben wir hier alle Hände voll zu tun, aber noch müssen wir vor allem warten. In Liebe, Alvar.«

Benji stieß ein fragendes Winseln aus und erinnerte sie daran, weiter seine Ohren zu kraulen. Hana kam seiner Aufforderung nach, doch ihre Gedanken hingen immer noch bei ihrem Mann. Bereits die letzten Nachrichten von ihm waren seltsam gewesen, aber diese hier … Das klang überhaupt nicht nach ihm. Er war distanziert, wortkarg.

Natürlich wusste sie, dass er ihr keine Details zum Ablauf der Mission nennen durfte, und dass es an Bord eines Raumschiffs nicht täglich erzählenswerte Ereignisse gab, war ebenso klar wie die Tatsache, dass gegebenenfalls jeder von der Missionskontrolle bis zur UNO ihren Austausch mitlesen konnte. Aber bis vor wenigen Tagen hatte ihn das nicht davon abgehalten, mit ihr über ihre gemeinsamen Pläne, über seine Stimmung und Kleinigkeiten des Alltags zu plaudern. Seine Nachrichten waren herzlich gewesen. Diese dagegen … Es klang überhaupt nicht nach ihm. Selbst der übliche Witz über Benjis nicht existenten Flöhe fehlte.

Hana kam es vor, als ob er ihr auswich. Aber warum? Nach der ersten unterkühlten Nachricht hatte sie ihm einen harten Tag unterstellt. Bei der zweiten hatte sie sich gefragt, ob er sich möglicherweise emotional von ihr distanzierte. Diesen Gedanken hatte sie jedoch rasch wieder verworfen. Sie kannten einander zu gut. Und genau das war der Haken: Er konnte ihr nichts vormachen.

Er verheimlichte ihr etwas. Was war schiefgelaufen an Bord der *Celeste?*

***

Sie waren gelandet. Die verdammten Außerirdischen waren gelandet. Wenn Alvar noch irgendwelche Hoffnungen gehegt hätte, dass ihr Auftauchen zu ausgerechnet diesem Zeitpunkt bloßer Zufall war, dann wären sie spätestens jetzt verworfen worden. Sie hatten gewusst, wohin die *Celeste* unterwegs war. Wo sie hatte landen wollen. Zufall sah anders aus.

Alvar atmete langsam durch. Er saß alleine im Cockpit, doch er konnte sich nicht darauf konzentrieren, den erforderlichen Statusbericht zu formulieren. Bereits zum dritten Mal brach er ab, nachdem er bloß minutenlang in die Kamera geglotzt hatte, ohne ein Wort zu sagen. Was sollte er auch berichten? Die UNO musste doch ahnen, wie es ihnen ging. Draußen hörte er die anderen darüber diskutierten, was diese Entwicklung für sie bedeutete. Aber das war nun mal das Problem: Sie wussten es nicht. Sie steuerten immer noch weiter auf den Mars zu – den Planeten, den sie hätten besiedeln sollen und der nun von unbekannten Wesen beansprucht wurde. Sie würden diesen Fremden näher kommen, als irgendjemand sonst. Und dann? Dann würden sie abdrehen und die Unbekannten hinter sich lassen. Sechshundert Tage, bis sie wieder auf der Erde waren. Fast zwei Jahre. Und Alvar würde jede Wette darauf abschließen, dass sich niemand die Mühe machen würde, ihnen währenddessen zu verraten, was auf der Erde dort drüben los war.

Würde die UNO die Leute darüber informieren, dass Besucher aus dem All aufgetaucht waren? Die Reise der *Celeste* war ein absolutes Medienspektakel. Dass die Mission gescheitert war, konnten sie unmöglich verheimlichen. Aber ob sie auch den wahren Grund dafür bekannt geben würden?

Irgendwann würde es durchsickern. Wie würde die Bevölkerung darauf reagieren? Wie würde Hana reagieren?

Er musste sich nur ansehen, was die Information über das außerirdische Raumschiff in ihm selbst ausgelöst hatte. Seit Tagen hatte er kaum geschlafen, und er bezweifelte, dass es den anderen an Bord der *Celeste* besser erging.

Wie lange hatten es die Kontrollzentren auf der Erde gewusst, ehe sie die *Celeste* informiert hatten? Und was wussten sie noch, das sie als unbedeutend für die Crew des Raumschiffs einstuften?

War er denn tatsächlich besser dran als die restlichen Menschen, die auf der Erde zurückgeblieben waren? Sie alle wussten nur, was man ihnen mitteilte, und das war herzlich wenig.

Alvar dachte an die anderen vierundneunzig Mitglieder seiner Besatzung, die vollkommen ahnungslos in ihren Kapseln schliefen. Er konnte sie nicht wecken, nicht mit dem Kurs, den die NASA errechnet hatte. Sie würden schlafen, bis die *Celeste* das Ende ihrer Reise erreicht hatte. In welcher Welt würden sie erwachen?

Und was erwartete sie selbst, wenn sie zurückkehrten? Alvar sehnte sich danach, Hana nach den Zuständen auf der Erde zu fragen, doch er war zu strikter Geheimhaltung verpflichtet. Während der ersten Monate der Reise war ihm das nicht sonderlich schwergefallen, aber jetzt …

Suchanow war ein netter Kerl, aber abgesehen davon, dass er im Augenblick selbst einen Betreuer bräuchte, war er bloß ein Psychologe. Hana dagegen war Alvars Vertraute, die Einzige, mit der er immer alles geteilt hatte. Seine Ängste, seine Träume – selbst den größten davon. Ohne sie wäre er überhaupt nicht auf dieser Mission. In all den Jahren, die sie einander kannten, hatten sie gemeinsam mehr Prüfungen gemeistert, als er zählen wollte. Und nun mussten sie ausgerechnet diese alleine durchstehen.

Einmal mehr atmete Alvar in der Einsamkeit des Cockpits durch. Er strich sich über das Gesicht und sammelte sich. Dann öffnete er die Tür, um sich einmal mehr seiner Crew zu stellen.

***

Hana klopfte entschlossen an Kulmers Büro. Es war bereits nach acht Uhr abends, sie war in der Universität aufgehalten worden. Aber hinter dem trüben Glas der Tür sah sie Licht brennen. Als sie dennoch keine Antwort erhielt, klopfte sie energischer.

Diesmal hörte sie, wie im Inneren ein Stuhl zurückgeschoben wurde. Gleich darauf sah sie Kulmers Schatten am Glas. Mit einem leisen Klicken öffnete er die Tür.

»Frau Lajunen«, entfuhr es ihm. Er sah nicht gerade erfreut aus. Oder sonderlich ausgeruht. Dunkle Ringe prangten unter seinen Augen, sein Gesicht war teigig und schlaff. Ein Bartschatten zeichnete sich auf den üblicherweise tadellos rasierten Wangen ab.

Hana kniff die Augen zusammen. »Was ist schiefgegangen?«

»Wie kommen Sie darauf, dass …«

»Sparen Sie sich die Mühe, mich anzulügen«, forderte sie. »Da hätten Sie mir gar nicht erst aufmachen dürfen, so wie Sie aussehen.«

Ihre Worte rangen dem Leiter des EAC ein müdes Lächeln ab. »Sind Sie immer so herrisch?«, fragte er. Gleich darauf hob er abwehrend die Hände. »Ich kann Ihnen nichts zur Mission Ihres Mannes sagen, wenn Sie deshalb hier sind, das wissen Sie doch.«

So leicht ließ Hana sich nicht abspeisen. »Ich weiß, dass es gegen das Protokoll ist, jemanden außerhalb der Mission einzuweihen«, lenkte sie ein. »Aber Sie tragen die Verantwortung für meinen Mann.« Er wollte widersprechen, sich vermutlich auf die Missionskontrolle in Houston oder die Leitung der ESA in Paris herausreden, aber Hana ließ ihn nicht zu Wort kommen. »Jetzt sagen Sie bloß nicht, dass Sie nichts wissen! Das glaube ich Ihnen nicht.«

»Ihrem Mann geht es gut«, versprach Kulmer. Als sie dennoch keine Anstalten machte, einfach das Feld zu räumen, stieß er ein müdes Seufzen aus. Er trat zurück und deutete einladend in sein Büro. »Kommen Sie. Möchten Sie einen Kaffee?«

Hana schüttelte den Kopf. »Danke, nicht nötig. Ich möchte nur …«

»Wissen, was los ist«, unterbrach Kulmer sie. »Das verstehe

ich.« Er setzte sich hinter seinen Schreibtisch und verschränkte die Hände auf der Platte.

Widerwillig nahm Hana gegenüber von ihm Platz. Anderthalb Jahre war es her, dass sie hier gesessen und die Entscheidung der ESA verkündet bekommen hatte. Nun machte sie sich auf die nächste Hiobsbotschaft gefasst.

Kulmer presste die Daumen aneinander, während er offensichtlich nach den richtigen Worten suchte. »Es hat eine unvorhergesehene Entwicklung gegeben«, räumte er schließlich ein, »die als Konsequenz hat, dass wir versuchen, die *Celeste* zurück zur Erde zu holen.«

»Was? Aber ...«

Wieder hob er die Hände. »Wie gesagt, Ihrem Mann und auch der übrigen Mannschaft geht es gut. Es liegt auch kein technisches Problem vor, das ihre Sicherheit gefährden würde. Sie werden Alvar wohlbehalten wiedersehen.«

»Aber das ergibt doch keinen Sinn.« Hanas Gedanken rasten. »Sie kommen zurück?« Wenn es kein technisches Problem war, weshalb sollte die *Celeste* dann umkehren? Wie sollte das überhaupt vonstattengehen? Und was bedeutete das für die Kolonie?

»Was ist mit der *Destiny?*«, fragte sie. »Wird die Mission stattfinden?«

»Darüber wurde noch nicht entschieden.«

Also nein. Hana presste die Lippen zusammen. Sie hatten die Marskolonie aufgegeben. Zumindest diesen Versuch, und der war der einzige, der für Hana zählte. Wenn die *Celeste* nicht landete, würden Jahre vergehen, ehe eine weitere Mission starten konnte. Und dann wären sie und Alvar nicht mehr in der erforderlichen Altersgruppe.

Kulmer ergriff über die Tischplatte hinweg ihre Hand. Eine seltsam intime Geste, die sie nicht zu deuten vermochte. »Mehr kann ich Ihnen wirklich nicht sagen, Frau Lajunen. Weil ich auch nicht mehr weiß. Houston leitet die Mission. Und die UNO hat strengste Geheimhaltung verhängt.«

Wenn Hana noch einen Hinweis benötigt hätte, dass etwas ganz und gar nicht stimmte, dann hätte sie ihn in diesem einen Satz gefunden. »Ich verstehe«, presste sie hervor. Sie entzog Kulmer die Hand und erhob sich. »Danke für Ihre Aufrichtigkeit.«

Er lächelte verkrampft. »Seien Sie unbesorgt. Nur eine kleine Verzögerung, nichts weiter.«

Hana nickte. Sie wussten beide, dass es sich um mehr als eine kleine Verzögerung handelte, wenn man ein Schiff wie die *Celeste* wieder umkehren ließ. Es war eine finanzielle Katastrophe – und weder die ESA noch die NASA würden eine solche Entscheidung ohne triftige Gründe treffen. Sobald sie Kulmers Büro verlassen hatte, begannen Hanas Hände unkontrolliert zu zittern.

Die *Celeste* kehrte zur Erde zurück. Ihre Chance auf eine Zukunft auf dem Mars war vertan – und sie wusste nicht einmal, weshalb.

***

»Geschwindigkeit reduzieren.«

»Aye, Cap.«

Alvar presste die Lippen zusammen und umfasste die Armlehnen seines Sitzes fester. Wie Harris selbst in Augenblicken wie diesem derart gut gelaunt sein konnte, war ihm ein Rätsel.

Seit zwei Wochen hatten sie die Fluggeschwindigkeit der *Celeste* sanft und langsam reduziert. Nun, da die Rundung ihres ursprünglichen Ziels vor ihnen auf dem Bildschirm auftauchte, ging es darum, das Schiff in einen stabilen Orbit um den Mars zu bekommen. Wenn sie in der richtigen Höhe im richtigen Winkel mit der richtigen Geschwindigkeit in den Orbit des roten Planeten eindrangen, würden sie den Mars ohne weiteren Energieaufwand umkreisen. Sie würden fallen, angezogen von der Schwerkraft des Planeten, ohne ihn jemals zu erreichen – durch die eigene Geschwindigkeit dazu verdammt, ihn ständig zu verpassen. An ihm vorbeizufallen, nur um wieder angezogen zu werden.

Vorausgesetzt, alles ging gut. Wenn nicht, würden sie einfach abstürzen. Die Ionentriebwerke hatten nicht genug Schubkraft, um sich gegen die Schwerkraft des Mars zu behaupten. Dazu müssten sie die Shuttles nutzen, und deren Antrieb benötigten sie, um sich am Ende ihrer Wartefrist schließlich wieder aus dem Gravitationsfeld des Planeten lösen zu können.

Zu versagen war also keine Option.

»Bremsmanöver Phase zwei eingeleitet«, meldete Harris. Der Ingenieur saß auf dem Stuhl links von Alvar, gefasst und entspannt, während der Bordcomputer automatisch die notwendigen Kurskorrekturen vornahm.

Die Parameter für das Manöver waren ins System eingespeist. Solange nichts Unvorhergesehenes geschah, waren sie nur teilnahmslose Zuschauer.

Alvar kontrollierte die Werte. Alles sah gut aus. Die *Celeste* passierte den Mars und ließ sich von seiner Schwerkraft einfangen. Ein paar kurze Schübe aus dem Triebwerk, um wieder auf die notwendige Geschwindigkeit zu kommen, dann schaltete sich die Antriebsmaschine ab. Die *Celeste* war stabil.

»Sanft wie ein Kätzchen«, kommentierte Harris.

Alvar nickte, ohne seinen Stellvertreter anzusehen. Sein Blick war auf den Planeten unter ihnen gerichtet. Ein Anblick, an den sie sich schon mal gewöhnen konnten. Doch als Harris seine Gurte lösen wollte, hielt Alvar ihn zurück. »Warte noch ein paar Minuten«, sagte er. »Sicher ist sicher.«

Der Amerikaner zog überrascht die Augenbrauen hoch, gehorchte jedoch. »Wenn du meinst, Cap.«

Alvar konnte die Verwirrung seines Stellvertreters gut nachvollziehen. Alles war nach Plan verlaufen, die Werte waren eindeutig. Ein paar Minuten mehr oder weniger würden daran nichts ändern. Und doch konnte er das ungute Gefühl nicht abschütteln, dass sie etwas übersehen hatten. Es war einfach zu glatt gegangen.

»Sind die Funkkanäle offen?«, fragte er.

Harris überprüfte die Signale und gab ihm ein Daumenhoch. »Läuft alles.«

»Gibt es irgendeine Reaktion von den Unbekannten?«

»Keine Willkommensparty, wenn du das meinst«, antwortete Harris mit einem Grinsen. Ernster fügte er hinzu: »Kein Funk, und auch keine Abwehrraketen.«

Alvar atmete auf.

»Ich schätze, sie beobachten uns«, fuhr Harris fort.

»Dazu werden wir ihnen ja auch noch ausreichend Gelegenheit bieten«, gab Alvar zurück.

Er löste seinen Sicherheitsgurt und zog sich näher an den Bildschirm heran, um die Bestätigung an die Missionskontrolle abzuschicken. Er übermittelte der NASA ihre exakte Position, damit die Japaner ihre Rakete ausrichten und auf den Weg schicken konnten. Sie würden der *Kojin* etwa auf halbem Weg zur Erde begegnen. In vierhundert Tagen.

Alvar sah auf die Uhr. Es würde eine halbe Stunde dauern, ehe seine Nachricht die Erde erreichte, und noch einmal so lange, ehe sie eine Antwort erhielten. Die Zeit konnte er ebenso gut anderweitig nutzen.

Er öffnete die letzte Nachricht von Hana und tippte auf *antworten.* Anschließend starrte er auf das leere schwarze Feld, das ihn dazu aufforderte, es mit Worten zu füllen. Nur was sollte er schreiben? Dass der Mars schön war? Frustriert drückte er das Fenster weg und zog sich aus dem Sitz.

»Ich mache mir einen Kaffee. Willst du auch einen?«

»Klar, warum nicht?« Harris löste ebenfalls seinen Sicherheitsgurt, blieb jedoch in seinem Sitz und wischte über die Anzeige vor sich. Er kontrollierte die Parameter.

Und mich nennt der Typ einen Workaholic.

Alvar drückte sich von seinem Sitz ab und wollte Richtung Kombüse schweben, um zwei Packungen Kaffee aufzuwärmen, als plötzlich ein Ruck durch das Schiff ging. Alvar stürzte zur Decke und schrie auf, als er gegen die metallene Verkleidung prallte.

Harris erging es nicht besser. Der Techniker klammerte sich an den Schwenkarm des Monitors, was dem Gerät ein vernehmliches Knirschen entlockte.

»Was zur Hölle …?«

Alvar kam nicht dazu, die Frage zu beenden. Der Schub verschwand so rasch, wie er gekommen war. Wieder schwebten sie in schwereloser Leichtigkeit, als wären sie nicht gerade von g-Kräften herumgeschleudert worden. Hastig zog Alvar sich in seinen Sitz und zurrte die Gurte fest. Harris folgte seinem Beispiel. Sie griffen nach den Monitoren und versuchten herauszufinden, was zum Teufel da gerade passiert war.

Sie mussten nicht lange suchen.

»Das gibt's doch nicht«, murmelte Alvar, als er die neuen Werte ablas. Physikalisch war das absolut unmöglich. Dennoch verharrten sie im Luftraum über dem Mars. Bewegungslos. Sie umkreisten den roten Planeten nicht länger, sondern folgten ihm in seiner eigenen Rotationsgeschwindigkeit. Was bedeutete, dass sie vom Boden aus gesehen starr in der Luft hingen. Der Karte nach zu urteilen direkt über *Istar II*. Aber das war unmöglich. Sie flogen viel zu tief für einen geostationären Orbit.

»Scheiße, wie haben die das gemacht?«

So viel zu dem friedlichen Beobachten aus der Ferne, das sie den Außerirdischen unterstellt hatten. Die wollten es wohl ganz genau wissen, wenn sie die *Celeste* unmittelbar über sich festhielten. Dass sie dazu fähig waren, erschreckte Alvar nicht so sehr wie der Gedanke, *warum* sie es taten. Und wozu sie womöglich noch imstande waren.

Als hätten seine Gedanken sie herausgefordert, setzte sich die *Celeste* wieder in Bewegung. Sie löste sich aus ihrer Erstarrung – und stürzte ab.

4. KAPITEL – MARS

»*Paska!*«, brüllte der sonst so ruhige Finne. »Triebwerke zünden!«

Das musste er Michael nicht extra sagen. Mit fliegenden Fingern gab er den Code für die manuelle Steuerung ein. Er hielt sich gar nicht erst mit dem Hauptantrieb der *Celeste* auf, sondern aktivierte die Treibstoffzufuhr der Shuttles. Der Sturz des Raumschiffs verlangsamte sich, bis sie schließlich wieder an Höhe gewannen.

»Was zum Teufel war das denn?«, fragte Lajunen.

Die viel bessere Frage wäre: Wieso waren sie nicht Matsch, der an der Decke klebte? Irgendetwas hatte sie von acht Kilometern pro Sekunde auf weniger als einen Kilometer pro Sekunde abgebremst. Dem Gesetz der Trägheit folgend, hätten sie mit entsprechender Wucht durch die *Celeste* geschleudert werden müssen. Aber dasselbe Irgendetwas, das sie ausgebremst hatte, hatte das verhindert.

Oder vielmehr irgendjemand, dachte Michael mit einem Blick auf den Mars.

Er hatte keinen Zweifel daran, dass es die Aliens gewesen waren, die ihren Flug gestoppt hatten. Wozu waren sie wohl sonst noch imstande?

Die Treibstoffwarnung leuchtete auf. »Mist!« Hastig startete Michael auch das Ionentriebwerk. Solange sie sich im Vakuum befanden, konnte es ihnen vielleicht noch genug Schub verschaffen, um sich vom Mars zu lösen.

»Warte.« Lajunens Stimme klang gepresst.

Michael warf seinem Kommandanten einen kurzen Blick zu und erschrak. Der Finne war ohnehin ein blasser Kerl, doch nun war er totenbleich. An der Entschlossenheit in seinem Gesicht änderte das nichts.

»Wir müssen landen«, sagte er.

»Bist du verrückt?« Das war das absolut Letzte, was Michael wollte! Einmal auf dem Mars, würden sie die *Celeste* nicht wieder in die Höhe bekommen.

Doch Lajunen meinte es offensichtlich ernst. Er übernahm die Steuerung, deaktivierte die Antriebe der Shuttles und reduzierte den Hauptantrieb. Das Raumschiff ging erneut in einen Sinkflug über. Langsamer diesmal, aber ebenso unausweichlich wie zuvor näherten sie sich dem Planeten.

»Alvar!«

Nun endlich reagierte der Finne auf ihn. Er sah Michael an. »Wir haben nicht genug Treibstoff, um erneut in die Umlaufbahn zu gelangen«, sagte er. »Wir können nur landen oder starten.«

Dann starte! Aber ein Blick auf ihre aktuelle Position offenbarte, was sie damit erreichen würden: eine Reise ins äußere Sonnensystem. Sie befanden sich auf der falschen Seite des Planeten. Michael biss die Zähne zusammen.

»Es muss doch einen Weg geben …«, begann er, doch Lajunen schüttelte den Kopf.

»Selbst wenn wir unseren letzten Treibstoff verblasen – sie haben uns schon einmal aus dem Orbit geholt. Ein zweites Mal überleben wir das vielleicht nicht. Besser, wir versuchen eine kontrollierte Landung – solange wir es noch können.« Damit leitete er die vorprogrammierte Landesequenz ein.

Michael schloss die Augen und zählte bis drei. Dann drängte er seine innere Unruhe so gut wie möglich zurück und machte sich an die Arbeit.

Das war nicht die Landung, die sie geplant hatten, aber immerhin war es auch kein Absturz mehr. Sie hatten das hier unter Kontrolle. Sofern nicht erneut irgendeine außerirdische Macht eingriff.

»Starte *Bridge* in drei, zwei … Gestartet.« Das Solarsegel der *Celeste* löste sich vom Rest des Schiffes. Der winzige Raketenantrieb daran zündete und trug den Satelliten, der ihre Verbindung zur Erde gewährleisten sollte, hinaus in die Umlaufbahn. Angespannt verfolgte Michael auf seiner Anzeige, wie *Bridge* sich stabilisierte. Sofern die Aliens den Kommunikationssatelliten nicht ebenfalls vom Himmel holten.

»Höhe: zweihundertachtzig Kilometer«, gab Lajunen durch.

»Eintritt in die Exosphäre bei fünf, vier, drei, zwei – jetzt.« Wie auf sein Kommando begann die *Celeste* zu ruckeln und zu beben.

Ein Schiff, das noch nie der Schwerkraft ausgesetzt gewesen war, machte zum ersten Mal nähere Bekanntschaft mit einem Planeten. Es war eindeutig keine Liebe auf den ersten Blick.

Das Ruckeln wurde intensiver, je tiefer sie in die Atmosphäre eindrangen. Die Triebwerke stießen automatisch kurze, stabilisierende Schübe aus. Die dünne Luft um sie herum flimmerte, während sie der Marsoberfläche näher und näher kamen. Aus der scheinbar massiven Kraterlandschaft wurde weicher Sand, in dem sich nach und nach *Istar II* abzeichnete – ein Konstrukt aus zwei weißen Kuppeln, verbunden durch einen metallenen Schlauch, der zur Hälfte unter Wüstensand begraben war. Und daneben stand ein dunkles, runzeliges Etwas.

Das fremde Raumschiff, das die Satellitenaufnahmen bisher nur als verschwommenen Punkt gezeigt hatten, sah von hier oben winzig aus. Michael schätzte es nicht einmal halb so groß wie die *Celeste.* Und es war verdammt hässlich. Das Zentrum bildete ein unförmiger, organisch wirkender Klumpen, gespickt mit einer Reihe von wellenförmigen Aufbauten, die sich wie ein Fächer über das gesamte Gebilde zogen. Es sah aus wie eine verschrumpelte Walnuss, aus der sich auch noch tentakelartige Auswüchse erhoben, die sich nach oben hin zur Mitte wölbten. Fenster oder gar einen Eingang konnte Michael nicht ausmachen. Er fragte sich, was das über ihre Besucher aussagte.

Ein Ruck ging durch die *Celeste,* als das erste Shuttletriebwerk versagte. Sie gerieten in eine Schieflage, zitterten in der Luft. Die automatische Kurskorrektur glich das fehlende Triebwerk aus, indem es die Ausrichtung der verbliebenen vier Shuttles anpasste, aber das würde nicht lange vorhalten. Sie pfiffen aus dem letzten Loch.

»Noch zweitausend Meter«, kommentierte Lajunen. »Geschwindigkeit bei dreihundert Metern pro Sekunde. Zweihundert.«

Ein zweites Triebwerk versagte. Die *Celeste* geriet ins Trudeln.

Sie mussten langsamer werden. Michael griff in die automatische Steuerung ein. »Öffne die Bremsfallschirme.«

Wieder ging ein Ruck durch das Raumschiff. Ihre Geschwindigkeit verringerte sich, doch sie war immer noch zu hoch. Der Schirm zerriss, aber damit hatte Michael gerechnet. Er öffnete den Notreserveschirm und betete.

Noch fünfhundert Meter. Vierhundert. Der Schirm hielt. Dreihundert Meter. Sie fielen mit zwanzig Metern pro Sekunde. Die Triebwerke schalteten ab, nur der Bremsschirm fing sie noch auf. Noch fünfzig Meter. Zwanzig …

Mit einem dumpfen Rums setzte die *Celeste* auf dem Mars auf.

Michael atmete die Luft aus, die er unweigerlich angehalten hatte. Sie hatten es geschafft. Sie lebten. Noch. Das war im Augenblick allerdings auch das einzig Positive, das er an ihrer Situation erkennen konnte.

Er rief die Bilder auf, die das System während des Anflugs aufgezeichnet hatte. Routinemäßig suchte Michael nach Schwachpunkten in dem fremden Schiff, doch das Konstrukt war auf so viele Arten anders als alles, was Menschen bauen würden, dass er nur vage Vermutungen darüber aufstellen konnte, welche Funktion die einzelnen Teile überhaupt erfüllten. Waren die Aliens bewaffnet?

Als ob die eine Waffe nötig hätten! Wenn sie in der Lage waren, die *Celeste* zur Landung zu zwingen, konnten diese Fremden so gut wie alles mit ihnen machen.

Mit der gedrungenen Form und den kammartigen Aufbauten wirkte das Schiff der Außerirdischen ziemlich wehrhaft. Die verschlungenen Tentakel bewegten sich, als wären sie lebendig und würden nur darauf warten, ihr Opfer zu packen. Aus der Nähe sah Michael nun auch violettes Licht, das durch die Ritzen des dunkelgrünen Metalls glomm. Und mehrere gewölbte Öffnungen, die ihn an die Enden von Torpedorohren erinnerten. Natürlich waren die Aliens bewaffnet – wer wäre so fahrlässig, in ein fremdes Sonnensystem einzudringen, ohne auf entsprechenden Widerstand gefasst zu sein?

Die *Celeste* dagegen war nicht auf feindliche Begegnungen ausgelegt. Sie trug nur ein paar kleine Raketen an Bord, um Asteroiden abzuwehren, das war alles – und vom Boden aus waren selbst die ziemlich nutzlos.

Neben Michael murmelte Lajunen irgendetwas auf Finnisch. Das Einzige, was Michael verstand, war der Name von Lajunens Frau. Vermutlich verabschiedete er sich gerade von ihr. Die *Celeste* würde nun nicht mehr zur Erde zurückkehren. Und dass die UN unter diesen Umständen ein weiteres Schiff zum Mars sandte, konnte Michael sich beim besten Willen nicht vorstellen.

Sie waren allein mit den Fremden – und sie waren ihnen hilflos ausgeliefert.

***

Niemand empfing sie, und das machte Alvar allmählich nervös. Das unbekannte Schiff lag neben ihnen, keine hundert Meter von der *Celeste* entfernt. Es grenzte an ein Wunder, dass sie es nicht gerammt hatten, aber dafür hatten die Fremden wohl ebenso gesorgt wie für die unmittelbare Nähe zur Station, in der sie gelandet waren. Trotzdem gab es immer noch keinen Kontakt zu den Unbekannten.

Wieso hatte man sie zur Landung gezwungen? Was wollten diese Fremden von ihnen?

Alvar hatte das Warten und die Ungewissheit satt. Entschlossen löste er die Gurte. »Scheiß drauf. Ich geh da jetzt raus.«

»Was?« Harris starrte ihn völlig entgeistert an. »Cap, ich weiß ja, dass man euch Skandinaviern einen Hang zum Selbstmord nachsagt, aber das musst du doch nicht auf *die* Art unter Beweis stellen! Wir haben keine Ahnung, welche Absichten diese Aliens verfolgen!«

»Und solange wir nur hier rumsitzen, werden wir es offensichtlich auch nicht erfahren.« Unbeirrt drückte Alvar sich aus seinem

Sitz hoch. Er stöhnte. Nach sechs Monaten der Schwerelosigkeit fühlte er sich, als würde er mindestens eine Tonne wiegen. Dabei besaß der Mars nur ein Drittel der irdischen Schwerkraft. Es kostete ihn schon einige Anstrengung, um bloß den Kopf hochzuhalten, vom Rest seines Körpers ganz zu schweigen.

Immerhin erging es Harris – seinen gebrummelten Flüchen nach zu urteilen – nicht besser. Körperliches Training war eben nicht alles. Auch ihr Gehirn musste sich erst wieder an die Bewegung bei Schwerkraft gewöhnen.

Etwas unsicher stakste Alvar auf den Ausgang des Cockpits zu. Nach ein paar Schritten hatte er sich so weit gefangen, dass er zumindest nicht mehr Gefahr lief, einfach einzuknicken. Einen Marathon würde er so schnell nicht laufen, aber das war auch gar nicht notwendig. Sein Ziel lag nur gut hundert Meter entfernt.

»Cap! Warte!« Alvar wandte sich zu Harris um, der ihn mit erstaunlich festen Schritten einholte. »Du kannst da nicht alleine rausgehen. Ich komme mit.« Als Alvar zögerte, setzte Harris nach: »Du weißt nicht, ob die dich nicht bei nächster Gelegenheit abknallen oder sonst was.«

Das gab den Ausschlag. Allerdings nicht in die Richtung, in die Harris gezielt hatte.

»Du bist der stellvertretende Kommandant«, sagte Alvar. »Auf keinen Fall spielst du meinen Bodyguard.«

Außerdem war Harris ein Ex-Soldat, was so ziemlich das Gegenteil von dem war, was Alvar für eine diplomatische Mission gebrauchen konnte – und auf die hoffte er hier. Abgesehen davon hatten sie keine Waffen an Bord, von daher konnte Harris ohnehin wenig ausrichten, selbst wenn die Außerirdischen ihnen feindlich gesinnt sein sollten. Und wenn es so war, durfte Alvar erst recht nicht das Leben seines Stellvertreters aufs Spiel setzen.

»Du bleibst«, bestimmte Alvar. »Ich nehme Mei und Victor mit.« Womöglich sahen die Technikerin und der Mediziner ihre Besucher mit anderen Augen als er. Eine zweite und dritte Meinung konnte nicht schaden.

Harris schien nicht glücklich mit dieser Entscheidung zu sein, aber er konnte auch schlecht dagegen argumentieren. Alvar hatte recht, das musste selbst der Amerikaner einsehen. Und ihm oblag die Befehlsgewalt, zumindest solange sie an Bord der *Celeste* verweilten.

»Schön«, murrte Harris.

Alvar klopfte ihm aufmunternd auf die Schulter. »Sieh es so: Wenn mich die Aliens brutzeln, kannst du meinem Häufchen Asche als neuer Kommandant der *Celeste* ganz offiziell erklären, dass du es besser wusstest.«

»Das werde ich auch, verlass dich drauf.«

Alvar grinste. Mit etwas mehr Zuversicht öffnete er das Schott, das ihr Steuercockpit mit dem Rest der Kommandozentrale verband, wo der Rest seiner Crew sie bereits erwartete. Oder zumindest erwarten sollte.

»Wo sind Victor und Alexej?«

»Krankenstation«, informierte Denaux sie. »Alexej hat sich bei eurem Herumgepolter eine Platzwunde an der Stirn geholt.«

»Er wird es überleben«, fügte Chen hinzu. »Er ist ein großer Junge.«

»Ich sehe nach ihm«, bot Harris an. »Wenn ich schon Hausarrest bekomme …« Er seufzte theatralisch.

Alvar staunte, wie normal jeder wirkte. Vielleicht ein wenig zu fröhlich, aber das wunderte ihn nicht. Jeder ging auf andere Weise mit Furcht um, die sie zweifellos alle verspürten. Es war jedenfalls keine Freude, die Alvars Herzschlag bei der Aussicht darauf, den Außerirdischen nun tatsächlich gegenüberzutreten, beschleunigte. Er hatte eine Heidenangst vor dem, was ihn da draußen erwartete, nur dass er sie eher hinter Schweigen als hinter dummen Witzen verbarg. Aber selbst diese falsche Fröhlichkeit war besser als die nervöse Anspannung, die in den letzten Wochen an Bord geherrscht hatte. Die Ungewissheit hatte sie lange genug gequält. Jetzt endlich konnten sie etwas tun. Er nickte Chen zu.

»Bereit?«, fragte er.

Die anderen hatten die Gespräche im Cockpit über Funk mitverfolgen können, also wusste sie, was er ihr zugedacht hatte. Die Ingenieurin nickte, auf ihrem kantigen Gesicht war nicht die Spur eines Zögerns zu sehen. »Schiff oder Station?«

Alvar überlegte kurz. Das fremde Schiff aufzusuchen war natürlich der größere Reiz. Aber da die Besucher bisher keine Anstalten gemacht hatten, irgendwie mit ihnen in Kontakt zu treten, war es nicht ihre oberste Priorität. Sie mussten die Station in Betrieb nehmen. Ihr Sonnensegel hatten sie im Orbit zurückgelassen, und es würde eine Weile dauern, bis sie die Solarpaneele an der Außenseite der *Celeste* aktivieren konnten. Die Solarzellen der Station dagegen schienen noch intakt zu sein. Wenn sie die Energieversorgung der *Celeste* an die der Bodenstation koppeln konnten, würde ihnen das ein wenig mehr Zeit verschaffen, und die würden sie womöglich dringend benötigen.

Außerdem waren die Außerirdischen bereits seit drei Wochen auf dem Mars, die würden ihnen nicht davonlaufen. Sofern die Überwachungsanlage von *Istar II* die Zeit ohne menschliche Bewohner überstanden hatte, würde sie ihnen jedoch womöglich wertvolle Einblicke in die bisherigen Tätigkeiten ihrer Besucher erlauben. Eine Begegnung mit den Außerirdischen war vermutlich unvermeidbar, also wollte Alvar so gut wie möglich darauf vorbereitet sein.

»Gehen wir zur Station«, entschied er deshalb.

Chen nickte und aktivierte den Bildschirm ihres Computers. »Ich sehe mal nach, ob wir nah genug dran sind, um von hier aus per Schleuse an die Versorgungskuppel anzudocken.« Damit hätten sie nicht nur ein Back-up für ihre eigenen Lebenserhaltungssysteme, sondern auch Zugriff auf die Überwachungssysteme der Station. Doch Chen schnalzte mit der Zunge. »Tut mir leid. Knapp daneben ist auch vorbei.«

»Ist vielleicht besser so.« Solange sie nicht wussten, was sie erwartete, sollten sie die *Celeste* autark belassen. Schließlich konnte eine Koppelung an *Istar II* ebenso gut bedeuten, dass die Besucher

Zugriff auf die Systeme des Schiffes bekamen, und das wollte Alvar auf keinen Fall riskieren. Sie mussten den Außerirdischen nicht mehr Macht über sie verschaffen, als diese ohnehin schon hatten.

Er seufzte. »Dann mal auf die altmodische Weise.« Er beugte sich vor und funkte von Chens Computer aus die Krankenstation an. »Victor, hörst du mich?«

Es dauerte zwei Sekunden, dann erklang eine knappe Bestätigung aus den Lautsprechern.

»Wie sieht es aus, hast du Alexej wieder zusammengeflickt?«

Fernandez lachte. Im Hintergrund war Suchanows russisches Gebrummel zu hören. »Hübscher wird er leider nicht«, gab der Arzt durch. »Aber ja, ist wieder ganz.«

»Gut. Ich brauche dich draußen. Mach dich bereit zum Ausschleusen, wir machen einen kleinen Spaziergang.«

»Hab's gehört. Ich bin sofort bei euch.«

Eine halbe Stunde später betraten sie in Raumanzügen die ungeschützte Marsoberfläche. Ihre neue Heimat, im Guten wie im Schlechten. Alvar betrachtete die weiten Dünen des roten Planeten, die im schwachen Sonnenlicht braun und urtümlich wirkten. Ein leichter Wind trieb ihm den Sand über die Stiefel. Wie sehr hätte er sich gewünscht, dass sie unter anderen Umständen hier gelandet wären. Aber wann spielte das Leben schon so, wie man es sich wünschte? Sie waren hier, also mussten sie das Beste daraus machen. Eine Alternative gab es ohnehin nicht.

In weiten, leicht hopsenden Schritten bewegten sie sich auf die Bodenstation zu. Sobald sie aus dem Schatten der *Celeste* traten, sah Alvar hoch und inspizierte das fremde Raumschiff. Es war schön in seiner Bizarrheit. Wie ein urtümliches Gewächs, eine Pflanze aus dem tiefsten Herzen des Amazonas. Fleischfressend vielleicht, aber dennoch schön.

Fernandez bemerkte seinen Blick. »Sieht aus wie ein Furunkel«, meinte er.

Alvar seufzte. »Wenn du das sagst.« Manche Leute wollten eben einfach immer nur das Schlechte sehen.

»Hey, Cap«, drang Harris' Stimme aus Alvars Helm. »Wie läuft es da draußen?«

»Siehst du doch«, gab Alvar zurück. Er schwenkte den Kopf, damit seine Helmkamera die Umgebung erfasste. Das fremde Schiff, die verlassene Station, und dazwischen Sand ohne Ende. »Alles ruhig so weit.«

»In Ordnung. Wir bleiben an euch dran.«

»Verstanden. Wir gehen durch die vordere Luftschleuse rein«, gab Alvar durch. Das würde sie zu den Arbeits- und Aufenthaltsräumen führen, wo sie auch die Sicherheitssysteme hochfahren konnten. Vielleicht würde ihnen das bereits ein paar Hinweise auf ihre Besucher verschaffen.

Chen erreichte die Schleuse als Erste. Alles sah normal aus. Die Anzeige an der Tür leuchtete grün, was bedeutete, dass die Stromversorgung noch funktionierte. Alvar kämpfte seine Nervosität nieder. Seine Finger fühlten sich klamm an in den dicken Handschuhen des Raumanzugs, als er Chen zuwinkte. Auf sein Zeichen hin drückte die Technikerin eine Hand an den Sensor. Mit der anderen schob sie den Sicherheitsriegel zurück und öffnete damit das äußere Schott. Ein leichter Luftstoß wehte ihnen entgegen.

Vorsichtig traten sie ein. Auch in der Luftschleuse gab es keine Anzeichen dafür, dass irgendetwas nicht stimmte. Das machte ihre Anspannung jedoch nur schlimmer. Das Außenschott schloss sich hinter ihnen. Luft strömte in die Schleuse, der Automatismus gab die Verriegelung am inneren Schott frei. Diesmal betätigte Alvar selbst den Sensor.

Alles war ruhig. Ein Blick auf die Messanzeige am Handgelenk seines Anzugs zeigte, dass auch die Luft in Ordnung war. Die Station war nach wie vor dicht und betriebsfähig, die Sauerstoffaufbereitungsanlagen arbeiteten. Alles war, wie sie es erwartet hatten. Und trotzdem konnte Alvar sich des Gefühls nicht erwehren, dass nichts so war, wie es sein sollte.

Den anderen schien es ähnlich zu ergehen, er konnte die Anspannung an ihrer Körperhaltung erkennen. Fernandez' Hände zuckten, so als wünschte er sich eine Waffe, hinter der er sich verstecken konnte. Chen dagegen hielt die Arme eng am Körper, die Hände zu Fäusten geballt. Niemand von ihnen legte den Helm ab. Wenn sie rasch den Rückzug antreten mussten, konnte ein zu hastig geschlossener Raumanzug den Tod bedeuten.

Alvar hob seinen Arm auf Augenhöhe und bemühte sich, nicht zu verkrampfen, während er weiterhin die Messwerte kontrollierte.

Es war warm. Das war es, was ihn stutzig machte. Es war nicht bloß die stabile Temperatur, die durch die Isolierung gewährleistet wurde und die empfindlichen Geräte schützen sollte, sondern richtiggehend schwül. Sechsundzwanzig Grad Celsius bei einer Luftfeuchtigkeit von vierundsiebzig Prozent.

»Captain? Dort.« Chen deutete durch einen offenen Durchgang, hinter dem die Kommunikationszentrale der Station lag. Sämtliche Monitore waren aktiv, dabei hätten laut Vorschrift alle Geräte heruntergefahren werden müssen.

Alvar trat näher und musterte die Bilder der Überwachungskameras. Auf den ersten Blick schien alles ruhig. Die Unstimmigkeiten fielen erst bei genauerer Betrachtung auf.

Sie kannten den Grundriss der *Istar*-Stationen. Es war Teil ihrer Ausbildung gewesen, sich mit der Anlage vertraut zu machen. Entsprechend erkannte er die Räumlichkeiten, die er auf den Bildern sah, er wusste um ihre Einrichtung – und einmal darauf aufmerksam geworden, war unverkennbar, dass etwas Wesentliches fehlte: In der gesamten Anlage war kein einziger Stuhl mehr zu finden. Selbst die um den Versammlungstisch im Aufenthaltsraum, die fest verbaut sein sollten, waren entfernt worden.

»Das ergibt doch überhaupt keinen Sinn …«

Er sah die Bewegung auf dem Monitor im selben Moment, in dem hinter ihnen das leise Zischen einer Tür erklang. Erschrocken fuhr er herum.

Da standen sie: die Fremden.

Drei Wesen, mindestens zweieinhalb Meter hoch, jedes mit vier Armen bewehrt. Sie trugen kurze, echsenartige Schnauzen mit schmalen Nasenlöchern über einem breiten, großlippigen Maul. Hornschuppen bedeckten ihre gesamte Haut und verstärkten den reptilienhaften Eindruck, ebenso wie die vorstehenden chamäleonartigen Augen, mit denen sie auf die Menschen hinabblickten.

Einen Augenblick lang standen sie Alvar und seinen Begleitern schweigend gegenüber. Dann trat die vorderste der Echsen einen Schritt vor. Ihre Augen blinzelten leicht versetzt, und ihr schuppiges Gesicht bebte, als würden Stromstöße durch die Muskeln zucken. »Willkommen«, hauchte sie. »Auf Pt'Au Vier. Oder wie ihr es nennt: dem Mars.« Ihr Mund zuckte, die Lippen formten ein breites Oval, das keineswegs freundlich wirkte. »Wir hatten euch früher erwartet.«

***

Die Übertragung brach ab, als sich das Außenschott der Luftschleuse hinter Michaels Kameraden schloss. Drei Kameras, und alle drei zeigten nur weißes Rauschen.

»So ein Mist.« Michael erhöhte die Sensibilität der Empfänger und die Frequenzbreite, aber es half nichts. »Cap, wir haben die Bildübertragung verloren.«

Lajunen reagierte nicht.

»Alvar, hörst du mich?« Nichts. »Verdammt. Captain!«

Die Station war gegen Strahlung abgeschirmt, weil die dünne Atmosphäre des Planeten selbst der kosmischen Strahlung nicht viel entgegenzusetzen hatte. Der Funk sollte davon aber eigentlich nicht beeinträchtigt sein, im Gegenteil. Die Sendefrequenzen der *Celeste* und ihrer zugehörigen Ausrüstung waren auf die *Istar*-Kommunikationskanäle abgestimmt. Lajunen und die anderen müssten also eigentlich sogar besser zu hören sein, sobald sie die Station in Betrieb nahmen.

Vorausgesetzt natürlich, sie schafften es überhaupt so weit.

Michael fluchte. Er hätte den Finnen nicht alleine gehen lassen sollen. Fernandez und Chen waren keine Unterstützung, wenn sie auf ernsthafte Probleme stoßen sollten.

Angespannt trommelte Michael mit den Fingern auf die Tischplatte. Er erweiterte die Parameter, bis stetes Rauschen aus den Lautsprechern drang und er sicher war, dass sie einen Floh husten gehört hätten – aber sie hörten immer noch nichts von dem Kommandanten und seinen Begleitern.

»Irgendetwas stimmt da nicht. Ich gehe nachsehen.«

Als Michael aufstand, blickte Imani Denaux von dem Rechner neben ihm hoch. Sie legte den Kopf schief. »Wieso?«

»Was glaubst du denn?« Michael schüttelte den Kopf. Sosehr er die Physikerin schätzte und mochte, manchmal fragte er sich, was mit ihr nicht stimmte. Wie konnte ein so kluger Mensch zum Teil die banalsten Dinge nicht begreifen?

Denaux zuckte jedoch nur mit den Schultern. »Ihre Vitalwerte sind normal. Kein Grund zur Besorgnis.«

»Was?« Michael trat hinter die Französin und sah auf ihren Bildschirm.

Tatsächlich. Auch sie empfing nur weißes Rauschen von den Helmkameras, aber die Sensoren der Raumanzüge übermittelten nach wie vor die Werte ihrer Träger. Puls, Atemfrequenz, Sauerstoffsättigung, Körpertemperatur … Alles war im normalen Bereich, wenn man eine gewisse Nervosität mit einrechnete.

»Trotzdem. Ich sage dir, da stimmt etwas nicht.«

»Ach?« Denaux hob die Augenbrauen. »Mehr als die Tatsache, dass wir mit einer unbekannten Alienart auf einem lebensfeindlichen Planeten festsitzen?«, fragte sie. »Und keine Ahnung haben, welches unserer Systeme sie uns als Nächstes abdrehen werden?«

Damit wiederum brachte die Physikerin ihre Probleme auf den Punkt.

Ein Piepen hinter Harris verkündete eine eingehende Funknachricht. »Na endlich.« In der Erwartung, eine Nachricht seines Kommandanten vorzufinden, drehte er sich um.

Doch es war nicht Lajunen, der sie angefunkt hatte. Es war die Missionsleitung. Sie bestätigte den Erhalt von Lajunens Meldung, dass die *Celeste* sichere Position im Marsorbit bezogen hatte.

Niemand hatte die Erde darüber informiert, was seitdem vorgefallen war.

Michael biss die Zähne zusammen und machte sich daran, den Kommunikationssatelliten in Betrieb zu nehmen, den sie im Orbit zurückgelassen hatten. Das würde ihnen wenigstens ein größeres Zeitfenster einräumen, in dem sie Kontakt zur Erde aufnehmen konnten. An der Tatsache, dass sie jedes Mal eine Stunde auf die Antwort warten mussten, konnte Michael ohnehin nichts ändern.

***

Alvar starrte die Außerirdischen an. Er wusste nicht, was er erwartet hatte. Keine kleinen grünen Männchen, so viel war klar. Vielleicht eines der bleichen, großäugigen Wesen, das man aus dem Fernsehen kannte. Diese Fremden dagegen kamen ihm eher wie eine Mischung aus Godzilla und Jabba The Hutt vor, und selbst dieser Vergleich war vollkommen unzureichend. Das fremdartige Aussehen der Echsen machte ihm deutlich, wie wenig er trotz aller Vorbereitung auf diese Begegnung gefasst gewesen war.

Er musste zu ihnen aufsehen, was Alvar in eine ungewohnte Position zwang. Er wusste, dass sie den Menschen überlegen waren, das hatten die Außerirdischen deutlich zur Schau gestellt. Ihre Körpergröße demonstrierte das allerdings auch noch auf eine weitere, primitivere Art, die auf Alvar mindestens ebenso einschüchternd wirkte. Dabei schienen sie ihre Höhe hauptsächlich aus ihren Extremitäten zu beziehen, jedenfalls wenn Alvar nach den schlanken Hälsen und langen Armen der Fremden ging. Der Rest ihrer Körper war von weiten, wallenden Gewändern bedeckt, die im kalten Licht der Station rot und orange schimmerten. Die langen Arme endeten in krallenbewehrten, vierfingrigen Händen. Seitlich am Rumpf wuchs allerdings noch ein weiteres Armpaar.

Knochenlos und fingerlos erinnerte es an schuppige Tentakel, aber Alvar zweifelte nicht daran, dass die Echsen auch diese kraftvoll einzusetzen vermochten. Zu seiner Erleichterung hielten sie jedoch bislang sämtliche Gliedmaßen nah am Körper, was sie verhältnismäßig friedlich erscheinen ließ. Nur ihre Köpfe ruckten unruhig hin und her.

Die Schuppen in ihren Gesichtern waren glatt und gingen unter dem Kiefer in unzählige Hautlappen über, die wie uralte Runzeln an ihren Hälsen herabhingen. Zwischen den schwulstigen Lippen waren breite Mahlzähne zu erkennen, doch das beruhigte Alvar keineswegs. Menschen war schließlich auch nicht auf den ersten Blick anzusehen, welche Raubtiere sich in ihrem Inneren verbargen.

Ihr Blick irritierte Alvar am meisten. Die Fremden trugen ihre Augen seitlich am Kopf, doch während sie die Menschen musterten, wandten sie ihnen nicht die betreffende Kopfseite zu, wie er es erwartet hätte, sondern reckten bloß jeweils ein Auge in ihre Richtung.

Die feinschuppige Haut gab keinen Hinweis auf das Alter oder Geschlecht der Echsen, dennoch hatte er keine Schwierigkeiten, sie voneinander zu unterscheiden. Die vorderste, die sie angesprochen hatte, war ein paar Zentimeter größer als die anderen beiden, dafür schlanker, mit Schuppen, die in einem hellen Blau glänzten.

Die anderen beiden wirkten gedrungener, wenn auch immer noch zu groß für ihre Körperfülle. Eine von ihnen trug graue Schuppen und fächelte unaufhörlich mit den Lappen an ihrem Hals, die andere tendierte eher zu einem fahlen Violett. Sie musterten Alvars Gruppe abwechselnd mit ihren hervorstehenden Augen und schienen jede ihrer Bewegungen genauestens zu erfassen. Alvar schauderte.

Nein, er hatte wirklich nicht gewusst, was ihnen auf dem Mars bevorstand. Aber auf keinen Fall hatte er damit gerechnet, dass sie von zweieinhalb Meter großen Echsen empfangen wurden, die in akzentfreiem, wenn auch dahingehauchtem Englisch sprachen.

Was ihn daran erinnerte, dass er hier war, um mit ihnen zu kommunizieren. Alvar räusperte sich. Seine Hand zitterte, als er den Außenfunk seines Anzugs aktivierte. Ablegen wollte er den Helm vorerst nicht. Nur weil die Fremden sie mit Worten statt mit Waffen empfangen hatten, bedeutete das noch lange nicht, dass er ihnen vertrauen sollte.

»Ihr … habt uns erwartet?«, fragte er und wurde sich im selben Augenblick bewusst, wie wenig geistreich das klang.

»Selbstverständlich. Deshalb sind wir hier«, hauchte die Echse, die an der Spitze der Gruppe stand und wohl so etwas wie die Anführerin der Fremden war. »Mein Name ist Kt'Arra. Ich bin die Großnichte der weisen Hr'Tach, und ich leite diese Gesandtschaft. Das hier sind meine Begleiterinnen: Sr'Tekoi und Nk'Zass. Wir sind die E'Kturi.«

War das der Name ihres Volkes oder bloß der ihrer Gruppe?

Alvar konnte sich nicht sicher sein, also beschloss er, das Beste daraus zu machen. »Ich bin Alvar Lajunen«, stellte er sich vor, ehe er nacheinander auf seine eigenen Begleiter deutete. »Chen Mei und Victor Fernandez.«

In den Gesichtern der E'Kturi zuckte es. Kt'Arra stieß ein leises Zischen aus. Verwirrt sah Alvar zu seinen Kameraden, doch die schienen ebenso ratlos wie er. Fernandez hob nur kurz die Schultern. Also bemühte Alvar sich, die Konversation möglichst diplomatisch fortzuführen.

»Wir hoffen, dass wir uns im Namen unserer Völker auf einen friedlichen Austausch einigen können.« Er streckte Kt'Arra die Hand entgegen, doch das brachte die Echse erst recht aus der Fassung.

Sie zischte erneut, wandte sich abrupt um und stolzierte davon. Nk'Zass schürzte die Lippen und beeilte sich, ihrer Anführerin zu folgen. Erst jetzt bemerkte Alvar den breiten Schwanz, den die E'Kturi hinter sich herzogen.

»Habe ich etwas Falsches gesagt?«, fragte er die verbliebene Echse.

»Nicht gesagt.« Sr'Tekoi zog die Schnauze zusammen und ließ ihre Lippe zittern. »Aber deine Geste …« Sie kniff die Augen zusammen, eines nach dem anderen. »Wir empfinden so etwas als ordinär.«

»Oh, das … das tut mir leid.« Alvar ließ die Hand sinken.

»Es macht nichts«, versicherte Sr'Tekoi. »Ihr seid ungeschult in der Begegnung mit anderen Wesen. Deshalb werde ich mich um euch kümmern. Ich fungiere als eure Ansprechpartnerin, solange wir auf Pt'Au Vier verbleiben.«

»Und wie lange wird das sein?«, fragte Chen.

Sr'Tekoi wandte ihr ein Auge zu. »Bis eure Beurteilung abgeschlossen ist, natürlich.«

Alvars Magen krampfte sich zusammen. »Was für eine Beurteilung?«

Die langen Hautlappen am Hals der Echse zitterten. »Entschuldigt. Ich dachte, das wäre selbstverständlich. Wir sind hier, um die Menschheit in ihrer sozialen Eignung zu bewerten. Anhand eurer Gruppe.«

»Bitte was?« Fernandez deaktivierte seinen Außenfunk und stieß ein paar rasche Flüche auf Spanisch aus, die ganz sicher nicht zu einer guten Beurteilung beigetragen hätten. »Was soll der Mist?«

Alvar hob beruhigend die Hand, was Sr'Tekoi eine – wie ihm schien – missbilligende Grimasse entlockte. Aber im Augenblick war ihm seine eigene Crew wichtiger. »Ich bin sicher, wir können das klären.« An die Außerirdische gewandt fuhr er fort: »Nein, wir wussten nichts von einer Beurteilung. Außerdem glaube ich kaum, dass unsere Gruppe repräsentativ für den Rest der Menschheit ist.«

»Ihr seid doch aber hier, um einen zweiten Planeten zu besiedeln«, hauchte sie. »Oder nicht?«

Alvars Anspannung nahm zu. Wie viel wussten die E'Kturi über ihre Mission?

»Das stimmt«, gab er widerwillig zu. Wozu leugnen, was die Fremden ohnehin bereits herausgefunden hatten?

»Dann seid ihr repräsentativ genug«, befand Sr'Tekoi. Sie wandte sich um. »Bitte folgt mir.«

Während sie ihrer Aufforderung nachkamen, stellte Alvar fest, wie sehr ihn die fehlenden Gesten der E'Kturi irritierten. Sr'Tekoi hielt Hände und Tentakel vor dem Körper verschränkt, in ihrem Gesicht dagegen zuckte es unablässig. Und was noch viel seltsamer war: Auch unter ihrer Robe waren diese hektischen Bewegungen wahrzunehmen.

Alvar nahm diese Details wahr, doch bei all den Fragen, die durch seinen Kopf geisterten, nahm das seltsame Gebaren der Außerirdischen nicht gerade die höchste Priorität ein.

»Worum geht es bei dieser Beurteilung?«, fragte er.

»Euch das zu verraten, würde das Ergebnis beeinflussen«, hauchte Sr'Tekoi freundlich. »Aber seid unbesorgt, ihr werdet euch keinen Tests stellen müssen. Kt'Arra wird die Beurteilung zu gegebener Zeit durchführen.«

»Aber du bist unsere Ansprechpartnerin?«, hakte Chen nach.

Die Außerirdische stieß einen kurzen Luftstoß aus. »So ist es. Kt'Arra ist die Großnichte der Hr'Tach«, wiederholte sie die Worte ihrer Anführerin, als würde diese Information den Menschen in irgendeiner Weise weiterhelfen. »Sie hat Wichtigeres zu tun, als mit euch zu kommunizieren, solange ihr die Beurteilung nicht bestanden habt.«

Das saß. Alvar war nur froh, dass er sich entschieden hatte, Harris zurückzulassen. Eine Begegnung zwischen ihm und den E'Kturi wäre wohl kaum gut ausgegangen. Aber ewig würde sie sich wohl nicht vermeiden lassen.

»Wie will die Großnichte der Tach uns denn bitte schön beurteilen«, fragte Fernandez, »wenn sie nicht mit uns spricht?«

»Taten sagen mehr als Worte«, antwortete die Außerirdische. »Ist das nicht ein menschliches Sprichwort?«

»Ihr scheint uns ja schon eine ganze Weile beobachtet zu haben«, murrte Chen, »so viel, wie ihr über uns wisst.«

»Allerdings«, sagte Sr'Tekoi, ohne die Technikerin anzusehen.

Dann war es wohl kein Wunder, dass sie sich eine Sprache der Menschen angeeignet hatten. Bemerkenswert, ja. Alvar fragte sich, ob sie dafür ein technisches Mittel verwendeten oder sich tatsächlich die Mühe gemacht hatten, Englisch zu lernen. Wie sah es mit anderen Sprachen aus? Ihr ganzes Gebaren kam Alvar äußerst suspekt vor.

»Warum seid ihr dann ausgerechnet jetzt gekommen?«, hakte er nach.

Die E'Kturi wandte den Kopf gerade weit genug, um ihm ein Auge zuzudrehen. »Weil *ihr* gekommen seid. Ihr besiedelt einen weiteren Planeten. Damit seid ihr an dem Punkt angelangt, an dem man euch möglicherweise ernst nehmen muss.«

Sehr charmant. Alvar warf seinen Leuten einen warnenden Blick zu, doch die waren klug genug, nicht auf die Beleidigung zu reagieren. Sah man von ihren verkniffenen Mienen einmal ab.

»Wohin führst du uns?«, fragte er, als die E'Kturi keine Anstalten machte, stehen zu bleiben oder wenigstens eine Erklärung abzugeben.

»Ich weise euch in die Anlage ein.« Sie streckte einen Tentakel aus und betätigte den Sensor an der Tür zum Versammlungsraum. Mit einem leisen Zischen glitt die Tür zur Seite.

Fernandez schnaubte. »Unsere Leute haben diese Station gebaut. Wir *kennen* die Anlage.«

»Wir haben einige Modifikationen vorgenommen«, gab Sr'Tekoi unbeeindruckt zurück.

»Wie beispielsweise alle Stühle auszubauen?«, fragte Alvar mit einem Blick auf den nackten Besprechungstisch.

Auf dem Mund der Echse breitete sich so etwas wie ein Lächeln aus. »Kt'Arra hält nicht viel von nutzloser Einrichtung. Wir haben das Material aufbereitet. Aber falls ihr diese *Stühle* benötigt, werden wir euch selbstverständlich einen Ersatz bereitstellen. Ihr sollt euch hier wie zu Hause fühlen.«

»Das hier *ist* unser Zuhause«, beharrte Fernandez.

»So ist es«, hauchte Sr'Tekoi. »Tut einfach, als wären wir nicht hier.« Als ob das so einfach wäre. »Ihr könnt euch völlig frei bewegen. Bis auf diesen Bereich dort.« Sie richtete ihre Augen auf den Durchgang zu den Quartieren der ursprünglichen Stationsleitung.

»Wieso?«, fragte Chen. »Was ist dort?«

»Diesen Bereich nehmen wir ein.« Sie wandte sich zu ihnen um, den Mund breitgezogen. Wieder kam es Alvar vor, als würde sie damit ein Lächeln ausdrücken wollen. »Der Zugang ist euch nicht gestattet.«

»Das sollte kein Problem sein.« Alvar bezweifelte, dass irgendjemand aus seiner Crew Wert darauf legte, die kleine Station zu beziehen, wenn sich die Außerirdischen dort bereits einquartiert hatten. Sie benötigten nur Zugang zu den Versorgungs- und Kommunikationsgeräten – und selbst das nur bedingt. »Wir werden vorerst auf unserem Schiff bleiben.«

Dort hatten sie alles, was sie benötigten, um zu überleben – und auch alles, um eine weitere Siedlung aufzubauen. Im Gegensatz zu der kleinen Bodenstation war die *Celeste* als Habitat für einhundert Leute angelegt. *Istar II* war vorwiegend als Notfallbunker gedacht gewesen, falls die *Celeste* bei der Landung Schaden nehmen oder andere Probleme auftauchen sollten.

»Ganz, wie es euch beliebt«, sagte Sr'Tekoi. »Natürlich steht es euch frei, einen anderen Unterschlupf zu wählen, wenn euch das angenehmer erscheint. Nk'Zass und ich werden alles veranlassen, damit ein passender Bereich für uns dort eingerichtet werden kann.«

»Wozu?«, fragte Chen. »Ihr habt doch bereits euer eigenes Schiff. Und die Station! Was wollt ihr denn noch?«

Sr'Tekoi stieß jedoch ein leises Zischen aus, das zwar nicht so feindselig klang wie das von Kt'Arra, aber ebenso entschlossen. »Habitable Nähe ist für eine sorgfältige Beurteilung erforderlich. Wir wollen euch besser verstehen.«

Deutlicher musste sie nicht werden. Ganz gleich, was diese Beurteilung darstellen sollte: Die Menschen hatten keine Wahl, ob sie daran teilnehmen wollten oder nicht. Sie waren keine Reisenden, Pioniere oder Siedler mehr. Sie waren Versuchsobjekte.

5. KAPITEL – GEFANGENE

Angespannt beobachtete Michael die Anzeigen auf seinem Bildschirm. Die Vitalwerte der anderen hatten sich wieder normalisiert, nachdem sie eine Weile Adrenalintango getanzt hatten. Aber immer noch blieb der Kontakt zu ihnen abgebrochen. Und sie waren schon verdammt lange da drinnen.

»Was dauert da so lange?«, murmelte er. So groß war die Station nun auch wieder nicht, das damalige Forschungsteam der NASA hatte bloß aus acht Personen bestanden.

Michael sah auf die Uhr. Über eine Stunde war bereits vergangen, seit Lajunen sich auf den Weg gemacht hatte, und auch die Erde hatte noch nicht auf ihre Nachricht reagiert. Vermutlich überlegten sie noch, wie sie der Crew der *Celeste* schonend beibrachten, was Michael ohnehin längst wusste: dass sie mit ihrem Problem auf sich allein gestellt waren.

Er warf einen Blick zu seinen Kollegen. Suchanow, dessen Stirn ein breites Pflaster zierte, stand hinter seinem Sitz und trommelte mit den Fingern einen unruhigen Takt auf die gepolsterte Lehne. Auch Denaux wirkte mittlerweile besorgt. Immer wieder rieb sie sich mit dem Daumennagel über die Lippen.

»Wenn sie in zehn Minuten nicht wieder hier sind«, beschloss Michael, »sehe ich nach.« Er sah zu Denaux, doch diesmal machte die Physikerin keine Anstalten, ihn zurückzuhalten. Sie nickte nur geistesabwesend, den Blick weiterhin auf die Anzeigen gerichtet.

Michael folgte ihrem Beispiel. Er beobachtete die Pulslinien seiner Kollegen, zählte die Atemzüge seines Kommandanten. Als er bei siebenundneunzig angelangt war, flammten die Bilder der Helmkameras wieder auf. Sie zeigten das Innere der Luftschleuse.

Erleichtert atmete Michael auf. Neben sich hörte er die beiden anderen dasselbe tun. Er berührte die Eingabetaste und aktivierte die Funkverbindung. »Captain, hörst du mich?«

Eine Sekunde lang nichts. Dann: »Ich höre dich.«

»Verdammt, was war da los? Ist alles in Ordnung bei euch?«

»Wir kommen zurück.«

»Das sehe ich!« Den Helmkameras zufolge hatten sie das äußere Schleusenschott geöffnet und traten in die abendliche Marssonne hinaus. »Aber was zum Teufel habt ihr da drinnen gemacht?«

Die einzige Antwort, die sie erhielten, war Fernandez' angestrengtes Schnaufen.

Erst als Lajunen das Schott verschlossen hatte, sagte er: »Wir sind gleich da.«

Michael fluchte. Er sprang auf und lief seinem Kommandanten entgegen.

Lajunen ließ sich nichts entlocken, während er sich aus dem Anzug schälte. Auch die anderen beiden schwiegen beharrlich. Fernandez stieß seinen Helm achtlos in die vorgesehene Nische, marschierte an seinen Teamkollegen vorbei in seine Koje und kam mit einer Flasche Gin wieder zum Vorschein. Niemand sagte etwas, als er den Verschluss knackte. Er setzte die Flasche an den Mund und trank drei gierige Schlucke, ehe er hustend nach Luft schnappte.

»Also?«, fragte Michael. »Was ist passiert?«

»Setzen wir uns«, sagte Lajunen. Er klang noch müder, als er aussah. »Ich glaube, ich will jetzt erst einmal sitzen.« Ohne auf eine Antwort zu warten, schlurfte der Kommandant an Michael vorbei in die Messe, wo er sich ächzend auf einen der Stühle fallen ließ und gedankenverloren über den Tisch strich. Dann stieß er einen tiefen Seufzer aus.

»Sie waren dort.«

»Die Außerirdischen?« Eine völlig überflüssige Frage, das wusste Michael. Dennoch breitete sich eine eisige Kälte in seinen Eingeweiden aus, als er Lajunens Nicken sah. Und sie verstärkte sich immer weiter, während er dem Bericht seines Kommandanten lauschte.

»Das kann doch nicht ihr Ernst sein«, murmelte er. »Eine Beurteilung? Wovon denn bitte?«

Wenn diese E'Kturi so genau über ihre Mission Bescheid wussten, sie sogar lange genug beobachtet hatten, um ihre Sprache zu lernen – was konnten sie denn noch beurteilen wollen, das sie nicht bereits auf andere Weise hatten herausfinden können?

»Sie wollen sehen, wie wir auf sie reagieren«, äußerte sich Alexej Suchanow. Der Psychologe breitete die Hände aus. »Wir erobern den Weltraum, und sie wollen sehen, ob wir mit dem klarkommen, was wir dort vorfinden.«

Michael schnaubte. »Und klarkommen heißt, dass sie uns herumkommandieren? Wieso sollten wir uns das gefallen lassen?«

Lajunen zog die Augenbrauen zusammen. »Hast du vergessen, was bei unserer Ankunft passiert ist?« Er schüttelte den Kopf. »Wir haben keine Ahnung, wozu diese E'Kturi imstande sind. Aber wenn sie uns vom Himmel holen konnten, dann können sie uns ebenso leicht umbringen. Sie müssten nur unsere Luftaufbereiter lahmlegen.«

Scheiße. Lajunen hatte recht. Aber das musste noch lange nicht bedeuten, dass sie nichts tun konnten, außer klein beizugeben. »Du willst einfach tun, was sie dir sagen«, fasste Michael zusammen.

»Nein.« Der Blick des Finnen verfinsterte sich, und zum ersten Mal ahnte Michael, weshalb ausgerechnet ihm das Kommando übertragen worden war. Stille Wasser waren bekanntlich tief – und Lajunen konnte *sehr* still sein. »Ich werde tun, was notwendig ist, um die Mannschaft zu schützen«, sagte er. »Die gesamte Mannschaft, nicht nur unsere Crew.« Lajunen blickte sie an, einen nach dem anderen. »Dasselbe erwarte ich auch von euch. Wir haben hundert Leute an Bord. Und fast zehn Milliarden Menschen auf der Erde, die von dem Ergebnis dieser Beurteilung abhängig sind. Also reißt euch zusammen. Es geht hier nicht nur um uns. Wenn wir uns dafür mit außerirdischen Nachbarn anfreunden müssen, dann werden wir das ja wohl hinkriegen.«

»Wenn es nur das wäre.« Chen nahm Fernandez die Flasche aus der Hand. Im Gegensatz zu dem Arzt stand sie jedoch auf, um sich ein Glas zu holen, in das sie sich etwas einschenkte. »Sie haben ziemlich deutlich gemacht, dass wir für sie nichts weiter sind als Laborratten.«

»Wundert es dich?«, fragte Fernandez. »Wie würdest du denn mit einem Volk umgehen, das verglichen mit deinem eigenen Wissensstand gerade erst in der Steinzeit angekommen ist? Würdest du einen Neandertaler wie einen zivilisierten Menschen behandeln?«

Die Technikerin antwortete nicht. Sie kniff nur den Mund zusammen und nippte an ihrem Glas.

»Wir sollten froh sein«, sagte Lajunen leise.

»Froh?« Michael glaubte, sich verhört zu haben. »Sei mir nicht böse, Cap, aber spinnst du?«

Der Finne löste die Hände, die er auf dem Tisch verschränkt gehalten hatte, und atmete langsam aus. »Warum bist du hier, Michael?«, fragte er. »Warum hast du dich für die Kolonie beworben?«

Verwirrt über diesen abrupten Themenwechsel, war Michael nicht in der Lage, zu antworten. Seine privaten Probleme gingen den Kommandanten auch nichts an. Er hatte seine Vergangenheit auf der Erde zurückgelassen, und dort sollte sie auch bleiben.

Lajunen nickte, als würde er seine Gedanken erraten. »Wir sind hier, weil die Erde ein stinkender Müllhaufen geworden ist. Wir haben unseren Planeten zugrunde gerichtet, und ich rede nicht allein von Umweltverschmutzung. Ständig herrscht irgendwo Krieg, eine Klimakatastrophe jagt die nächste, und selbst in den privilegiertesten Ländern bekommen wir es nicht auf die Reihe, für Frieden und Sicherheit zu sorgen. Hätten sie uns nach dem beurteilt, was auf der Erde passiert, dann sähe das Ergebnis traurig aus.« Er verzog den Mund zu einem freudlosen Lächeln. »Also, ja, ich denke, wir sollten froh sein, dass sie uns bewerten und nicht die Erde. Ob wir es wollen oder nicht: Wir sind die Zukunft.«

Niemand sagte etwas. Schließlich wurde Michael die Anspannung zu viel. »Wow, Cap. Hast du dir schon mal überlegt, deinen eigenen Kalender mit tiefsinnigen Sprüchen herauszubringen?«

Lajunen warf ihm einen strafenden Blick zu, aber immerhin löste sich die Nervosität der Gruppe ein wenig. Sie atmeten auf.

»Wie geht es nun weiter?«, fragte Denaux, die sich bislang auffällig zurückgehalten hatte. »Was verlangen sie von uns?«

»Dass wir tun, als wären sie nicht da.« Lajunen zog eine Grimasse, die verdeutlichte, dass selbst er sich darüber im Klaren war, wie absurd diese Forderung war. »Ich sehe zwei Optionen. Entweder wir bleiben an Bord der *Celeste* und hoffen, dass uns jemand von der Erde holen kommt. Das würde allerdings bedeuten, dass wir den E'Kturi auch hier freien Zutritt gewähren.«

»Falls sie den nicht ohnehin einfordern«, murrte Fernandez. »Selbst wenn wir in die Station wandern würden.«

Der Kommandant nickte.

Michael räusperte sich. »Was genau genommen keinen großen Unterschied macht. Wenn wir zurückfliegen, dann nicht mit der *Celeste*. Und ob sie uns hier oder draußen auf die Pelle rücken, ist in meinen Augen gehüpft wie gesprungen.«

»Das sehe ich auch so«, sagte Lajunen. »Deshalb würde ich auch für Option Nummer zwei plädieren. Wir schließen das Schiff wie geplant an die Station an und nutzen diese, soweit es uns möglich ist. Das gibt uns ein wenig mehr Freiraum, und bis Hilfe von der Erde kommt, wird es eine Weile dauern.«

»Freiraum, wofür?«, fragte Fernandez. »Was sollen wir tun, bis uns jemand abholt – falls sie das überhaupt riskieren?«

Der Finne hob eine Hand. »Das Gleiche, was wir auch tun würden, wenn sie nicht hier wären«, meinte er. »Wir gründen die Kolonie. Beginnen mit der Errichtung der Kolonie und dem Aufbau der weiteren Habitate.« Er sah sie der Reihe nach an. Schließlich ließ er seinen Blick auf Michael ruhen. »Ich weiß, der Gedanke gefällt euch nicht. Aber wie wir auch entscheiden, es ändert nichts an der Situation, in der wir uns befinden. Laut Sr'Tekoi wird diese Beurteilung mehrere Monate dauern. Wir können uns also verkriechen und die Wände anstarren, bis wir wahnsinnig werden. Oder wir machen etwas Nützliches und versuchen, die Zeit dieser Beurteilung so gut wie möglich zu überstehen.«

Was bedeutete, dass er keine Hilfe von der Erde erwartete. Frustriert lehnte Michael sich zurück. Wenn selbst ein Optimist wie Lajunen die Lage so beurteilte, sah es wirklich düster aus.

»Und was dann?«, fragte er. »Wie lange soll dieser Zustand andauern? Und was ist, wenn diese Echsen mit unserer *sozialen Eignung* nicht zufrieden sind?«

Niemand antwortete.

Scheiße. Es sah *wirklich* düster aus. Die anderen mochten sich als Laborratten sehen, aber Michael drängte sich vielmehr das Gefühl auf, ein Gefangener zu sein. Einer, der durchaus jederzeit mit seiner Exekution rechnen musste, und dieses Gefühl hatte er eigentlich nie wieder verspüren wollen.

Lajunen war ein Mensch, der seinem Herzen folgte. Er wollte das Beste für alle, auf die friedlichste Weise. Er war ein Diplomat durch und durch, während Michael selbst ein Kämpfer war. Er fürchtete nur, dass Diplomatie sie hier nicht lange schützen würde. Sie mussten einen Weg finden, diese E'Kturi loszuwerden und damit ihren unwürdigen Zustand zu beenden. Lajunen mochte ein Optimist sein, aber er war nicht dumm. Er würde einsehen, dass es nicht zu ihrem Besten war, sich den Außerirdischen bedingungslos zu fügen. Michael musste ihn nur überzeugen.

Aber zuerst brauchte er einen Plan. Solange die E'Kturi sie wie Gefangene behandelten, betrachtete er sie als Feinde, und über Feinde benötigte man Informationen. Er musste wissen, mit wem sie es hier eigentlich zu tun hatten.

»Was ist mit den anderen?«, fragte Chen. »Sollten wir sie nicht wecken?«

»Wozu?«, entgegnete Suchanow. »Damit sie mit uns gemeinsam

Versuchskaninchen spielen können?« Er wandte sich an den Kommandanten. »Wir hatten sechs Wochen Zeit, uns irgendwie auf diese Situation einzustellen. Will irgendeiner von euch behaupten, dass es uns damit gut ergangen wäre?«

Fernandez stieß ein trockenes Husten aus und trank noch einen Schluck Gin. Michael wünschte sich, es wäre Whiskey.

Chen kniff die Augen zusammen. »Ich dachte, wir ziehen das mit der Kolonie durch? Zur Kolonie gehören sie genauso wie wir.«

»Das tun wir auch«, sagte Lajunen. »Und die anderen haben ein Recht darauf, einbezogen zu werden. Sie haben vielleicht Familien, denen sie Bescheid geben möchten, sobald das möglich ist ...«

»Sie sind ein Risiko«, wandte Denaux ein. »Ich gebe Alexej recht. Auch wenn wir allesamt Profis sind – schon für uns ist es eine Belastung. Und wir wurden für die Kerncrew ausgewählt, weil wir jeder Herausforderung gewachsen sein sollten. Was wissen wir über den Gemütszustand der anderen? Was, wenn einer der Situation nicht standhält? Einhundert Leute sind schwerer zu kontrollieren als sechs.«

»Ach, jetzt muss man uns also kontrollieren!«, erboste Chen sich.

»Das war es nicht, was ich gemeint habe.«

»Imani hat recht«, mischte sich nun auch Michael ein. »Wir wissen nicht, wie die E'Kturi auf unkooperatives Verhalten reagieren. Oder was geschieht, falls die Beurteilung negativ ausfällt. Vielleicht bringen sie uns alle um.« Er blickte in die betroffenen Gesichter der anderen. War ihnen das denn bislang nicht bewusst gewesen? »Einhundert Siedler stellen nicht nur ein größeres Risiko dar«, fuhr er fort. »Falls wir den Mars nicht lebend verlassen, wäre es besser für sie, davon nichts mitzubekommen. Ich sage, wir lassen sie schlafen.«

»Wir *können* sie nicht schlafen lassen.« Überrascht sah Michael zu Fernandez. Dass ausgerechnet der Mediziner dafür plädierte, die bislang unbeteiligten Kolonisten aufzuwecken, hätte er nicht gedacht. Der Mexikaner sah jedoch auch alles andere als glücklich darüber aus. Dennoch sagte er: »Die Schlafkapseln sind zur Überbrückung während der Reise gedacht. Nicht dazu, Menschen jahrelang am Leben zu erhalten. Noch sind sie über die Infusionen und mit den Bewegungssimulatoren versorgt, aber über kurz oder lang werden sich Nebenwirkungen einstellen. Schon die Rückreise mit der *Celeste* wäre ein enormes Risiko gewesen, aber zu warten, bis die Erde ein neues Raumschiff baut, das nicht nur geeignet ist, Leute hier abzuladen, sondern uns auch an Bord zu nehmen …« Müde ließ er die Ginflasche in seiner Hand kreisen. »Ich würde ihnen den ganzen Mist hier auch lieber ersparen und ich habe ebenso wenig Lust wie Imani, dass hier einer von denen durchdreht und uns alle damit dem wie auch immer gearteten Urteil dieser Aliens aussetzt.« Er seufzte. »Aber wenn wir nicht riskieren wollen, dass sie Gehirnschäden davontragen, dann müssen wir sie irgendwann wecken. Besser, wir tun es jetzt. Dann können sie sich schon mal an das Leben als Laborratten gewöhnen.« Damit setzte er die Flasche an den Mund und trank sie in einem Zug leer.

***

Fluchend eilte Hana durch den strömenden Regen zu ihrem Auto. Nach der Dürre im Sommer kamen nun die Unwetter, und mit ihnen die Überschwemmungen. Der Rhein drang mit Schlamm und Stromschnellen bis zum Dom vor. Der große Platz um die Kathedrale war gesperrt, ebenso die Parks, was bedeutete, dass Hana ihre Laufrunden ins Fitnessstudio des EAC verlegen musste.

Das war jedoch kein passender Auslauf für Benji. Also musste sie ihn erst von der Hundesitterin abholen und eine Runde mit ihm drehen, Regen hin oder her. Sie hatte ihn ohnehin schon viel zu lange warten lassen, was ihn stets dazu verleitete, winselnd vor der Tür seiner bemitleidenswerten Aufpasserin auszuharren und nicht eher Ruhe zu geben, bis Hana ihn endlich in Empfang nahm.

Sie schwang sich auf den Fahrersitz, warf die Autotür hinter sich zu und strich sich erst einmal das Regenwasser aus den Haaren. Ihr graute vor dem Tag, an dem ihr Training für den Flug der *Destiny* offiziell beginnen würde. Lange konnte es nicht mehr dauern, und die Einsatzausbildung erforderte nicht nur mehr Stunden, als sie bisher an der Universität zugebracht hatte, sie führte die Astronauten auch rund um den Globus. *Einmal noch die ganze Welt bereisen, bis wir sie für immer verlassen.*

Falls das noch immer galt. Sie hatte immer noch keine Information darüber erhalten, wie die Reise der *Celeste* verlaufen war. Wie es ihrem Mann ging. Ob die Kolonie gegründet worden war oder ob sich das Schiff und damit all ihre Hoffnungen gerade wieder auf dem Weg zurück befanden.

Mit einem leisen Seufzen drückte Hana auf den Startknopf des Fahrzeugs. Die letzte Nachricht, die sie von Alvar erhalten hatte, war kaum mehr gewesen als ein knappes Lebenszeichen: »Geht uns den Umständen entsprechend. Melde mich, sobald ich kann.« Das war vor über einer Woche gewesen. Seitdem nichts.

Kulmer wusste nichts, oder er wollte nichts sagen. Hana hatte sogar ihre alten Kontakte bemüht und es bei Imani Denaux versucht, aber auch von ihr hatte sie keine Antwort erhalten. Die NASA hüllte sich in Schweigen. Selbst die Presse, die nun, da die geplante Landung unmittelbar bevorstehen musste, eigentlich über kaum etwas anderes berichten sollte, blieb still. Irgendetwas war gewaltig schiefgegangen da oben, und die Weltraumbehörden, die UNO … Sie alle wollten es vertuschen.

Hana atmete ein letztes Mal durch und griff nach dem Lenkrad. Mit all den Straßensperren und dem Regen traute sie dem Autopiloten nicht, also musste sie selbst fahren. Vielleicht war es auch besser so. Es hielt sie davon ab, zu sehr in ihren Sorgen zu versinken. Sorgfältig fädelte sie sich in den Verkehr ein, der dank der anhaltenden Unwetter nur stockend vorankam. Sie sah auf die Uhr. Zwanzig vor acht. Benji würde durchdrehen.

Als hätten ihre Gedanken es heraufbeschworen, klingelte ihr Telefon. »Mist.« Hoffentlich hatte der sehnsüchtige Hund nicht wieder die komplette Tür zerkratzt.

Hana nahm das Gespräch über die Freisprechanlage entgegen. »Es tut mir leid, ich bin schon auf dem Weg …«

»Frau Lajunen?«

Sie stutzte. Das war nicht die Hundesitterin.

»Kulmer hier. Ich … Ich rufe an, um Ihnen mitzuteilen, dass Sie in Houston erwartet werden.«

»Was?« Das konnte doch nicht stimmen! »Warten Sie.« Hana setzte den Blinker und bog in die nächste Einfahrt ab. Sie wollte nicht warten, bis sie eine Parklücke gefunden hatte. »Okay, noch mal. Was meinen Sie damit, in Houston? Ich dachte, das Training für die *Destiny* würde in Köln beginnen.« Und das erst in ein paar Monaten.

»Es geht nicht um die *Destiny*«, antwortete Kulmer. »Es geht um die *Celeste.*«

Hana konnte spüren, wie ihr Herz einen Schlag aussetzte, nur um dann mit doppelter Geschwindigkeit weiterzuholpern. »Was?« Ihre Stimme war kaum mehr als ein leises Piepsen, doch es reichte aus, um durch das Telefon zu dringen.

»Ihr Mann ist wohlauf«, beruhigte Kulmer sie.

»Aber dann verstehe ich nicht …«

»Die *Celeste* ist gelandet.«

Und das hätte sie nicht sollen, wenn es nach den letzten Informationen ging, die Hana erhalten hatte. Eine erfolgreiche Landung wäre in allen Nachrichten gewesen. Wieder dröhnte dieser eine Satz durch ihren Kopf: Irgendetwas war gewaltig schiefgegangen.

Krampfhaft versuchte sie, ihre Gedanken zu ordnen. »Aber was kann ich da tun? Warum soll ich nach Houston?« Sie war keine Physikerin, keine Ingenieurin. Dafür hatte die NASA ganz andere Leute zur Verfügung.

»Sie sollen als Kontakt zur Besatzung dienen«, erklärte Kulmer. »Sie kennen die Mission und die Mannschaft, Sie sind so weit wie möglich über den bisherigen Verlauf informiert. Die NASA bietet Ihnen uneingeschränkte Kommunikation mit Ihrem Mann und dem Rest der Mannschaft … als psychologische Betreuung.«

»Aber Alexej Suchanow ist der Bordpsychologe!« Davon abgesehen musste sie doch als befangen gelten, oder nicht?

Kulmer räusperte sich. »Sie sollen als Vertrauensperson auf der Erde agieren. Suchanow ist selbst betroffen. Sie nicht. Jedenfalls nicht direkt.«

Jemand hinter Hana hupte. Sie versperrte immer noch die Einfahrt, doch das war ihr im Augenblick ziemlich gleichgültig. »Wovon betroffen?«, fragte sie. »Von der Landung?«

»Mehr kann ich Ihnen dazu nicht sagen. Ich übermittle Ihnen die Kontaktdaten von Major Rimes. Sie haben zwei Stunden, um eine Entscheidung zu treffen. Alles Gute.«

Er hatte aufgelegt, ohne auf eine Antwort zu warten. Vermutlich, weil er keine brauchte.

Schweren Herzens wählte Hana die Nummer der Hundesitterin. Sie hatte zwei Stunden, um sich zu verabschieden.

***

»Aktualisierung Missionsziel *Celeste*. Erreichen Sie eine positive Beurteilung und berichten Sie weiter, wie gehabt. Wir bestätigen die Deaktivierung der Schlafeinheiten und informieren Sie hiermit, dass Ihnen eine neue Ansprechperson zur psychologischen Betreuung während der Mission zugeteilt wird. Die Öffentlichkeit wird vorerst nicht über die geänderten Umstände informiert. Aufhebung der Verschwiegenheitsklausel für folgende Person: Hana Lajunen.«

Alvar presste die Lippen zusammen und ließ die Nachricht verschwinden. Der erste Teil der Nachricht fiel wie erwartet aus. Was sollten die auf der Erde auch sonst schreiben? »Tut uns leid für euch, bitte versaut es nicht?«

Dass sie alle eine psychologische Betreuung bitternötig hatten, ließ sich auch nicht abstreiten. Suchanow hatte sie während des Flugs bestens bei Sinnen gehalten. Sechs Leute, die auf engstem Raum zusammengepfercht dem Unbekannten entgegenflogen –

eine Ausnahmesituation, die sie zwar manches Mal an ihre Grenzen geführt hatte, die sie aber im Großen und Ganzen dank ihrer Ausbildung und Suchanows Einsatz als Team gut überstanden hatten. Selbst nachdem die Nachrichten über die unbekannten Außerirdischen über sie hereingebrochen waren, hatte er sie zusammengehalten. Aber inzwischen war ihm deutlich anzusehen, dass er unter der Situation ebenso litt wie sie.

Aber warum Hana? Bloß, weil sie sich ebenfalls für die Mission beworben hatte? Wohl kaum. Die UNO nahm die Geheimhaltung ernst. Selbst die ohnehin zensierte private Kommunikation hatten sie eingestellt. Und jetzt auf einmal war die Verschwiegenheitsklausel gänzlich aufgehoben? Wieso? Warum nur für ihn?

Alvar wollte keine Sonderstellung, nur weil er der Kommandant war. Andere hatten auch Angehörige zurückgelassen, mit denen sie womöglich nie wieder kommunizieren konnten. Jedenfalls nicht, solange die E'Kturi hier waren und ihre Existenz geheim bleiben sollte.

Er konnte jedoch auch die Erleichterung nicht leugnen, endlich wieder offen mit Hana sprechen zu können. Ohne Geheimnisse, ohne die Gewissheit, dass jede Nachricht aufs Genaueste überprüft wurde. Er musste den anderen schließlich nichts davon erzählen, oder? Zumindest nicht sofort. Die Verantwortung als Kommandant lastete bereits schwer genug auf ihm. Wenn sie ihm nun einmal ein Privileg bescherte, war das doch nicht verwerflich, oder? Er war sich sicher, dass die anderen ebenso Freigaben erhalten würden, sobald die UNO ihre Kontakte eingehend geprüft hatte. Bei Hana war das vermutlich einfach nicht mehr notwendig gewesen, weil sie als Missionsanwärterin ohnehin bereits überprüft worden war.

Ja, das musste es sein. Erleichtert lehnte Alvar sich zurück. Er sollte das Beste aus der Situation machen. Hana und die Zukunft, die sie gemeinsam geplant hatten, waren sein Grund gewesen, sich für die *Celeste* zu bewerben. Für eine bessere Zivilisation. Welche Richtlinie sollte also geeigneter sein als sie, um den Test der E'Kturi zu bestehen?

Alvar öffnete ihre letzte Nachricht. So voller Sorge und Liebe. Endlich würde er seiner Frau alles anvertrauen können. Doch nachdem er minutenlang die leere Seite angestarrt hatte, wurde ihm klar, dass er nicht wusste, wie er auch nur ansatzweise beschreiben sollte, was passiert war. Wo sollte man anfangen, wenn die Zukunft ausgelöscht war?

Die Erde würde kein zweites Schiff zum Mars schicken, so viel war klar. Sie gaben ihm die Möglichkeit, sich endgültig zu verabschieden. Und so dankbar Alvar für diese Chance auch war – er brachte es nicht übers Herz, sie zu nutzen.

Er schloss das Nachrichtenfenster, ohne auch nur ein einziges Wort geschrieben zu haben.

***

Der Flug nach Houston war schwach gebucht. Die Unwetter hielten immer noch an, und einen Flug über den Atlantik riskierte nur, wer keine andere Wahl hatte – oder kein Problem mit heftigen Turbulenzen.

Hana war dankbar für die Stunden, die sie in der Zentrifuge verbracht hatte. Verglichen mit dem Astronautentraining war das Gerüttel 15 000 Meter über dem Meer eine Erholungsfahrt. Dennoch betrat auch sie mit leicht wackeligen Knien den texanischen Boden. Im Training hatte man immerhin immer die Gewissheit, dass jeder Schritt überwacht wurde und kontrolliert ablief. Selbst bei ihren Ausflügen ins All hatte sie immer die Sicherheit gehabt, dass mehrere Rettungsteams bereitstanden, ganz egal, wo ihr Shuttle wieder auf die Erde kam.

Falls sie bei Gewitter irgendwo im Atlantischen Ozean abstürzen sollten, standen die Chancen dagegen reichlich schlecht, geborgen zu werden. Nicht umsonst hatten die Fluglinien Fernflüge zu Vergnügungsreisen erklärt, die weder von Versicherungen noch von der Küstenwache abgedeckt wurden. Ein zweifelhaftes Vergnügen, wenn man Hana fragte.

Sie nickte dem Fahrer zu, der sie zum Johnson Space Center bringen würde. Ihre Beine und ihr Rücken schmerzten von dem elfstündigen Flug, und eigentlich sehnte sie sich danach, sich ein wenig ausstrecken zu können ... Aber ihr körperliches Befinden war nachrangig. Sie würde es nicht ertragen, länger als nötig herumzusitzen und Zeit zu vertrödeln, wenn sie stattdessen erfahren konnte, was die NASA von ihr wollte – und was es mit der Landung der *Celeste* auf sich hatte.

»Waren Sie schon einmal in den Staaten?«, fragte ihr Fahrer, ein junger Mann mit leicht bronzefarbenem Hautton, während er bereits das Radio lauter drehte. Country-Musik dudelte aus dem Lautsprecher, zu der er summend den Takt auf dem Lenkrad klopfte.

»Ein paarmal.« Hana hob die Stimme, um die Musik zu übertönen. »Allerdings bei besserem Wetter.«

Der Fahrer lachte. »Kann ich mir vorstellen. Also dann: Willkommen in Texas. Hurrikan-Saison von Juni bis Dezember.«

Hana rang sich ein Lächeln ab und sah aus dem Fenster. Der Kerl war jung genug, um es nicht anders zu kennen. Aber sie konnte sich noch gut an ihren ersten Besuch in Houston erinnern. Damals, während ihrer Studienzeit, war die Nacht nicht so dunkel gewesen. Vom Highway aus hatte man noch vereinzelt die Lichter von Städten gesehen. Nun lagen sie unterirdisch. Und Texas hatte es damit noch gut getroffen. Los Angeles war völlig von der Landkarte verschwunden.

»Macht es Ihnen etwas aus, wenn ich versuche, ein wenig zu schlafen?«, fragte sie.

»Kein Problem. Anstrengender Flug?«

»Allerdings.«

»Alles klar. Ich wecke Sie, wenn wir da sind.«

»Danke.«

Hana glaubte eigentlich nicht, dass sie tatsächlich zur Ruhe kommen würde, so kurz vor dem Ziel. Ihr Körper dagegen vertrat eindeutig eine andere Ansicht. Sie hatte kaum die Stirn an das kühle Glas des Fensters gelehnt und die Augen geschlossen, als das gleichmäßige Vibrieren des Fahrzeugs sie auch schon ins Reich der Träume schickte.

Jedenfalls erinnerte sie sich nicht, noch irgendetwas von der Reise mitbekommen zu haben, auch wenn sie sich immer noch vollkommen erschlagen fühlte, als der Fahrer sie sanft an der Schulter berührte.

»Ma'am? Wir sind da. Soll ich Ihnen mit Ihrem Gepäck helfen?«

»Schon okay, danke.« Ächzend stieg Hana aus dem Fond und streckte kurz ihren Rücken durch, ehe sie die kleine Sporttasche entgegennahm. Sie war es gewohnt, mit leichtem Gepäck zu reisen. »Danke für die ruhige Fahrt.«

Er lachte. »Sie haben das Beste verpasst.«

Hana schenkte ihm ein pflichtschuldiges Lächeln. »Also dann … Machen Sie's gut.«

Sie schulterte ihre Tasche und trat durch den verglasten Eingang des Space Centers. Irritiert runzelte sie die Stirn, als sie die Metalldetektoren und die dazugehörigen Soldaten bemerkte. Seit ihrem letzten Besuch hier waren die Sicherheitsvorkehrungen gehörig verstärkt worden.

Sie ließ sich durchleuchten, abklopfen, ihre Tasche durchwühlen und per Irisscan identifizieren. Ein bloßer Ausweis war offenbar nicht ausreichend. Es dauerte fast zwanzig Minuten, ehe sie endlich den Sicherheitsbereich verlassen durfte und von Major Rimes empfangen wurde, einem grauhaarigen Mann mit freundlichem Blick und einer so steifen Haltung, als hätte er einen Besen verschluckt.

Immerhin trug er keine Uniform, was ihn in Hanas Augen zumindest nicht mehr ganz so unsympathisch machte. Sie mochte keine Militärtypen, und solche in Uniform erst recht nicht.

»Mrs. Lajunen?« Er stolperte über den Namen, sprach ihn mehr wie *Letschun* aus.

Hana nickte und ergriff die angebotene Hand.

»Danke, dass Sie so kurzfristig kommen konnten.«

»Ich danke Ihnen für die Einladung«, erwiderte Hana. »Auch wenn ich noch nicht ganz verstanden habe, wie ich zu der Ehre komme.«

»Eine zweifelhafte Ehre, wie ich fürchte. Bitte.« Er lotste sie zum Eingang der Missionskontrollzentren.

Hana kannte den Weg, dennoch war sie über Rimes' Begleitung dankbar. Auch hier waren zahlreiche Soldaten positioniert, die sie mit finsteren Blicken beobachteten. Hana hätte nicht gedacht, dass sie sich in einem Astronautenzentrum derart unwohl fühlen könnte. Waren die Amerikaner paranoid geworden?

Rimes legte seine Hand an den Sicherheitssensor neben der Tür, die zum Kontrollzentrum der *Celeste*-Mission führte. Es piepte, und die Tür schwang auf. »Ihr Zugang wird morgen freigeschaltet«, erläuterte er, während er sie an geschlossenen Türen vorbeiführte. »Bis auf Weiteres hat niemand Zutritt, der nicht für die Mission arbeitet. Keine Presse, keine Touristen ... Sie werden es gleich verstehen.«

Mit diesen Worten öffnete er eine weitere Tür, die in einen winzigen Besprechungsraum führte. Ein weißer Tisch, drei Stühle, blauer Teppichboden – und ein Monitor an der Wand, der jedoch ausgeschaltet war.

»Bitte setzen Sie sich.« Er nahm ihr gegenüber Platz, verschränkte die Hände und wartete, bis sie seiner Aufforderung Folge leistete. »Ich werde Ihnen gleich den aktuellen Bericht des Kommandanten der *Celeste* vorspielen.«

Hana nickte, bemüht, sich ihre freudige Anspannung nicht anmerken zu lassen. *Alvar.* Sie würde Alvars Stimme hören!

»Allerdings gibt es zwei Dinge, die Sie diesbezüglich wissen sollten«, wandte Rimes ein. »Zum Ersten, dass Mr. Lajunen zu dem Zeitpunkt, als er diesen Bericht aufgezeichnet hat, noch nicht wusste, dass Sie seine Ansprechpartnerin sein werden.«

Also ein unpersönlicher Bericht. Damit konnte Hana fürs Erste leben.

Es war die andere Warnung, auf die sie nicht gefasst gewesen war. Niemand wäre an ihrer Stelle darauf gefasst gewesen.

Ihre Hände zitterten, als sie den Bildschirm aktivierte, trotz aller Professionalität, die sie an den Tag legen wollte. Dann sah sie Alvars Gesicht. Zum ersten Mal seit mehr als einem halben Jahr. Er war hager geworden, dunkle Ringe prangten unter seinen Augen, aber er war sauber rasiert und wirkte gefasst.

»Bericht Nummer zweihundertacht, Alvar Lajunen, Kommandant der *Celeste.*« Er verzog das Gesicht zu einer gequälten Miene. »Die Stimmung an Bord ist … angespannt. Aber wir kommen zurecht, denke ich. So gut das unter den gegebenen Bedingungen eben der Fall sein kann.« Er seufzte. »Wir haben begonnen, die Mannschaft aufzuwecken. In kleinen Gruppen, um für kontrollierte Bedingungen zu sorgen. Suchanow und ich haben versucht, ihnen die Situation so schonend wie möglich beizubringen, aber sie …« Wieder geriet Alvar ins Stocken. Er biss sich auf die Unterlippe und wippte ein paarmal leicht vor und zurück, ehe er den Blick direkt in die Kamera richtete. »Sie haben es nicht gut aufgenommen.«

6. KAPITEL – SIEDLER

»Wie geht es ihnen?« Alvar versuchte, die Anwesenheit der Echse an seiner Seite zu ignorieren. Sr'Tekoi verhielt sich äußerst still, das musste er ihr lassen. Nur von Zeit zu Zeit war das leise Rascheln ihrer Halslappen zu hören.

Dennoch fühlte er ihren Blick wie eine Last auf sich. Seit die E'Kturi an Bord der *Celeste* gekommen war, um *besser zu verstehen,* wie sie es ausdrückte, hielt sie immer mindestens ein Auge auf ihn gerichtet. Mit dem anderen beobachtete sie Fernandez.

Der Mediziner zuckte mit den Schultern und warf Sr'Tekoi einen unbehaglichen Blick zu, ehe er antwortete. »Die Vitalwerte stabilisieren sich. Sie werden ein paar Tage brauchen, um sich von den Nebenwirkungen zu erholen und wieder einsatzfähig zu sein, die externe Stimulation erreicht leider nicht alle Muskelschichten. Aber abgesehen davon geht es ihnen gut.«

Alvar nickte. »Also sind sie … bereit?«

Fernandez zog eine Grimasse. Dann zuckten seine Augen zu Sr'Tekoi, und er straffte sich. »Sofern man dafür überhaupt bereit sein kann«, lenkte er ein. »Keiner von ihnen sollte einen Herzinfarkt bekommen, wenn du das meinst.«

»Danke.« Mehr war unter den gegebenen Umständen vermutlich nicht zu erwarten. »Ist Alexej schon bei ihnen?«

Fernandez nickte. »Sie sind in der Messe. Soll ich mit?«

Im ersten Moment wollte Alvar ablehnen. Sie hatten genug Arbeit, und Fernandez sah so aus, als könnte er ein wenig Schlaf dringend gebrauchen. Andererseits sah er selbst wohl kaum besser aus, und Schlaf fanden sie ohnehin keinen. »Das wäre gut.« Ein Herzinfarkt war nicht das Einzige, wovor er Angst hatte.

Er ging voran. Das war auch der Grund, weshalb er erst nach einer Weile bemerkte, dass Sr'Tekoi ihnen nach wie vor folgte. Alvar blieb stehen. Die E'Kturi sah ihn an, die Augen abwartend zusammengekniffen.

»Wäre es möglich, dass ich mit meiner Mannschaft alleine spreche?«, fragte er.

Sie zischte und hauchte: »Ich muss alle sozialen Interaktionen bewerten.«

Alle? Das würde bei einhundert Menschen eine Herausforderung werden. Oder meinte sie damit bloß alle, die ihn selbst betrafen?

»Die Reise an sich war bereits eine große Belastung«, versuchte er es mit Vernunft. »Und die meisten glauben nicht einmal an …« Er brach ab und versuchte es erneut. »Ihr seid das erste Volk von einem anderen Planeten, dem wir begegnen.«

Sr'Tekoi sah unbeeindruckt auf ihn herab. »Dessen bin ich mir bewusst.«

»Ich glaube, es wäre leichter für sie, wenn sie vorgewarnt wären, ehe sie … dich sehen.«

Ihre Augen zuckten. Schließlich ließ Sr'Tekoi wieder beide Blicke auf ihm ruhen. »Auch dessen bin ich mir bewusst.«

Alvars Magen krampfte sich zusammen. Wollten die E'Kturi etwa, dass die Situation eskalierte? Sie wussten, dass sie einen Ausnahmezustand hervorriefen – und danach wollten sie die Menschen bewerten?

Mit aller Gewalt zwang er seine Wut zurück. Er durfte ihnen keinen Grund geben, sie zu verurteilen. Suchanow war bei den Neuen. Das musste genügen. Alvar wartete, bis er seiner Stimme zutraute, wieder einigermaßen neutral zu klingen. »In Ordnung. Bringen wir es hinter uns.«

Das Gemurmel, das in der Messe geherrscht hatte, verstummte abrupt, als er eintrat. Zuerst sahen die zwanzig Mannschaftsmitglieder, die bis vor wenigen Stunden noch in ihren Schlafkapseln gelegen hatten, ihm und Fernandez gespannt und freundlich entgegen. Den Moment, in dem Sr'Tekoi hinter ihnen durch die Tür trat, konnte er deutlich auf den Gesichtern der Anwesenden erkennen. Ungläubigkeit und blankes Entsetzen spiegelte sich darin wider.

Die E'Kturi musste ihren Kopf leicht neigen, um einzutreten, aber das tat ihrer Wirkung keinen Abbruch. Und auch nicht der Bedrohung, die von ihr ausging.

Alvar bezog in der Mitte des Speisesaals Aufstellung, doch niemand beachtete ihn. Er räusperte sich, und als das nichts nutzte, rief er: »Ich möchte Ihnen unseren Gast vorstellen!«

Nun endlich wandten sich die Ersten wieder in seine Richtung. Er sah sie an. Menschen aller Nationen, die voller Hoffnung ins Weltall aufgebrochen waren. Ausgebildete Astronauten und Wissenschaftler allesamt. Er konnte nur hoffen, dass sie den Ernst der Lage begriffen. Erklären konnte er es ihnen nicht. Nicht mit der E'Kturi an seiner Seite.

Er zwang ein Lächeln auf sein Gesicht. »Das hier ist Sr'Tekoi. Sie und ihr Volk haben uns auf dem Mars empfangen. Sie möchten …« Er zögerte. Wie sehr musste er beschönigen? Er entschied sich für dieselben Worte, die auch die E'Kturi gebraucht hatte. »Sie haben unsere Kolonie aufgesucht, um die soziale Eignung der Menschheit zu bewerten.« Gemurmel wurde laut, doch Alvar ging nicht darauf ein. »Dafür werden sie unsere Interaktionen beobachten. All unsere Interaktionen. Um uns besser zu verstehen.«

Das Gemurmel erstarb. Die Bedeutung dessen, was er sagte, sickerte zu ihnen durch, und damit kam auch das Entsetzen. Er wusste, dass dieses sie nicht lange stumm halten würde. Sie waren dazu ausgebildet, auf unkontrollierbare Situationen zu reagieren, indem sie ruhig blieben und sich auf das besannen, was sie beeinflussen konnten. Aber sie waren nur Menschen. Und in Ausnahmesituationen blieben Menschen nicht ruhig.

Alvar hob die Hände, was Sr'Tekoi ein leises Zischen entlockte, aber er konnte nicht auf alles Rücksicht nehmen. Er musste die E'Kturi hier rausschaffen, und das konnte er nur, wenn er diese Versammlung so rasch wie möglich beendete.

»Ich bin mir darüber im Klaren, dass das nicht die Umstände sind, unter denen Sie aufzuwachen erwartet hatten, und dass es einige Zeit dauern wird, um sich an diese Situation zu gewöhnen. Dennoch bitte ich Sie, unseren Gästen mit dem höchsten Respekt zu begegnen und sie in jeglicher Hinsicht bei ihrer Beurteilung zu unterstützen.« Er sah zu Suchanow. »Unser Bordpsychologe, Doktor Suchanow, steht Ihnen für Einzelgespräche zur Verfügung.«

Alexej sah ihn an, als hätte er ihn gerade zum Scharfrichter ernannt, und in gewisser Weise traf das wohl zu. Es war nicht gerecht, ihn zwanzig verunsicherten Menschen auszusetzen. Aber was war schon gerecht?

Alvar kämpfte gegen den Drang an, seine Hände zu Fäusten zu ballen. Er musste ruhig bleiben, wenn schon nicht innerlich, so doch wenigstens äußerlich. Er war der Fels in der Brandung. Der einzige, den diese Leute hatten. Er musste sie schützen, zur Not auch vor sich selbst.

Er schloss seine Rede mit einem kurzen Nicken. »Danke für Ihre Aufmerksamkeit. Willkommen auf dem Mars.« Damit wandte er sich zum Gehen.

Harris hielt ihn auf. Der Amerikaner trat Alvar in den Weg und packte ihn am Arm. Unauffällig, allerdings nur solange Alvar nicht versuchte, sich loszureißen. Sie standen Schulter an Schulter. So leise, dass nur Alvar ihn hören konnte, zischte Harris: »Was soll das? Du kannst doch nicht einfach abhauen. Sie brauchen dich!«

Alvar presste die Lippen zusammen. Er fühlte Sr'Tekois Blick immer noch auf sich. Mit aller Eindringlichkeit sah er seinem Stellvertreter in die Augen. »Sie brauchen einen Moment für sich.« Harris runzelte die Stirn, aber deutlicher konnte Alvar nicht werden. »Jemanden, dem sie sich anvertrauen können.« Bei dem sie sein konnten, wie sie gerade sein mussten, ohne dafür verurteilt zu werden.

Er wandte sich zu der E'Kturi und war erleichtert, als er spürte, dass Harris' Hand von seinem Arm glitt. »Ich werde mit unserer Physikerin das weitere Vorgehen für die nächsten Schritte beim Aufbau der Kolonie besprechen. Möchtest du mich begleiten?«

Sr'Tekoi stieß einen sachten Lufthauch aus. »Das wäre in meinem Interesse.«

»Das freut mich.« Er hatte schon befürchtet, sie würde bleiben und auch Harris und Suchanow bei ihren Interaktionen zusehen wollen, aber wie es schien, hatte sie fürs Erste genug von der Menschenansammlung.

So schnell er es wagte, verließ Alvar zusammen mit Sr'Tekoi die Messe. Hinter ihm brandeten die Stimmen der Menschen auf, die seiner Verantwortung unterstanden. Alvar musste sie im Stich lassen, um ihnen zu helfen. Er wusste, dass er das Richtige tat.

Er wünschte sich nur, es würde sich auch so anfühlen.

***

Fassungslos sah Michael seinem Kommandanten hinterher. Hatte Lajunen nun völlig den Verstand verloren? Erst schleppte er diese verdammte E'Kturi hier rein und versetzte den Leuten den Schrecken ihres Lebens, um sich dann einfach wieder zu verkriechen, ohne auch nur die geringste Rücksicht auf das Chaos zu nehmen, das er nach diesem Auftritt hinterließ. Wozu war er dann überhaupt gekommen? Die Einführung der Neuen hätten Suchanow und Michael ebenso gut ohne ihn erledigen können!

Kaum waren Lajunen und die Echse aus dem Blickfeld verschwunden, brach die Panik aus, die unterschwellig in den versammelten Siedlern gebrodelt hatte, seit die beiden die Messe betreten hatten. Rufe und Fragen wurden laut. Und das war noch das Harmloseste.

Ein breitschultriger Kerl – James Corben, ein Biologe, wenn Michael sich richtig erinnerte – hieb mit der Faust auf den Tisch. »Was soll der Dreck?«, brüllte er. »Wir sollen uns die ganze Zeit von irgendwelchen Dinosauriern auf die Finger schauen lassen? Das ist nicht die Mission, für die wir uns gemeldet haben.«

»Niemand hat sich für so etwas gemeldet«, gab Michael in der gleichen Lautstärke zurück. »Aber das ist nun mal die Situation, wie wir sie vorgefunden haben.«

»Und warum sollen wir den Mist dann mitmachen?«

»Ganz einfach«, erklärte Michael so ruhig wie möglich. »Weil sie uns mit großer Wahrscheinlichkeit aus dem Universum pusten, wenn wir es nicht tun.« Er sah den Anwesenden in die Gesichter, sah die Angst und die Wut darin. Er fühlte mit ihnen.

Lajunen und er hatten die ersten zwanzig nach ihren Professionen ausgewählt. Geologen, Ingenieure, Biologen, Agrarwissenschaftler … Jene Leute, die sie benötigten, um die Kolonie in Gang zu bringen. Auf ihren persönlichen Hintergrund hatten sie dabei wenig Rücksicht nehmen können. Suchanow hatte sich zwar die psychologischen Profile angesehen, aber mit so einer Situation konfrontiert zu werden, war etwas völlig anderes als das, was ein paar Tests unter kontrollierten Bedingungen simulieren konnten. Hier gab es keine Sicherheit, kein Entkommen. Nur sie, die feindliche Marsoberfläche und die E'Kturi, von denen sie nicht wissen konnten, wie freundlich oder feindlich sie ihnen gesinnt waren.

Wieder redeten und schrien die Leute durcheinander. Diesmal

übernahm Suchanow den Versuch, sie zu beruhigen. »Wir haben bisher keinen Grund zu der Annahme, dass sie uns Böses wollen«, erklärte er. »Dennoch gebietet die Missionsleitung Vorsicht im Umgang mit dieser fremden Spezies. Wichtig ist es, dass wir Ruhe bewahren und uns auf unsere Mission konzentrieren.«

»Und hier fröhlich eine zweite Erde aufbauen?« Dieser Ruf kam von einer Frau. Sie hatte einen niederländischen oder deutschen Akzent. Michael war sich nicht mehr sicher, was ihr Spezialgebiet war. Irgendetwas mit Pflanzen. »Das ist doch hirnrissig. Wir sollten dafür sorgen, dass wir zur Erde zurückkommen. Das ist eine Aufgabe fürs Militär, nicht für Wissenschaftler und Zivilisten.«

Was das betraf, gab Michael ihr völlig recht. Leider lag es aber nicht an ihnen, das zu entscheiden. »An diesen Problemen wird bereits gearbeitet.« Zumindest hoffte er das. Eine offizielle Stellungnahme dazu gab es bislang nicht. »Dennoch müssen wir die Zeit überbrücken, bis …«

»Nein!« Der Biologe sprang auf. »Das kann niemand von uns verlangen. Ich will das nicht!«

»Beruhigen Sie sich.« Suchanow trat langsam auf den Kerl zu, die Hände leicht vor sich ausgestreckt, als wollte er den Mann umarmen – oder ihn auf den Stuhl zurückdrücken. »Ich verstehe Ihre Aufregung, aber es gibt wirklich keinen Grund …«

»Fassen Sie mich nicht an!« Corben zuckte zurück, als wäre Suchanow ebenfalls ein Alien. »Ich will mich nicht beruhigen! Sie können mich nicht zwingen, unter diesen Umständen hierzubleiben!«

»Seien Sie doch vernünftig, Mann!«, rief Michael. »Wir sind dreihundert Millionen Kilometer von der Erde entfernt. Natürlich wird die Kolonie evakuiert werden, aber bis das möglich ist, dauert es.«

»Dann will ich zurück in die Schlafkapsel!«, geiferte Corben. »Ich werde ganz sicher keine Psychospiele mit irgendwelchen Außerirdischen mitmachen.«

Michael sah fragend zu Fernandez, doch der schüttelte den

Kopf. »Zu gefährlich. Wir wissen nicht, wie lange er da drin bleiben müsste. Das Risiko eines Hirnschadens wäre zu groß.«

»Sie haben den Doc gehört«, sagte Michael. »Wenn Sie nicht nach draußen wollen, lässt sich das bestimmt einrichten, aber …«

»Ich pfeife auf Ihre guten Ratschläge! Lassen Sie mich … Ich habe gesagt, Sie sollen mich nicht anfassen!« Damit donnerte er Suchanow, der ihm beruhigend eine Hand auf die Schulter gelegt hatte, die Faust ins Gesicht.

Der Psychologe fiel rückwärts zu Boden. Blut quoll aus seiner Nase und tropfte auf den Boden des Speisesaals.

»Hey!« Mit drei schnellen Schritten brachte Michael sich selbst zwischen die beiden Männer. »Beruhigen Sie sich gefälligst!«

Aber der Biologe dachte nicht daran. Er schwang die Faust ein weiteres Mal, doch diesmal hatte er sich mit dem Falschen angelegt. Achtzehn Jahre Kampfausbildung machten sich bezahlt. Michael wich dem Schlag mühelos aus. Noch in derselben Bewegung rammte er dem Mann einen Ellbogen gegen das Schulterblatt und zog ihm mit dem Fuß das Bein weg. Corben, ohnehin noch angeschlagen von den Monaten in der Schlafkapsel, stürzte zu Boden. Die geringe Gravitation gab ihm jedoch die Gelegenheit, zu reagieren. Im letzten Augenblick fing er sich mit den Armen ab. Er rollte herum und schlang die Arme um Michaels Beine, woraufhin der ebenfalls das Gleichgewicht verlor. Langsam und dennoch unausweichlich kippte Michael rücklings zwischen die Tische.

Den stellvertretenden Kommandanten zu Fall zu bringen, genügte Corben jedoch offensichtlich nicht. Der Spinner versuchte nun tatsächlich, ihn zu beißen!

»Victor!« Hilfe suchend sah Michael sich nach dem Mediziner um, doch inzwischen war die gesamte Mannschaft aufgesprungen und bildete einen Ring aus Schaulustigen um ihn und den durchgedrehten Biologen. Er selbst hatte alle Hände voll damit zu tun, sich irgendwie gegen den Kerl zu wehren, der immer noch seine Beine umklammert hielt.

»Verdammte Scheiße. Victor!«

»Aus dem Weg!« Fernandez bahnte sich seinen Weg durch die Menge, indem er die Leute grob beiseitestieß. In seiner Hand glänzte eine Nadel.

In diesem Augenblick zuckte ein stechender Schmerz durch Michaels Bein. Corben war es gelungen, seine Zähne in Michaels Unterschenkel zu schlagen.

Jetzt reicht's! Michael zog beide Beine an und stieß sie wieder vorwärts, was seinem Angreifer einen Schlag gegen den Kiefer einbrachte.

Trotzdem ließ Corben einfach nicht locker. Wie ein Pitbull hatte sich der Kerl in ihm verbissen.

Michael glaubte bereits, dass der Spinner ihm ein Stück Fleisch herausreißen würde, als sein Körper mit einem Mal erschlaffte. Fernandez kniete über ihm, die nun leere Beruhigungsspritze in der Hand.

»Alter«, schnaufte der Arzt. »Wenn das mal keine Minuspunkte gibt.«

Michael erwiderte nichts. Er sah auf den bewusstlosen Mann zu seinen Füßen und anschließend zu Suchanow, der danebenhockte, ein blutgetränktes Taschentuch aufs Gesicht gedrückt.

Und das ist erst der Anfang.

Lajunen mochte ein Optimist sein. Michael war es nicht. Er war Realist, und was die E'Kturi anging, so hatte er nicht den geringsten Zweifel, wie ihr Urteil ausfallen würde.

Die Menschheit würde ihre Beurteilung nicht überstehen.

***

»Wieso spricht dieser andere Mensch mit ihnen?«, hauchte Sr'Tekoi. »Bist nicht du ihr Anführer?«

Alvar schloss seinen Raumanzug und aktivierte den Außenfunk, damit die E'Kturi ihn hören konnte. »Das bin ich. Deshalb ist es meine Aufgabe, dafür zu sorgen, dass alles funktioniert.«

Er trat in die Luftschleuse des südlichen Verbindungstunnels und wartete, bis Sr'Tekoi ihm folgte. Wie bei ihrer Ankunft trug sie keinen Raumanzug. Nur ein leichtes Flimmern zog sich wie ein öliger Film über ihren Körper und verriet, dass auch die E'Kturi den Lebensbedingungen des Mars etwas entgegensetzen mussten.

»Ich bin nicht für jedes Problem der richtige Ansprechpartner«, fuhr Alvar mit seiner Erklärung fort. »Doktor Suchanow ist Psychologe, er ist besser darin geschult, mit Menschen zu interagieren und auf ihre Bedürfnisse einzugehen.«

»Ich verstehe.« Mit einem Mal kam Leben in die Echse an seiner Seite. Unter ihren wallenden Kleidern zuckte es, ihr Mund zog sich immer breiter. »Dann ist er also ein Experte der Verhaltensforschung für euer Volk?«

»So könnte man es ausdrücken, ja.« Alvar entriegelte das äußere Luftschott und betrat den Frachthangar.

Die Frachträume waren im äußeren Ring der *Celeste* untergebracht und selbst im Inneren noch sieben Meter hoch, doch sie waren derart vollgepackt mit Geräten und Ausrüstung, dass nur ein schmaler Gang zwischen den Containern frei blieb. Jeder einzelne davon war akribisch codiert und beschriftet, jedes Schräubchen an seinem Platz, sodass ein Befehl im System genügte, um exakt den Container zu finden, den man suchte. Vorausgesetzt, er war nicht zugebaut.

Marsianischer Sand knirschte unter Alvars Stiefeln. Denaux hatte also bereits die Ladeklappe geöffnet.

Hinter ihm seufzte Sr'Tekoi zufrieden. »Es ist eine gute Entscheidung, die Kommunikation einem Experten zu überlassen«, meinte sie. »Ich selbst bin auf einem ähnlichen Gebiet bewandert.«

»So?« Alvar drehte sich zu der Außerirdischen um. Es erstaunte ihn, dass sie etwas über sich selbst preisgab.

Sr'Tekoi schwebte beinahe über die Bodenplatten. Trotz der geringen Schwerkraft hatten ihre Bewegungen etwas Gleitendes, als wäre sie fest mit dem Boden verankert. Hanas Yogalehrerin hätte ihre Freude mit der E'Kturi gehabt. Sie wiegte den Kopf hin und her und hauchte: »Ich betreibe Verhaltensforschung an primitiven Lebensformen. Deshalb bin ich hier. Um euch zu studieren.«

Alvar unterdrückte ein Seufzen und wandte sich wieder um. Etwas anderes war ja auch nicht zu erwarten gewesen. »Und, was hast du bisher herausgefunden?«

»Euch das zu verraten, würde die Ergebnisse beeinflussen«, wiederholte die E'Kturi. »Kt'Arra legt äußersten Wert auf eine korrekte Durchführung der Beurteilung.«

Das wiederum erstaunte Alvar. Er hätte nicht gedacht, dass ausgerechnet die Anführerin der Außerirdischen ihnen eine faire Chance einräumte. Auf ihn hatte sie ziemlich voreingenommen gewirkt. Aber vielleicht wollte Kt'Arra auch bloß jeden ihrer Fehler dokumentiert wissen.

Alvar verzog den Mund. Ein Tag auf dem Mars, und schon wurde er zum Pessimisten. Er wollte sich lieber gar nicht erst vorstellen, wie es den anderen erging.

Sie waren mit den besten Absichten in ihre gemeinsame Mission gestartet. Das alles durfte nicht umsonst gewesen sein.

Wie erwartet, fand er Denaux an der Verladerampe. Sie stand an der Steuerkonsole der Krananlage und war gerade dabei, einen der fünf Meter hohen 3-D-Drucker nach draußen zu befördern, wo Chen mit einem der Lastfahrzeuge bereitstand, um das selbst unter Marsschwerkraft tonnenschwere Monstrum entgegenzunehmen.

»Imani.«

Sie sah auf. »Captain. Solltest du nicht in der Messe sein?«

»Von da komme ich gerade.«

Wie bereits bei der Mannschaft im Speisesaal konnte er auch bei Denaux exakt den Augenblick feststellen, in dem sie die E'Kturi hinter ihm erblickte. Bei ihr war die Veränderung minimal. Ein kurzes Zucken um die Mundwinkel, eine winzige Veränderung in der Stellung ihrer Augenbrauen. Doch Alvar sah sie. Er hoffte nur, dass Sr'Tekoi in ihrer *Erforschung primitiver Lebensformen* noch nicht versiert genug war, um sie ebenfalls zu erkennen.

Denaux nickte. Sie stellte keine weiteren Fragen, zumindest für den Augenblick. Alvar wusste, dass er sich bald vor seiner Mannschaft würde rechtfertigen müssen – für alles, was er heute nicht hatte sagen können. Aber erst einmal musste er dafür sorgen, dass es eine Zeit nach dem Heute gab.

»Was kann ich für dich tun, Captain?«

»Ich wollte die weitere Vorgehensweise für den Aufbau der Kolonie mit dir besprechen.«

»Natürlich.«

Sie war eine gute Schauspielerin, das musste er ihr lassen. Wenn er nicht selbst gewusst hätte, wie unnötig diese Besprechung war – an ihrer Reaktion hätte er es nicht feststellen können. Denaux ließ den Kran ordnungsgemäß herab, sicherte ihn und wandte sich dann wieder ihm und Sr'Tekoi zu. Draußen sah er, wie Chen aus dem Rover stieg, einen Blick zu ihnen hereinwarf und sich wieder in die Fahrerkabine setzte. Sie legte eindeutig keinen Wert darauf, an ihrer Besprechung teilzuhaben.

Alvar sah sich um. All die Container. Sie hatten so viel auf sich genommen, um zum Mars zu gelangen. *Es durfte einfach nicht umsonst gewesen sein.*

»Wenn ihr den Drucker aus dem Weg habt, können wir mit dem Aufbau des Treibhauses beginnen«, wiederholte er, was er Denaux bereits vor Beginn ihrer Arbeit gesagt hatte. »Laut Frachtliste müssten sich die landwirtschaftlichen Module im Container AX-210c befinden.«

Denaux nickte. »Und der Bohrer in AR-471k. Den sollten wir auch ausladen.«

Diese Information war auch für ihn neu. Was ihm nur bewies, wie sehr ihm die Situation aufs Hirn schlug. Selbstverständlich war der Bohrer zur Wassergewinnung wichtiger, als bereits jetzt die wärmeisolierten Kisten mit Saatgut oder Erde auszuladen, solange das Treibhaus nicht stand. Sie mussten die Wassersammelanlagen in Betrieb nehmen. »Gute Idee. Danke.«

»Sonst noch etwas?«, fragte Denaux.

Alvar sah nach draußen. Durch die Seitenscheibe des Rovers konnte er Chens Umriss erkennen. »Passt auf euch auf.«

Ein aufrichtiges Lächeln erschien auf dem Gesicht der Physikerin. »Natürlich. Und du auf dich.«

»Ich versuch's.« Als Alvar sich zum Gehen wandte, sah er, dass Sr'Tekoi den Mund ebenfalls breitgezogen hatte. Sie wirkte zufrieden.

Ein winziger Funken Hoffnung glomm in Alvar auf. Vielleicht schafften sie es ja doch, so lange *Mensch ärgere dich nicht* zu spielen, bis die Beurteilung abgeschlossen war. Es musste ihnen einfach gelingen, wenn sie überleben wollten.

***

Das Klacken, mit dem Michael die Verbindungsschleuse der *Celeste* an der Bodenstation einrasten ließ, hätte befriedigend klingen sollen, doch das Gegenteil war der Fall. Das Geräusch hatte etwas Endgültiges, das ihm angesichts ihrer aktuellen Situation zutiefst zuwider war. Sie knüpften ihr Schicksal an etwas, dessen sie nicht länger Herr waren.

Michael zog das Verbindungskabel aus der Schaltstelle und steckte es in den Monitor am Ärmel seines Raumanzugs. Fehler konnte er über diesen einfachen Anschluss zwar nicht beheben, aber das war auch gar nicht nötig. Alles lief stabil, soweit er das jetzt schon beurteilen konnte. Die *Istar II* lieferte Energie, Sauerstoff und die Daten ihrer Überwachungs- und Messstationen an die Kommandozentrale der *Celeste*. Jedenfalls in der Theorie.

»Harris an *Celeste*«, melde er. »Sollte laufen. Seht ihr die Daten?«

»Verstanden«, drang Lajunens Stimme aus dem Funk. »Sieht gut aus von hier.«

Michael biss die Zähne zusammen. Er hatte seinem Kommandanten das Debakel im Speisesaal keineswegs verziehen. Corben lag betäubt auf der Krankenstation, er selbst trug einen Verband am Unterschenkel, und Suchanow würde die nächsten Tage damit beschäftigt sein, neunzehn verstörten Marskolonisten dabei zu helfen, ihren neuen sozialen Status zu akzeptieren.

»Also, Cap. Was nun?«

Er wartete auf eine Entschuldigung, eine Erklärung. Aber alles, was er bekam, war ein weiterer Arbeitsauftrag. »Mei hat mit ein paar von den Neuen begonnen, das Treibhaus in Betrieb zu nehmen. Sie können sicher Hilfe benötigen.«

Was auch sonst. »Bin unterwegs.«

»Ich höre gerade, dass Nk'Zass sich zu ihnen gesellt hat. Vielleicht kannst du ihr unsere Vorgehensweise erläutern. Falls sie Interesse daran hat.«

War er jetzt auch noch der Babysitter für diese Plagegeister? Dann verstand er. Vermutlich wollte Lajunen ihn bloß vorwarnen, und wenn er das derart durch die Blume tat, war er offenbar immer noch in Begleitung einer E'Kturi. Dennoch drückten die Worte des Finnen wie Steine in Michaels Magengrube.

»Ich werde mein Bestes tun«, presste er heraus. »Welchen Kanal benutzt Meis Gruppe?«

»Kanal drei.«

»Danke.«

Michael beendete die Analyse, zog das Kabel aus seinem Monitor und verstaute es wieder sorgfältig unter der Abdeckung. Dann wechselte er den Funkkanal und machte sich auf den Weg zur Treibhausbaustelle.

»... dort drüben montieren«, hörte er eine weibliche Stimme mit niederländischem Akzent. »Im Norden der Anlage, dann versperren die Solarpaneele den Sprösslingen nicht das Sonnenlicht.«

»Aber hier auf dem Plan steht, dass es auf die andere Seite muss«, hielt Chen dagegen.

»Schon möglich«, entgegnete die Niederländerin. »Aber da hatte auch noch niemand damit gerechnet, dass direkt neben dem Treibhaus ein außerirdisches Raumschiff parkt. Dort drüben, sonst können wir uns das Ganze gleich sparen.«

Agraringenieurin, fiel es Michael ein. Das war ihr Fachgebiet.

Damit hatte er auch ihren Namen wieder parat. Nina Aldrich, Agraringenieurin aus Den Haag.

Dass ausgerechnet sie sich für Chens Außenteam gemeldet hatte, wunderte ihn. Andererseits, was sollten sie auch sonst tun? Die *Celeste* bot zwar neben dem Fitnessstudio auch einen Spiel- und Aufenthaltsraum, in dem ihnen sogar eine kleine Heimkinoanlage zur Verfügung stand – aber Michael bezweifelte, dass irgendjemandem der Sinn danach stand, sich jetzt mit Vergnügungen abzulenken.

Außer vielleicht mit einem Alien-Shooterspiel. Der Gedanke amüsierte Michael nur so lange, bis ihm klar wurde, wie die E'Kturi darauf reagieren würden, wenn sie auf diese Art der menschlichen Unterhaltung stießen. *Wir sind echt am Arsch.*

Michael umrundete die Versorgungskuppel der Bodenstation und sah das Gerippe des Gewächshauses. Eine Gestalt im Raumanzug bediente den Montageroboter, um die Isolierplatten auf die metallenen Streben zu montieren, während zwei weitere Kolonisten am Eingang des zukünftigen Treibhauses standen und die Vorrichtungen zur Luft- und Wasseraufbereitung an der Schnittstelle zur Versorgungskuppel platzierten. Das mussten Chen und Aldrich sein.

Mit gehörigem Abstand zu den Menschen, aber dennoch viel zu nah für Michaels Geschmack, stand eine E'Kturi und beobachtete jeden Handgriff, den die Menschen taten. Sie hielt Arme und Tentakel vor dem Körper verschränkt und verharrte in scheinbarer Regungslosigkeit. Nur ihre umherzuckenden Augen verrieten, wen sie gerade ins Visier nahm.

Und das war er.

Michael verbiss sich das missmutige Knurren, nach dem ihm eigentlich zumute war, und stapfte zu den beiden Frauen. »Braucht ihr Hilfe?«

»Klar«, kam es von der Niederländerin. »Wir sind ja absolut hilflos ohne einen Kerl, der uns zeigt, wie man ein Kabel in die Buchse steckt.«

Auch das noch. Michael konnte niemanden im Team gebrauchen, der meinte, sich gegen ihn behaupten zu müssen. Wenn die Agraringenieurin der Meinung war, dass jeder Mann sie automatisch für unfähig hielt, dann sollte sie das mit Suchanow besprechen. Nicht mit ihm. Er hatte schon genug andere Sorgen.

Er wandte sich an Chen, in der Hoffnung, von ihr eine brauchbarere Antwort zu erhalten. Die bekam er auch, allerdings mit einem breiten Grinsen serviert.

»Wir haben das hier im Griff, danke, Boss. Aber wenn du dich nützlich machen willst …« Sie deutete auf den zwei Meter durchmessenden Bohrkopf, der neben dem Treibhaus bereitstand. »Viel Spaß mit dem Ding.«

Michael seufzte. Er hob die Hände, um sein Achselzucken zu verdeutlichen, und machte sich an die Arbeit. Betriebsbereit war die Anlage bereits, immerhin diesen Part hatten sie ihm abgenommen. Mit der behandschuhten Faust hieb Michael auf den massiven Startknopf und wartete, während der Bohrer Geschwindigkeit aufnahm.

Die Position von *Istar II* und damit ihr eigener Landeplatz waren nicht zufällig ausgewählt worden. Sie befanden sich in einer Tiefebene, die vor Urzeiten einmal ein Meer gewesen war. Und in gewisser Weise war sie das immer noch. Unter der Ebene lagerten Eisvorräte. Gefrorenes Wasser in rauen Mengen. Sie mussten es nur erhitzen, fördern, aufbereiten und in die dafür vorgesehenen Drucktanks einlagern. Und voilà: Der Grundstein für ihre Gewächshäuser war gelegt.

»Bin ja schon froh, dass dieser Gecko mal jemand anderen anstarrt«, hörte er Aldrichs Stimme über Funk.

Alarmiert sah Michael hoch, doch Nk'Zass reagierte nicht auf die wenig schmeichelhafte Bezeichnung. Was bedeutete, dass sie den Funk der Gruppe nicht abhörte – oder die Abfälligkeit stillschweigend für ihre Bewertung verbuchte. Die ausgeprägte, fremdartige Mimik der E'Kturi war ihm ein Rätsel, aber ihm kam Nk'Zass nicht feindseliger – oder freundlicher – vor als bei seiner

Ankunft. Sie musterte ihn immer noch genauso stumm und starr wie zuvor.

Also ignorierte er ihren aufdringlichen Blick und konzentrierte sich stattdessen auf seine Arbeit. Der Bohrkopf senkte sich herab, grub sich durch den Sand und in die dünne Felsschicht darunter. Die automatische Absaugvorrichtung beseitigte den Staub und filterte ihn heraus, bis der Bohrer auf die gefrorene Schicht darunter traf. Dann erhitzten Mikrowellen den Boden und schmolzen das Eis. Die Atmosphäre besaß nicht genug Dichte, um es zu Wasser werden zu lassen. Es verdampfte und wurde erst in den Kompressionstanks wieder flüssig.

Michael kam gut voran. Jedenfalls dachte er das, bis er Chens panische Rufe über den Funk hörte. Erschrocken sah er auf.

Die E'Kturi, die bisher keinen Muskel außerhalb ihres Gesichts gerührt hatte, war in krampfartige Zuckungen verfallen. Ihr Schwanz peitschte umher, sie wand jeden Teil ihres langen Körpers, als wäre sie in höchste Ekstase geraten – oder als würde sie gerade einen epileptischen Anfall erleiden.

»Scheiße!« Michael hieb auf den Knopf, der den Bohrer zum Stillstand brachte, und stürzte zu Nk'Zass. Noch während er die wenigen Meter zu ihr zurücklegte, wechselte er den Funkkanal. »Alvar! Komm sofort zum Treibhaus! Wir haben einen Notfall!«

7. KAPITEL – KONTAKT

Alvar eilte zur Baustelle, so schnell es ihm die geringe Marsgravitation erlaubte. Seine Schritte waren weit und leicht, er musste aufpassen, um sich nicht zu kräftig abzustoßen und das Gleichgewicht zu verlieren.

Sr'Tekoi, die sich nicht mit der Banalität eines sperrigen Raumanzugs aufhalten musste, hatte das Treibhaus lange vor ihm erreicht. Sie stand bei Nk'Zass, und beide diskutierten ihrer Mimik nach aufgeregt miteinander. Die Hautlappen an ihren Hälsen zuckten, und als Alvar näher kam, hörte er das leise Zischen und Hauchen, das offenbar ihre Sprache ausmachte. Es klang alles andere als freundlich.

Vier Menschen standen mit ratlosen Gesichtern daneben und unterhielten sich. Alvar erkannte Chen und Harris, dazu zwei der Neuen. Aldrich und Sakamura, die Agraringenieurin und der Geologe, die sie aufgeweckt hatten. Er wechselte auf ihre Frequenz und vernahm Chens Stimme: »… jetzt weitermachen oder nicht?«

»Keine Ahnung«, antwortete Harris. »Scheint ihr ja wieder gut zu gehen …«

Das sah Alvar allerdings anders. »Was ist passiert?«, verlangte er von seinem Stellvertreter zu wissen.

Harris wandte sich zu ihm um. »Keine Ahnung, Cap, ehrlich. Ich war am Bohrer, da hat sie plötzlich zu zucken angefangen. Niemand von uns war in ihrer Nähe.« Er deutete auf die anderen drei, die einvernehmlich nickten. »Vielleicht tut ihnen die Marsluft nicht gut oder …«

»Ihr Menschen«, zischte Nk'Zass mit deutlich stärkerem Akzent als Sr'Tekoi, »seid barbarische, widerwärtige Kreaturen.«

Oh nein. Alvar bemühte sich, nicht so verzweifelt dreinzusehen, wie er sich angesichts dieser Worte fühlte. Er schaltete auf den Außenfunk. »Wir bitten euch darum, uns zu erklären, was wir falsch gemacht haben. Was ist geschehen, dass ihr so über uns denkt?«

Sr'Tekoi trat hinzu. Täuschte Alvar sich, oder las er tatsächlich so etwas wie Enttäuschung in ihrem schuppigen Gesicht? »Dieser Mensch«, sie richtete ihre Augen auf Harris, »hat Unsägliches getan.«

Beide E'Kturi zischten. Mit zusammengekniffenen Augen fuhr Sr'Tekoi fort: »Ich hatte wirklich große Hoffnungen für eure Spezies. Aber kaum betretet ihr fremdes Land, ermordet ihr alles, was sich vor euch dort befunden hat.«

»Wie bitte?«

»Spinnen die?«

»Wovon redet sie?«

Alvar musste die Hand heben, um die Stimmen, die per Funk auf ihn einstürmten, zum Schweigen zu bringen. Er sah Harris auffordernd an, doch der schüttelte nur fassungslos den Kopf.

»Cap, ich schwöre dir …« Er hielt inne, aktivierte ebenfalls seinen Außenfunk und sagte: »Ich weiß absolut nicht, wovon die reden. Alles, was ich getan habe, war, ein Loch in den Boden zu bohren und ein wenig Wasser zu verdampfen …«

»Und mit ihm Millionen von Mikroorganismen!«, zischte Nk'Zass zornig. »Leben, das in dem Eis konserviert war. Und ihr habt es einfach ausgelöscht!«

»Das ist doch wohl nicht dein Ernst …«

Hastig packte Alvar seinen Stellvertreter am Arm, ehe der noch etwas Unüberlegtes sagte – oder tat. »Das muss ein Missverständnis sein«, versicherte er, obwohl er absolut nicht davon ausging.

Mikroorganismen? Wer kam denn auf so etwas? Hier, auf dem Mars, gefroren im Eis … Die NASA hatte den Mars jahrzehntelang erforscht, ohne auf noch vorhandenes Leben welcher Art auch immer gestoßen zu sein.

Und wenn konservierte Mikroorganismen bereits ein Problem waren – was kam als Nächstes? Würden die E'Kturi sie ebenfalls dafür verurteilen, dass sie Infektionen mit Antibiotika behandelten? Und was, wenn sie herausfanden, dass die *Celeste* gefriergetrocknetes und eingelegtes Fleisch an Bord hatte? Was musste er denn noch alles beachten, verdammt?

Bald wahrscheinlich gar nichts mehr, denn Nk'Zass schnaubte voller Verachtung. »Missverständnis? Wohl kaum. Ich werde Kt'Arra von eurem Vorgehen berichten. Sie wird entscheiden, wie mit euch zu verfahren ist.«

Nein, nein, nein! Das konnte doch nicht wahr sein, konnten sie wirklich keinen einzigen Tag überstehen?

»Warte!« Zu Alvars Überraschung hielt Nk'Zass tatsächlich inne. Dennoch wandte er sich an Sr'Tekoi. Sie erschien ihm die Zugänglichere der beiden. »Du hast gesagt, Kt'Arra legt äußersten

Wert auf eine korrekte Durchführung der Beurteilung. Ist es denn wirklich korrekt, unsere soziale Kompetenz aufgrund unserer mangelnden technischen Mittel zu beurteilen? Ich versichere euch, wir wussten nichts von diesen Mikroorganismen.«

Sr'Tekoi kniff nachdenklich die Augen zusammen, doch Nk'Zass ließ sich nicht so leicht beschwichtigen. »Es hätte in eurer Verantwortung gelegen, das zuerst zu prüfen!«

»Das haben wir!«, beharrte Alvar. »Unseren Forschungsteams zufolge existiert kein Leben auf diesem Planeten, sonst wären wir garantiert umsichtiger vorgegangen.« *Und hätten dieses Leben in Reagenzgläser gepackt und in Labors untersucht.* Diesen Teil verschwieg er jedoch geflissentlich.

»Wenn ihr von den Organismen wusstet«, mischte Harris sich ein, »warum habt ihr uns nicht gewarnt? Habt ihr damit nicht ebenfalls billigend in Kauf genommen, dass sie unserer Arbeit zum Opfer fallen?«

Nk'Zass fauchte und entblößte ihre breiten Mahlzähne. Ohne ein weiteres Wort rauschte sie ab, zweifellos, um ihrer Anführerin Bericht zu erstatten.

Voller Verzweiflung sah Alvar ihr hinterher. War das Schicksal der Menschheit damit bereits besiegelt? Was würden die E'Kturi mit einem Volk von Primaten machen, das sich in ihren Augen nicht für das soziale Miteinander im Kosmos eignete? Würden sie sie gleich hier und jetzt auslöschen?

»Ich kann euch helfen«, sagte Sr'Tekoi neben ihm so leise, dass er zuerst glaubte, ihre Worte wären reines Wunschdenken gewesen. »Helfen, zu verstehen.«

Alvar runzelte die Stirn. »Wie meinst du das?« Hatte sie gerade tatsächlich angeboten, ihnen bei der Beurteilung beizustehen? Aber das war zu viel verlangt, wie er gleich darauf begriff.

Sr'Tekoi fächelte nervös mit ihren Hautlappen und schürzte dann die Lippen. »Du hast recht«, hauchte sie. »Es wäre unkorrekt, euch nach eurer Technik zu beurteilen. Deshalb werde ich euch in die Technik einweisen, die euch den richtigen Weg erlaubt. Und dann …« Sie stieß langsam ihren Atem aus. »Dann werden wir sehen, wie ihr mit diesem Wissen umzugehen gedenkt.«

Stunden später lag Alvar auf seiner Pritsche. Endlich war er allein. Immerhin schlafen ließen ihn die E'Kturi ohne Aufsicht. Doch an Schlaf war nicht zu denken. Es war die zweite Nacht, die sie auf dem Mars verbrachten, und obwohl sein schmales Bett durchaus bequem war, spürte Alvar den Druck seines eigenen Gewichts unangenehm im Rücken. Nach Monaten, in denen er schwerelos in einem Schlafsack gehangen hatte, fühlte er sich nun von seiner Decke nahezu erdrückt. Unruhig streifte er das dünne Thermomaterial ab, nur um es wenige Minuten später wieder über seinen Körper zu ziehen, weil er fror.

Aber das war nicht das Einzige, was ihn wach hielt.

Die Technologie einer hoch entwickelten Zivilisation. Was Sr'Tekoi ihm angeboten hatte, war weit mehr als nur die Chance darauf, zu überleben.

Was würde die Menschheit mit solchen Kenntnissen anfangen? Ganz gleich, was die E'Kturi ihnen anvertrauen würden – irgendjemand würde daraus eine Waffe bauen, daran hatte Alvar keinen Zweifel. Und zwar eher früher als später.

Sollte er ihr Hilfsangebot ablehnen? Damit riskierte er, dass sie erriet, was ihn dazu bewog, und die Menschen als aggressiv und gefährlich einstufte. Aber falls er ihre Hilfe annahm und die E'Kturi feststellten, was die Menschheit damit tat – wäre das nicht erst recht vernichtend für ihre Beurteilung?

Mit einem verdrossenen Seufzen schleuderte Alvar die Decke endgültig beiseite und setzte sich auf. Die UNO hatte leicht reden, wenn sie ihm auftrug, eine positive Beurteilung herbeizuführen. Wie sollte er das anstellen? Im Augenblick kam es ihm so vor, als könnte er nur falsch entscheiden, sosehr er sich auch abmühte, das Richtige zu tun. Wie sehr würden sich die Menschen unterordnen müssen, um nicht mehr als Bedrohung zu gelten? Und wie lange konnte eine solche erzwungene Veränderung überhaupt gut gehen?

Alvar zog sein Tablet aus dem schmalen Schrank, der neben seiner Pritsche in der Wand seiner Kabine eingelassen war. Es war müßig, sich den Kopf über Dinge zu zerbrechen, die er im Augenblick nicht beeinflussen konnte. Wenn er schon keinen Schlaf fand, sollte er die Zeit, die er unbeaufsichtigt war, wenigstens sinnvoll nutzen. Mitten in der Nacht waren seine Möglichkeiten beschränkt, wenn er die anderen nicht wecken wollte. Also beschloss er, seinen Bericht an die Missionskontrolle aufzuzeichnen.

Er wusste nicht, ob die E'Kturi ihren Funk überwachten, aber wenn er bedachte, was sie alles über ihre Mission gewusst hatten, musste er wohl oder übel davon ausgehen. Frei sprechen konnte er demnach nicht. Dennoch wollte er die UNO so gut wie möglich über die Vorfälle unterrichten.

Als er jedoch das Nachrichtenfenster öffnete, entdeckte er eine eingegangene Videobotschaft von der NASA. Alvar runzelte die Stirn. War das der versprochene neue Kontakt, den man ihm angekündigt hatte? Er öffnete die Nachricht und presste gleich darauf eine Hand auf den Mund.

Hana! Seine Hana, in einem Büro der NASA. Er konnte das blaue Emblem im Hintergrund ausmachen. Was hatte das zu bedeuten? Hastig regulierte er die Lautstärke nach oben, sodass er ihre Stimme hören konnte. Er wollte nichts von ihrer Nachricht verpassen.

»Hallo, Alvar.« Ihre Lippen zogen sich zu einem Lächeln, das ihre Augen nicht erreichte. Ihr Blick war so voller Trauer, dass Alvar den Kloß in seinem Hals mit Gewalt hinunterschlucken musste, weil er das Gefühl hatte, er würde sonst daran ersticken.

»Hi.« Sie stieß ein nervöses Lachen aus, das er nur zu gut aus ihrer Studienzeit kannte. Wenn sie einander lange nicht gesehen hatten, wurde sie schüchtern, so als wüsste sie nicht, ob er sie überhaupt noch sehen wollte. Dabei wollte er nichts mehr als das. Nun ja, fast nichts.

»Du wunderst dich wahrscheinlich, wieso du mich auf diesem Weg siehst«, fuhr sie fort. »Ich war selbst auch ziemlich überrascht, als sie mich nach Houston beordert haben. Und ich bin mir immer noch nicht ganz sicher, weshalb ausgerechnet ich als euer psychologischer Kontakt zur Erde fungieren soll … Aber ich bin froh, dass ich zugestimmt habe. Es war schön, dich zu sehen. Trotz allem.« Hana presste die Lippen zusammen. »Ich … Ich habe schlechte Nachrichten für uns.« Sie atmete durch, ihr Blick wanderte durch einen Raum, den Alvar nicht sehen konnte. Vielleicht suchte sie den Kontakt zu jemandem, vielleicht wollte sie auch nur etwas anderes ansehen als das kalte Auge der Kamera. »Das Kolonieprojekt ist vorerst eingestellt. Ich habe heute erfahren, dass es bis auf Weiteres keinen Flug der *Destiny* geben wird.«

Alvar keuchte. Er presste die Faust an den Mund und schloss für einen Moment die Augen, versuchte, sich nicht von der Erkenntnis überrollen zu lassen, was diese Information für ihn bedeutete. Für Hana. *Für uns.*

Natürlich hatte er etwas in dieser Art schon befürchtet. Ein auf dem Mars gestrandetes Schiff reichte der UNO vermutlich. Ein zweites würden sie nicht losschicken, jedenfalls nicht, solange die E'Kturi hier waren. Das war der Grund, weshalb er sich entschieden hatte, die Aufbauarbeiten zunächst auf die Dinge zu konzentrieren, die sie selbst benötigten. Zusätzliche Habitate würden sie in absehbarer Zeit eindeutig nicht brauchen. Alvar hatte gewusst, dass es so kommen würde. Aber jetzt die Bestätigung zu hören – sie von seiner *Frau* zu hören …

»Die NASA bereitet Versorgungsraketen vor«, fuhr Hana fort, »um euch Vorräte und Material zu schicken, bis ihr abgeholt werden könnt. Allerdings kann das eine Weile dauern.«

Auch das kam nicht unerwartet. Die *Destiny* war nicht dafür konzipiert worden, auf dem Mars zu landen. Sie war ein reines Transportschiff, dazu gedacht, Rohstoffe und weitere Siedler in Schlafkapseln abzuliefern. Insofern war sie ungeeignet, um die Besatzung der *Celeste* abzuholen.

Sie hätte ihnen jedoch durchaus Treibstoff und Lebensmittel bringen können. Aber offensichtlich hatte die NASA noch andere Pläne für das Schiff.

»Sonst gibt es hier unten keine neuen Entwicklungen«, sagte Hana. »Euer Auftrag lautet nach wie vor, eine positive Bewertung zu erzielen. Mit allen Mitteln.« Ihre Stimme wurde weich. »Ihr befindet euch in einer Ausnahmesituation, Alvar, für die es keine Vorbereitung gibt. Aber du sollst wissen, dass ich immer für dich da bin. Als psychologische Ansprechperson … und auch sonst.«

»Ich weiß«, flüsterte Alvar. Auch wenn sie ihn nicht hören konnte – es gab ihm zumindest das Gefühl, direkt mit ihr zu sprechen und nicht bloß Aufzeichnungen auszutauschen.

Eine Weile sahen sie einander an. Sie blickte in die Kamera, er in das digitale Abbild ihrer dunklen Augen. Tränen schimmerten darin.

»Ich musste Benji zurück ins Tierheim bringen«, sagte sie. »Die Hundesitterin wollte ihn nicht nehmen, und ich …« Hana wischte sich über die Augen. »Ich wusste ja, dass es nur eine Zwischenlösung war. Aber ich dachte, ich hätte mehr Zeit, um mich darauf vorzubereiten. Ich dachte, wenn ich ihn zurückgeben müsste, dann, weil ich zu dir komme. Stattdessen sitze ich hier, du auf dem Mars, und Benji in einem Zwinger …« Sie stieß ein verzweifeltes Lachen aus. »Er hat sich nachts immer ins Bett geschlichen, auf deine Seite. Sogar geschnarcht hat er wie du.« Hana biss sich auf die Unterlippe. »Er hatte wirklich keine Flöhe.«

Als Hanas Nachricht zu Ende war, hielt Alvar das Tablet fest umklammert. Stumme Tränen liefen über seine Wangen. Er hätte niemals auf diese Mission gehen sollen. Er hatte sein Leben aufgegeben, seine Frau. Alles, was er gehabt hatte. Und wozu das alles?

Alvar hatte das Gefühl, um all seine Hoffnungen betrogen worden zu sein.

Noch bevor sich die Mannschaft zum Frühstück traf, klopfte Alvar an die Kabinentür seines Stellvertreters. Die E'Kturi hatten noch keinen Einlass verlangt, und diese ungestörte Zeit mussten sie nutzen. Sie mussten Dinge besprechen, die nicht für die Ohren der Außerirdischen geeignet waren.

Alvar hörte Bewegungen hinter der Tür, doch niemand öffnete. Er klopfte erneut. »Mach auf, Michael. Wir müssen reden.«

Endlich schnappte die Verriegelung zurück. Harris hatte die Tür freigegeben und zog sie auf. »Was willst du, Alvar? Hat das nicht Zeit bis zum Frühstück?«

»Hat es nicht.« Er drängte Harris in die Kabine zurück. »Wir müssen unter vier Augen sprechen, solange es noch geht.«

Der Ingenieur runzelte die Stirn. »Meinetwegen.« Er setzte sich auf das zerwühlte Bett. »Aber ich warne dich. Ich habe nicht gut geschlafen und noch keinen Kaffee intus.«

»Dann geht es uns ja ähnlich.« Alvar rieb sich die müden Augen. »Ich mach es kurz. Wir können die Technik, die Sr'Tekoi uns angeboten hat, nicht annehmen.«

Schlagartig wirkte Harris hellwach. Er sprang auf. »Hast du sie noch alle?« Seine Stimme bebte, so als müsste er sich mühsam beherrschen, um nicht loszubrüllen. »Wir brauchen jede Hilfe, die wir kriegen können! Diese Scheißaliens wollen uns alle abmurksen, ist dir das nicht klar?«

»Das ist mir bewusster, als du dir vorstellen kannst«, gab Alvar ebenso wütend zurück. »*Ich* bin derjenige, den sie auf Schritt und Tritt beobachten. Der den lieben langen Tag lang freundlich tun muss, ganz egal, wie es mir geht. Glaubst du allen Ernstes, ich fände das großartig? Ich habe eine Scheißangst!« Er schüttelte den Kopf. »Gestern bin ich mit dem Fuß gegen einen Tisch geknallt, und weißt du, was ich gemacht habe? Gelächelt! Ich habe mir den verdammten Zeh gebrochen, und ich habe gelächelt, weil ich dachte, dass ein einziges Schimpfwort vielleicht ausreicht, damit sie uns alle auslöschen. Und die Erde gleich mit dazu. Also erzähl mir nichts, klar?«

»Wow, Cap.« Harris hob die Hände. »Ist ja gut. Komm runter.«

Alvar atmete tief durch und lehnte sich mit dem Rücken gegen die geschlossene Tür. »Tut mir leid. Aber das alles ...« Er wedelte mit der Hand. Harris würde schon wissen, was er meinte. »Ich habe keine Ahnung, wie lange wir das durchstehen.«

Harris hob die Augenbrauen und rieb sich über die kurz geschorenen Haare. »Es ist keine leichte Situation«, stimmte er zu. »Aber gerade deshalb verstehe ich nicht, warum du das Angebot ablehnen willst. Gestern wäre die Situation beinahe eskaliert. Wegen ein paar winziger Mikroben, die keines der *Istar*-Teams aufgespürt hat, und die haben hier doch wirklich jeden Stein umgedreht.«

»Ich weiß. Aber genau das ist es. Was wäre passiert, wenn sie die Organismen gefunden hätten?«

Der Ingenieur schnaubte. »Keine Ahnung. Sie hätten sie eingetütet und untersucht …«

»Richtig. Hätten sie irgendein Leben auf dem Mars gefunden, hätte die NASA noch mindestens fünf weitere *Istar*-Missionen hergeschickt und nicht die Freigabe zur Besiedlung erteilt. Sie hätten geforscht … und beobachtet.« Alvar schüttelte den Kopf. »Wenn die E'Kturi uns etwas anvertrauen, das sich irgendwie als Waffe verwenden lässt – und *alles* lässt sich als Waffe einsetzen, das weißt du besser als ich –, dann werden sie sehen wollen, wie wir damit umgehen. Sie werden bleiben und uns beobachten. Und früher oder später *wird* etwas passieren, das sie nicht gutheißen.«

»Du willst sie also loswerden?«, fasste Harris zusammen.

Alvar nickte. Müde ließ er die Schultern sinken. »Je schneller wir diese Beurteilung überstehen, desto besser.«

»Schön und gut«, meinte Harris. »Aber wie willst du das den Biestern klarmachen, ohne zuzugeben, dass du Angst vor dem Gedanken hast, wofür die angeblich friedlichen Menschen ihre Technologie einsetzen könnten?«

»Tja, das …« Alvar verstummte, als der Funkempfänger an seinem Hals zu piepen anfing. Ihm graute davor, die nächste Hiobsbotschaft zu erhalten. Aber welche Wahl hatte er schon? Er steckte den Empfänger ins Ohr und aktivierte ihn. »Ja?«

»Guten Morgen, Captain«, meldete sich Suchanow aus der Kommandozentrale. »Du hast Besuch. Sr'Tekoi ist hier.«

Alvar biss die Zähne zusammen. Genau diese Nachricht hatte er befürchtet. »Würdest du sie in die Messe begleiten? Ich würde mich freuen, ihr zu zeigen, wie wir frühstücken, sofern sie das als angebracht empfindet.«

»Sie meint, dass sie großes Interesse daran hat.« Der Psychologe klang mindestens ebenso begeistert, wie Alvar sich fühlte.

»Danke, Alexej. Ich bin gleich dort.« Er deaktivierte die Funkverbindung und sah gequält zu seinem Stellvertreter. »Ich werde ihr sagen, dass wir uns unsere Beurteilung verdienen wollen. Sie sollen uns warnen, wenn wir im Begriff sind, etwas zu tun, das andere Lebewesen verletzen könnte – aber uns keine technische Hilfe zur Verfügung stellen.«

Das würde sie hoffentlich nicht nur davor bewahren, irgendwelche Mikroorganismen zu verdampfen, sondern ihnen bestenfalls auch ein paar Hinweise darauf geben, nach welchen Kriterien die E'Kturi beurteilten. Eine gute Überlegung, wie Alvar fand.

Dennoch war er überrascht, dass Harris ihm beipflichtete. Eigentlich hatte er mit mehr Widerstand seitens des Amerikaners gerechnet.

Alvar hatte bereits die Hand an der Kabinentür, als Harris ihn noch einmal zurückhielt.

»Nur eine Frage noch, Captain.«

Alvar wandte sich um und sah seinen Stellvertreter an.

Harris hatte die muskulösen Arme vor der Brust verschränkt. Er füllte beinahe die gesamte schmale Kabine aus. »Was ist mit der Mannschaft?«, fragte er. »Du und ich waren nicht die Einzigen, die Sr'Tekois Angebot gehört haben. Es wird sich herumsprechen. Wie willst du ihnen erklären, weshalb du die Hilfe unserer Gefängniswärter abgelehnt hast?«

***

Michael verzichtete auf ein Frühstück. Er hatte nicht die geringste Lust, sich von einer E'Kturi dabei beobachten zu lassen, wie er geschmacklosen Brei in sich hineinschaufelte. Als wäre die Situation nicht schon beschissen genug, hatte Lajunen auch noch die Essensausgabe rationiert. Kein Fleisch, solange die E'Kturi sie überwachten, und zur Sicherheit auch keine Eier. Was die ohnehin eingeschränkte Menüauswahl auf der *Celeste* ins Reich des Ungenießbaren beförderte.

Also nahm Michael sich bloß zwei Tassen schwarzen Kaffee und verschwand, ehe Lajunen oder irgendjemand sonst ihn ansprechen konnte. Nicht, dass irgendjemand in der Messe in Plauderlaune gewesen wäre. Was dachte der Kommandant sich dabei, die Außerirdische mitten unter die Leute zu setzen? Wem sollte das helfen, wenn er der Mannschaft derart penetrant vor Augen führte, wem ihre Kolonie tatsächlich unterstand?

Dieser finnische Sturschädel. Statt guten Willen gegenüber den Aliens zu demonstrieren, sollte er lieber darauf achten, seine eigenen Leute zu schonen, sonst würden bald noch mehr von ihnen durchdrehen. Corben war bestimmt nicht der Einzige in ihrer Mannschaft, der mit der Herrschaft der Aliens nicht gut zurechtkam. Was würde erst passieren, wenn Fernandez die übrigen Schlafenden aufweckte? Lajunen machte sich selbst etwas vor, wenn er glaubte, hundert Leute unter Kontrolle halten zu können. Erst recht, wenn er ihnen Dinge verschwieg.

Michael hielt sich gar nicht erst damit auf, in der Kommandozentrale vorbeizusehen. Stattdessen marschierte er auf direktem Weg zum Naturforschungstrakt. Er wusste, dass er Imani Denaux dort finden würde. Sie war immer im Labor, wenn sie nicht gerade anderweitig beschäftigt war. Zu schlafen schien diese Frau jedenfalls kaum.

Ohne anzuklopfen, legte Michael die Hand an den Türsensor. Die Milchglastür glitt lautlos beiseite, und das Labor empfing ihn mit einem Schwall steriler Luft.

Denaux stand an einem Elektronenmikroskop und schob gerade einen Objektträger in die Halterung. Der Monitor daneben zeigte eine graue, körnige Substanz, die mit vereinzelten sechseckigen Platten versetzt war.

»Guten Morgen«, grüßte Michael und stellte eine der Tassen neben Denaux. »Was siehst du dir da an?«

Denaux erwiderte seinen Gruß nicht. Sie griff bloß nach dem Kaffee, den er ihr gebracht hatte, nahm einen Schluck und erklärte: »Proben von dem Eis, das du angebohrt hast. Nina hat sie mir gebracht.«

Demnach war es für die Niederländerin in Ordnung, von einer Frau herumkommandiert zu werden. Aber wenn er ihr Hilfe anbot, motzte sie ihn an. Manche Menschen verstand Michael noch weniger als die E'Kturi. Er seufzte. »Und, was sagen dir die Proben?«

»Nichts. Oder vielmehr: Sie sagen mir, dass da nichts ist.«

Michaels Hände verkrampften sich um seine Tasse. »Also haben diese Biester uns angelogen.«

»Nicht zwangsläufig.« Denaux zuckte mit den Schultern, als ginge sie die Frage bezüglich der Aufrichtigkeit ihrer *Gäste* nicht das Geringste an. »Es ist immer schwieriger, zu beweisen, dass etwas *nicht* existiert.« Sie platzierte den nächsten Objektträger im Mikroskop. »Vielleicht habe ich bloß die richtige Probe noch nicht gefunden. Außerdem bin ich keine Biologin.«

Nein, ihr Biologe lag immer noch zugedröhnt mit Beruhigungsmitteln auf der Krankenstation. Michael fragte sich nur, weshalb Aldrich als Agrarwissenschaftlerin die Proben nicht selbst untersuchte. Weil Denaux die Leiterin des Naturwissenschaftsteams war? Oder hatte Aldrich die Probe bereits untersucht – und ebenfalls nichts gefunden?

Zumindest für Michaels ungeschultes Auge sah das zweite Ergebnis jedenfalls genauso nichtssagend aus wie das der Probe zuvor. »Ich frage mich nur …« Er drehte seine Tasse in der Hand, so als müsste er über seine nächsten Worte nachdenken. »Wie hätte Nk'Zass von den Mikroorganismen wissen sollen?«, fragte er. »Sie hatte keine technischen Geräte bei sich.«

Denaux hob die Augenbrauen. »Was macht dich da so sicher? Nur weil du keines erkannt hast?«

»Na ja …«

Die Physikerin schnalzte mit der Zunge. »Deinem Raumanzug

würde ein Steinzeitmensch auch nicht ansehen, dass er ein Arbeitsinstrument ist und nicht bloß warm hält.« Als er nichts darauf erwiderte, schüttelte sie den Kopf. »Es würde mich nicht wundern, wenn die E'Kturi tatsächlich über eine Technologie verfügen, die weitaus feinere Ergebnisse liefert als unsere Geräte. Sieh dir nur ihr Raumschiff an. Oder diese seltsamen Blasen, die sie anstelle von Raumanzügen tragen!« Verträumt nippte sie an ihrem Kaffee. »Wir werden es bald wissen.«

»Nein, werden wir nicht.«

Überrascht sah Denaux auf.

»Alvar wird Sr'Tekois Hilfe ablehnen«, fuhr Michael fort. »Er will nichts von der Technologie der Außerirdischen wissen.«

»Aber ... das ist doch verrückt!« Die Physikerin stellte ihre Tasse beiseite und trat auf Michael zu, so als wäre *er* derjenige, der diese dämliche Entscheidung getroffen hatte. »Wie kann er so etwas ablehnen?«, fragte sie. »Das ist eine einmalige Chance! Wer weiß, was sie uns zeigen wollten? Wir könnten auf so vielen Gebieten von den E'Kturi lernen!«

Michael nickte. Er hatte geahnt, dass sie das so sah. Nach sechs Monaten auf der *Celeste* kannte er die Französin gut genug, um sie nun als potenzielle Verbündete einzuschätzen. Sie wollte diese Technologie, ihre wissenschaftliche Neugier ließ ihr gar keine andere Wahl. Noch sah sie die Außerirdischen nicht als Feinde, aber das würde sich noch ändern. Und zwar schon bald, so wie Michael die Situation einschätzte.

»Du hast recht«, sagte er. »Dieses Wissen abzulehnen ist so, als würde man den Fortschritt selbst ablehnen. Denk nur daran, wie schnell sie auf dem Mars waren – im Gegensatz zu uns.«

Denaux runzelte die Stirn. »Ich glaube kaum, dass sie uns das Geheimnis ihres Antriebs verraten hätten.«

Nun war er es, der mit den Schultern zuckte. »Wir werden es nicht erfahren.«

Schweigend tranken sie ihren Kaffee. Michael konnte beinahe sehen, wie sich die Rädchen im Kopf der Physikerin bewegten, und wie sich ihre Gedanken immer wieder um die eine Frage zu drehen schienen: *Was wäre, wenn …?*

Schließlich räusperte er sich. »Wir … Wir könnten trotzdem von ihnen lernen.«

Sie sah auf. »Was meinst du?«

»Ich meine, dass Alvar nicht alles wissen muss. Schließlich erzählt er uns auch nicht alles.«

Denaux schürzte die Lippen. »Du willst das Angebot ohne das Wissen unseres Kommandanten annehmen?«

»Eigentlich will ich mehr als das.« Langsam, fast schon beiläufig trat er an den Rechner, der neben dem Elektronenmikroskop stand. Seine Hand strich über die in den Tisch eingelassene Tastatur, ohne sie zu betätigen. »Die *Celeste* ist an die Bodenstation gekoppelt«, erklärte er leise. »Und die E'Kturi haben sich dort eingenistet.«

»Worauf genau willst du hinaus?« Das misstrauische Stirnrunzeln der Physikerin verriet, dass sie sehr wohl ahnte, worauf er abzielte. Aber sie zwang ihn, es auszusprechen.

Nun gut, das konnte sie haben.

»Es ergibt für sie keinen Sinn, in der *Istar*-Station zu hausen, wenn sie nicht irgendeine Art von Datentransfer eingerichtet haben. Sie müssten ständig auf ihr Schiff.«

»Und du willst sie ausspionieren.« Es klang keineswegs vorwurfsvoll.

Also nickte Michael. »Ich will uns einen Vorteil verschaffen. Wir werden jede Hilfe brauchen, und unser Kommandant ist ja offensichtlich nicht einmal gewillt, die anzunehmen, die ihm freiwillig angeboten wird. Sollen wir wirklich riskieren, dass die Beurteilung negativ ausfällt? Aufgrund irgendwelcher Spinnereien der E'Kturi, die niemand voraussehen oder beeinflussen kann – und wir uns dann nicht wehren können? Wir brauchen dieses Wissen. Wir … und die Erde.«

Nachdenklich strich Denaux sich mit dem Daumen über die Lippen. Sie wiegte den Kopf hin und her. Michael wusste, dass er sie am Haken hatte. Warum zögerte sie?

»Ich fühle mich nicht wohl dabei, Alvar zu hintergehen.«

»Ich mich auch nicht«, gestand er. Und das entsprach der Wahrheit. Er mochte Alvar. Nur seine Entscheidungen konnte Michael nicht gutheißen. Er streckte die Hand aus und legte sie auf die Finger der Physikerin. Sie zog sie nicht zurück, sah ihn nur unsicher an.

»Imani«, beschwor er sie. »Unser Kommandant sieht in dieser Sache nicht klar. Er glaubt, dass wir alles hinbekommen, wenn wir uns nur weit genug verbiegen. Aber das wird nicht funktionieren. Früher oder später eskaliert das Ganze, und dann ist es zu spät. Ich sage es nur ungern, aber wenn wir an die Technologie der E'Kturi herankommen wollen, müssen wir uns selbst darum kümmern.«

Denaux schwieg. Sie kaute auf ihrer Unterlippe und dachte nach. Minutenlang. Schließlich entzog sie ihm doch ihre Hand und legte sie an ihre Tasse, als würde sie die Wärme suchen. Mit leiser Stimme sagte sie: »Ich kann das nicht.«

Er seufzte. »Natürlich.« Es war die Antwort, mit der er gerechnet hatte. Er nahm seine leere Tasse. »Du hast recht. Warten wir einfach ab, wie es weitergeht.«

Damit ließ er sie allein. Sie würde zu ihm kommen, wenn sie so weit war.

Michael gab ihr zwei Tage.

8. KAPITEL – FREUNDSCHAFT

Lustlos rührte Alvar in seinem Proteinbrei. Er musste sich zwingen, einen Bissen nach dem anderen in den Mund zu schieben und hinunterzuschlucken. Es war nicht allein die klebrige Konsistenz, die ihm zu schaffen machte. Es war das Gefühl der Ablehnung, die von allen Seiten auf ihn eindrang und in seiner Kehle den Geschmack von Galle hochsteigen ließ. Alvar tat sein Bestes, ihn mit reichlich Espresso hinunterzuspülen.

»Erklär mir, Mensch«, hauchte Sr'Tekoi, die neben seinem Stuhl stand, »ist dies ein gewöhnliches Szenario der Essensaufnahme für euer Volk?«

Alvar sah zu ihr auf. Ein Auge hielt die E'Kturi auf ihn gerichtet, mit dem anderen behielt sie den Raum im Blick. Selbst wenn ihr die gedrückte Stimmung nicht aufgefallen war und sie nichts befremdlich daran fand, wie hastig die meisten Leute ihr Essen zu sich nahmen – ihr konnten unmöglich die Besatzungsmitglieder entgehen, die noch an der Tür des Speisesaals wieder umdrehten, sobald sie ihren *Gast* erblickten.

»Nein«, gab er also zu. »Das ist nicht, wie eine normale Mahlzeit bei unserem Volk abläuft.«

Die außerirdische Verhaltensforscherin sah ihn abwartend an.

Alvar seufzte und ließ den Löffel in die Reste seines Frühstücks sinken. »Normalerweise wird viel gesprochen. Für die meisten Leute ist das Essen ein soziales Erlebnis. Man kommt zusammen, tauscht sich aus, teilt die Mahlzeit miteinander. Es ist eine gemeinsame Zeit der Entspannung, ehe man sich seinen Aufgaben widmet.«

»Dann ist der Eindruck, den ich hier gewinne, also verfälscht?« Nun wandte sie ihm auch das zweite Auge zu. »Und weshalb ist dieses … *Frühstück* … nicht von dieser Art?«

Verdammt noch mal, was glaubt die denn? Alvar musste alle Willenskraft aufbringen, um keinen verräterischen Muskel zu rühren. Nicht in seinem Gesicht – und erst recht nicht in seinen Händen, die sich andernfalls in die Tischkante gekrallt hätten.

»Das Wissen um die Beurteilung stellt für viele von uns eine Belastung dar«, bemühte er sich um eine diplomatische Erklärung.

»Auch für dich?«

Und wieder eine Frage, auf die es keine richtige Antwort geben konnte. Was sollte er sagen? *Nein, alles wunderbar, ich könnte ewig so weitermachen?* Das würde ihm doch selbst eine E'Kturi nicht abkaufen. Langsam und bewusst entspannte Alvar seine verkrampften Schultern, um seine Offenheit zu verdeutlichen. »Ja, auch für mich.« Als Sr'Tekoi ihn weiterhin nur ansah, fuhr er fort:

»Wir wissen nicht, weshalb man uns prüft. Ich habe Angst, etwas zu tun, das ein schlechtes Licht auf mein Volk wirft. Auf Menschen, die nicht hier sind, die selbst nicht die Chance haben, es besser zu machen als ich.«

»Du bist ihr Anführer«, sagte Sr'Tekoi. »Es ist an dir, die Verantwortung für sie zu tragen. So wie die große Hr'Tach sie über mein Volk trägt und Kt'Arra über unsere Gruppe.«

Alvar nickte. Allerdings hatte er schon genug damit gehadert, die Verantwortung für hundert Leute zu übernehmen. Niemals hätte er sich freiwillig für den gesamten Rest der Menschheit verpflichtet. Aber es war nun einmal anders gekommen.

»Du hast recht. Ich trage die Verantwortung.« Er nahm allen Mut zusammen und sagte, was er ihr zu sagen hatte. »Deshalb möchte ich dich bitten, uns keine Hilfsmittel zur Verfügung zu stellen.«

Irritiert fächelte Sr'Tekoi mit ihren Halslappen. »Das verstehe ich nicht«, sagte sie.

Weil es kompletter Irrsinn ist. Aber welche Wahl blieb ihm schon? Alvar atmete tief durch. »Sosehr ich dein Angebot schätze, denke ich doch, dass es besser wäre, wenn ihr die Menschen aufgrund ihrer eigenen Kenntnisse beurteilt. Es wäre korrekter.«

»Du verzichtest also auf Technologie, die euch ein besseres Verständnis der Dinge ermöglichen würde?«

»Wir möchten uns dieses Verständnis verdienen und nicht einfach geschenkt bekommen. Allerdings …« Alvar zögerte. Wie sehr konnte er die Wahrheit strapazieren, ohne das Misstrauen der Außerirdischen zu erregen? »Allerdings sind wir dennoch auf eure Hilfe angewiesen. Ich möchte nicht, dass es zu weiteren Gefährdungen anderer Lebensformen kommt. Unsere Wissenschaftler haben das Eis noch einmal untersucht und immer noch keine Spuren der Mikroorganismen gefunden.«

Sr'Tekoi gab sich nicht überrascht. »Trotzdem möchtest du nicht, dass wir euch die Möglichkeit geben, derartige Vorfälle zu vermeiden«, hauchte sie.

»Es wäre eine völlig andere Weise, unsere Umwelt wahrzunehmen«, erklärte Alvar mit einer Demut, die nur zum Teil geheuchelt war. »Wir würden Zeit brauchen, um sie zu verstehen und entsprechend zu reifen.«

»Ich schätze deine Aufrichtigkeit.« Wieder wedelte die E'Kturi unschlüssig mit ihren Hautlappen. »Und was möchtest du stattdessen?«, fragte sie.

»Ich bitte euch nur darum, uns zu warnen, falls wir durch Unwissenheit andere Lebensformen gefährden sollten. Wir sind ganz bestimmt nicht auf diesen Planeten gekommen, um anderes Leben auszulöschen. Wir möchten hier unser eigenes Dasein begründen – und für dieses beurteilt werden.«

Eine Weile schien Sr'Tekoi seine Worte zu erwägen. Dann kniff sie die Augen zusammen, zog den Mund breit und stieß langsam Luft aus. »Ich stimme dir zu, Alvar Lajunen, und ich begrüße deine Entscheidung. Das ist eine sehr reife Überlegung für den Vertreter eines so primitiven Volkes.«

Alvar fühlte sich wie ein Hund, dem man den Kopf tätschelte, weil er auf Befehl die Pfote gegeben hatte. Er spülte seinen Stolz mit dem letzten Schluck Kaffee hinunter und erhob sich. Damit musste er zwar immer noch zu der E'Kturi aufsehen, doch daran hatte er sich inzwischen einigermaßen gewöhnt.

»Ich würde jetzt mit meiner Arbeit beginnen«, informierte er sie. »Möchtest du mich wieder begleiten?«

»Das möchte ich.«

Was auch sonst.

Alvar nahm seinen Becher und das Tablett mit Teller und Besteck und trug es zur Waschanlage, wo das schmutzige Geschirr automatisch gesammelt, gereinigt und gestapelt wurde, während das Wasser sogleich wieder aufbereitet wurde. Der ganze Prozess nahm keine zehn Sekunden in Anspruch. Bedauerlicherweise ließ sich der Rest seiner Probleme nicht so einfach mit Recycling aus der Welt schaffen

Mit einem Seufzen aktivierte er sein Funkgerät. Eigentlich hätte er lieber persönlich mit Fernandez gesprochen. Die nächsten zwanzig Schläfer sollten heute geweckt werden, und obwohl Alvar bereits eine grobe Auswahl getroffen hatte, musste der Mediziner sie erst mit den Gesundheitschecks der Betroffenen abgleichen. Aber als Fernandez nicht in der Messe aufgetaucht war, hatte Alvar sich von dem Gedanken an ein direktes Gespräch verabschiedet. Mit Sr'Tekoi im Schlepptau war es jedenfalls undenkbar, den Mediziner auf der Krankenstation aufzusuchen. Soweit Alvar wusste, lag Corben immer noch dort. Zwar mit Beruhigungsmitteln versehen, aber bei Bewusstsein. Und den Biologen erneut mit einer E'Kturi zu konfrontieren, kam nicht infrage, solange Suchanow ihn nicht als stabil deklarierte.

Also funkte er Fernandez an. Es war besser, per Funk mit dem Mediziner zu sprechen als überhaupt nicht.

Er musste nicht lange auf eine Antwort warten.

»Morgen, Captain. Was kann ich für dich tun?«

»Hallo, Victor. Wegen der geplanten Deaktivierung der Schlafkapseln heute …«

»Ähm …« Fernandez räusperte sich verlegen. »Das ist bereits erledigt, Captain.«

Irritiert sah Alvar seinen Funkempfänger an, so als könnte der ihm Aufschluss darüber geben, was da gerade an ihm vorbeigegangen war. »Wie meinst du das?«

»Harris war hier und hat die Liste freigegeben. Die Wecksequenz ist bereits eingeleitet, Alexej und ich sind im Aufwachraum und warten darauf, dass sie zu sich kommen.«

Im ersten Augenblick war Alvar sprachlos. Was sollte das? Natürlich hatte er die nächste Weckphase mit Harris und Fernandez besprochen. Dennoch hätte der Befehl dazu von ihm kommen müssen – nicht von seinem Stellvertreter!

Andererseits … Die Einweisung der Neuen wäre ohnehin an Harris hängen geblieben, wenn sie das Desaster vom Vortag nicht wiederholen wollten. Wo Alvar war, war auch Sr'Tekoi, damit musste er sich abfinden. Und solange er unter der permanenten

Begleitung der E'Kturi stand, war es vermutlich nur vernünftig, einen Teil seiner Aufgaben an Harris zu delegieren.

Er atmete seinen Ärger aus. »Alles klar, dann weiß ich Bescheid. Danke.«

»Keine Ursache, Cap.«

Cap. Noch so eine Unart des Amerikaners. Ein Spitzname, den Harris ihm bereits im Vorbereitungsjahr verpasst hatte. Weshalb übernahmen die anderen ihn ausgerechnet jetzt?

Alvar schaltete die Funkverbindung aus und sah zu Sr'Tekoi auf. »Ich würde gerne einen Blick auf die Baustelle werfen. Würdest du mich begleiten und uns zeigen, wo wir Wasser gewinnen können, ohne irgendetwas zu gefährden?«

»Das wäre in meinem Interesse.«

Na, dann profitiert ja wenigstens irgendjemand davon.

Alvar nickte nur und ging voraus zur Schleuse. Die E'Kturi sah ihm schweigend dabei zu, wie er sich in seinen Raumanzug quälte. Die geringe Schwerkraft brachte nicht viele Vorteile mit sich, und beim Anlegen des Anzugs bemerkte Alvar das deutlich. Für seine Tauchübungen bei der ESA war er auf und ab gesprungen, um den eng anliegenden Druckanzug über den Körper zu ziehen. Hier würde ihm unkontrolliertes Herumhüpfen bloß eine unsanfte Begegnung mit der Decke bescheren.

»Nur, um ein Gefühl zu bekommen ... Wie lange ist es her, dass dein Volk physische Raumanzüge benutzt hat?«

Sr'Tekoi dachte nach, ihre Halslappen zuckten leicht. »Ich kenne alte Berichte«, hauchte sie noch leiser als sonst. »Von den Anfängen unserer Kultur, als die ersten E'Kturi zu den Sternen aufgebrochen sind. Sie verwendeten etwas, das euren Anzügen gleicht. Nicht in der Form, doch in der Funktion. Das war ...« Sie stieß eine Reihe von Keuchlauten aus. »Vor zehntausend Umkreisungen dieses Planeten um euren Stern.«

Was bei einer Umlaufdauer von 687 Tagen mindestens zwanzigtausend Erdjahren entsprach. Als auf der Erde der Homo sapiens noch in der Eiszeit feststeckte, hatten die E'Kturi bereits das Weltall erforscht. Mit einem Mal fühlte Alvar sich in der Gegenwart der Außerirdischen nicht nur klein, sondern auch jung. Sie waren kaum mehr als Kinder, die nichts von dem Leben außerhalb ihres Planeten wussten. Und selbst den hatten sie alles andere als respektvoll behandelt. Kein Wunder, dass die E'Kturi sie nicht ernst nahmen.

Alvar überprüfte ein letztes Mal die Verschlüsse an seinem Anzug, dann trat er in die Luftschleuse. »Und seitdem beurteilt ihr andere Völker?«, fragte er.

»Nein.« Sr'Tekoi trat neben ihn, Hände und Tentakel vor dem Körper ineinandergelegt. »Auch wir hatten noch viel zu lernen.«

»Also seid auch ihr einmal beurteilt worden?«

Darauf gab die Außerirdische keine Antwort. Es hätte Alvar auch gewundert. Wenn auch sie nur ein Teil des großen Universums waren, wieso sollten sie eine Schwäche zugeben? Und wenn sie das alleinige Urteil fällten … Selbst in einer *primitiven* Kultur wie der menschlichen gab es eine gesetzliche Gewaltenteilung. Meinten die E'Kturi, so etwas nicht nötig zu haben und stattdessen Richter und Henker zugleich sein zu können? Sahen sie das tatsächlich als *korrekt* an?

»Was geschieht mit uns«, fragte er weiter, »wenn eure Beurteilung negativ ausfällt?«

Wieder schwieg die Außerirdische.

War ja klar. Etwas fester als notwendig schlug Alvar die Hand gegen den Sensor am Außenschott. Er hatte diese Situation so satt. Umso mehr, da kein Ende in Sicht war.

Ohne ein weiteres Wort stapfte er in Richtung Treibhaus. Schweigen konnte ein Finne ebenso gut wie eine E'Kturi. Besser sogar, wie sich herausstellte.

»Erklär mir, Mensch«, nahm Sr'Tekoi das Gespräch wieder auf, noch ehe sie die Baustelle erreicht hatten. »Welchem Zweck dient diese Konstruktion?«

Verwundert sah Alvar zu ihr hoch. Nk'Zass hatte den Aufbau doch überwacht. Er wusste, dass Mei ihr zumindest in Ansätzen erklärt hatte, wozu er diente. Entweder prüfte Sr'Tekoi ihn – oder die Echsenwesen tauschten ihre Erkenntnisse untereinander nicht aus.

»Es soll ein Gewächshaus werden. Um zu gedeihen, benötigen die Pflanzen unseres Heimatplaneten andere Bedingungen, als sie auf diesem Planeten herrschen. Eine dichtere Atmosphäre, warme Luft, nährstoffreiche Erde, Wasser …«

»Deshalb also euer brachialer Versuch, Wasser aus dem Boden zu gewinnen?«

Brachial, primitiv … Vermutlich war es ein Wunder, dass die E'Kturi die Menschen nicht einfach ohne Prüfung ausgelöscht hatten, wenn das alles war, was sie in ihnen sahen. Wie sollte er allein gegen diesen Eindruck ankämpfen? Er traute der Menschheit doch selbst nicht. Deshalb war er schließlich hier.

Alvar schob die trübsinnigen Gedanken beiseite. »Wir tun unser Bestes, um niemandem zu schaden«, versicherte er wider besseres Wissen. »Wir haben nur leblosen Fels gesehen.«

»Das sagtest du bereits.«

Es war schwer, aus den dahingehauchten Worten der Außerirdischen Emotionen abzuleiten, doch in Alvars Ohren klang es resigniert. Er hatte das Gefühl, nun auch bei Sr'Tekoi auf verlorenem Posten zu kämpfen. Die anderen beiden E'Kturi hatte er ohnehin schon aufgegeben, aber wenn nun auch die Verhaltensforscherin sie verurteilte, war ihr Schicksal endgültig besiegelt.

Alvar zwang sich zur Ruhe. »An Bord unseres Schiffes und in der Station haben wir Anlagen«, erklärte er, »die jedes Wasser, das wir verbrauchen, wieder aufbereiten. Selbst die Feuchtigkeit in der Luft.«

»Und wieso nutzt ihr die nicht auch hier draußen?«

»Das werden wir, sobald die Kolonie eingerichtet ist. Allerdings benötigen wir erst einmal eine große Menge Wasser. Für die Pflanzen, aber auch für die anderen Siedler.« Falls die jemals kommen sollten. »Das Eis war unter geringerem Aufwand zu bergen.«

»Allerdings erschafft ihr dabei einen Hohlraum unter eurem Siedlungsplatz.«

Alvar seufzte innerlich. Trauten die E'Kturi ihnen denn gar nichts zu? »Das ist uns bewusst«, sagte er. »Aber einen Hohlraum, den wir für eine unterirdische Anlage nutzen können, wo wir einen guten Schutz vor der kosmischen Strahlung hätten, ohne uns aufwendig dagegen abschirmen zu müssen.«

»Ich verstehe.« Sr'Tekoi blinzelte. »Ein Vorgehen also, das euch doppelten Nutzen gebracht hätte.«

»Ja.«

Sie erreichten die Baustelle des Treibhauses, das bereits grob seine endgültige Form angenommen hatte. Er hatte dem Gewächshaus die oberste Priorität eingeräumt, also war jeder, den Fernandez als einsatzbereit erklärte, hier draußen. Aktuell zählte Alvar acht Gestalten in Raumanzügen, die sich an den Kränen und Montagerobotern zu schaffen machten. Der Aufbau war gut vorangeschritten, der lang gezogene Tunnel für die Gemüsefelder stand. Das Gerüst der Kuppel, in der einmal Bäume wachsen sollten, ragte am hinteren Ende auf wie ein geköpftes Frühstücksei. Nur der Bohrer stand nach wie vor verlassen neben der Baustelle, das Loch hatte man behelfsmäßig mit einer Plane abgedeckt. In der ausgebauten Höhle darunter hätten weitere Pflanzanlagen entstehen sollen. Es hätte Zeit und Energie gekostet, aber sie hätten mithilfe dieser Anlagen relativ autark werden können – jedenfalls, was die Versorgung mit pflanzlichen Lebensmitteln anbelangte.

»Was aber jetzt hinfällig ist, wenn wir das Eis nicht schmelzen können.« Selbst wenn die E'Kturi irgendwann abzogen – sie würden die Menschen weiterhin beobachten, davon war Alvar überzeugt. Sie würden niemals das Kolonieleben führen, das er sich erträumt hatte.

Als er keine Antwort erhielt, wandte er sich um. Die E'Kturi war stehen geblieben und sah ihn mit beiden Augen an. Ihre Hautlappen fächelten, sie kniff die Augen zusammen. Unter ihren weiten Roben begann es zu zucken. Scheiße, verfiel sie jetzt ebenso in Zuckungen wie Nk'Zass?

Sr'Tekois Bewegungen wurden immer ausgreifender. Ihre Tentakel wedelten, ihre Hände griffen ins Leere. Sie sah aus, als würde sie jeden Augenblick umkippen. Verdammter Mist! Was hatte er denn jetzt wieder Falsches gesagt?

Alvar streckte die Hand nach der E'Kturi aus. »Geht es dir nicht gut?« Hilfe suchend sah er sich um, doch niemand schenkte ihnen Beachtung.

Sr'Tekoi schloss die Augen und stieß kurze Fauchlaute aus. Lachte sie etwa? Allmählich wurden ihre Bewegungen wieder langsamer. Schließlich verschwanden sie ganz. Sr'Tekois Haltung entspannte sich. Sorgsam legte sie Hände und Tentakel ineinander.

»Ich schätze deine Sorge, Alvar Lajunen. Mir geht es gut. Ich habe nur nachgedacht.« Sie fauchte noch einmal. »Und getanzt.«

»Du tanzt?« Einem Volk, das eine derartige Aversion gegen jede Art von Gesten hatte, hätte Alvar nicht zugetraut, dass es Freude am Tanzen fand.

Seine Verwirrung musste so offensichtlich gewesen sein, dass selbst eine Außerirdische sie ihm anmerkte, denn Sr'Tekoi erklärte: »Es ist eine Einladung zur Diskussion. Die Bereitschaft, seine Gedanken zu teilen.«

»Aber Nk'Zass …«

»War über euer Vorgehen erschrocken. Und sie hat nicht bedacht, dass ihr ihren Tanz nicht verstehen würdet.«

Das war noch gelinde ausgedrückt. Wie es aussah, waren die Menschen nicht die Einzigen, die missverstanden wurden. *Nur dass den E'Kturi bei einem Missverständnis nicht gleich die Auslöschung drohte.* Eine Ungerechtigkeit, die er Sr'Tekoi gegenüber gar nicht erst anzusprechen brauchte. Dass sie Menschen nicht annähernd als gleichwertig empfand, hatte sie durchaus deutlich gemacht.

Und wen wundert's? Zwanzigtausend Jahre, verdammt.

»Worüber hast du nachgedacht?«, fragte er, um sich nicht allzu sehr in unguten Gedanken zu verlieren.

»Wir könnten die Mikroorganismen aus dem Eis extrahieren«,

hauchte die E'Kturi. »Dann könntet ihr das Eis benutzen, wie ihr es geplant hattet.«

Ungläubig sah Alvar sie an. War das ihr Ernst? Abgesehen davon, dass er nicht die geringste Vorstellung davon hatte, wie das technisch möglich sein sollte – das klang zu hilfsbereit, um wahr zu sein. »Und die Mikroorganismen?«

»Können von uns verwahrt und an geeigneter Stelle freigesetzt werden.«

Alvar sah zu der Plane und dem stillstehenden Bohrer. Konnte es wirklich so einfach sein? »Das wäre uns eine große Hilfe«, gestand er.

»Gut.« Zufrieden zog Sr'Tekoi den Mund breit. »Ich werde es veranlassen.«

»Danke.« Er wollte an die Arbeit gehen und seine Leute beim Aufbau des Treibhauses unterstützen, doch die E'Kturi stand immer noch da, die Augen zusammengekniffen. Sie dachte nach, allerdings ohne die *Einladung zur Diskussion,* wie sie ihr Getanze genannt hatte. Alvar wartete. Je länger er die Außerirdische von den anderen fernhalten konnte, desto besser.

Schließlich senkte sie den Kopf und musterte ihn aus beiden Augen. »Du hast mich nach der Konsequenz eurer Beurteilung gefragt«, sagte sie. »Weshalb?«

Alvar dachte nach. Welchen Unterschied machte es tatsächlich, genau zu wissen, was geschehen würde? Würde die Gefahr realer werden? Würde er sich anders verhalten, wenn er es aus dem Mund der E'Kturi hörte, dass sie die Menschheit auszulöschen gedachten? Vielleicht.

»Es würde mir helfen, euch zu verstehen.« Und ihm beweisen, dass die Menschen nicht das einzige Volk waren, das vor Massenmorden nicht zurückschreckte. Vielleicht würde das sein Gewissen erleichtern, wenn er sich das nächste Mal einen Zeh brach.

Er wurde enttäuscht.

»Wie du selbst erkannt hast, erfordert hoch entwickelte Technologie auch ein hohes empathisches Verständnis«, erklärte Sr'Tekoi. »Aber in manchen Zivilisationen bildet sich technisches Wissen schneller als soziales, und sie scheitern daran, die Verantwortung für ihr Tun zu übernehmen.«

Beispielsweise, indem sie mit ihren technischen Errungenschaften ihren Planeten zumüllten, bis dieser sich gegen sie wandte. Alvar presste die Lippen zusammen. »Die Menschheit hat in der Vergangenheit so gehandelt.«

»Das ist korrekt.«

»Weshalb müsst ihr uns dann überhaupt noch beurteilen?«, fragte Alvar. »Und wieso hast du mir Technologie angeboten, die wir noch viel weniger verstehen können als unsere eigene?«

»Auch Menschen können aus ihren Fehlern lernen.« Sr'Tekoi hauchte ihm Luft entgegen. »Du hast mein Angebot schließlich nicht angenommen.«

Also war es eine Falle gewesen. Sie hatte gewusst, wozu Menschen fähig waren, und hatte ihm ihre Hilfe bewusst angeboten, um ihn zu testen! Alvar wusste nicht, ob er wütend über ihre Scheinheiligkeit sein sollte oder erleichtert, dass er nicht darauf hereingefallen war.

Falsch. Er *war* darauf hereingefallen. Er hatte abgelehnt, weil er an den Menschen gezweifelt hatte – nicht an den Absichten der E'Kturi. Vielleicht war das sein Fehler. Vielleicht hatte Harris recht, und er konzentrierte sich zu sehr darauf, die Außerirdischen von seinen Leuten abzulenken, statt seinen Leuten die Unterstützung zu geben, die sie benötigten. Vielleicht hatte Harris einfach recht.

Aber er hätte die Technologie angenommen, durchfuhr es Alvar. Und was wäre dann passiert?

Alvar atmete langsam aus. Es war müßig, sich in Grübeleien zu verlieren. Er sammelte seine Gedanken und konzentrierte sich auf das Hier und Jetzt. »Du hast meine Frage noch nicht beantwortet. Was geschieht mit uns, wenn wir eure Beurteilung nicht bestehen?«

»Wir geben euch die Zeit, eure soziale Kompetenz an eure technologische Entwicklung anzupassen.«

»Und wie wollt ihr das schaffen?«

Sie blinzelte. »Wir nehmen euch eure Technologie. Wenn ihr

euch das Wissen ein weiteres Mal erarbeiten müsst, könnt ihr es vielleicht besser wertschätzen.«

»Wie …« Alvar verstummte. Er hatte keinen Zweifel daran, dass die E'Kturi eine Möglichkeit besaßen, die Menschheit technologisch gesehen in die Steinzeit zurückzubefördern, und wenn sie dazu jeden Computer und jede Aufzeichnung vernichten mussten. Sie brauchten sich nicht einmal damit aufzuhalten, irgendjemandem das Gedächtnis zu löschen. Wer kannte denn schon mehr als sein eigenes Rädchen im Getriebe der Industrie? Es würde Jahrhunderte dauern, um den aktuellen technischen Stand wiederherzustellen. Ohne Technologie gab es keine Möglichkeit, sich mit Experten aus anderen Teilen der Welt auszutauschen. *Nicht einmal mit anderen Teilen des eigenen Landes,* wurde ihm klar. Kein Telefon, kein Internet, kein Auto, kein Zug … Keine Raketen.

Einmal mehr sah er sich um. Wenn die E'Kturi sie nicht zur Erde zurückbrachten, würden sie auf dem Mars verrecken. Und nicht nur das. Ohne technische Hilfsmittel würde auch die Erde recht schnell am Ende ihrer Ressourcen angelangen. Fast zehn Milliarden Menschen würden einfach verhungern.

Er fühlte eine sachte Berührung am Arm und zuckte unwillkürlich zurück, als er den Tentakel erkannte, der auf seinem Raumanzug lag.

Sr'Tekoi zwinkerte ihm aufmunternd zu. »Ich finde, ihr Menschen macht euch bisher sehr gut.«

Ehe Alvar etwas darauf erwidern konnte, ertönte hinter ihm ein wütendes Zischen. Alvar fuhr herum.

Kt'Arra, die Anführerin der E'Kturi, eilte mit wehenden Roben auf sie zu. Ihr Maul war zu einer bedrohlichen Fratze verzerrt und entblößte die stumpfen Zähne darin. Die Finger an ihren Händen hatte sie zu Klauen gekrümmt. Ihre Reptilaugen waren vor Wut zusammengekniffen.

Doch sie richteten sich nicht auf ihn – sondern Sr'Tekoi.

***

Obwohl ihr immer noch die Müdigkeit der langen Reise in den Knochen steckte, hatte Hana kaum Schlaf gefunden. Das Appartement, das ihr die NASA zur Verfügung gestellt hatte, lag unterirdisch wie der Rest der Stadt, was sie zumindest von den Geräuschen des Unwetters abschirmte, das in der Nacht über Texas hereingebrochen war. Die Stille war jedoch ein Teil des Problems. Kein Alvar, kein Benji … nur ihre Gedanken und die grauenhafte Vorstellung, nicht allein zu sein im Sonnensystem.

Hana hatte immer geglaubt, die Begegnung mit Außerirdischen würde eine Bereicherung sein – oder zum sofortigen Ende der Menschheit führen. Eine Spezies, die so hoch entwickelt war, ein anderes Sonnensystem zu bereisen, war entweder friedlich genug, um nicht ihren eigenen Untergang herbeizuführen, oder kriegerisch genug, um den anderer Welten zu verursachen.

Dass sie kamen, nur um die Menschen zu bewerten … Hana war unsicher, wie sie diese E'Kturi einschätzen sollte. Aber positiv konnte sie deren Auftauchen beim besten Willen nicht sehen.

Schließlich hielt Hana es nicht länger in ihrem Bett aus. Die Stille machte sie verrückt. Sie stand auf und schaltete das Radio an, während sie die Kaffeemaschine startete. Wenn sie schon nicht schlafen konnte, wollte sie wenigstens richtig wach werden.

Dafür sorgten jedoch bereits die Nachrichten. »… das Gemeinschaftsprojekt der NASA, ESA, CNSA und von Roskosmos einen grandiosen Erfolg verbuchen.«

Die Kaffeemaschine begann zu blubbern. Hastig schlug Hana auf die Starttaste, um das blöde Ding zum Schweigen zu bringen. Sie regulierte die Lautstärke ihres Tablets nach oben.

»Wie Lance Oregon, der Sprecher der NASA, heute bekannt gab, verlief die Landung trotz erschwerter Witterungsverhältnisse auf dem Mars vorschriftsmäßig, die Besatzung ist wohlauf und hat bereits mit dem Aufbau weiterer Anlagen begonnen. Wir geben weiter zu unserer Korrespondentin in Houston, Sophie Clint.«

»Es ist wahrlich ein großer Schritt für die Menschheit. Auch wenn es noch Jahrzehnte dauern wird, bis man wirklich von einer

Besiedlung im großen Ausmaß sprechen kann, zeigt die *Celeste* doch deutlich, wozu die Menschheit imstande ist, wenn sie sich ein Ziel gesetzt hat – und sei es auch ein so fernes wie ein anderer Planet des Sonnensystems. Die folgenden Wochen werden nun zeigen, wie sich die Kolonie entwickelt …«

Hana hatte genug gehört. Es sollte sie eigentlich nicht verwundern. Irgendetwas musste man der Öffentlichkeit schließlich sagen, das Interesse an der Mission der *Celeste* war ungebrochen. Sie einfach nicht zu erwähnen, war ein Ding der Unmöglichkeit.

Von einem Erfolg zu sprechen, war dennoch eine dreiste Lüge. Kein Wort über die E'Kturi, kein Wort über die Gefahr, die durch die Beurteilung drohte. Was dachten UN und NASA, wie lange sie das alles geheim halten konnten?

Lange genug offensichtlich, wie ein rascher Suchauftrag im Internet verdeutlichte. Die Nachrichten waren voll mit Bildern der gelandeten *Celeste,* der Bodenstation, der Baustelle … Nur das fremde Raumschiff tauchte auf keiner der Aufnahmen auf. Und solange die NASA über den einzigen Satellitenkontakt zum Mars verfügte, würde das auch so bleiben.

Hana hatte genug gesehen. Sie verzichtete auf ihren Kaffee. Sie war auch ohne Koffein bereits unruhig genug.

Stattdessen machte sie sich auf den Weg zum Space Center. Trotz der frühen Stunde war sie damit nicht die Einzige. Der Shuttlebus war gut gefüllt. Das gesamte Center befand sich im Ausnahmezustand, und da die meisten anderen Astronauten und NASA-Mitarbeiter im selben Wohnkomplex untergebracht waren wie sie, musste Hana sich durch den halben Bus schlängeln, ehe sie einen Sitzplatz fand. Sie setzte sich neben eine Frau, die etwa in ihrem Alter sein musste. Hana lächelte ihrer vermeintlichen Kollegin zu, doch die wandte sich nur ab und sah zum Fenster hinaus. Dabei erhaschte Hana einen Blick auf die Kette um ihren Hals. Daran baumelte eine Erkennungsmarke des Militärs. Hanas Lächeln erstarb.

»Keine Sorge«, meinte die blasse Frau mit schwarz gerahmter, streng anmutender Brille und weiß gefärbten Stoppelhaaren, die gegenüber von Hana saß. »Diese Militärsnobs behandeln jeden wie Luft.«

Hanas Sitznachbarin schnaubte. »Ich kann Sie hören.«

»Na, sieh mal einer an«, spottete die Weißhaarige. »Lebt ja doch.« Damit wandte sie sich wieder an Hana. »Sie sind die Neue, oder?«

Hana hatte eigentlich wenig Lust, sich auf ein Gespräch mit jemandem einzulassen, der gleich irgendwelche Unbeteiligten gegen sie aufbrachte. Aber es hatte auch wenig Sinn, ihre Position zu leugnen. Also nickte sie.

»*Celeste*, nicht wahr?« Die Weißhaarige streckte ihr eine Hand entgegen. »Julia Parson. Ich betreue das *Seagull*-Projekt.«

Die Nachschubrakete für den Mars. Was bedeutete, dass sie eine der Verantwortlichen war, um Alvar und die anderen Siedler am Leben zu halten. Hana ergriff die angebotene Hand. »Hana Lajunen«, stellte sie sich vor.

Parson hob die Augenbrauen. »Verwandt mit …?«

Hana seufzte. »Er ist mein Mann.«

»Oh.« Die Weißhaarige nickte, als würde sie verstehen.

Hana bezweifelte, dass sie das tat.

Sie war froh, als der Shuttlebus den unterirdischen Bereich der Stadt verließ und sie schlagartig dem Lärm des Unwetters ausgesetzt waren. Regen prasselte auf das Dach und peitschte gegen die Fenster, der Sturm schüttelte den Wagen durch, sodass Hana unwillkürlich Halt an der Sitzlehne vor sich suchte. »Wie läuft es mit den Vorbereitungen für *Seagull?*«, fragte sie.

»Ganz gut. Wir benutzen dasselbe Modell, das für die Materiallieferungen der *Istar*-Missionen verwendet wurde. Allerdings brauchen wir mehr Treibstoff, weil die Distanz größer ist, wenn wir nicht noch anderthalb Jahre warten wollen. Was bedeutet, dass wir die Konstruktion der Tanks anpassen müssen, bevor wir sie zusammensetzen können.«

Hana nickte. *Gut vorankommen* war offensichtlich eine subjektive Einschätzung. Für die NASA lief es gut, solange sie die *Seagull* noch in diesem Jahr starten konnten. Für sie dagegen … Hana wusste nicht einmal, unter welchen Voraussetzungen sie irgendetwas als *gut* bezeichnet hätte, soweit es die Besatzung der *Celeste* betraf.

Nach einer halben Stunde Fahrt bog der Shuttlebus in die Einfahrt des Space Centers ein, wo er sie unter dem überdachten Eingang absetzte. Der Wind wirbelte ihnen kalten Niederschlag um die Beine. Hana beeilte sich, um hinter Parson durch die Glastür zu kommen, als das Aufleuchten eines Blitzes sie herumfahren ließ. Sie blieb stehen, um auf den Donner zu warten, und bemerkte den Lkw, der hinter ihrem Shuttlebus die Einfahrt nahm. An den Seiten des Fahrzeugs prangte das Logo von AIRO – jener Firma, die für die Herstellung der Versorgungspakete von Raummissionen zuständig war.

Hana runzelte die Stirn. Sie wandte sich um und rief Parson zu: »Warten Sie!«

Die Projektleiterin hatte bereits fast die Sicherheitskontrollen erreicht. Mit verkniffenem Gesichtsausdruck drehte sie sich zu Hana um. »Ja?«

»Ich dachte, Sie arbeiten noch an der Konstruktion der *Seagull.*«

»Tun wir auch.« Parson kam ein Stück weit zurück. »Wieso?«

Hana deutete mit dem Kopf in Richtung des Lkws, der nun zum Raketenhangar abbog. »Weil das so aussieht, als würde Proviant angeliefert.«

Parson kniff die Augen zusammen und sah durch den Regen. »Nicht für die *Seagull.* Ich habe noch nicht mal die freigegebene Frachtliste von den Ingenieuren bekommen.«

»Aber welche Missionen laufen denn sonst noch?«

Die weißhaarige Frau zuckte mit den Schultern und ging zur Sicherheitskontrolle.

Hana blieb mit einem unguten Gefühl im Bauch zurück. Soweit sie wusste, gab es abgesehen von der *Seagull* nur ein einziges Projekt, das dort im Hangar wartete. Und das war die Zubringerrakete für die *Destiny.*

***

Alvar versuchte, die Aufmerksamkeit der fauchenden E'Kturi-Anführerin auf sich zu lenken. Solange sie in ihrer Sprache auf Sr'Tekoi einredete, verstand er kein Wort – und das erschien ihm gefährlich. Die Wahrscheinlichkeit, dass es um ihn und seine Leute ging, war hoch. »Was ist passiert?«, fragte er, in respektvollem Ton, wie er fand.

Kt'Arra warf ihm jedoch nur einen strafenden Blick zu, die breiten Zähne gebleckt. »Nk'Zass hat gemeldet, dass meine Assistentin«, ihr Auge deutete auf Sr'Tekoi, »euch Menschen Unterstützung angeboten hat. Hilfe, um die Beurteilung zu überstehen.« Sie zischte. »Sie hat zwei der Menschen darüber sprechen hören.«

»Das stimmt, aber …«

»Schweig!« Kt'Arra wandte sich wieder ihrer Begleiterin zu, die nun mit weichem Hauchen offenbar zu einer Rechtfertigung ansetzte. Doch die Großnichte der Hr'Tach ließ Sr'Tekoi ebenso wenig zu Wort kommen wie ihn, den unbedeutenden Menschen. Sie fauchte und zischte, und nicht nur das. Sie gestikulierte wild mit Armen und Tentakeln. Hätte Alvar nicht bereits gewusst, wie unhöflich die E'Kturi Gesten empfanden – allein Sr'Tekois entsetzter Blick hätte es ihm verraten. Die e'kturische Verhaltensforscherin wurde für ihren angeblichen Verrat nicht nur zur Rechenschaft gezogen – Kt'Arra schien sie dabei auch noch aufs Gröbste zu beschimpfen.

Alvar konnte nicht länger zusehen. Er wusste, dass Sr'Tekoi sich nichts zuschulden hatte kommen lassen. Und ganz gleich, wie er den außerirdischen Besetzern gegenüberstand – die Verhaltensforscherin war die Einzige, von der er sich tatsächlich Hilfe erhoffen konnte.

»Es war keine Unterstützung«, versuchte er, den Streit zu unterbrechen. »Es war bloß ein Test. Sr'Tekoi würde den korrekten Ablauf der Beurteilung nicht gefährden.«

Kt'Arras Auge zuckte in seine Richtung. »Und woher willst du das wissen, Mensch? Denkst du etwa, ich wäre auf *dein* Urteil angewiesen?« Sie zischte angewidert. »Es ist eine reine Zeitverschwendung, euch zu prüfen. Wir wissen ohnehin, wie das Ergebnis ausfallen wird. Und daran ändert deine Intrige rein gar nichts, *H'Echk*«, fügte sie an ihre Assistentin gewandt hinzu.

»Kt'Arra, ich versichere dir …«

Die E'Kturi-Anführerin kreischte und schlug mit einem Tentakel aus. Der Hieb war eindeutig nicht dazu gedacht gewesen, Sr'Tekoi zu treffen, denn er verfehlte sie um mehrere Handbreiten. Seine Wirkung allerdings verfehlte er nicht.

Sr'Tekoi zuckte zurück, trat auf die Plane, die das Bohrloch abdeckte – und fauchte auf, als der Sand darunter nachgab und sie das Gleichgewicht verlor.

Alvar dachte nicht nach. Er sprang vor, um sie aus der Gefahrenzone zu ziehen. Dabei unterschätzte er jedoch die geringe Schwerkraftwirkung des Mars. Er sprang zu weit. Im Reflex warf er sich noch in der Luft herum, doch es war zu spät. Er landete auf der Kante des Bohrlochs, und sie gab unter seinem Gewicht nach. Sein Bein knickte weg, Schmerz schoss ihm durch das Knie. Alvar krallte seine Handschuhe in den sandigen Boden, fand jedoch keinen Halt. Er rutschte auf den Abgrund zu. Die Plane flatterte in die Ausbohrung.

Drei Meter, schoss es ihm durch den Kopf. So weit war Harris mit seiner Bohrung gekommen. Nicht tief genug, um sich durch den Sturz allein zu verletzen, aber wenn sich einer der Gesteinssplitter in seinen Anzug bohrte, würde ihn das auf ganz andere Weise umbringen.

Doch ehe er in das Bohrloch stürzen konnte, umschlangen zwei kräftige Tentakel seinen Brustkorb und zogen ihn in die Höhe. Alvar sah auf.

Sr'Tekoi, die er vor einem Sturz hatte bewahren wollen, hielt ihn mit ihren unteren Armen fest. Sie selbst schwebte über dem Loch in der Luft – unversehrt. Sein Knie dagegen pochte vor Schmerzen.

Kt'Arra schnaubte, warf die Hände in die Luft und zog zischend und fauchend ab, während Sr'Tekoi ihn sanft auf festem Boden absetzte.

Alvar musste die Zähne zusammenbeißen, um dabei nicht aufzustöhnen. Er hörte die aufgeregten Stimmen seiner Leute. Sie eilten von der Baustelle herbei. Jemand rief nach einer Trage. Großartig. Das hatte ihm gerade noch gefehlt.

»Danke«, hauchte Sr'Tekoi so leise, dass es bestimmt niemand außer ihm gehört hatte, am allerwenigsten Kt'Arra.

Dennoch sah Alvar überrascht auf. »Wofür?« Es war schließlich nicht so, als hätte er irgendetwas geleistet. *Sie* hatte *ihn* gerettet!

»Es sind nicht nur die Erfolge, die bewertet werden.« Die E'Kturi sah ihn schweigend an. Ihre Hautlappen zitterten. Dann streckte sie ihm ungelenk eine Hand entgegen – und ließ zu, dass Alvar sie ergriff.

***

Leise Flüche vor sich hin schimpfend eilte Michael durch die Flure der *Celeste*. Seine Schritte hallten von den metallenen Wänden wider, aber das trug keineswegs dazu bei, seinen Ärger einzudämmen. Im Gegenteil, als er endlich die Krankenstation erreichte, war er wütender als zuvor.

Er schlug die Hand gegen den Sensor und drängte sich durch die Tür, noch ehe sie vollends aufgeglitten war. Der Geruch von Desinfektionsmitteln lag in der Luft. Die Verschalung war hier noch strenger in Weiß gehalten als im Rest des Schiffes, sah man von den Handläufen ab, die an den Wänden entlangführten. Sechs Krankenzimmer standen für Fälle zur Verfügung, die einen stationären Aufenthalt erforderten. In einem davon musste Corben liegen.

Michael hielt sich jedoch nicht lange auf, er marschierte schnurstracks in den Operationsbereich, aus dem er die Stimme seines Kommandanten hörte.

»Bist du jetzt vollkommen übergeschnappt?«, fuhr er Lajunen an, kaum dass er den Finnen auf der Behandlungsliege ausmachen konnte. »Was hast du dir dabei gedacht?«

Lajunen hob nur die Augenbrauen. »Ich bin nicht freiwillig gestürzt, wenn du das meinst.« Mit einem Kopfnicken deutete er auf sein geschientes Bein, das in einer halbfesten Manschette steckte. »Ich hatte außerdem Glück im Unglück. Victor meint, es ist nur verstaucht.«

»Victor meint außerdem«, mischte Fernandez sich ein, »dass ihr gefälligst nicht so herumschreien sollt.« Er reichte Lajunen zwei Tabletten und ein Glas Wasser. »Das ist immerhin eine Krankenstation, und ihr seid nicht die Einzigen hier.«

Lajunen kippte die Tabletten hinunter. »Danke. Verstaucht tut höllisch weh.«

»Das Schmerzmittel hilft auch deinem Zeh«, fügte der Mediziner lakonisch hinzu. »Hast du sonst noch irgendwelche Verletzungen, von denen ich wissen sollte?«

»Das war's, glaube ich.« Der Finne wollte sich von der Liege stemmen, aber Fernandez drückte ihn an der Schulter wieder nach unten. »Bleib wenigstens liegen, bis das Medikament wirkt. Und ich würde dir wirklich raten, zumindest heute mit einer Krücke zu gehen.«

»Ich werd's mir überlegen. Danke.«

Fernandez nickte. Er sah zu Michael und hob einen Finger. »Nicht schreien«, wiederholte er. »Krankenstation. Ruhe.« Er wartete Michaels entschuldigendes Schulterzucken ab, dann verließ er das Behandlungszimmer. Die Tür schloss er hinter sich.

»Okay.« Lajunen sah Michael auffordernd an. »Was ist das Problem?«

»Du!« Kapierte der Kerl es immer noch nicht? »Wieso riskierst du irgendetwas für eine von denen?«

Der Finne verzog den Mund, doch Michael hatte es satt, ständig den Mund verboten zu bekommen. Zur Krankenstation hatten die E'Kturi keinen Zutritt – Fernandez hatte sie nachdrücklich vor einer möglichen Keimübertragung gewarnt. Dabei hatte er nicht verdeutlicht, ob er ihre Keime fürchtete oder die Möglichkeit, dass die Echsen sich mit irdischen Krankheiten infizieren könnten. Somit konnten die Außerirdischen sich weder beleidigt fühlen noch darauf bestehen, dass sie mit ihrer hoch entwickelten Technik vor allen Keimen gefeit waren. Die Krankenstation war tabu, das akzeptierten sie – und Michael war verdammt froh darüber.

Mit mühsam beherrschter Stimme fuhr er fort: »Ich meine nicht nur deinen Sturz, Alvar. Ich meine auch den ganzen Mist davor. Du hast dich in einen Streit eingemischt? Warum, zum Teufel?«

Lajunen hob bloß die Hände. »Für meine Moral kann ich nichts«, behauptete er. »Jemand war dabei, verletzt zu werden. Ich dachte, ich könnte es verhindern. Das ist alles.«

»Hat dir ja viel gebracht«, ätzte Michael.

»Allerdings.« Der Kommandant setzte sich auf und bewegte vorsichtig das verletzte Bein. »Es scheint unserer Beurteilung jedenfalls nicht geschadet zu haben. Ich glaube, Sr'Tekoi ist uns durchaus positiv gesinnt.«

»Das ist ja schön. Hat sie dich auf ein Tässchen Tee eingeladen, oder was?«

»Sehr witzig.« Lajunen stand auf, sog scharf die Luft ein und wartete einen Augenblick. Dann hinkte er zur Tür und deaktivierte die Funkanlage. Er atmete ein paarmal tief durch, ehe er zurück zur Liege humpelte. Auf seiner Stirn glänzte Schweiß, als er sich darauf niedersinken ließ, aber seine Stimme klang nach wie vor fest und sicher. »Sie hat mir erklärt, was sie mit Völkern machen, die ihrer Beurteilung nicht standhalten.«

Michael hörte sich Lajunens Ausführungen an. Allerdings fand er darin ganz und gar nichts Ermutigendes. »Technologische Rückstufung?«, fragte er. »Das ist eine beschissene Aussicht!«

»Ich weiß. Aber Sr'Tekoi hat mir versichert, dass wir uns gut machen. Wir können das schaffen, Michael.«

»Wenn uns deine kleine Eskapade etwas gezeigt hat«, zischte Michael, »dann, dass es völlig gleichgültig ist, was Sr'Tekoi sagt. Sie ist nicht diejenige, die das Urteil fällt.« Kt'Arra war das Problem. Und was die von ihnen hielt, hatte sie ja wohl deutlich gezeigt.

»Wach endlich auf, Cap. Mit Freundschaft erreichst du bei denen gar nichts.«

Er warf Lajunen eine Krücke zu und verließ die Krankenstation, ohne auf seinen Kommandanten zu warten.

9. KAPITEL – LÜGEN

Hana zögerte, als sich die Türen des Aufzugs hinter ihr schlossen. Das winzige Büro, das man ihr zur Verfügung gestellt hatte, lag im Untergeschoss des Space Centers. Das von Major Rimes im obersten Stockwerk.

Sollte sie ihn auf ihre Beobachtung ansprechen?

Nein, entschied sie. Er war derjenige gewesen, der ihr gesagt hatte, dass der Flug der *Destiny* nicht stattfinden würde. Also wusste er entweder ebenso wenig darüber wie Parson – oder er hatte Hana bewusst angelogen. Egal wie, von ihm würde sie keine Auskunft erhalten.

Sie musste sich selbst helfen. Also drückte sie die Taste für das Untergeschoss.

Als psychologische Betreuerin hatte sie Anspruch auf ein wenig Privatsphäre – besser gesagt, die Astronauten, die sie betreute, hatten diesen Anspruch. Um vertrauliche Beratungsgespräche zu gewährleisten, durfte selbst die Missionskontrolle nur bei einem kritischen Notfall auf die Nachrichten zugreifen, die sie mit der Besatzung der *Celeste* austauschte. Dass einige dieser Nachrichten per Video aufgenommen wurden, verschaffte ihr ein Einzelbüro, aber damit endeten ihre Privilegien bereits. Tatsächlich war ihr Büro nicht viel mehr als eine kleine Abstellkammer, in der jemand einen Computer aufgebaut hatte. Gut genug für Hanas Ansprüche, sie brauchte keine Sonderstellung.

Mit einem leisen Ächzen ließ sie sich auf ihren Stuhl fallen. Zutritt zum Raketenhangar hätte ihr bereits genügt, aber den konnte sie sich abschminken. Mit all den zusätzlichen Sicherheitsstufen, die die NASA ausgerufen hatte, wäre es ein Wunder, wenn sie auch nur in die Nähe des Gebäudes käme.

Hana legte ihre Finger an die dafür vorgesehenen Sensoren des Computers. Das Licht des Fingerkuppenscanners leuchtete grün auf und gab ihre Zugangsberechtigung frei. Entschlossen zog sie die Tastatur heran. Nur weil sie keinen Zutritt zum Hangar bekam, bedeutete das noch lange nicht, dass sie nichts herausfinden konnte.

Als jedoch das System startete, wurde ihr Posteingang mit Nachrichten geradezu geflutet. Überrascht starrte Hana auf den Anzeigebalken ihres Programms, der länger und länger wurde. Eine Nachricht von Álvar, damit hatte sie gerechnet. Vielleicht noch eine von Suchanow, dem Bordpsychologen, den sie als Supervisor unterstützen sollte. Das jedenfalls war ihr angekündigt worden, als sie den Job von ihrem Vorgänger übernommen hatte.

Aber der hatte auch nur die sechs Mitglieder der Kerncrew betreut. Sie dagegen war mit einem Mal für fast fünfzig Menschen verantwortlich, die sich unerwartet in einer extremen Krisensituation wiederfanden – und aus irgendeinem Grund wandten sie sich damit ausgerechnet an sie.

Die lange Übertragungszeit vom Mars zur Erde machte ein direktes Gespräch unmöglich, allein deshalb wäre Suchanow eigentlich für jedes Problem der Besatzung der bessere Ansprechpartner gewesen. Er konnte sofort vor Ort reagieren. Sie hingegen konnte nur Mails und Videonachrichten austauschen, die pro Richtung jeweils mindestens dreiundzwanzig Minuten unterwegs waren. Insofern war sie gespannt, welche Anliegen die Mannschaftsmitglieder der *Celeste* an sie herantrugen.

Hana öffnete die erste Nachricht. Sie war kurz, nur zwei Zeilen lang. »Ich weiß, dass niemand kommen wird. Sagen Sie meiner Schwester, dass ich sie liebe.«

Das war alles. Kein Dialog, kein Wort darüber, wie es dem Absender ging. Es war ein Abschiedsbrief.

Von einer düsteren Vorahnung erfüllt, klickte Hana die nächste Nachricht an. Und die nächste … Sie fielen alle ähnlich aus.

»Sagen Sie meiner Mutter …«

»Helfen Sie meiner Familie, mein Vater wird das nicht verkraften.«

»Wieso hilft uns niemand?«

»Was sollen wir tun?«

»Ich will nicht durch fremde Wesen sterben. Wenn es notwendig wird – wie komme ich ihnen zuvor? Soll ich in die Luftschleuse gehen?«

»Das ist einfach nicht richtig!«

»Wir sind hier völlig allein.«

»Sagen Sie meinem Mann …«

»Die Angst nimmt mir die Luft …«

»Ich weiß nicht, was ich tun soll.«

»Schicken Sie niemanden mehr her. Wir sind schon verloren.«

»Helfen Sie uns!«

Hana schloss das Nachrichtenfenster und presste die Hand an den Mund, bis ihre Zähne schmerzten. Tränen brannten in ihren Augen.

All diese Leute brauchten Hilfe. Sie brauchten Trost, einen Ausweg. Und Hana konnte ihnen nichts geben.

Sie konnte ihnen nicht raten, wie sie mit den Außerirdischen umzugehen hatten, weil sie sie nicht kannte. Sie konnte ihren Familien nicht helfen, weil diese nichts von den Zuständen auf dem Mars wissen durften. Sie konnte keine Raketen losschicken, um die Marssiedler zurückzuholen.

Hana konnte der Besatzung der *Celeste* nicht helfen. Sie hatte nichts für sie als leere Worte – und Lügen.

***

Mit zusammengebissenen Zähnen humpelte Alvar aus der Krankenstation. Nach drei Schritten nahm er die Krücke zu Hilfe. Harris hatte unrecht. Eine Freundschaft mit den E'Kturi war der *einzige* Weg, die Zeit der Beurteilung zu überstehen. Sr'Tekoi war geschwebt, verdammt noch mal. Über einem Loch. Alvar hatte keine Ahnung, wie sie das bewerkstelligt hatte, aber es hatte ihm einmal mehr vor Augen geführt, wie sehr ihnen die E'Kturi technologisch überlegen waren. Wenn die Menschen überleben wollten, durften sie keinen Konflikt riskieren.

Sie mussten die Außerirdischen von ihrer sozialen Kompetenz überzeugen – und das konnte nur gelingen, wenn sie sich mit ihnen verbündeten. Das musste doch sogar jemand wie Harris einsehen. Gerade jemand mit militärischem Hintergrund sollte verstehen, was es bedeutete, dem Gegner hoffnungslos unterlegen zu sein. Fehler durften sie sich nicht erlauben.

Alvar wusste, dass er auf dem richtigen Weg war. Es gab keine Alternative.

Er griff an sein Funkgerät und aktivierte die Verbindung zur Zentrale. Lara Pignatelli meldete sich, eine aus der ersten Gruppe von Schläfern, die sie geweckt hatten. »Wie geht es Ihnen, *Comandante?*«

»Es wird schon wieder, danke. Können Sie mir sagen, ob die E'Kturi, die mich begleitet hat, noch an Bord ist?«

»Ja, soweit ich weiß ...« Die Italienerin schwieg einen Augenblick. Dann meldete sie: »Da. Sie ist bei Doktor Suchanow. Hauptetage, Besprechungsraum vier.«

Alvar fluchte lautlos. Das war das Zimmer, in das Fernandez die Mannschaftsmitglieder gebracht hatte, die vorhin aufgeweckt worden waren. »Ist er schon bei den Neuen?«

»Nein, noch nicht.«

»Gut. Danke.« Hastig unterbrach er die Verbindung und humpelte los. Der Psychologe wäre zweifellos begeistert, wenn Sr'Tekoi nun auch die nächste Gruppe Neuankömmlinge mit ihrer Anwesenheit in Panik versetzen wollte.

Es waren nur gut dreihundert Meter bis zum Besprechungsraum, aber Alvar war schweißgebadet, als er endlich in den entsprechenden Gang einbog. Sein Knie pochte, und seine Hand krampfte sich um den Griff der einfachen Krücke, doch er drängte diese Unpässlichkeiten zurück, als er den Psychologen und die E'Kturi erblickte. Wie es aussah, versuchte Suchanow verzweifelt, die aufdringliche Außerirdische loszuwerden. Bislang erfolglos.

»Kann ich euch behilflich sein?«

Den verzweifelten Blick des Psychologen deutete er als »Ja«. Sr'Tekoi dagegen schien voll und ganz zufrieden zu sein, als sie sich zu ihm umwandte.

»Dein Mitmensch erläutert mir die Aufgaben eurer Verhaltensexperten«, erklärte sie mit einem leisen Zischen. »Ein sehr aufschlussreiches Fachgebiet.«

»In der Tat.« Alvar sah zu Suchanow, der gequält das Gesicht verzog. »Und sehr umfangreich.«

Wahrscheinlich hätte der Russe noch Stunden weiterparliert, nur um die E'Kturi von seinen Patienten fernzuhalten. *Wenigstens einer, der kapiert, was ich tue.*

Allerdings konnte diese Taktik auf Dauer nicht gut gehen. Die neu erwachten Schläfer saßen in einem karg eingerichteten Besprechungszimmer, das gerade eben Platz genug für zwanzig Leute bot, und warteten auf etwas, von dem sie nicht wussten, was es war. Irgendwann würde unweigerlich jemand nachsehen kommen, wo der angekündigte Psychologe blieb – oder Schlimmeres. Eine weitere Prügelei konnten sie unmöglich verheimlichen. Vor allem wenn Sr'Tekoi dabei unmittelbar vor der Tür stand.

Er musste die E'Kturi hier wegschaffen.

Alvar räusperte sich. »Es freut mich, dass mein Kollege dir relevante Informationen liefern konnte.«

»Ich bin sicher, es hilft mir, euer Volk besser zu verstehen.«

»Sehr gut. Könnten wir …«

Nun bemerkte die Außerirdische die Krücke an seinem Arm. Sie schürzte überrascht die Lippen. »Wozu dient dieser Stock?«

Eine Waffe, dämmerte es Alvar. *Sie denkt, es wäre eine Waffe!*

»Es ist eine Stütze«, beeilte er sich zu erklären. »Mein Bein schmerzt noch von dem Sturz.«

Sr'Tekoi blinzelte. »Immer noch?« Sie fächelte mit ihren Halslappen. »Eure Heilmethoden scheinen mir noch primitiver als der Rest eurer Technologie zu sein.«

Neben sich hörte Alvar den Psychologen aufkeuchen, aber ihn selbst trafen die unbedachten Beleidigungen der Außerirdischen längst nicht mehr. Vielmehr konzentrierte er sich auf die Informationen, die sie damit tatsächlich preisgab – wie zum Beispiel die Tatsache, dass ihnen die E'Kturi auch auf dem Gebiet der Medizin um einiges voraus waren.

Auch hier lag Harris falsch: Alvar wollte diese Technologie durchaus bekommen. Nicht nur die Menschen, die gesamte Erde könnte davon profitieren. Im Gegensatz zu dem Ingenieur wusste er jedoch, dass sie sich diese Kenntnisse verdienen mussten, wenn sie nicht an weitere Prüfungen und Bedingungen geknüpft sein sollten.

»Es geht mir ausreichend gut, danke. Unser Arzt hat mich versorgt, es dauert nur einen Moment, bis die Medikamente wirken.« Und noch länger, bis das Knie wieder gänzlich funktionierte, wie es sollte, aber das würde er ihr nicht auf die Schnauze binden. »Ich würde gerne mit dir sprechen, falls du Zeit hast.«

»Natürlich.«

Suchanow erkannte sein Stichwort. »Ich werde mich dann wieder meinen Aufgaben widmen.« Er nickte Alvar dankbar zu. »Bis später.« Er verabschiedete sich auch von der Außerirdischen und trat durch die Tür des Besprechungszimmers Nummer vier. Geschickt bewegte er sich dabei so, dass er den Blick auf die Leute verdeckte, die darin saßen – und denen wiederum den Anblick der E'Kturi ersparte.

Alvar atmete innerlich auf. Wenigstens diese Katastrophe war an ihnen vorübergegangen. Zeit, sich der nächsten zu widmen.

»Ich mache mir Sorgen«, wandte er sich an Sr'Tekoi.

Die E'Kturi blinzelte, erst mit dem einen, dann mit dem anderen Auge. »Wegen eurer Beurteilung?«

Alvar presste die Lippen zusammen. »Natürlich.« Wie sollte ihm das keine Sorgen bereiten? »Aber ich meinte den Vorfall an der Baustelle … deinen Streit mit Kt'Arra.«

Die sonst so lebhafte Mimik der Soziologin erstarrte. Ausdruckslos sah sie ihn an.

Ihr starrer Blick machte Alvar nervös. Hatte er etwas Falsches gesagt? Vorsichtig fuhr er fort: »Sie schien sehr aufgebracht. Ich hatte den Eindruck, dass sie über unsere Zusammenarbeit nicht erfreut ist. Ich wollte dir keinen Schaden zufügen.« *… und dadurch den einzigen positiven Kontakt verlieren, den wir haben,* fügte er im Stillen hinzu.

Sr'Tekois Mund zuckte. »Kt'Arra erscheint manches Mal streng«, sagte sie. »Aber sie hat nur das Beste für die Gemeinschaft im Sinn. Das erfordert nun einmal äußerste Sorgfalt und Genauigkeit. Perfektion. Von allen.«

»Und in ihren Augen sind die Menschen …«

»Nichts davon«, bekannte Sr'Tekoi. »Ihr seid haarige Barbaren, zu primitiv in eurer Kultur, um überhaupt in den Weltraum vorzustoßen.« Sie stieß nachdenklich Luft aus. »Wer weiß. Vielleicht ist das nicht das einzige Gebiet, auf dem ihr zu mehr fähig seid, als man euch zutrauen würde.« Die E'Kturi zog den Mund breit. »Wir werden es herausfinden.«

***

Die Besatzung der *Celeste* litt. Hana tat ihr Bestes, um den Menschen auf dem Mars zu helfen, aber sie wusste, dass das bei Weitem nicht ausreichte, um irgendetwas zu bewirken. Was konnte sie schon tun, außer der Besatzung Mut zusprechen und ihnen zu raten, sich dem Psychologen vor Ort anzuvertrauen? Wie sollte sie, Millionen Kilometer entfernt in der relativen Sicherheit der irdischen Umgebung, nachvollziehen können, wie sich die Menschen unter der außerirdischen Besatzungsmacht fühlten?

Es waren ausschließlich neue Mannschaftsmitglieder, die sie angeschrieben hatten. Jene, die gerade erst aufgewacht waren. Sie fühlten sich im Stich gelassen, nicht nur von der Erde, sondern auch von ihren Kommandanten – und Suchanow. Das war es, was Hana aus den knappen Nachrichten herauslas. Sie kontaktierten lieber sie, eine Fremde auf einem anderen Planeten, als die Menschen, die sie auf dem Mars empfangen hatten und die mit ihnen gemeinsam in dieser unangenehmen Situation feststeckten. Wollten sie einfach eine Meinung von außerhalb? Oder vertrauten sie der Kerncrew nicht?

Hana hatte alle Nachrichten beantwortet, so gut sie konnte. Es blieb nur noch die für Alvar. Ausgerechnet dabei zögerte sie.

Es lag in ihrer Verantwortung, auch dem Kommandanten beizustehen und ihn durch schwierige Situationen zu lotsen. Von daher müsste sie ihn eigentlich darauf hinweisen, wie es um die Mitglieder seiner Besatzung stand. Das hätte jedoch ihre Schweigepflicht verletzt. Sie konnte ihn nur mahnen, für seine Leute da zu sein und sie zu ermutigen, Suchanows Hilfe in Anspruch zu nehmen. Die *Celeste* brauchte Zusammenhalt, wenn sie diese Krise überstehen wollte.

Hana strich sich die widerborstigen Locken zurück. Ihren Mann würde sie nicht mit einer bloßen Mitteilung abfertigen. Sie musste ihm jedoch auch nicht unter die Nase reiben, wie sehr sie sich um ihn sorgte. Nachdem sie ein paarmal tief durchgeatmet und das schlechte Gewissen verdrängt hatte, das sie angesichts ihrer Hilflosigkeit empfand, aktivierte sie die Kamera. Sie wollte gerade die Aufnahme starten, als ein Klopfen an der Tür sie davon abhielt.

»Ja?« Hana zog die Hand zurück.

Die Tür glitt auf, und Major Rimes steckte den kantigen Schädel herein. Er trug einen schwarzen Pullover, doch auch ohne Uniform war ihm der militärische Drill sofort anzusehen. Es war die Art, wie er die breiten Schultern nach hinten drückte, und der verbissene Ausdruck in seinem Gesicht. Er lächelte, aber es war die Art von Grinsen, das man von einem Pitbull erwartete, kurz bevor er zubiss.

Oder von einem Rottweiler.

Hana verdrängte den Gedanken an Benji. Ihr schlechtes Gewissen plagte sie ohnehin schon genug. »Guten Morgen, Major.«

»Eigentlich ist es eher schon Mittag«, informierte er sie. »Kommen Sie gut voran?«

»Wie man es nimmt.« Hana erhob sich. Damit musste sie immer noch zu ihm aufsehen, aber immerhin gab es ihr die Illusion, mit ihrem Vorgesetzten auf Augenhöhe zu sprechen. »Darf ich Sie etwas fragen?«

»Selbstverständlich.«

»Wieso haben Sie mich eingestellt? Sie wissen, dass mein Mann dort oben ist. Bin ich deshalb hier?«

Rimes lächelte erneut sein Pitbulllächeln. »Um ehrlich zu sein, hatte ich eigentlich bereits gestern mit dieser Frage gerechnet.«

Nun, da hatte sie ein wenig andere Sorgen gehabt, nachdem man ihr erklärt hatte, welche Zustände gerade auf dem Mars herrschten. »Und?«

»Ihr nahes Verhältnis wäre eher ein Grund, Sie hier nicht arbeiten zu lassen«, sagte er. »Das ist Ihnen sicher bewusst.«

Hana nickte.

»Ernst Kulmer hat mir jedoch versichert, dass Sie über die Professionalität verfügen, sich davon nicht beeinflussen zu lassen. Er war es, der Sie vorgeschlagen hat.«

Kulmer? Das hätte Hana von dem Leiter des EAC nicht erwartet. Sollte das seine Art der Wiedergutmachung dafür sein, dass er Alvar dazu überredet hatte, ohne sie zum Mars zu fliegen?

Dabei war es gar nicht Kulmer. Ich war es. Ich habe ihn dazu ermutigt. Es ist meine Schuld, dass er jetzt in diesem Mist steckt.

Hana biss sich auf die Unterlippe. Es war Kulmers Vorschlag gewesen. Ihre Unterstützung. Und Alvars Zusage. Sie alle hatten diese Entscheidung getroffen. Und sie alle mussten nun mit den Konsequenzen leben.

»Ich verstehe es trotzdem nicht«, bekannte sie. »Ich weiß, dass es nicht allzu viele Psychologen mit Raumfahrtspezialisierung gibt.«

Fünf, um genau zu sein, und drei davon kannte sie persönlich. »Aber es gab doch bereits jemanden, der während der Reise als Supervisor für Alexej Suchanow fungiert hat. Wieso wurde der Posten neu besetzt?«

»Walker wird derzeit anderweitig gebraucht«, antwortete Rimes.

Cliff Walker also. Ihn kannte Hana nur dem Namen nach.

»Weshalb ich eigentlich gekommen bin …« Rimes lächelte, und diesmal wirkte es ein wenig aufrichtiger. »Die Kollegen aus der Missionskontrolle wollen Mittagessen bestellen. Chinesisch. Möchten Sie auch etwas?«

Völlig perplex nickte Hana. Die Erwähnung von chinesischem Essen rief ihrem Magen in Erinnerung, dass sie seit gestern Abend nichts mehr zu sich genommen hatte. Hana spürte ein deutliches Rumoren in ihrem Bauch. »Das wäre wunderbar. Gebratene Nudeln mit Gemüse.«

»Großartig. Essen dann um eins in der Kantine.« Er tippte auf die Uhr an seinem Handgelenk. »Nicht verpassen.«

»Werde ich nicht. Danke.« Sie lächelte, bis Rimes die Tür hinter sich geschlossen hatte. Dann setzte sie sich erneut an ihren Rechner und tippte den Namen *Cliff Walker* in die Suchmaske des internen Netzwerks ein.

Ein rotes Warnfeld leuchtete auf. *Datensatz gesperrt.*

Hana runzelte die Stirn. Wieso sollte der Kontakt zu einem psychologischen Betreuer der Geheimhaltung unterliegen? Gerade in dieser Position musste er doch erreichbar bleiben. Hana gab ihre eigene Sicherheitskennung als Psychologin ein und wiederholte die Suche.

Diesmal wurde sie fündig. Rimes hatte die Wahrheit gesagt. Cliff Walker war für eine Mission eingetragen. Aber nicht für irgendeine. Neben seinem Namen las Hana die Abkürzung *DSN-1*. Der erste Flug der *Destiny. Ihr* Flug.

»Was soll dieser Mist?« Von wegen, der Flug war abgesagt. Man hatte nur sie von der Besatzungsliste gestrichen!

Hastig suchte Hana nach der Missionskennung. Sie fand eine ganze Reihe von Personen, die für die Mission eingetragen waren. Die Besatzung war vollzählig, aber Hana kannte keinen der Namen. Sie war nicht die Einzige aus der angekündigten Mannschaft, die ersetzt worden war.

Patrick Adams, Sergeant der U.S. Air Force, im aktiven Dienst. Amelia Baker, Leutnant der U.S. Air Force. Manu Lebovsky, Corporal. Tyler Capaldi, Leutnant … Einen Namen nach dem anderen las Hana. Es waren allesamt Soldaten, jeder einzelne von ihnen.

Hana spürte eine eisige Kälte, die ihr in die Finger kroch. Der Flug der *Destiny* war nicht abgesagt worden – die NASA hatte ihn in eine Militäroperation umgewandelt. Dreihundert Soldaten bereiteten sich darauf vor, zum Mars zu fliegen.

Warum? Was in aller Welt erhofften sie sich davon? Damit konnten sie gerade einmal jene E'Kturi vernichten, die auf dem Mars gelandet waren, und selbst das war fragwürdig. Und wozu? Was wollten sie damit bewirken, außer einen Vergeltungsschlag der Außerirdischen, den die Erde unmöglich überstehen konnte?

Sie musste Alvar warnen, solange sie noch den Vorteil der unüberwachten Kommunikation besaß. Es war nur eine Frage der Zeit, bis Rimes herausfand, wonach sie gesucht hatte, und eins und eins zusammenzählte. Mit zitternden Händen griff Hana nach der Tastatur. Das war nichts, was sie per Video übermitteln konnte. Im Augenblick traute sie ihrer Stimme nicht.

Es war ihr egal, gegen welche Geheimhaltungsregeln sie damit verstieß. Das war ihr Mann, der da im Zentrum der Katastrophe saß. Ihre Zukunft, die auf dem Spiel stand.

Es ehrte Kulmer, dass er dachte, sie würde sich von ihrer persönlichen Beziehung zum Kommandanten der *Celeste* nicht beeinflussen lassen.

Aber in dieser Angelegenheit täuschte er sich.

***

Michael verstand nicht, worauf Lajunen wartete. Hatte er wirklich derartige Angst davor, zu handeln? Oder maß er den E'Kturi mehr Wert bei als seinen eigenen Leuten? Michael hatte wirklich gehofft, seinen Kommandanten irgendwie zur Vernunft bringen zu können. Er mochte den Kerl, verdammt! Aber Feigheit würde sie hier nicht weiterbringen.

Es war eindeutig, dass Lajunen keinen Finger rühren würde, um ihre Lage auf dem Mars zu verbessern. Aber Michael wusste, dass es nicht helfen würde, den Kopf einzuziehen und darauf zu hoffen, dass der Sturm an einem vorüberzog. Wenn man überleben wollte, galt es zu handeln. Und wenn man etwas erledigt haben wollte, musste man es eben selbst tun.

Nach kurzem Zögern wandte er sich in Richtung Zentrale.

»Ist er schon bei den Neuen?«, hörte er Lajunens Stimme über Funk, als er eintrat.

»Nein, noch nicht.« Pignatelli, die italienische Mechatronikerin, sah auf.

Michael nickte ihr zu.

»Gut«, meinte Lajunen. »Danke.« Ein leises Klicken kündigte das Ende der Verbindung an.

Pignatelli wandte sich zu Michael um, ihre dunklen Augenbrauen fragend nach oben gezogen. »*Buongiorno, Capo.* Ist alles in Ordnung?«

»Alles gut. Ich dachte nur, ich löse Sie mal ab.«

Die Italienerin runzelte die Stirn. »Wieso? Habe ich …«

Michael hob die Hände. »Nein, alles gut, wie gesagt. Ich bin nur etwas unruhig und würde mich gern nützlich machen.« Er lächelte schief. »Das war nur nett gemeint. In einer Stunde wäre es sowieso meine Schicht.«

»Ach so.« Ihre Gesichtszüge wurden weicher. »Wenn das so ist …« Sie stand auf und streckte den Rücken durch. »Dann gerne. Ich fürchte, ich habe mich noch nicht ganz an den Mars gewöhnt.«

»Wer hat das schon.« Michael trat einen Schritt zurück, damit sie an ihm vorbeischlüpfen konnte. Dabei roch er eine leichte Vanillenote, die eindeutig nicht vom bordeigenen Duschgel stammte. Unwillkürlich lenkte er seinen Blick etwas tiefer, nur um sich gleich darauf wieder zusammenzureißen. Es brachte ihm trotzdem einen spöttischen Blick von Pignatelli ein.

Super. Genau das hatte er gebraucht.

Sie zwinkerte ihm jedoch bloß zu und verschwand mit einem »*Grazie!*« aus der Zentrale.

Michael schüttelte den Kopf. Er hatte keine Zeit für so einen Blödsinn, auch wenn das nach sechs Monaten Flugzeit der erste hübsche Hintern war, der an ihm vorbeigelaufen war. Sah man einmal von Denaux ab, die ihn noch während der Ausbildung mit den Worten »Wenn du kein Kerl wärst …« getröstet hatte.

Er mochte Denaux, und im vergangenen Jahr hatte er ganz gut gelernt, mit ihren exzentrischen Anwandlungen umzugehen – und sie für sich zu nutzen. Aber wie es aussah, war diesmal auch auf die Physikerin kein Verlass. Egal. Er war schließlich Ingenieur. Ein Computer sollte kein Problem für ihn darstellen.

Michael ließ sich auf den Kommandantensitz fallen, der sich nach einer Sekunde automatisch an seine Körpergröße anpasste, und ließ seine Knöchel knacken. Mit ein paar kurzen Befehlen stellte Michael die Verbindung zur *Istar*-Station her. »Na bitte.«

Der erste Schritt war einfach. Auf die Überwachungsanlagen der Station hatte die Kommandozentrale der *Celeste* ohnehin Zugriff. Danach wurde es schwieriger. Wie nicht anders zu erwarten, ließ sich nur ein Teil der Überwachungskameras ansprechen. Die anderen, die sich im Bereich der Wohnquartiere befanden, reagierten nicht auf seine Befehle. Die E'Kturi schirmten sich ab und hatten jenen Teil der Station, den sie für sich beanspruchten, vom restlichen System abgekappt. Überwachungsanlagen, Energiesysteme, Luft- und Temperaturmesspunkte – nichts. Michael lief gegen eine virtuelle Mauer, aber das hatte er erwartet. Die Aliens wären fahrlässig, den Menschen Zugang zu ihren lebenserhaltenden Systemen zu gewähren.

Umso weniger verstand Michael, weshalb sich die Biester in der

Istar-Station eingenistet hatten. Warum blieben sie nicht auf ihrem eigenen Schiff, wo doch eigentlich alles besser auf ihre Bedürfnisse abgestimmt sein musste? Außerdem bot es mehr Platz. Vielleicht sogar ein wenig zu viel, wo sich doch angeblich nur drei E'Kturi darin aufgehalten hatten. Was befand sich sonst noch auf dem Schiff?

Was es auch sein mochte, Michael war entschlossen, es herauszufinden. Nachdem er alle Möglichkeiten ausgelotet hatte, die ihm die Standardbefehle des Bordsystems anboten, machte er sich daran, einen eigenen Code zu entwickeln und ihn ins System zu schleusen. Ein kleines Programm, das sich durch die Lücken schummeln konnte. Das war zwar nicht sein Fachgebiet, aber er würde es hinbekommen. Funktionieren sollte es jedenfalls.

Ein plötzlicher Knall ließ ihn aus dem Sitz hochschießen. Fassungslos starrte er auf die Kaffeetasse auf seinem Tisch. Zum Glück war ein Deckel darauf, sonst hätte es eine schöne Sauerei gegeben. »Was zum …?«

»Das ist keine sehr elegante Lösung«, erklärte Denaux in tadelndem Tonfall und wies mit einem Kopfnicken in Richtung seines Bildschirms.

»Imani!« Michael presste eine Hand an seine Brust. Selbst durch den dicken Stoff des Bordanzugs hindurch konnte er seinen galoppierenden Herzschlag spüren. »Scheiße, hast du mich erschreckt!«

Die Französin verzog den Mund zu einem spöttischen Lächeln. »Wenn du schon etwas Verbotenes anstellst, *Michel* …« Sie legte eine Hand an den Sensor an der Wand. »… dann solltest du wenigstens die Tür abschließen.« Mit einem leisen Zischen glitt die Metalltür der Zentrale zu.

***

»Du leidest immer noch Schmerzen.« Sr'Tekoi beäugte ihn ohne Mitleid, dafür mit unverhohlener Neugier.

Alvar seufzte. »Es ist nicht schlimm«, versicherte er. Zumindest würde es das nicht mehr sein, sobald er endlich in diesen verfluchten Raumanzug hineingekommen war und sich nicht mehr in wilden Verrenkungen ergehen musste. Wie viele Bewegungen das Knie ausgleichen musste, bemerkte man erst, wenn man es nicht mehr wie gewohnt benutzen konnte.

»Du bist unaufrichtig«, stellte die E'Kturi fest. »Weshalb lügst du mich an?«

»Das ist keine Unaufrichtigkeit.« Alvar biss die Zähne zusammen, zog den Stiefel fest und stieß zischend den Atem zwischen den Zähnen aus. »Das ist …« Er zögerte.

»Machogehabe«, half Chen aus. Die Technikerin half ihm auf die Beine. »Männer geben nicht gerne zu, wenn es ihnen schlecht geht, weil sie Angst haben, dadurch schwach zu wirken.« Sie klopfte ihm auf die Schulter. »Das hat irgendetwas mit Pseudopotenz zu tun.«

»Danke für die Erläuterung, Mei.« Er warf ihr einen strafenden Blick zu, den sie mit einem Schulterzucken abtat.

»Eine interessante Eigenart«, sinnierte Sr'Tekoi indessen. »Ich werde mit eurem Verhaltensforscher darüber sprechen.«

Großartig, Suchanow würde sicher begeistert sein.

»Eigentlich ist das keine besondere Eigenart der Menschen«, merkte Chen an. Sie setzte ihren Helm auf, verriegelte ihn sorgfältig und platzierte sich vor Alvar, damit er den Verschluss überprüfen konnte, während sie seinen Helm inspizierte. »Ähnliche Verhaltensweisen gibt es bei ziemlich vielen Tierarten auf der Erde. Sie spielen Verletzungen herunter, um keine Raubtiere anzulocken. Dazu noch das Bedürfnis, potenzielle Sexualpartner zu beeindrucken, und tadaa«, sie deutete auf ihren Kommandanten. »Spezies Mann.«

»Also definieren sich eure Geschlechter als unterschiedliche Spezies?«

»Manchmal schon.«

»Mei, das ist nicht hilfreich.«

Sr'Tekoi stieß ein nachdenkliches Fauchen aus. »Und sieht er dich nun als Bedrohung an oder als potenzielle Sexualpartnerin?«

Chen grinste. »Interessante Frage.«

»Wirklich sehr lustig.« Ihrem interessierten Gesichtsausdruck nach zu urteilen, glaubte die Außerirdische auch noch jedes Wort. Sie hatte beide Augen auf die Technikerin gerichtet, ihre Lippe zitterte. Ehe die E'Kturi noch weitere Fragen stellen konnte, deutete Alvar zur Luftschleuse. »Können wir dann?«

Die Ingenieurin nickte, fuhr jedoch ungehindert fort: »Wie sind die männlichen E'Kturi?«

Nun wurde auch Alvar hellhörig. Versuchte Chen etwa, ihre außerirdische Betreuerin auszuhorchen? Falls ja, gelang ihr das mit ihrer ungezwungenen Art jedenfalls besser als ihm.

Sr'Tekoi stieß ein abgehacktes Fauchen aus. »Wir haben das Konzept zweier Geschlechter hinter uns gelassen«, erklärte sie. »Schon vor Jahrtausenden.«

»Aber Kt'Arra sagte, ihr wärt ihre Begleiter*innen*«, warf Alvar ein.

»So ist es.« Und schon schwieg sie wieder.

Alvar seufzte. Small Talk schien ihm wirklich nicht zu liegen.

Auffordernd sah er zu Chen, doch die interpretierte seinen Blick falsch und trat stattdessen in die Schleuse. Alvar folgte ihr zögernd ins Freie. Der eng anliegende Druckanzug stabilisierte sein Knie so weit, dass er relativ problemlos gehen konnte. Nur ein leichtes Hinken blieb. Damit kam er zurecht. Was ihn zögern ließ, war der Gedanke an Nk'Zass, die sie an der Bohrstelle erwarten sollte. Endlich gab Sr'Tekoi ein wenig über die Eigenarten ihrer Besatzerinnen preis. Das würde sich ändern, sobald sie zu ihrer Begleiterin stießen.

Also versuchte er es noch einmal. »Kt'Arra nannte dich auch *H'Echk*. Was bedeutet das?«

Sr'Tekoi sah ihn an, ihre schwulstigen Lippen bebten. »Du bist aufmerksam, Mensch.« Unter ihrem Gewand zuckte es, doch diesmal war es nicht der Beginn eines Diskussionstanzes. Die Wölbungen unter ihrer Robe rutschten nach unten, und Sr'Tekoi entrollte einen Schwanz, der um vieles länger war, als es bisher den Anschein gemacht hatte. Er schleifte über den Sand, umgeben vom Flimmern ihres Schutzschirms, ohne eine Spur zu hinterlassen. »Es bedeutet *Mutter*«, sagte sie.

Ihre Offenheit verblüffte Alvar, aber noch mehr verwunderte ihn der Inhalt dieser Aussage. »Du bist Kt'Arras Mutter?«, hakte er nach. Die Anführerin der Außerirdischen hatte Sr'Tekoi nur als ihre *Assistentin* bezeichnet. »Wieso betont sie dann, wessen Großnichte sie ist? Als Mutter wärst du doch die nähere Verwandtschaft.«

Sr'Tekoi stieß nachdrücklich Luft aus und wickelte den Schwanz wieder um ihren Körper, bis nur noch ein kurzes Ende unter dem Saum der Robe hervorlugte. »Ich bin nicht mit der großen Hr'Tach verwandt. Diese Ehre hat Kt'Arra von ihrer anderen Mutter erhalten.«

»Trotzdem …« In seinen Augen war es nicht gerade respektvoll, wie Kt'Arra mit ihrer *H'Echk* umging. Der Streit, den er beobachtet hatte, war der Zusammenprall einer Vorgesetzten mit ihrer Untergebenen gewesen – nicht der einer Tochter mit ihrer Mutter.

Die E'Kturi antwortete mit einem leisen Zischen. »Du verstehst noch zu wenig, Mensch.«

»Dann erklär es mir!« Alvar sah zu Chen, die ihr Gespräch ebenfalls aufmerksam verfolgte. »Wir möchten euch verstehen lernen.«

Sr'Tekoi zögerte, ihre Halslappen zitterten. »Ich bin eine Schande für Kt'Arra«, gestand sie. »Mein Intellekt reicht gerade eben aus, um ihr als Assistentin zugeteilt zu werden. Dass sie mich überhaupt als solche toleriert, ist eine sehr großzügige Geste.« Sie stieß ein kurzes Fauchen aus. »Ein weniger primitives Volk als ihr würde mich wahrscheinlich nicht einmal als Ansprechpartnerin akzeptieren.«

Das war eindeutig mehr Offenheit, als Alvar erwartet hatte. Ratlos, wie er damit umgehen sollte, warf er Chen einen kurzen Blick zu, doch die Technikerin wirkte peinlich berührt. Auf eine merkwürdige Art empfand Alvar Mitleid mit der E'Kturi, auch wenn sie immer wieder deutlich machte, wie gering sie die Menschen einschätzte. Trotzdem – von ihrer eigenen Tochter derart verschmäht zu werden, musste schmerzen. Wie es aussah, war selbst ein so hoch entwickeltes Volk wie die E'Kturi nicht gegen Herabwürdigung gefeit.

Technologisch konnten die Menschen noch einiges von ihren Besatzerinnen lernen – was *soziale Kompetenz* anging, war Alvar sich da nicht mehr ganz so sicher.

Nk'Zass empfing sie mit kaltem Blick. »Ihr habt mich lange warten lassen«, zischte sie Sr'Tekoi zu. Immerhin benutzte sie die Sprache der Menschen.

»Das bedaure ich«, entgegnete die Verhaltensforscherin. »Ich danke dir für deine Zeit.«

Winzige Muskeln zuckten um die Augen der e'kturischen Technikerin, eine Mimik, die Alvar noch nicht einzuschätzen vermochte. »Ich erfülle meine Aufgabe«, sagte sie. »Lasst uns beginnen.«

Damit zog sie ein kleines, dunkelgrünes Gerät hervor, das einem wild gewucherten Samenkorn ähnelte. Wulstige Stränge zogen sich über die Oberfläche. Mit einer Kralle der freien Hand zeichnete Nk'Zass über dem Ding Symbole in die Luft. Ein sanftes Vibrieren erklang. Es schwoll an, als die E'Kturi das Gerät über das Bohrloch hielt. Sie öffnete die Hand, und es schwebte hinab und landete sanft auf dem Eis, wo es sirrend seine Runden zog.

Chen trat neben Alvar und blickte in das Bohrloch. »Und jetzt?«, fragte sie.

»Jetzt warten wir«, erklärte Nk'Zass. »Bis das *Ch'Tash* alle Organismen aufgenommen hat.«

»Und wie tut es das, ohne ins Eis vorzudringen?«, erkundigte Chen sich.

Die E'Kturi antwortete nicht. Es hätte Alvar auch verwundert, wenn sie Details zu ihrer Technologie preisgegeben hätte. Er hatte nur gehofft, dass die Ingenieurin der *Celeste* dennoch irgendetwas herausfinden konnte. Jetzt, da er das Extraktionsgerät in Aktion sah, hegte er daran jedoch ernsthafte Zweifel. Nach allem, was er erkennen konnte, könnte das Ding das Eis ebenso gut einfach nur polieren.

»Woran merken wir, dass es fertig ist?«, bohrte Chen weiter.

Nk'Zass bleckte die Zähne. Sie zischte etwas, diesmal jedoch in der Sprache der E'Kturi.

Sr'Tekoi wirkte irritiert. »Es ist ihr Recht, anwesend zu sein«, erwiderte sie. »Es ist ihr Vergehen, das hier bemessen wird.«

Alvar zuckte zusammen. Von wegen, dass man ihnen ihre fehlende Technik nicht anrechnete. Die E'Kturi hatten die verdampften Mikroorganismen also keineswegs auf die leichte Schulter genommen. Angespannt sah er zu Nk'Zass, die noch weitere e'kturische Worte zischte.

»Dann sollen sie wenigstens still sein«, befand sie.

Aus dem Augenwinkel sah Alvar, wie Chen den Kopf hob. Er nickte ihr zu. Besser, sie beobachteten still, als Fragen zu stellen, auf die sie ohnehin keine Antwort erhalten würden.

Es war jedoch nicht Nk'Zass' Bemerkung, die Chen aufblicken ließ. Die Technikerin deutete nach unten. »Sicher, dass dieses Ding funktioniert?«

»Natürlich tut es das!«, entgegnete Nk'Zass, ohne einen Blick nach unten zu werfen.

Alvar ignorierte sie. Der Extrahierer hatte sich in der Mitte des Bohrlochs platziert, seine geschäftige Suche allerdings abgebrochen. Er verharrte gut einen Meter über dem Eis. Und er blinkte in einem tiefen Violett.

»Seltsam«, meinte nun auch Sr'Tekoi. »Es sieht aus, als wäre der Prozess bereits beendet. Der Extraktionsvorgang müsste eigentlich erheblich länger dauern.«

»Da hast du es.« Nk'Zass fauchte. »Die Menschen haben noch weit mehr Leben zerstört, als ich dachte.«

Scheiße. Wenn man ihnen jetzt auch noch die Ausrottung irgendeiner marsianischen Mikrobenart anlastete …

Sr'Tekois Halslappen zuckten. Mit einem Wink ihrer Krallen rief sie den kleinen Extrahierer zu sich. Sie legte die Hände an die

Ober- und Unterseite des Geräts. Das Blinken erlosch. »Er hat überhaupt kein Leben aufgespürt«, verkündete sie leise.

Nk'Zass zog den Mund breit. »Dann hatte ich also recht. Diese Barbaren …« Sie griff nach dem Gerät, doch Sr'Tekoi wehrte sie ab und brachte Nk'Zass mit einem ungehaltenen Fauchen zum Schweigen.

Sie schloss ein Auge und streckte die Hände über das Bohrloch. Als sie die Klauen sinken ließ, zuckten ihre Halslappen hektisch. »Du hast dich geirrt, Nk'Zass. In diesem Eis gibt es keinerlei Spuren, die auf vergangenes Leben hindeuten.«

Was? Ungläubig sah Alvar von einer E'Kturi zur anderen. Dieses ganze Theater – wegen *nichts?*

So leicht gab Nk'Zass jedoch nicht nach. »Ich habe mich nicht geirrt«, zischte sie. Es folgten einige Hauch- und Zischlaute, die sich für Alvar eindeutig nach Beschimpfungen anhörten. »Kt'Arra wird davon erfahren, dass du Beweise vernichtest für diese … *Menschen.*« Das letzte Wort spie sie regelrecht aus.

»Ich stimme dir zu«, erwiderte Sr'Tekoi ruhig. »Lassen wir unsere Anführerin darüber urteilen, wem dieser Fehler anzulasten ist.«

Nk'Zass erstarrte einen Augenblick, dann zischte sie etwas, das wohl eine Zustimmung war. Denn nur wenige Augenblicke später trat Kt'Arra zu ihnen, die blauen Schuppen aufgestellt. Sie hielt sich nicht damit auf, auf die aufgebrachten Worte ihrer Begleiterinnen zu reagieren, sondern wiederholte stumm Sr'Tekois Geste.

Die beiden anderen E'Kturi verharrten still. Alvar glaubte, ihre Anspannung zu erkennen. Nervös rieb er die Fingerspitzen aneinander. Er zählte die Sekunden, die Kt'Arra am Bohrloch ausharrte, während sie entschied, ob sie den Menschen Genozid anlasten konnte oder nicht.

Dabei kannte Alvar die Antwort bereits. Kt'Arra verachtete die Menschen, und sie misstraute Sr'Tekoi. Wenn das Ergebnis ihrer Untersuchung uneindeutig ausfiel, würde sie Nk'Zass Glauben schenken – und die Menschen verurteilen. Und wie wollte sie herausfinden, ob etwas nie existiert oder einfach nur verschwunden war? Sie konnten nur verlieren.

Umso überraschter war er, dass Kt'Arras Antwort in der irdischen Sprache kam. »Ich frage mich, ob du dumm bist«, sagte sie, »oder ob du diese Überprüfung gezielt zu sabotieren versuchst.« Ihre Augen richteten sich auf Nk'Zass. »Dort unten hat kein Leben existiert.«

Verblüfft keuchte Alvar auf. Neben sich hörte er Chen nach Luft schnappen. Kt'Arra hatte Partei für sie ergriffen. Warum? Sie hatte doch selbst betont, wie überflüssig sie diese Beurteilung fand. Nk'Zass' Fehler, falls es einer war, hätte ihr einen einfachen Grund geboten, die Menschen loszuwerden. Wieso entschied sie sich dagegen?

Weil es nicht korrekt wäre, erkannte Alvar. Sr'Tekoi hatte gewusst, worauf ihre Anführerin Wert legte. Deshalb hatte sie Kt'Arras Urteil so gelassen entgegengeblickt.

»Ich bin nicht *dumm!*«, zischte Nk'Zass.

»Dann liege ich also richtig? Du verfälschst bewusst das Ergebnis der Beurteilung?«

»Die Menschen sind gefährlich!« Nk'Zass schürzte die schwulstigen Lippen. »Das haben sie auf Pt'Au Drei doch oft genug bewiesen. Wir können dieses Volk nicht in unserer Mitte akzeptieren …«

»Es war nicht an dir, das zu entscheiden!«

»Aber …«

Kt'Arra duldete keine weiteren Widerworte. Ihre Tentakel schossen nach vorne und stießen die e'kturische Technikerin vor die Brust.

Erschrocken zuckten Nk'Zass' Augen nach vorne, ihre eigenen Tentakel griffen an den Punkt, den Kt'Arra berührt hatte, doch es war zu spät. Das Flimmern, das die E'Kturi wie eine immaterielle Haut umgeben hatte, erlosch.

Nk'Zass schnappte nach Luft. Ihre Hände krallten sich um ihre Kehle, während ihre Tentakel immer noch suchend über ihre Brust glitten und versuchten, den Schutzschirm zu reaktivieren.

»Was macht ihr denn da?« Alvar sprang vor, ehe ihm klar wurde, dass er keine Möglichkeit hatte, einzugreifen. »Helft ihr doch!«

Eiskristalle hatten sich inzwischen um Mund und Augen der E'Kturi gebildet. Sie röchelte und brach zusammen.

Endlich riss Alvar sich von dem schockierenden Anblick los. Er packte ihren Arm. »Wir müssen sie in die Station schaffen! Mei, hilf mir.«

Doch die Technikerin zögerte.

Unterdessen zuckte Nk'Zass in seinem Griff. Sie riss das Maul immer weiter auf, streckte die dicke, dreifach gespaltene Zunge heraus. Voller Verzweiflung japste sie nach Luft, jeder Atemzug kürzer und schneller als der zuvor.

Ihm lief die Zeit davon. Er packte sie fester und zerrte mit aller Kraft, doch die zweieinhalb Meter große Echse wog unter irdischen Bedingungen bestimmt eine Tonne. Auf dem Mars bedeutete das, dass er sie ganze fünfzig Zentimeter weit ziehen konnte, ehe der Schmerz wie ein Messer in sein Knie fuhr.

»Scheiße!«

»Alvar …«

»Hilf mir doch, verdammt!«

»Es ist zu spät.«

Er blickte auf die E'Kturi hinab. Nk'Zass hing leblos in seinem Griff, ihr Maul stand offen, die Zunge hing heraus. Sie atmete nicht mehr. *Nein, nein, nein!* Alvar ließ den Arm der Echse los. Er fiel kraftlos zu Boden.

»Was ist los mit euch?«, fuhr er die E'Kturi an. Waren sie nicht diejenigen, die sich anmaßten, über die soziale Kompetenz anderer zu urteilen? Und nun standen sie da und sahen zu, wie eine von ihnen elendig verreckte!

Kt'Arra öffnete die Lippen und musterte ihn aus zusammengekniffenen Augen. »Es ist nicht korrekt«, sagte sie, »euch für die Fehler meiner Begleiterin zu verurteilen. Ich kann euch keine Vergehen anlasten, die nicht begangen wurden. Weder dir«, ihre Augen zuckten in Sr'Tekois Richtung, »noch den Menschen. Die Beurteilung beginnt von Neuem.«

Ohne ein weiteres Wort und ohne die Tote zu ihren Füßen auch nur eines Blickes zu würdigen, stolzierte die Anführerin der E'Kturi davon.

10. KAPITEL – WAHRHEIT

Alvar sah der Anführerin der E'Kturi fassungslos hinterher. »Wie konntest du das zulassen?«, wandte er sich an Sr'Tekoi. »Wie konntest du einfach zusehen, wie deine Tochter jemanden ermordet?«

»Es war nicht meine Entscheidung«, entgegnete die E'Kturi nüchtern. »Nk'Zass wusste, was sie riskierte, als sie die Daten gefälscht hat.«

»Die Todesstrafe?« Alvar konnte, wollte es nicht glauben. Er hatte gedacht, die Menschen seien schlecht. Aber das? Er schüttelte den Kopf, doch das Bild der verzweifelt um Atem ringenden Echse ließ sich nicht vertreiben.

»Weshalb macht dich das betroffen?«, fragte Sr'Tekoi. »Sie wollte euch schaden.«

»Wieso macht es dich *nicht* betroffen?«, erwiderte er. »Ihr hättet unseren gesamten Planeten bestraft, für ein paar Mikroorganismen, die wir unwissentlich getötet hätten. Und dann bringt ihr eine von euch um, bloß weil sie einen Fehler gemacht hat? Sie war auch ein Lebewesen!«

Interessiert neigte Sr'Tekoi den Kopf. »Wie hättest du sie bestraft?«, fragte sie.

»Was weiß denn ich!« Alvar wollte sich die Haare raufen, doch seine Hand prallte gegen das Visier des Helms. »Sie ermahnt. Von der Mission abgezogen. Vielleicht eingesperrt. Aber doch nicht umgebracht!«

»Wissen ist das oberste Gut«, belehrte Sr'Tekoi ihn. »Es zu missachten bedeutet, der Gemeinschaft zu schaden.« Sie sah auf ihre einstige Gefährtin hinab. »Nk'Zass hat ihre eigenen Interessen über die aller gestellt. Sie hat euer Volk damit gefährdet und dadurch einen Nachteil aller Völker der Galaxis riskiert. Die Beurteilung muss unter allen Umständen korrekt ablaufen, nur so kann das Wohl der Gemeinschaft gewahrt werden.«

»Wenn du das sagst.« Im Augenblick wollte er bloß eines: allein sein. Weit weg von den E'Kturi und ihren bizarren Vorstellungen davon, was ein Leben wert war – und was nicht.

Er wandte sich zum Gehen, doch Chen hielt ihn zurück. »Captain. Was ist mit der Leiche?«

Alvar sah auf die Tote hinab. Er schauderte. Sie konnten sie unmöglich hier einfach offen herumliegen lassen. Es wäre ein Schock für alle, die zur Baustelle kommen würden. Doch sie wegzuschaffen kam auch nicht infrage, sie war kein Abfall, den man einfach entsorgte. Eine irdische Bestattung wäre allerdings wohl auch nicht im Sinne von Nk'Zass gewesen.

Er sah zu Sr'Tekoi. »Wie verfahren die E'Kturi mit ihren Toten?«

Die Verhaltensforscherin lächelte auf Echsenart. »Ich werde mich darum kümmern«, versprach sie.

Alvar nickte ihr zu. Dann hinkte er zurück zur *Celeste*.

Er wusste, dass es unsinnig war, den Tod der E'Kturi zu bedauern. Sr'Tekoi hatte recht, Nk'Zass hatte den Menschen schaden wollen. Er sollte froh sein, dass ihre Intrige aufgeflogen und der angebliche Fehltritt der Menschen damit ausgemerzt war.

Dennoch fühlte es sich nach einem Pyrrhussieg an. Der Mars hätte ihnen ein besseres Leben ermöglichen sollen. Und nun war die erste Einrichtung, die sie hier begründeten, ein Friedhof.

***

»Du machst das ziemlich gut.«

Denaux schenkte Michael ein zufriedenes Grinsen. »Jeder braucht ein Hobby«, sagte sie.

»Und deines ist Hacken?«

»Programmieren«, korrigierte sie ihn. »Der Rest ist nur, was man letztendlich damit anstellt.«

Diverse Datensicherheitsfirmen würden dem vermutlich widersprechen. Michael dagegen war einfach nur beeindruckt. Denaux hatte innerhalb kürzester Zeit geschafft, wofür er bestimmt Tage gebraucht hätte: Sie hatte sich Zugang zu den Überwachungsanlagen in dem abgeriegelten Teil der *Istar*-Station verschafft.

Was sie auf den Kamerabildern und Anzeigen sahen, war bizarr. Die E'Kturi hatten die ehemaligen Wohnbereiche, die einmal ebenso nüchtern und technisch ausgesehen hatten wie die Räume der *Celeste,* in einen wild wuchernden Dschungel verwandelt. Sofern man die merkwürdigen dunkelgrünen Stränge, die sich über Wände, Decke und Boden wanden wie Wurzelgeflechte, als Pflanzen sehen mochte. Violette Lichter liefen an den Strängen entlang, wodurch sie eher wie Kabel anmuteten. Michael konnte jedoch keine Geräte ausmachen, die von ihnen gespeist wurden.

Was er ebenfalls nicht fand, waren die Echsen selbst. Die beschlagnahmte Station war verlassen.

Michael beugte sich tiefer über den Monitor. »Wo sind die hin?«, murmelte er.

»Draußen vermutlich.« Denaux zuckte mit den Schultern. »Umso besser. Dann bekommen sie nicht mit, wie ich das hier mache.«

Sie drückte Enter, und die vierzigzeilige Befehlskette, die sie eingetippt hatte, verschwand. Das Licht in der *Istar*-Station flackerte, erlosch kurz und leuchtete dann wieder auf, als wäre nichts geschehen.

»Und was genau war *das hier* jetzt?« Michael erkannte keinen Unterschied zu vorher.

»Sieh zu und lerne.« Sie wischte über den Bildschirm und zog ein kleines, verstecktes Fenster auf, das eine weitere Anzeige enthielt. »*Voilà.*«

Michael kniff die Augen zusammen. An der Y-Achse des Graphen entdeckte er die Bezeichnung Kilowatt. »Der Energieverbrauch der Station?«, fragte er.

»Quatsch.« Denaux lachte. »Das ist das Schiff der E'Kturi.«

Michael stieß ein verblüfftes Brummen aus. Er wusste nicht sofort, was er mit dieser Information anfangen sollte, aber die Physikerin half ihm auf die Sprünge.

»Siehst du das?«, sie deutete auf einen der Zacken in der Linie. »Das Schiff weist eindeutige Schwankungen in seinen Energieflüssen auf.«

»Du hast recht.« Wenn die E'Kturi ihre Systeme bloß im Standby belassen hätten, wäre der Energieverbrauch an Bord gleichbleibend gewesen. Es hätte keine Schwankungen gegeben. Was bedeutete, dass eine gewisse Aktivität an Bord herrschte. Es war also nicht so verlassen, wie die Außerirdischen sie glauben machen wollten. »Da sind noch mehr von denen«, sprach er seine Vermutung aus.

Denaux nickte.

»Fuck.« Drei Aliens, so hoch technologisiert sie auch sein mochten, hätte er zur Not überwältigen können – und wenn es nur war, um den Menschen Zeit zu verschaffen, sobald die Beurteilung negativ ausfiel. Aber ein ganzes Schiff davon?

»Wie viele? Kannst du das rausfinden?«

Die Physikerin wiegte den Kopf hin und her. »Ich kann die Daten der Station benutzen, um den Energieverbrauch der drei E'Kturi hochzurechnen, und diese Werte als Vergleich heranziehen«, überlegte sie. »Aber ich weiß nicht, inwiefern uns das weiterhilft. Ohne einen Leerwert kann ich nur schwer abschätzen, wie viel der verbrauchten Energie für die Erhaltung der Basissysteme des Schiffes draufgeht.«

»Und wenn du schätzen musst?«, hakte Michael nach. »Zehn? Hundert? Tausend?«

»Es ist schön, dass du an Wunder glaubst. Aber ich kann es dir wirklich noch nicht sagen.«

Michael seufzte. Das war nicht die Antwort, die er sich erhofft hatte. Denaux hatte recht, vielleicht hatte er ein Wunder erwartet.

»Was ich dir hingegen sagen kann«, fuhr sie fort, »ist, dass das Schiff bewaffnet ist.«

»Was?« Alarmiert beugte Michael sich vor. »Wie kommst du darauf?«

Die Physikerin deutete auf einen heftigen Ausschlag der Linie. »Siehst du diese enorme Leistung? Und das innerhalb von ein paar Sekunden. Die haben eine gewaltige Energiequelle an Bord.«

Michael brummte. »Müssen sie, wenn sie über einen Antrieb verfügen, der überlichtschnell ist.«

»Das stimmt. Aber das Schiff hat sich nicht bewegt. Es ist nicht gestartet, von außen war absolut nichts zu erkennen. Was also hat diesen Energieverbrauch verursacht …«

»… wenn nicht eine Waffe«, schloss Michael. »Und die haben sie durchgeladen.« Er verbiss sich den Fluch, der ihm auf den Lippen lag. Dass die Außerirdischen bewaffnet waren, war keine große Überraschung. Dass sie offenbar in ständiger Schussbereitschaft ausharrten, war eine andere Sache.

Er tippte Denaux auf die Schulter. »Lass mich mal ran.«

Sie schnalzte mit der Zunge, räumte aber den Stuhl. »Denkst du, du findest mehr heraus als ich?«

»Mir reicht, was wir bisher herausgefunden haben.« Er öffnete das Nachrichtenfenster und gab seine Zugangsberechtigung für eine verschlüsselte Mitteilung zur Erde ein.

Interessiert beobachtete die Physikerin, was er tat. »Du willst dich damit an die UN wenden?«

»Nein.« Die UNO hatte ihnen aufgetragen, die Beurteilung zu bestehen. Wie, war den Vereinten Nationen völlig egal. Michael hoffte, dass die NASA weniger bürokratieverbohrt war. Er hatte unter Major Rimes gedient. Wenn jemand mit seinen Informationen etwas Sinnvolles anzufangen wusste, dann Rimes.

***

Hanas Herz klopfte ihr bis zum Hals, als sie den kleinen geschlossenen Buggy über das Gelände des Space Centers lenkte. Der Regen peitschte mit ungeminderter Heftigkeit gegen die Scheiben, und auf dem Asphalt stand das Wasser bereits mehrere Zentimeter hoch. Hana musste die Hände fest um das Lenkrad krallen, damit sie im tosenden Sturm die Kontrolle über das Fahrzeug behielt. Ihre Arme schmerzten von der verkrampften Haltung, aber irgendwie schaffte sie es ohne Unfall zum Raketenhangar.

Das Tor zum Hangar war geschlossen, aber beleuchtet. Von dem Lkw war nichts mehr zu sehen, doch damit hatte Hana gerechnet. Ebenso mit den beiden bewaffneten Sicherheitsleuten, die sich links und rechts vom Tor postiert hatten. Unter den Helmen und der Panzerung der dunklen Uniformen waren weder Gesichter noch ihre Staturen deutlich auszumachen. Beinahe taten sie ihr leid, wie sie sich unter dem schmalen Vordach an die Hangarwand drückten, in dem vergeblichen Versuch, dem Regen zu entgehen. Die beiden mussten bis auf die Haut durchnässt sein. Sie machten keine Anstalten, das Tor für Hana zu öffnen, starrten nur zu ihrem Fahrzeug herüber.

Noch konnte sie die ganze Sache abblasen. Es war ohnehin totaler Wahnsinn, in einen bewachten Hangar der NASA einzudringen und zu hoffen, dass sie damit durchkam. Sie war keine Geheimagentin, sie war Psychologin! Noch konnte sie umkehren. Rimes würde sie erst in einer halben Stunde in der Kantine erwarten, es war also noch genug Zeit …

Nein. Sie konnte nicht einfach umkehren, mit den Kollegen der Missionskontrolle zu Mittag essen und so tun, als wäre nichts geschehen. Als wüsste sie nichts von den Lügen, von den Soldaten. Sie musste es jetzt wissen. Sie musste herausfinden, wie groß die Gefahr war, in der Alvar steckte – und mit ihm die gesamte Menschheit. Eine zweite Chance würde sie nicht bekommen.

Sie nahm all ihren Mut zusammen, zog sich die Kapuze ihres Mantels über den Kopf, straffte die Schultern und öffnete die Tür des Buggys. Augenblicklich riss ihr der Sturm die Tür aus der

Hand. Hana drückte sie mit Gewalt wieder zu und eilte zu den beiden Soldaten. Sie bemühte sich, selbstsicher zu wirken, doch es war nahezu unmöglich, Autorität auszustrahlen, wenn man geduckt durch den Regen lief und einem das Wasser durch jede Kleidungsschicht drang.

»Halt!«, rief der rechte Soldat, noch ehe sie das Tor erreicht hatte. Er hob seine Waffe, ein automatisches Gewehr, wie Hana feststellte. Die Mündung zeigte immer noch zum Himmel, aber die Geste war dennoch eindeutig.

Hana blieb stehen. »Major Rimes schickt mich«, schrie sie gegen den Wind an. »Ist der Lkw von AIRO schon gekommen?«

»Sicherheitsfreigabe?«, forderte der Soldat, statt ihre Frage zu beantworten.

Hastig kramte Hana eine Plastikkarte hervor und hielt sie dem Kerl unter die Nase, während sie fröstelnd den Mantel enger um sich zog. »Ich soll die Lieferung kontrollieren«, log sie weiter.

»Davon wissen wir nichts«, murrte der Soldat. Er zog eine Taschenlampe hervor und leuchtete damit auf ihren Ausweis.

Hana presste die Lippen zusammen. Der Ausweis an sich war echt. Die Zutrittsgenehmigung zum Hangar war es nicht. Ihre Missionsfreigabe für die *Destiny* war längst abgelaufen. Falls der Kerl also noch gründlicher wurde …

Nun richtete er den Strahl seiner Taschenlampe auf ihr Gesicht. Hana blinzelte. Regentropfen lösten sich aus ihren Wimpern und brannten in ihren Augen. Sie drehte sich zur Seite und nieste, heftiger, als notwendig war.

»Mistwetter«, kommentierte sie weiter, in der Hoffnung, damit an sein Mitgefühl zu plädieren. Aber der Soldat studierte bloß wieder ihren Ausweis. Nervös trat Hana von einem Bein auf das andere. »Ich will nur kurz nachsehen. In der Kantine warten gebratene Nudeln auf mich.«

Ausgerechnet das entlockte dem Kerl ein kurzes Lachen. »Tja. Montags gibt's Chinesisch, da ist der Major eisern.« Er reichte ihr den Ausweis zurück und gab seinem Kollegen ein Zeichen, das Tor zu öffnen. »Rechts neben der Tür hängen Handtücher.« Damit winkte er sie hindurch und trat zurück an seinen Posten.

Hana konnte es nicht glauben. Sie hatte es geschafft! Das Tor fuhr zur Seite, gerade so weit, dass sie hindurchschlüpfen konnte. Hier drinnen brauchte sie es allerdings nicht mit ihrer Ausrede zu versuchen, das wusste sie. Aber das war hoffentlich auch nicht notwendig. Sie wollte sich nur umsehen, einen kurzen Blick auf die Frachtlisten werfen und wieder abhauen.

Den Großteil des Hangars füllte ein schlanker Flugkörper aus: die Zulieferrakete für die *Destiny*, die aus Houston abfliegen würde. Die Shuttles, mit denen die Soldaten zum Raumschiff befördert wurden, starteten von Florida aus. Dennoch herrschte rege Betriebsamkeit im Hangar, die angelieferte Fracht musste ordnungsgemäß in die Rakete verladen werden. Frachtkräne sausten an der Hallendecke entlang, das Rattern, Sirren und Knallen war ohrenbetäubend.

Dem freundlichen Hinweis des Soldaten folgend, wandte sie sich nach rechts, doch sie vergaß die Handtücher augenblicklich, als sie die Kisten sah, die aus dem Lkw geladen wurden.

Das war kein Proviant.

Hana wusste, wie die Frachtkisten aussahen, die Lebensmittelvorräte für Raummissionen beinhalteten. Große, weiße Quader, gut gepolstert und mit der Missionskennung beschriftet. Diese Kisten hier trugen zwar ebenfalls die Kennung DSN-1, aber sie waren viel kleiner. Was wohl bedeutete, dass sie um einiges schwerer waren als vakuumierte Lebensmittel.

Waffen, begriff Hana. Natürlich sandte die Air Force Waffen zum Mars. Wozu Soldaten schicken, wenn man ihnen nicht die passende Ausrüstung dazupackte?

Aber so viele! Sie zählte mindestens fünfzig Kisten, und vermutlich war ein guter Teil der Ladung bereits in der Rakete verstaut worden. Kein Wunder, dass der *Seagull* nach wie vor hohe Priorität eingeräumt wurde. Es sah nicht aus, als würde die *Destiny* irgendwelche anderen Vorräte an Bord nehmen.

Vorsichtig ging Hana durch den Hangar. Sie passte sich der geschäftigen Hektik an, bewegte sich rasch und zielstrebig durch die Halle. Wich den Laderobotern, den Menschen und den Maschinen aus, während sie versuchte, einen Blick in den Frachtraum der Rakete zu erhaschen. Waffenkisten, wohin sie auch sah. Manche größer, andere klein. Die Bezeichnungen und Kennungen waren ihr fremd, aber sie konnte sich denken, was sich darin befand. Sprengstoff, Munition, Gewehre, Granatwerfer …

Hana schrak zusammen, als ihr eine Patrouille aus drei Soldaten entgegenkam. Wie ihre Kollegen vor dem Tor trugen sie schwarze, gepanzerte Uniformen und halbautomatische Waffen. Doch im Gegensatz zu den beiden draußen waren diese hier nicht von Wind und Wetter gepeinigt. Sie wirkten äußerst aufmerksam – und eine durchnässte NASA-Mitarbeiterin, die keiner eindeutigen Aufgabe nachging, musste verdächtig wirken.

Rasch duckte sie sich unter einer Laderampe hindurch und verschwand aus dem Sichtbereich der Soldaten. Sie hatte genug gesehen. Es war höchste Zeit, zu verschwinden.

Der Lkw war beinahe fertig ausgeladen, aber noch konnte sie ihn als Deckung nutzen. Sie schob sich zwischen der weißen Rundung der Rakete und der Plane des Fahrzeugs zum Ausgang. Fünfzig Meter, dann hatte sie es geschafft. Sie würde Alvar warnen. Nein, noch besser: sich anonym an die Presse wenden. Offiziell wusste sie nichts von der *Destiny*-Mission, also würde der Verdacht nicht einmal auf sie fallen. Jedenfalls nicht sofort. Und bis dahin hatte die NASA so viel Presse am Hals, dass sie unmöglich ohne das Wissen der Öffentlichkeit eine Ladung Soldaten zum Mars schicken konnte.

Hana erreichte das Heck des Lkw. Die Ladebordwand stand noch offen, und auf der Ladefläche stapelten sich noch ein paar Kisten. Hana reckte den Hals und zuckte zusammen, als sie das Symbol erkannte, das darauf prangte: drei schwarze Dreiecke in einem gelben Kreis. Das war radioaktive Ladung! Auf einer normalen Mission hätte sie dahinter ein Forschungsprojekt vermutet, aber all die Waffen rundum ließen nur einen Schluss zu: atomare Sprengkörper. Das Ziel der Mission war es anscheinend nicht bloß, die E'Kturi zu bekämpfen. Die gesamte Kolonie sollte zerstört werden!

Alvar!

Sie durfte das nicht zulassen. Es musste einen Weg geben, den Start dieser Rakete zu verhindern. Der Druck der Presse würde dazu nicht ausreichen. Aber wenn es Hana gelang, die Waffenladung zu sabotieren … Die Zubringerrakete war unbemannt. Sie in ein paar Tausend Kilometern Höhe explodieren zu lassen, war der effektivste Weg, um all diese Waffen sicher zu entschärfen.

Suchend sah Hana sich um. Sie war keine Ingenieurin, aber jeder Astronaut kannte die Funktion und Bedeutung der Dichtungsventile. Beim Start wirkten ungeheure Kräfte auf die Rakete ein. Wenn es ihr gelang, ein paar Ventile zu lockern …

Etwas traf ihre Schulter wie ein Hieb. Finger krallten sich in ihren Mantel und rissen sie herum. Erschrocken schrie Hana auf. Sie zuckte zurück, als sie den Mann erkannte, der sie fest im Griff hielt. Mit finsterem Blick starrte Major Rimes auf sie hinab. Hinter ihm standen zwei weitere Soldaten – und deren Waffen waren direkt auf Hanas Brust gerichtet.

»Ich hatte wirklich gehofft, Sie würden keine Probleme machen, Mrs. Lajunen.« Sein Griff wurde eisern. »Gehen wir.«

***

Alvar hätte nicht gedacht, dass ihn nach dem grausamen Anblick am Treibhaus noch etwas schockieren konnte. Er hatte sich geirrt.

Ungläubig starrte er auf die wenigen Zeilen, die Hana ihm geschrieben hatte. »Die *Destiny* wird in Kürze starten, mit dreihundert Soldaten an Bord. Vielleicht kann ich sie aufhalten. Ich liebe dich. Hana.«

Nein, nein, nein!

Das musste ein Irrtum sein. Die Soldaten würden Krieg bringen, sie würden die Beurteilung gefährden … Die UNO würde ihm doch nicht auftragen, eine positive Beurteilung zu erwirken, wenn sie gleichzeitig Soldaten schickte, die genau das verhindern würden. Es sei denn, sie verfolgten ganz andere Ziele, als er bisher angenommen hatte.

Er durfte nicht zulassen, dass Hana etwas Unüberlegtes tat. Hatte sie wirklich vor, sich mit der U.S. Air Force anzulegen? Alvar musste sie zur Vernunft bringen.

Er hob das Tablet auf Augenhöhe und startete die Aufnahme. »Hana, hör mir zu. Ganz egal, was du denkst, herausgefunden zu haben … Leg dich nicht mit ihnen an, da ziehst du den Kürzeren! Sieh zu, dass du von dort wegkommst. Die E'Kturi …« Alvar brach ab.

Die E'Kturi würden genauso wenig Erbarmen zeigen wie das US-Militär. Selbst wenn es den Soldaten tatsächlich gelang, Kt'Arras Gruppe zu bezwingen – ganz gleich, ob sie sie dabei töteten oder nicht, andere E'Kturi würden kommen und Vergeltung suchen. Und die würden es wohl kaum dabei belassen, die Menschen technologisch zurückzustufen. Sie würden die Erde vernichten.

Aber vielleicht hatten sie Mitleid. Nicht mit den Menschen, aber mit den anderen Lebewesen, die auf dem blauen Planeten existierten. Wenn sie die verschonten, dann konnten sie nicht den gesamten Planeten in die Luft jagen. Und dann gab es vielleicht auch für Hana Hoffnung.

Er setzte die Aufnahme fort. »Weißt du noch, das Mökki meiner Großeltern?« Finnland, das Land der tausend Seen, hatte den Großteil dieser Gewässer an die Dürresommer verloren, doch das Ferienhaus, das Alvars Großvater vor Jahrzehnten gebaut hatte, existierte nach wie vor. Verwahrlost und fernab jeder Zivilisation, aber vielleicht war das genau das, was sie jetzt brauchten. Selbst ohne den dazugehörigen See war es ein Bunker für Selbstversorger, dafür hatte Alvars Großvater gesorgt. »Wenn es stimmt, was du sagst, dann möchte ich, dass du deine Sachen packst und dorthin fährst. Ich komme nach … Falls ich kann.« Er schluckte. Was geschah, wenn er die Erde nicht wiedersah, darüber wollte er lieber gar nicht erst nachdenken. »Bitte, fahr. Ich liebe dich.« Alvar beendete die Aufnahme und schickte sie ab.

Die folgende Stunde war die längste seines Lebens. Er marschierte in der Enge seiner Kabine auf und ab, zu nervös, um still zu sitzen, zu aufgewühlt, um sich auf eine Arbeit zu konzentrieren oder gar die Anwesenheit einer anderen Person zu ertragen. Zwanzig Minuten verstrichen. Seine Nachricht erreichte die Erde. Vierzig Minuten verstrichen. Keine Antwort von Hana. Aber sie würde wohl kaum neben dem Rechner sitzen und auf seine Nachricht warten. Eine Stunde. Immer noch nichts.

Bitte, tu nichts Unbedachtes …

Es klopfte an der Tür. »Captain?«

»Nicht jetzt!« Es war ihm egal, wer ihn dort draußen erwartete, wie lange er sich bereits in seine Kabine zurückgezogen hatte … Er konnte niemandem helfen, solange er nicht wusste, dass es seiner Frau gut ging.

Endlich leuchtete Alvars Tablet auf. Rasch tippte Alvar seinen Zugangscode ein. Es war nicht Hana. Es war die Missionskontrolle. »Aktualisierung Missionsziel *Celeste.* Weiterer Aufbau der Kolonie …« Sie sollten nicht nur das Gewächshaus errichten, sondern auch weitere Habitate. Die NASA lieferte keine Erklärung. Die konnte Alvar sich ohnehin denken. Dreihundert Soldaten mussten irgendwo untergebracht werden. Die *Celeste* bot nicht genügend Platz für sie.

Der unerwartete Teil der Nachricht kam zum Schluss. Ein kurzes Postskriptum, nur zwei Sätze. Doch sie machten umso deutlicher, dass Hana mit ihrer Vermutung nicht nur richtiggelegen hatte – sie war auch aufgeflogen.

»Wir informieren Sie hiermit, dass Hana Lajunen nicht mehr als Ansprechpartnerin für psychologische Angelegenheiten der Marskolonie zur Verfügung steht. Bitte wenden Sie sich in allen Angelegenheiten an ihre Nachfolgerin, Mary Brooks.«

Verdammt, Hana, was hast du getan?

Augenblicklich schrieb Alvar zurück. Er verlangte eine Erklärung. Nicht für das Missionsziel, das war ihm im Moment völlig gleichgültig. Er wollte wissen, was mit seiner Frau geschehen war.

Wieder begann er, auf und ab zu gehen. Wie lang konnten vierzig Minuten sein? Eine Ewigkeit, wie er feststellte. Immerhin kam die Antwort diesmal ohne weitere Verzögerung. Hilfreich war sie trotzdem nicht. »Mit Bedauern müssen wir Ihnen mitteilen, dass Mrs. Lajunen nicht länger Angestellte der NASA ist. Als Privatperson unterliegt sie erneut der Geheimhaltungsklausel, weshalb keine weiteren Nachrichten zugestellt werden können. Vielen Dank für Ihr Verständnis.«

Sein Verständnis? Zum Teufel, er hatte kein Verständnis!

Er sollte hier gute Miene zum bösen Spiel machen, eine Kolonie errichten und hundert Menschen managen, die alle am Limit ihrer Belastungsfähigkeit dahinschrammten. Nicht nur das. Zu den E'Kturi, die um keinen Deut besser waren als die Menschen, sollte er ein gutes Verhältnis aufbauen, um ihre Scheißbeurteilung zu bestehen, während ohnehin ein Haufen Soldaten auf dem Weg zum Mars war, der hier alles kurz und klein schießen würde, wenn es nicht nach Plan lief ... Wozu? Alvar riss sich den Arsch auf, er ertrug jede Demütigung, jedes Misstrauen und jede Beleidigung, um hier alles zusammenzuhalten ... Und zum Dank verweigerte man ihm nun auch noch den Kontakt zu seiner Frau!

Mit aller Kraft schlug Alvar mit der Faust gegen die Metalltür seines Schranks. Schmerz schoss durch seine Hand, doch das hohle Scheppern minderte weder seine Wut noch seine Angst.

Er hätte niemals ohne sie fliegen sollen. Er hätte überhaupt nicht fliegen sollen! Was hatte er sich nur dabei gedacht? Wieder und wieder schlug er seine Faust gegen die Schranktür, bis das Pochen in seiner Hand endlich stark genug war, um seine Verzweiflung zu überdecken.

Alvar Lajunen, Kommandant der *Celeste,* sank auf dem Boden seiner Kabine zusammen. Die schmerzende Hand an die Brust gepresst, drückte er die Stirn an den kühlen Boden seines Schiffes. Er machte sich nicht die Mühe, das Zittern zu unterdrücken, das seinen Körper ergriff.

Er hatte keine Sonderbehandlung erhalten wollen. Jetzt hatte er keine mehr. Er war von der Welt abgeschnitten, ebenso wie der Rest seiner Mannschaft.

Aber im Gegensatz zu den anderen musste er mit der Gewissheit leben, dass sich seine Angehörigen ganz und gar nicht in Sicherheit befanden.

***

Wie lange saß sie schon in dieser Zelle? Zwei Stunden? Fünf? Es war schwer, ein Zeitgefühl zu behalten, wenn alles, was man sah, graue Betonwände waren. Irgendwo jenseits des Gitters tropfte ein Wasserhahn. Hana legte die Hände aneinander und tippte die Fingerspitzen im Takt des Tropfens zusammen. Daumen, Zeigefinger, Mittelfinger, Ringfinger, kleiner Finger. Und wieder von vorne. Daumen, Zeigefinger …

Es gab keine Vernehmung, keine offizielle Anhörung. Die Mission der *Destiny* war streng geheim. Offiziell existierte sie – und somit auch Hanas Vergehen – überhaupt nicht. Sie war nicht festgenommen worden. Sie war ganz einfach von der Bildfläche verschwunden. Und das würde sie bleiben, solange die E'Kturi ein Geheimnis waren. Vermutlich noch länger. Wozu sollte man sie wieder hinauslassen? Wer sich einmal gegen die Allmacht des Militärs stellte, würde es doch wieder tun.

Sie war nun eine Verbrecherin, ohne Rechte und ohne Würde. So jedenfalls wurde sie behandelt. Kein Recht auf einen Anwalt, stattdessen eine Leibesvisitation, durchgeführt von einem schmierigen Kerl mit Mundgeruch und Schweißflecken am Hemd.

Dabei konnte sie noch froh sein, in einer Einrichtung des Militärs gelandet zu sein – in einem staatlichen Gefängnis wären die Zustände noch weitaus schlimmer. Allerdings hatte sie nicht erwartet, überhaupt mal ein Gefängnis von innen sehen zu müssen.

Tropf. Tropf. Tropf.

Hana gab ihr Fingerspiel auf und verschränkte die Hände ineinander. Sie wünschte, sie hätte das karge Brot, das man ihr hingestellt hatte, nicht sofort aufgegessen. Und vor allem nicht das Wasser getrunken. Sie hatte befürchtet, man würde es ihr wieder wegnehmen und ihr danach nichts mehr anbieten. Damit hatte sie sogar richtiggelegen. Nun drückte ihre Blase, und mit jedem Tropfen des Wasserhahns verkrampfte sich ihr Unterleib mehr. Aber noch konnte Hana sich nicht dazu überwinden, sich auf die metallene Schüssel zu hocken, die in der Ecke ihrer Zelle stand, wo jeder sie durch das Gitter sehen konnte. So tief war sie noch nicht gesunken. Allerdings würde es nicht mehr allzu lange dauern, bis es so weit war.

Ein lautes Rattern drang durch die Halle. Hana sah auf. Waren das Schritte? Jemand kam den Flur entlang. Zögernd erhob Hana sich von ihrer Bank. Wer auch immer ihr einen Besuch abstattete, sie wollte ihn nicht als Unterlegene empfangen.

Doch es war nicht Major Rimes, wie sie erwartet hatte. Es war Kulmer. So zerknittert, wie sein Anzug aussah, musste er direkt aus Köln angereist sein.

Hanas Herz klopfte heftiger. Sie griff nach den Gitterstäben und umklammerte das kalte Metall. Ihre schmerzende Blase war vergessen. Kulmer hatte sie nach Houston gebracht – er würde sie auch wieder nach Hause bringen können.

»Herr Kulmer!«

Er schüttelte jedoch nur den Kopf. »Das hatte ich nicht von Ihnen erwartet.«

»Was?« Hanas Hände glitten vom Gitter ab.

»Ich habe ein gutes Wort für Sie eingelegt, damit Sie mit Ihrem Mann sprechen können, und Sie halten es keinen Tag aus, ohne hier für solches Aufsehen zu sorgen.«

Aufsehen? Das konnte doch nicht sein Ernst sein! »Herr Kulmer, Sie müssen mich hier rausholen! Die NASA widerspricht jeglichen UN-Abkommen. Wir müssen …«

Kulmer schnalzte mit der Zunge. »*Sie* haben schon mehr als genug getan. Stimmt es, dass Sie die Zubringerrakete sabotieren wollten?« Als Hana nickte, rieb er sich über die Glatze. »Was zum Teufel wollten sie damit erreichen?«

»Die Waffen zerstören«, gab sie zu.

»Die leicht hätten ersetzt werden können.«

»Aber nicht die Rakete.«

»Korrekt.« Kulmer verschränkte die Hände hinter dem Rücken und musterte sie. »Was bedeutet, die Mannschaft der *Destiny* wäre ohne Nährstofflösung und ohne Proviant zum Mars geflogen.«

Nicht, wenn der Flug gestrichen worden wäre. Aber diese Option wurde offensichtlich nicht einmal erwogen.

»Ihr eigenmächtiges Handeln hätte Ihren Mann töten können, ist Ihnen das nicht klar?«

»Aber …«

»Nichts aber. Die *Destiny* trägt Vorräte und Material an Bord, das auf dem Mars dringend benötigt wird. Sie haben diese Mission gefährdet. Und damit nicht nur das Leben der Astronauten, die für diesen Flug eingeteilt sind, sondern auch das der Kolonisten. Was wollten Sie damit erreichen?«

»Die NASA will eine *Atombombe* dort hochschicken!«

»Richtig. Wäre es Ihnen lieber, diese Bombe explodiert hier, in Houston?«

»Natürlich nicht, aber …«

»Diese Bombe könnte das Einzige sein, das diese Außerirdischen daran hindert, sich der Erde zuzuwenden, falls Ihr Mann nicht erfolgreich sein sollte. Begreifen Sie das nicht?«

»Wie soll er Erfolg haben, wenn da ein Schiff voller Soldaten auftaucht?« Hana tippte sich an die Stirn. »Diesen Flug zuzulassen ist Selbstmord! Die Aliens werden die Erde auslöschen!«

»Seien Sie nicht naiv!« Rote Flecken breiteten sich auf Kulmers Hals und Glatze aus. Seine Kiefermuskeln zuckten. »Mir gefällt der Gedanke auch nicht, aber wir müssen auf alle Eventualitäten vorbereitet sein. Und das beinhaltet leider auch die Möglichkeit, dass diese Beurteilung negativ ausfällt.«

»Was sie tun wird, wenn da ein ganzer Trupp Soldaten aufläuft!«

Kulmer knirschte mit den Zähnen. »Glauben Sie mir, ich will diese Auseinandersetzung ebenso wenig wie Sie«, fuhr er fort. »Aber die Umstände lassen uns keine andere Wahl. Früher oder später werden uns die E'Kturi angreifen. Aber wenn wir ihnen zuvorkommen und ihr Schiff erforschen können, ihre Technologie … Dann müssen wir sie nicht fürchten. Dann sind wir ebenbürtige Gegner.«

Hana war fassungslos. *Ebenbürtige Gegner.* Das war es also, was Kulmer in den E'Kturi sah. Von jemandem wie Major Rimes hatte sie ein derart brachiales Denkmuster erwartet. Kulmer dagegen hatte sie immer als besonnenen Mann erlebt. Sie hatte ihn respektiert. Und nun tat er, als wäre der interplanetare Krieg bereits beschlossene Sache.

»Bedeutet Ihnen die Zukunft der Kolonie denn gar nichts?«, fragte sie. »Der Traum einer neuen Welt, einer besseren Zukunft …«

»Im Gegenteil, Frau Lajunen. Die Kolonie bedeutet mir alles.« Ohne sie noch eines weiteren Blickes zu würdigen, wandte Kulmer sich um und verließ den Gefängnistrakt.

***

»Aktualisierung Missionsziel: neue Mission *Leech.*«

»Wollen die mich verarschen?« Michael überflog den knappen Text, den er aus Houston erhalten hatte. Höchste Sicherheitsstufe, nur für ihn persönlich … Und dann so was. *Leech,* wie der Blutegel.

»Was schreiben sie?« Denaux wollte ihm das Tablet wegnehmen, doch Michael war schneller.

Ihren irritierten Blick ignorierend, schaltete er den Bildschirm aus und warf das Tablet neben ihre Arbeitsunterlagen auf den Labortisch. »Dass es zu spät ist, um unsere Informationen noch zu berücksichtigen.« Wütend fuhr er sich über den Kopf, versuchte, das soeben Gelesene zu verarbeiten. »Die *Destiny* ist gerade gestartet. Sie schicken Waffen und Soldaten. Rimes meint, das müsste genügen.«

»Du stimmst ihm nicht zu.«

»Natürlich nicht!« Die *Destiny* bot Platz für dreihundert, maximal dreihundertfünfzig Personenkapseln. Das war schön und gut, solange sie nur den E'Kturi gegenübertraten, denen sie bereits begegnet waren. Aber wenn da noch weitere tausend Aliens in dem Raumschiff saßen und nur darauf warteten, dass die Zeit gekommen war, die Menschen endlich loszuwerden …

»Immerhin schicken sie ein Schiff«, meinte Denaux. »Das ist doch besser, als weiterhin auf eine Unterstützung zu warten, die nicht kommt. Was schreiben sie denn noch?«

Wieder griff sie nach dem Tablet, und diesmal ließ Michael sie gewähren. Er gab seinen Sicherheitscode ein und überließ ihr das Gerät. Sollte sie doch glücklich werden damit.

»Danke für Ihre Warnung, wir sind schlauer als Sie, Sie können uns mal kreuzweise«, zitierte er nicht ganz wörtlich. »Die nehmen uns nicht ernst.«

»Noch haben wir ja auch kaum etwas geliefert«, wandte Denaux ein. »Und sie fordern uns auf, weiter dranzubleiben.«

»Ja. Schön Spion spielen, Daten klauen …«

Die Physikerin betrachtete ihn nachdenklich. »Und das genügt dir nicht.«

»Nein, verdammt!« Selbstverständlich wollte er weitere Daten sammeln, aber das konnte doch nicht alles sein. Die *Destiny* würde mindestens acht Monate zum Mars brauchen. Bis dahin waren sie immer noch auf sich allein gestellt, und ein zweites Schiff würde nicht kommen. Jedenfalls nicht in der nächsten Zeit. Michael schüttelte den Kopf. Er war Soldat, kein Spion. Er konnte nicht untätig herumsitzen und darauf warten, dass ihnen jemand den Hintern rettete. Sosehr er Rimes auch schätzte – der Kerl hatte keine Ahnung, was hier auf dem Mars abging. Michael schon.

»Ganz egal, wie viele Soldaten auf der *Destiny* kommen, wir müssen davon ausgehen, dass es nicht genug sein werden.« Selbst wenn es bloß fünfzig E'Kturi waren, die da auf ihren Einsatz harrten – bei ihrer überlegenen Technik reichte das immer noch aus, um ein ganzes Heer auszulöschen.

Denaux verschränkte die Arme vor der Brust und sah ihn mit hochgezogenen Augenbrauen an. »Und wie gedenkst du, das auszugleichen?«

»Wir sind hundert Siedler«, erinnerte Michael sie.

»Und aus denen willst du Soldaten machen?«

»Ich will ihnen zumindest die Möglichkeit geben, sich zu wehren.« Er schnaubte. »Alvar kann gerne auf Friede, Freude, Eierkuchen machen, so lange er will. Aber ich sage dir, die meisten Leute werden froh sein, wenn sie eine Waffe in die Hand gedrückt bekommen, sobald das hier schiefläuft.«

Und schief lief es ja bereits jetzt schon. Michael hatte die Leiche der E'Kturi gesehen. Wenn diese Biester schon nicht zögerten, eine von ihnen umzubringen – welche Hemmungen sollten sie dann haben, hundert Menschen loszuwerden, die ihnen ohnehin nur lästig erschienen?

Denaux seufzte. »Ich widerspreche dir ja gar nicht«, sagte sie. »Aber womit willst du sie denn bewaffnen? Wir haben nichts an Bord, was wir als Waffe einsetzen könnten.«

»Wir haben 3-D-Drucker«, entgegnete er. »Gut genug, um Habitate damit zu errichten. Dann können sie auch Waffen bauen.« Sie hatten keine Modelle, aber das war irrelevant. Michael konnte ein HK 76 nicht nur blind zusammensetzen – er traute sich auch durchaus zu, eines nachzubauen. Und wo eines herkam, konnten weitere folgen.

Er klopfte Denaux auf die schmale Schulter. »Herzlichen Glückwunsch. Ich übertrage dir die Blutegelmission.«

»Was?«

Michael nickte in Richtung ihres Rechners. »Bleib dran an den E'Kturi. Je mehr Daten wir zur Erde schicken können, desto besser.«

Sie hob eine Augenbraue. »Und du spielst inzwischen mit dem Drucker, oder wie?«

»Korrekt.« Er zwinkerte ihr zu. »Du bist das Hackergenie, Imani. Ich bin nur der Ingenieur.«

»Und ein Soldat«, fügte sie hinzu. Ihr Tonfall gab keinen Hinweis darauf, wie sie darüber dachte.

Es spielte auch keine Rolle. Es war die Wahrheit.

Ja, Michael war Soldat. Und auch wenn er gehofft hatte, diesen Teil seines Lebens auf der Erde zurückgelassen zu haben – im Augenblick zählte es mehr als alles andere.

11. KAPITEL – KOLONIE

»Aldrich ist schwanger.«

Überrascht sah Alvar von seinen Notizen auf. Er legte das Tablet auf seinen Arbeitstisch. »Oh?«

Fernandez nickte. »In der sechsten Woche.«

»Das ist schön.« Es war bereits die dritte Schwangerschaft in der Kolonie. Das bedeutete, dass sich die Leute allmählich an die Situation auf dem Mars gewöhnten. Sie begannen, das Leben zu führen, das sie sich hier erhofft hatten – wenn auch mit Einschränkungen. Frei war die Kolonie noch immer nicht. Aber das ständige Gefühl der Angst war in den vergangenen Monaten verblasst. Angst war kein Zustand, der sich unbegrenzt aufrechterhalten ließ, dafür sorgte die Natur. Nur wer sich an veränderte Umstände anpasste, konnte überleben.

Ausgerechnet von der Niederländerin, die solchen Wert auf Unabhängigkeit legte, hätte er diese Entwicklung allerdings nicht so rasch erwartet. »Weiß man, wer der Vater ist?«

Fernandez stieß ein Räuspern aus, das mehr nach einem Hustenanfall klang. »Sie hat niemanden genannt.« Er grinste. »Aber sie hat Sakamura zur Untersuchung mitgebracht, also wer weiß.«

»Tja.« Die selbstbestimmte Agraringenieurin und der stille Geologe. Alvar kratzte sich am Kinn und versuchte, sich die Umstände vorzustellen, die ausgerechnet diese beiden zusammengeführt haben mochten. Er gab es auf. »Ist ja auch egal. Hauptsache, sie hat Unterstützung.«

Noch galt jede Schwangerschaft außerhalb der Erde als Risiko, was eine strenge medizinische Überwachung notwendig machte. Und absolute Schonung der betroffenen Frauen erforderte.

»Ich werde die Dienstpläne entsprechend anpassen«, sagte er. »Wie geht es den anderen?«

»Decker ist mittlerweile in der …« Fernandez studierte sein eigenes Tablet. »Fünfzehnten Woche. Bisher verläuft alles normal.«

»Und wie geht es ihr?«

Fernandez zuckte mit den Schultern. »Übelkeit, Müdigkeit … Die üblichen Begleiterscheinungen eben. Immerhin werden ihr auf dem Mars die Rückenschmerzen erspart bleiben. Sie hält sich bis jetzt ganz gut, nur dass sie die *Celeste* nicht verlassen darf, schlägt ihr aufs Gemüt. Das könnten allerdings auch einfach die Hormone sein. Ich glaube, am liebsten würde sie das halbe Schiff mit rosa Strickwaren auspolstern.«

Alvar lächelte. *Ein Mädchen.* Er freute sich für Decker. Aber jedes Kind, das in der Kolonie erwartet wurde, war zugleich eine schmerzhafte Erinnerung an das, was er selbst nicht haben konnte. Er verdrängte die Gedanken an Hana meist, so gut es ging – aber es gelang ihm bei Weitem nicht immer.

Ein leises Knacken riss ihn aus seinen Grübeleien. Es war jedoch nicht sein eigenes Funkgerät, sondern das von Fernandez, aus dem nun die aufgebrachte Stimme des Chefingenieurs drang: »Victor? Verdammt, wo bist du? Wir brauchen dich in der Krankenstation!«

Schlagartig verschwand die Ruhe des Mediziners. »Ich bin bei Alvar«, erklärte er, während er bereits seine Sachen zusammenpackte. »Was ist passiert?«

»Ein Unfall. Auf der Baustelle. Corbens Hand ist … Scheiße, überall ist Blut. Ich kann die Knochen sehen.«

»Ich bin unterwegs!«

Alvar sprang ebenfalls auf. »Ich komme mit.«

»Nein.« Fernandez warf ihm nur einen kurzen Blick zu und unterbrach die Funkverbindung. »Das klingt, als müsste ich operieren, da kannst du ohnehin nichts ausrichten.«

»Natürlich. Du hast recht.« Erst musste Corben versorgt werden, und in dem kleinen OP-Raum der Krankenstation war jeder, der nicht für die Behandlung notwendig war, mehr im Weg als eine Hilfe. Sobald Corben wiederhergestellt war, konnte Alvar immer noch mit ihm sprechen. Wenn wirklich der Knochen zu sehen war, würde das allerdings nicht so bald geschehen. »Ruf mich, wenn du Hilfe brauchst.«

Der Mediziner nickte nur, dann lief er bereits den Gang hinab Richtung Krankenstation.

Stirnrunzelnd blieb Alvar in der Tür seines Büros stehen. Es war nicht der erste Unfall, den sie in der Kolonie gehabt hatten – aber die anderen waren glimpflicher ausgegangen. Was ihn wunderte, war, dass an der Baustelle aktuell eigentlich kein Arbeitsgerät zum Einsatz kam, das gefährlicher war als ein Bolzenschneider. Was genau war dort also passiert? Waren noch andere verletzt oder gefährdet? Mussten sie die Sicherheitsbestimmungen noch weiter verschärfen?

Auf der Krankenstation war Alvar im Augenblick eindeutig unerwünscht. Aber vielleicht wurde er auf der Baustelle gebraucht. Er schloss die Tür seines Büros hinter sich und eilte zum Ausgang der *Celeste*.

Das Luftschott stand offen, wie mittlerweile die meisten Schleusen, die vom Schiff zu den Verbindungsgängen führten: niedrige Tunnel, die sich wie ein Spinnennetz zwischen den gedrungenen Gebäuden der Kolonie spannten, mit der *Celeste* in ihrem Zentrum – und dem Schiff der E'Kturi als einzelnem Fremdkörper, der zwischen den Konstruktionen der Menschen saß. *Die Spinne in unserem Netz.*

Innerhalb der Anlage war es nicht notwendig, einen Anzug zu

tragen. Nur die geringe Schwerkraft und das fahle Sonnenlicht, das durch die dicken Scheiben hereinfiel, erinnerten daran, dass sie sich nicht auf der Erde befanden. Und an beides hatte Alvar sich inzwischen gewöhnt. Sie alle hatten sich an vieles gewöhnt.

Er nickte Ras'Vik zu, der jungen E'Kturi, die ohne weitere Erklärung Nk'Zass' Position als Technikbeauftragte übernommen hatte. Im Gegensatz zu ihrer Vorgängerin war sie mehr an dem für sie antiken Wissen interessiert, über das die Menschen verfügten. Soweit Alvar das beurteilen konnte, stand Ras'Vik ihnen unvoreingenommen gegenüber. Sie erwiderte sein Nicken ungelenk und konzentrierte sich anschließend wieder darauf, ihr Prüfgerät über die Verschalung der Schleuse gleiten zu lassen. Nur weil sie die menschliche Technik kurios fand, bedeutete das nicht, dass sie ihr traute.

Harris mochte das als überflüssig erachten, aber Alvar war froh um Ras'Viks Argwohn. Natürlich sollten die Sicherheitsschotten automatisch zufallen, falls irgendwo ein Leck auftauchte – aber die menschliche Technik konnte nur Gefahren orten, die ihnen bereits bekannt waren. Was die E'Kturi dagegen überprüfte, hielt mehr als nur menschlichen Kriterien stand.

Der Ausbau der Kolonie war in den vergangenen Monaten gut vorangeschritten. Insgesamt sieben Habitate hatten sie bereits fertiggestellt, das Gewächshaus hatte die erste Ernte geliefert. Aber allmählich gingen ihnen die Vorräte aus. Noch war die Kolonie weit davon entfernt, autark zu sein. Nicht jedes Material, das sie für den Bau benötigten, konnte per 3-D-Drucker vor Ort hergestellt werden, und da sie immer noch auf den Verzehr von Fleisch verzichteten, gingen die übrigen Lebensmittel schneller zur Neige, als die Missionskontrolle kalkuliert hatte. Es wurde höchste Zeit, dass die Versorgungsrakete mit Nachschub von der Erde kam.

Nur dass es die *Destiny* war, die zuerst landen würde. Ein Problem, für das Alvar immer noch keine Lösung hatte. Die E'Kturi waren alles andere als dumm. Wie lange konnte er ihnen verheimlichen, dass es keine Siedler waren, die in wenigen Tagen zu ihnen stoßen würden?

Alvar erreichte das Gewächshaus. Seiner Gewohnheit folgend, warf er einen Blick auf die Messwerte an der Tür. Dreißig Grad, fünfundsechzig Prozent Luftfeuchtigkeit. Alles in Ordnung. Er trat auf die Plattform des Frachtaufzugs daneben und wischte über den Sensor. Ein leichtes Rucken ging durch die Plattform, dann senkte sie sich langsam ab.

Stück für Stück kam die Höhle in Sicht, in der bei ihrer Ankunft fast siebzehntausend Kubikmeter Eis gelagert hatten. Nun war der Bereich mit einer gehärteten Kunststoffschicht ausgekleidet, die das Marsgestein stützte und zugleich luftdicht versiegelte. Abgesehen von der Messe der *Celeste* war das hier die größte Halle der Kolonie. Oder würde es einmal werden, sobald die Bauarbeiten abgeschlossen waren. Noch waren an die zwanzig Personen damit beschäftigt, Kabel zu verlegen, weitere Lampen zu installieren und die Filter- und Luftaufbereitungsanlagen anzuschließen, die nötig sein würden, sobald die Halle ihren Dienst als Pflanz- und Forschungsanlage aufnehmen sollte. Der Geruch von Lack und Metall lag in der Luft. In dem riesigen Raum hallten jeder Hammerschlag und jede Bohrung derart ohrenbetäubend wider, dass Alvar bereits der Schädel dröhnte, als er endlich unten angelangte.

Verflucht! Wenn er gewusst hätte, dass die hier nach dem Unfall einfach weiterarbeiteten, hätte er sich einen Ohrschutz aufgesetzt. Aber in Anbetracht von Harris' Schilderung hatte er erwartet, hier einen mittleren Ausnahmezustand vorzufinden. Stattdessen verhielten sich auf der Baustelle alle so, als wäre nichts geschehen.

Er winkte der nächstbesten Person zu. Erst als sie näher trat und Gehörschutz und Brille abnahm, erkannte er, dass es Chen Mei war. »Captain!«, brüllte sie gegen den Lärm an. »Ist alles in Ordnung?«

»Das wollte ich dich gerade fragen!«, schrie er zurück. »Harris sagte, es hätte einen Unfall gegeben!«

Chen sah sich um, als müsse sie sich vergewissern, ehe sie den Kopf schüttelte. Ihr Pferdeschwanz wippte dabei hin und her. »Hier gab es keinen Unfall, das hätte ich mitbekommen.«

Ihre Worte waren klar, trotzdem hatte Alvar Schwierigkeiten, sie einzuordnen. Harris hatte doch eindeutig von einem Unfall auf der Baustelle gesprochen!

Wenn das Ganze nicht hier passiert war, würde das immerhin erklären, warum hier alle so ruhig blieben. Und wieso er keine Blutspur gesehen hatte, die von der Baustelle zur Krankenstation führte. Aber wo war es dann geschehen?

»Vielleicht am östlichen Ende der Kolonie?«, schlug Chen vor. »Dort haben sie heute mit dem Aufbau der neuen Quartiere begonnen.«

»Ja, vielleicht.« Obwohl ihm auch das eher unwahrscheinlich vorkam. Aber er würde es sich ansehen. »Danke.« Alvar verabschiedete sich, ehe er endgültig taub wurde. Trotzdem klingelte es unangenehm in seinen Ohren, als er endlich die obere Etage erreichte und den Lärm der Baustelle hinter sich zurückließ.

Es dauerte eine Weile, ehe er begriff, dass darunter noch ein anderes Geräusch lag: das Piepen seines Funkgeräts. Hastig nahm er das Gespräch entgegen. »Ja?«

»Alvar? Hier ist Alexej.«

»Was gibt's?«, fragte Alvar, während er sich das freie Ohr massierte.

»Sr'Tekoi sucht dich, sie ist hier in der Zentrale.«

»Okay …« Alvar ließ die Hand sinken. »Was will sie denn?«

»Mit dir reden«, antwortete Suchanow. »*Nur* mit dir. Sie sagt, es ist wichtig.«

Und mit einem Schlag waren schmerzende Ohren Alvars geringstes Problem. Sr'Tekoi hatte noch nie nach einem persönlichen Gespräch mit ihm verlangt. Nicht auf diese Weise.

Irgendetwas war geschehen, und Alvar bezweifelte, dass es etwas Gutes war.

***

Mit sanfter Gewalt drückte Michael den verletzten Biologen auf die Liege. Er musste ihn stabilisieren, damit Fernandez ihm ein Betäubungsmittel spritzen konnte, aber Corben kämpfte mit aller Kraft gegen ihn an. Einige Menschen kippten um, wenn sie Blut sahen, vor allem ihr eigenes. Corben dagegen wurde zum Berserker. Er schrie und bäumte sich auf, während er seine verletzte Hand mit der gesunden umklammerte.

Endlich sackte er zusammen. Michael sah auf.

»Alles klar.« Fernandez wischte sich mit dem Handrücken über die Stirn. Er warf die Spritze in den Sterilisator, zog eine Manschette aus dem Schrank und legte sie als Aderpresse um den Arm des Biologen. Dann griff er nach einer Schere. »Und jetzt die Wahrheit. Wie ist das passiert? Ihr kommt doch nicht von der Baustelle.«

»Nein«, gab Michael zu. »Ich habe mit ein paar Leuten Schießübungen gemacht. Corbens Waffe … Da muss ein Fehler in der Produktion passiert sein. Materialschwäche oder so. Sie ist in seiner Hand explodiert, als er abgedrückt hat, und … ach du Scheiße!«

Fernandez hatte aufgeschnitten, was von Corbens Handschuh übrig geblieben war. Darunter kam eine blutige Masse zum Vorschein, in der Michael mit viel gutem Willen noch ein paar Finger ausmachen konnte. Die Knochen waren zersplittert und hatten sich wie ein Schrapnell in das umliegende Fleisch gebohrt, Muskeln und Sehnen waren zerfetzt und zerrissen. Der Zeigefinger fehlte ganz.

»Das kannst du laut sagen.« Als würde er so einen Anblick jeden Tag erleben, spülte Fernandez das Blut sorgfältig mit sterilem Wasser ab. Er schob eine Stahlplatte an den Tisch und breitete ein steriles Tuch darauf aus, auf das er vorsichtig Corbens verstümmelte Hand ablegte. Dann atmete er langsam durch. »In Ordnung. Ich werde versuchen, diese zwei Finger hier zu retten, aber garantieren kann ich für nichts. War es eine Pistole?«

Michael nickte, aber Fernandez sah nicht einmal auf. Er zog einen Infusionsständer aus der Wand und stach die Kanüle in Corbens Vene.

»Er hat verdammtes Glück gehabt.«

Michael brummte. Er war sich durchaus im Klaren darüber, was hätte passieren können. Hätte Corben mit einem Gewehr hantiert, hätte ihn eine Explosion wahrscheinlich umgebracht. Corben hatte in der Tat großes Glück gehabt. »Ich bezweifle nur, dass er das auch so positiv sehen wird, wenn er wieder aufwacht.«

»Tja.« Der Mediziner schnalzte mit der Zunge. »Wir alle bringen Opfer, nicht wahr?«

Allerdings. Jeder Tag in dieser Kolonie war ein verdammtes Opfer. Natürlich waren die Waffen ein Risiko. Sie waren für den Notfall vorgesehen, nicht für den Dauereinsatz. Trotzdem verstand Michael nicht, wie der Unfall überhaupt hatte passieren können. Er hatte jede einzelne Waffe selbst gedruckt. Und jede davon eigenhändig überprüft. Hätte er Corbens Waffe früher aussortieren müssen?

Fernandez sah auf. »In der Schublade links von dir sind Handschuhe. Desinfizier dir die Hände. Ich werde Assistenz benötigen.«

***

Sr'Tekoi erwartete ihn in einem der Besprechungszimmer. Das an sich war schon verwunderlich genug. Es entsprach nicht der Art der Soziologin, sich zurückzuziehen oder vertrauliche Unterredungen zu verlangen. Was Alvar jedoch noch mehr beunruhigte, war der aufgewühlte Zustand, der er an ihr bemerkte. Ihre Halslappen zuckten, die Muskeln um ihre Augen bebten, und ihre Lippen formten unablässig neue Grimassen.

In den neun Monaten, die er nun bereits mit den E'Kturi verbrachte, hatte Alvar gelernt, die ausgeprägte Mimik der Außerirdischen zu deuten. Gerade Sr'Tekoi konnte er für gewöhnlich gut einschätzen. Er mochte sie, trotz aller Unterschiede, die ihre Völker trennten. Und gerade das war der Grund, weshalb ihr Zucken und Zappeln ihn so erschreckte. Sie war die besonnenste der E'Kturi. Wenn es etwas gab, das sie derart aus der Fassung brachte, war es nichts, das Alvar auf die leichte Schulter nehmen durfte.

»Ich grüße dich«, bemühte er sich dennoch um einen normalen Tonfall. Er schob die Stühle auf ihrer Seite des Besprechungstisches beiseite, damit sie einander gegenüberstehen konnten. In Gegenwart einer E'Kturi zu sitzen hatte er längst aufgegeben. »Alexej meinte, du wolltest mich sprechen.«

Sr'Tekoi stieß ein leises, lang gezogenes Zischen aus. »Ich muss. Um der Freundschaft willen, die uns verbindet.«

Sollte Alvar sich nun geehrt fühlen? Seine Anspannung überwog. »Was ist passiert?«

»Ich habe etwas in unserem Bereich eurer alten Station gefunden«, hauchte die E'Kturi. »Etwas, das dort nicht hingehört.«

Alvar hob die Augenbrauen und wartete auf eine Erklärung.

Sr'Tekoi schob eine Klaue in die Falten ihres Gewandes und zog etwas hervor. Ein winziges schwarzes Plastikteil, rund, mit einer Wölbung auf der einen und einer geriffelten Oberfläche auf der anderen Seite, gerade einmal so groß wie der Nagel seines kleinen Fingers.

»Was ist das?«, fragte er.

»Sag du es mir.« Sie platzierte das Objekt vor ihm auf dem Tisch. »Es ist Menschenwerk.«

»Aber wie hätte es dann in euren Bereich kommen sollen?« Die Station war zwar in das Netz der Kolonie eingebunden, aber kaum jemand benutzte sie. Im Großen und Ganzen hatten die Siedler die alte NASA-Station komplett an die E'Kturi abgetreten, nicht nur jene Wohnräume, die diese selbst beansprucht hatten.

»Darauf weiß ich keine Antwort. Ich kann dir allerdings verraten, wozu es dient.« Sr'Tekoi legte eine Kralle auf das Gerät und drückte zu, bis es zersprang. Zwischen den Kabeln, Kunststoff- und Glassplittern glänzte Metall. *Eine Platine?* »Es hat Daten aus unseren Systemen abgezapft und sie an die Zentrale eures Schiffes übermittelt.«

Alvar erstarrte. Langsam hob er den Blick von den Überresten der Spionagewanze und sah in das Gesicht der E'Kturi. »Du denkst, dass jemand von uns euch ausspionieren wollte?«

»Nein«, korrigierte sie ihn. »Ich weiß, dass jemand uns ausspioniert *hat.* Ich weiß nur nicht, über welchen Zeitraum das geschehen ist und welcher Art die Daten waren, die dabei übertragen wurden.«

Eine eisige Kälte breitete sich in Alvar aus, als er begriff, was das bedeutete. Ganz gleich, was er in den letzten Monaten zu erreichen geglaubt hatte – das war eindeutig ein Grund, die Menschen auszuschalten. Sie hatten versagt.

Er schluckte, versuchte, seine Stimme unter Kontrolle zu behalten. »Ras'Vik und Kt'Arra … Wissen sie ebenfalls davon?«

Sr'Tekoi sah ihn an, blinzelte langsam … Und kniff die Augen zusammen. »Nein.«

»Was?« Er musste sich verhört haben. »Aber …«

»Ich habe alles Fremde aus unserem Bereich entfernt«, erläuterte Sr'Tekoi. »Von mir wird Kt'Arra es nicht erfahren.«

War das ihr Ernst? Diese Information vor ihrer Anführerin zu verheimlichen, konnte Sr'Tekoi das Leben kosten! Alvar hatte noch allzu deutlich Nk'Zass' Schicksal vor Augen, und diese hatte für ein sehr viel geringeres Vergehen sterben müssen. »Wieso gehst du ein solches Risiko ein?«

Wieder ließ Sr'Tekoi einige Sekunden verstreichen, ehe sie antwortete. Zögernd, wie Alvar meinte. »Kt'Arra würde eure Beurteilung sofort beenden.« Und zwar nicht in einem positiven Sinn, so viel war Alvar klar. »Ich möchte nicht, dass du für den Fehler eines anderen büßen musst.«

Ach nein? Das war es doch, worauf ihre gesamte Beurteilung basierte: die gesamte Menschheit aufgrund der Taten und Fehler der Kolonie zu bewerten. Aber Alvar ersparte sich diese Diskussion. Sie hatten sie schon zu oft geführt. Was ihn anging, schien Sr'Tekoi ein gewisses Interesse als Individuum entwickelt zu haben. Wie ein lieb gewonnenes Haustier, das man verhätschelte, während man kein Problem damit hatte, ganze Horden anderer Tiere zur Schlachtbank zu treiben.

Alvar biss sich auf die Unterlippe. Sr'Tekois Interesse an ihm war wohl gerade das Einzige, was ihnen allen das Leben rettete. »Wenn Kt'Arra erfährt, dass du mir geholfen hast …«

Ein scharfes Fauchen unterbrach ihn. Eindringlich richtete die E'Kturi den Blick beider Augen auf ihn. »Sie darf es nicht erfahren. Und es darf nicht wieder vorkommen. Unser beider Leben hängt davon ab.«

»Ich weiß.« Und mehr als das. Das Schicksal der gesamten Menschheit hing daran. »Ich werde mich darum kümmern.«

Sr'Tekoi starrte ihn noch einige Herzschläge lang an, dann hob sie die Kralle aus den Überresten der Spionagewanze. »Gut.«

Alvar fegte die Trümmer in seine Handfläche. Unglücklicherweise wusste er ziemlich genau, wer dafür verantwortlich sein musste. Die Wanze hatte an die Zentrale gesendet. Aber nicht auf die allgemeine Arbeitsstation, denn das wäre zweifellos bemerkt worden. Und damit blieben nur noch zwei Zugangsberechtigungen übrig: die des Kommandanten – und seines Stellvertreters.

***

Während der gesamten Operation hatte Michaels Funkgerät immer wieder gepiept. Er hatte keine Hand frei gehabt, um das blöde Ding auszuschalten. Seine Handschuhe waren blutig, seine Nerven zum Zerreißen gespannt.

Bei seinen Einsätzen auf der Erde hatte er viele Verletzungen gesehen. Viele davon hatte er selbst verursacht. Aber die kaltblütige Präzision, mit der Fernandez bei dem Eingriff vorgehen musste, hätte er nicht zustande gebracht. Michael war froh, dass nicht er darüber entscheiden musste, was von dem zerschundenen Gewebe noch zu retten war – und was entfernt und weggeworfen werden musste wie Müll.

Sie hatten Corbens Finger nicht retten können. Keinen einzigen davon. Und die Schuld dafür gab Michael sich selbst. Es waren seine Waffen gewesen. Er hatte die Leute zu Schießübungen verleitet.

Es wäre seine Verantwortung gewesen, die Pistolen wenigstens selbst zu testen, ehe er sie irgendjemandem in die Hand drückte. Er hatte die Waffen doch kontrolliert! Wie hatte ihm das poröse Material entgehen können?

Physisch konnte er sich Corbens Blut von den Händen waschen. Metaphorisch gesehen war es eine andere Sache. Er würde dem Biologen in die Augen blicken müssen, wenn der aus seiner Narkose erwachte, und das war kein Gespräch, auf das er sich freute.

Sein Funkgerät piepte erneut. Michael trocknete seine Hände ab und nahm das Gespräch an, ohne nachzusehen, wer ihn da anfunkte.

Ein Fehler.

»Michael.« Lajunen klang, als müsste er sich mühsam zurückhalten, um nicht loszubrüllen. »Ich versuche seit einer Stunde, dich zu erreichen.«

Also war er der penetrante Störenfried gewesen. Michael seufzte. »Ich habe Victor bei der Operation assistiert.«

»Komm in mein Büro«, forderte der Kommandant. »Jetzt.«

Keine Frage danach, wie es Corben ging. Lajunen musste wirklich sauer sein, wenn er den Unfall mit keinem Wort erwähnte.

Was vermutlich daran lag, dass er inzwischen herausgefunden hatte, dass es keinen Unfall gegeben hatte. Jedenfalls nicht auf der Baustelle. *Shit.*

»In Ordnung, ich komme.« Michael schaltete das Funkgerät aus und umfasste das Waschbecken mit beiden Händen. Ein Blick in den Spiegel verriet ihm, dass er exakt so begeistert dreinsah, wie er sich fühlte.

Es war lange her, dass er in Lajunen einen fähigen Kommandanten gesehen hatte. Einen Freund. Zu oft hatten sie in den vergangenen Monaten gestritten, zu unterschiedlich waren ihre Ansichten, was die E'Kturi betraf. Jetzt sah Michael nur noch eines in dem Finnen: ein Ablenkungsmanöver, das die Aliens lange genug zufriedenstellte, bis die *Destiny* mit Verstärkung eintraf. Dieser Rolle immerhin wurde Lajunen gerecht.

Dennoch musste Michael seinem Befehl folgen, wenn er nicht

frühzeitig auffliegen wollte. Er musste sich in Lajunens Büro diktieren lassen. Und er sollte besser eine gute Ausrede parat haben, wie Corben tatsächlich verletzt worden war. Die Wahrheit konnte er Lajunen schließlich schlecht erzählen.

Scheiß drauf. Was sollte Lajunen schon tun?

Als Michael das Büro des Kommandanten erreichte, hatte er sich bereits eine Erklärung für den Finnen zurechtgelegt. Er hatte mit dem Biologen die Maschinen im Hangar gewartet, dabei war Corbens Hand eingeklemmt worden. Fernandez und Corben würden die Geschichte bestätigen.

Er klopfte.

»Komm rein.« Lajunen saß hinter seinem Schreibtisch, als erhoffte er sich davon mehr Autorität, und deutete auf den Stuhl vor sich. »Setz dich.«

Michael zog eine Grimasse, doch er tat ihm den Gefallen.

»Corben ist …«

»Jetzt nicht deine größte Sorge«, unterbrach Lajunen ihn. Er warf ein paar Splitter auf die Tischplatte. »Weißt du, was das ist?«

Michael runzelte die Stirn und betrachtete den kleinen Haufen Schrott genauer. »Natürlich«, gab er zu. Es hatte keinen Zweck, es zu leugnen. Selbst wenn nicht er derjenige gewesen wäre, der die Wanze gebaut hatte – er hatte die Dinger oft genug bei der Air Force benutzt. Lajunen wusste das zweifellos. »Ich bin kein Idiot.«

»Dann frage ich mich, wie du auf die bescheuerte Idee gekommen bist, das Ding den E'Kturi unterzujubeln!«

Unmerklich zuckte Michael zusammen. Er hatte gehofft, Lajunen hätte die Wanze in seiner Kabine gefunden, was ein eindeutiges Eindringen in seine Privatsphäre gewesen wäre. Dass die Aliens seine Wanze nach nicht einmal einer Woche aufspüren würden, hätte er jedoch nicht gedacht.

»Hat *sie* dir das gesagt?«

»Du hast verdammtes Glück, dass sie es *mir* gesagt hat!«, fuhr Lajunen ihn an. »Was hast du dir dabei gedacht? Wie hast du das Mistding überhaupt in die Station gebracht?«

Michael schnaufte. Er lehnte sich zurück und verschränkte die Arme vor der Brust. »Über die Belüftungsanlage. Sonst noch Fragen?«

Mit einer wütenden Geste fegte Lajunen die Trümmer von seinem Tisch und kam auf die Beine. »Hör auf, hier den Abgeklärten zu spielen! Dein kleines Spielzeug hätte uns alle umbringen können. Also. Ich frage dich nur einmal, und ich erwarte eine ehrliche Antwort. War das die einzige Wanze?«

Michael erhob sich ebenfalls. So einfach ließ er sich nicht einschüchtern. Lajunen war hochgewachsen und sportlich. Aber wie hatte Michaels Ausbilder immer gesagt? *Die Großen fallen bloß tiefer.* »Es war die einzige.« Jedenfalls die einzige im Einsatz.

»Und was hast du mit den Daten gemacht? Sie zur Erde geschickt?«

Michael hob nur vielsagend eine Augenbraue. Wozu sollte er sich die Mühe machen, Fragen zu beantworten, deren Antwort Lajunen ohnehin schon kannte?

Der Finne nickte, als hätte er jeden dieser Gedanken in Michaels Gesicht gelesen. »UNO oder NASA?«, fragte er.

»Willst du jetzt allen Ernstes vergleichen, wer den wichtigeren Auftrag bekommen hat? Du bist nicht der Einzige, der eine Mission von der Erde erhalten hat. Finde dich damit ab.«

Lajunen schlug auf die Tischplatte. »Das ist kein Spiel, Michael! Was, wenn die E'Kturi unseren Funk überwacht hätten, während du fröhlich die Ergebnisse deiner Spionage an die Erde schickst?«

»Haben sie aber nicht.« Sonst wären sie schon weit früher hinter Michaels Aktionen gekommen.

Auch diesen Gedanken musste Lajunen irgendwie erraten haben. »Wie lange geht das schon?«, wollte er wissen. »Wer ist noch in die Sache involviert?«

»Spar dir die Mühe.« Dachte er wirklich, Michael würde seine Verbündeten verraten? »Du hast es auf deine Weise versucht. Ich versuche es auf meine.«

»Nicht mehr.« Die Wut verschwand aus Lajunens Gesichtsausdruck und machte einer resignierten Kälte Platz. »Du bist aufgeflogen. Und du kannst von Glück reden, dass es Sr'Tekoi war, die deine Spionage bemerkt hat. Welche Aktionen du auch sonst noch am Laufen hast – du beendest das Ganze auf der Stelle. Das ist die einzige Warnung, die wir erhalten haben. Wenn du diesen Irrsinn nicht bleiben lässt, bringst du uns damit alle um.«

»Wenigstens tue ich etwas«, zischte Michael. »*Du* spielst nur das Schoßhündchen.«

Lajunen richtete sich auf. »Der einzige Grund, warum unsere Kolonie nach deinem Fehler nicht bereits ausgelöscht worden ist, bin *ich*. Ich bin der Kommandant. Also wirst du deinen verdammten Stolz runterschlucken und tun, was ich dir sage.«

»Ach ja?« Michael stieß ein humorloses Lachen aus. »Glaubst du wirklich, dass du hier immer noch das Sagen hast?« Er beugte sich vor, bis ihn nur noch Millimeter von Lajunens verkniffenem Gesicht trennten. »Die halbe Kolonie ist auf meiner Seite«, zischte er dem Kommandanten zu. »Und wenn die *Destiny* erst einmal kommt und ihnen den Rückhalt der Erde sichert, dann wird sich auch der Rest ziemlich schnell gegen deine hochverehrten E'Kturi stellen. Also sei lieber nicht so selbstgefällig.«

Lajunen zuckte nicht einmal mit der Wimper. »Ist das eine Drohung?«, fragte er, ruhiger, als Michael es ihm zugetraut hätte. Aber der Finne hatte schon immer gut verborgen, was in ihm vorging.

»Wenn du es dazu machst.« Er griff in seine Tasche, was Lajunen erschrocken nach Luft schnappen ließ. Michael schnaubte verächtlich. Es war nur sein Tablet, das er hervorzog.

Michael entsperrte es. »Ich habe meine Anweisungen, und die werde ich auch befolgen. Und dir rate ich dasselbe.« Damit überreichte er seinem Kommandanten die geheime Vollmacht, die Major Rimes ihm ausgestellt hatte. Ein offizielles Dokument der Missionskontrolle, das die Befehlsgewalt an Bord der *Celeste* per sofort an Michael Harris übertrug. Er grinste, als er sah, wie Lajunens Kiefermuskeln arbeiteten.

»Du kannst gerne weiterhin Schoßhund spielen«, erklärte Michael großzügig, »solange du mir dabei nicht im Weg bist. Aber spiel dich nicht so auf, als könntest du mir hier noch irgendetwas vorschreiben. Oder verbieten.«

Die Adern an Lajunens Hals traten mittlerweile deutlich hervor. »Das ist es, worauf du deine hirnverbrannten Ideen begründest?«, fragte er. »Eine Vollmacht deiner eigenen Regierung?« Er warf das Tablet beiseite und funkelte Michael an. »Dann habe ich eine schlechte Nachricht für dich, mein Freund. Du bist hier nicht in Amerika. Deine Regierung hat hier rein gar nichts zu melden. Das hier ist internationaler Boden. Und zwar unter *meinem* Kommando.« Er hob die Stimme. »Alexej?«

Überrascht sah Michael auf. Was hatte der Psychologe damit zu tun?

Hinter Michael klickte es. Er fuhr herum und sah, wie die Tür der Kabine beiseiteglitt und Suchanow in Begleitung eines weiteren Mannes eintrat. Lars Kubinsky, ebenfalls ehemaliger Soldat. Die beiden versperrten ihm den Ausgang.

Lajunen seufzte. »Ich hatte wirklich gehofft, dass es nicht dazu kommen muss.«

Michael kaufte dem Finnen das Theater keine Sekunde lang ab. Er suchte Suchanows Blick, doch der Russe sah starr an ihm vorbei. Nein, nicht vorbei. Seine Aufmerksamkeit galt Michaels Schulter, die er gleich darauf grob umfasste, während Kubinsky nach Michaels anderem Arm griff. Gewaltsam drehte Kubinsky ihm den Arm auf den Rücken. Michael stöhnte auf.

»Was soll der Mist?«, schimpfte er.

»Es tut mir leid, Michael.« Lajunen sah ihn mit einer Leidensmiene an, als wäre nicht Michael, sondern er selbst derjenige, der gerade festgehalten wurde. »Ich hatte wirklich gehofft, wir könnten das auf eine vernünftigere Weise lösen, aber du lässt mir keine andere Wahl. Du bist eine Gefahr für die Kolonie geworden. Das kann ich nicht länger ignorieren.« Er nickte Suchanow zu. »Sperrt ihn ein.«

***

Alvar wartete, bis sich die Tür hinter Suchanow, Harris und Kubinsky schloss. Dann sank er kraftlos auf seinen Stuhl zurück. Wie hatte es so weit kommen können, dass er seinen eigenen Stellvertreter verhaften lassen musste? Seinen Freund?

Nein, korrigierte er sich selbst. Eine Freundschaft war das zwischen ihnen schon lange nicht mehr. Aber trotz aller Differenzen hätte er niemals erwartet, dass Harris ihn derart hintergehen würde. Nicht nur ihn, sondern jeden einzelnen Menschen in der Kolonie und auf der Erde.

Alvar hob das Tablet seines Stellvertreters auf und wog es in der Hand. Eine Vollmacht. Die Missionskontrolle hatte Harris die Möglichkeit eingeräumt, jederzeit das Kommando über die *Celeste* zu übernehmen. Warum? Alvars Mission lautete nach wie vor, für eine positive Beurteilung zu sorgen. Sein Auftrag stammte von der UNO, aber auch die NASA drängte ihn zu einem friedlichen Auskommen. Und zugleich sandten sie ein Schiff voller Soldaten aus. Wie viele Missionen verfolgte die NASA noch, von denen Alvar nichts wusste?

Eigentlich sollte es ihn nicht verwundern. Die Beurteilung der E'Kturi war zu wichtig, um alle Hoffnungen auf eine einzige Strategie zu setzen. Aber gerade weil sie so wichtig war, durfte er nicht riskieren, dass jemand sie gefährdete. Nicht einmal die Missionskontrolle. Was wussten die auf der Erde schon von den Zuständen, die hier herrschten?

Frustriert schloss Alvar die Augen und rieb sich die Schläfen. Es funktionierte doch! Ein Erdenjahr sollte die Beurteilung dauern, das hatte Sr'Tekoi ihm verraten. Und auch, dass sie erwartete, dass die Überprüfung positiv ausging. Die Besatzung verlief friedlich, sie hatten keinen einzigen Siedler verloren. Das Verhältnis zu den E'Kturi war ruhig und stabil. Die Kolonie wuchs, bald würde das erste Kind zur Welt kommen. Sie konnten es schaffen. Er benötigte einfach nur mehr Zeit!

Aber die hatte er nicht. Die *Destiny* würde den Mars in drei Tagen erreichen, das konnte er nicht verhindern. Die Menschen an

Bord mussten landen, ihre Ressourcen an Bord ließen nichts anderes zu. Und dann? Würden jene, die wie Harris dachten, die Soldaten und deren Waffen mit Begeisterung empfangen – froh über die Gelegenheit, ihre Besatzerinnen einfach niederzuballern?

Alvar wollte es nicht glauben. Aber so, wie es aussah, spielten seine Wünsche keine große Rolle mehr in der Kolonie.

Erneut sah er auf die Überreste von Harris' Spionagegerät. Alvar seufzte und drückte die kleine Taste an der Kabinenwand, die eine Reinigungseinheit anforderte. Hinter der Verkleidung ertönte ein kurzes Rattern, dann fuhr eine Klappe in der Wand hoch, und ein handtellergroßer Roboter flitzte heraus. Zielsicher steuerte er auf die Splitter der Wanze zu, fegte sie mit seiner rotierenden Bürste zusammen, saugte sie ein und verschwand wieder in der Wand, um sie zur Müllaufbereitung zu bringen. Die Klappe schloss sich mit einem leisen Klicken. Damit war der Beweis für Harris' Verrat Geschichte.

Alvar wünschte, er könnte auch den Rest davon so einfach ungeschehen machen. Aber bereits als er sein eigenes Tablet wieder zur Hand nahm, bemerkte er, dass der Schaden tiefer ging. Er war unsicher geworden. Natürlich hatte er gewusst, dass nicht alle in der Kolonie gut mit der Situation zurechtkamen. Die Menschen waren immer noch Gefangene in ihrer eigenen Siedlung, immer noch wurde jede ihrer Handlungen beobachtet und bewertet. Und gerade deshalb konnte er sich nicht vorstellen, dass irgendjemand Harris' Verhalten gutheißen würde. Er hatte sie alle in Gefahr gebracht!

Die halbe Kolonie ist auf meiner Seite, hatte der Ingenieur behauptet. Aber wer genau? Wem konnte Alvar noch vertrauen? Er rief die Liste der Besatzungsmitglieder auf und versuchte, einen Namen nach dem anderen zuzuordnen. Suchanow stand zu ihm, dessen war er sich sicher. Kubinsky ebenso. Vermutlich auch Chen, die Technikerin hatte bisher gut mit Ras'Vik zusammengearbeitet. Denaux dagegen hielt mit ziemlicher Sicherheit zu Harris. Pignatelli vermutlich auch, soweit Alvar wusste, lief etwas zwischen Harris und ihr. Fernandez hielt sich ziemlich bedeckt, was seine Meinung zu den Außerirdischen anging. Aber vielleicht auch nur Alvar gegenüber. Vielleicht logen ihn auch einfach alle an.

Wie konnte er sich überhaupt noch bei irgendetwas sicher sein? Oder bei irgendjemandem?

12. KAPITEL – ZWIESPALT

Hana tat ihr Bestes, um das leise Gemurmel ihrer Kollegen auszublenden und sich auf den Text auf ihrem Bildschirm zu konzentrieren. Für vierzehn Uhr hatte die NASA die nächste Pressekonferenz angesetzt, und bis dahin sollte sie die Zeit nutzen, um ihre Antworten einzustudieren. Nein, nicht *ihre* Antworten. Die von Rimes.

Sie ballte die Hand zu einer Faust und spürte, wie ihr Ehering dabei gegen die Fingerknochen drückte. Sie hatte abgenommen in den letzten Monaten, mehr, als gut für sie war. Kein Wunder, sie fühlte sich furchtbar. Frisch manikürt, die dunklen Ringe unter ihren Augen überschminkt, eine helle Bluse mit dazu passendem Schmuck und dunkler Hose statt ihres legeren ESA-Outfits, das ihr ohnehin nicht mehr gepasst hätte. Sie war keine Astronautin mehr. Nur noch eine Angehörige. Die Vorzeigefrau der NASA. Der Beweis dafür, dass auf dem Mars alles bestens lief.

Hana wusste überhaupt nicht mehr, wie sich ein echtes Lächeln anfühlte – dafür umso besser, wie sie ein falsches aufsetzte. Jedes Wort, jede Handlung … Ihr ganzes Leben war zu einer Farce verkommen. Sie sagte, was man ihr auftrug. Lächelte, wenn man es ihr befahl. Das war der Deal, den sie eingegangen war, als Rimes sie nach drei Wochen aus ihrer Zelle hatte holen lassen. Alvar hatte jeden Kontakt zur Missionsleitung verweigert, solange sie in Haft saß. Also hatte Rimes sie rausgelassen. Unter zwei Bedingungen.

Die erste Bedingung war, dass sie Alvar dabei unterstützte, die

Beurteilung zu überstehen. Das war der Köder, das war Hana bewusst. Kontakt zu ihrem Mann, für eine Mission, die Rimes ohnehin schon als gescheitert ansah. Er brauchte Alvars Kooperation bloß, um die Kolonie so lange friedlich zu halten, bis seine Soldaten auf dem Mars eintrafen. Spätestens dann hatte Alvar als Kommandant ausgedient. Bis dahin sollte Hana ihn kooperativ halten. Das tat sie auch, aber nicht, weil Rimes es von ihr verlangte. Sie tat es um Alvars willen. Alvar tat das Richtige, die Kolonie entwickelte sich stabil. Eine Panik dort oben würde niemandem helfen.

Dieselbe Aufgabe erfüllte sie auf der Erde, nur mit anderen Lügen. Das war die zweite Bedingung, der wahre Grund, weshalb Rimes sie nicht im Gefängnis vermodern ließ: Hana sollte den Gerüchten entgegenwirken, die inzwischen aufgebrodelt waren. Gerüchte, dass etwas an der Mission der *Celeste*, am Zukunftstraum der Menschheit, ganz und gar nicht so war, wie man die Öffentlichkeit glauben machen wollte.

NASA, ESA und auch die US-Regierung dementierten diese *Verschwörungstheorien*. Wöchentlich legten sie gefälschte Berichte vom Mars vor, Bilder der Kolonie, die das Wesentliche verbargen. Die Raumfahrtbehörden kontrollierten die Satelliten und damit die Informationen, die vom Mars zur Erde drangen.

Was sie aber nicht kontrollieren konnten, waren die Angehörigen der Siedler. Natürlich hatten die nahen Verwandten zu Beginn der Mission eine Geheimhaltungsvereinbarung unterzeichnen müssen. Sie konnten gezwungen werden, darüber zu schweigen, dass ihnen jeder Kontakt zu ihren Angehörigen verweigert wurde. Aber auch aus dem Nichtgesagten konnte man Informationen ableiten, und selbst das Militär besaß nicht die Mittel, jede einzelne Kontaktperson der Kolonisten zu überwachen. Es muss nur irgendein Onkel über drei Ecken verkünden, dass die Familie nichts von den Marssiedlern hörte, und eines würde zum anderen führen. Irgendjemand sprach mit der Presse. Die Presse stellte Fragen. Und sie fand einen weiteren Nachbarn, der ebenfalls berichtete, dass Großmutter Iida seit Beginn der Mission kein Wort über ihren Enkel mehr sprach. Gerüchte verbreiteten sich schnell, vor allem wenn sie einen wahren Kern besaßen.

Also brauchte Rimes Hana, um mit Lügen gegen diese Wahrheit anzukämpfen. Und sie half ihm. Spielte die glückliche Angehörige, benutzte jeden Trick, den sie im Psychologiestudium gelernt hatte, um die Version der Raumfahrtbehörden glaubhafter erscheinen zu lassen als das, was tatsächlich dort oben vorging.

Allerdings nicht, wie Rimes glaubte, aus Angst davor, dass man sie irgendwo verschwinden ließ. Sondern weil die Wahrheit auf der Erde einen Krieg auslösen konnte. Wenn irgendjemand erfuhr, dass die USA eine bewaffnete Kampfeinheit zum Mars flog, würde aus der friedlichen, gemeinschaftlichen Besiedelung ein Eroberungsfeldzug werden. Und weil den meisten Staaten die nötigen Mittel fehlten, um an einem Wettrennen zum Mars teilzunehmen, würden sie diesen Krieg auf der Erde austragen. Wieder einmal. Und dann war es nur eine Frage der Zeit, bis irgendjemand auf den roten Knopf drückte, der ihren Planeten endgültig unbewohnbar machen würde. Klimaschutz war eben nur so lange ein Thema, bis er das Abrüsten von Atomwaffen erforderte.

Hana stand auf. Augenblicklich fühlte sie die Aufmerksamkeit des Soldaten auf sich, der an der Rückwand des Missionskontrollzentrums stand. Zu ihrer aller Sicherheit, wie Rimes betonte.

Klar. Von wegen. Hana ignorierte den Kerl. Ohne sich umzusehen, ging sie zu dem Automaten, der in der Rückwand des Zentrums eingelassen war, und bestellte einen Tee. Ein leises Summen ertönte, dann plätscherte eine süße heiße Flüssigkeit mit dezentem Pfirsichgeschmack in ihren Becher. Sie war kein großer Teefreund, aber der Koffeinkonsum der letzten Monate schlug ihr zunehmend auf den Magen. Also blieb Hana beim Tee.

Sie nahm ihren Becher, ging zurück an ihren Platz und setzte sich. Noch mehrere Minuten fühlte sie die Blicke des Soldaten und ihrer Kollegen auf sich. Man musste sie schließlich beobachten. Sie, die Verräterin.

Wieder versuchte sie, sich auf ihren Text zu konzentrieren. »Mit

Freuden dürfen wir Ihnen mitteilen, dass Doktor Victor Fernandez, der leitende Mediziner der *Celeste,* die dritte Schwangerschaft …«

Jede dieser Frauen wurde von der ganzen Welt beobachtet. Hana wusste, dass es bereits unter den Bewerberinnen einen regelrechten Wettstreit darum gegeben hatte, wer wohl das erste Baby auf dem Mars bekommen würde. Den ersten Extraterrestrier. Sie selbst hatte sich nie wirklich daran beteiligt. Aber irgendwie … Hana seufzte. Irgendwie vor allem deshalb, weil sie sich insgeheim selbst ganz gute Chancen ausgerechnet hatte, diejenige zu sein, die das Rennen machte. Immerhin war sie in einer langjährigen Beziehung, Alvar und sie hatten sich schon länger Kinder gewünscht …

Als sie in die engere Auswahlrunde für die *Celeste*-Mission gekommen waren, hätte sie sich niemals träumen lassen, dass sie stattdessen hier landen würde. Als verdammte Pressesprecherin der NASA, die sich nun erfreut über die Kinder anderer äußern sollte.

»Nachdem es der CNSA vor vier Jahren zum ersten Mal gelang, auf dem Mars einen Primaten künstlich zu befruchten und den Nachwuchs gesund zur Welt zu bringen …«

Was Hana nicht erwähnen durfte: Da man die beiden Schimpansen nicht auf dem Mars belassen konnte, hatte man sie zurück zur Erde verfrachtet. Eine Prozedur, die das Junge nicht überlebt hatte, woraufhin das Muttertier völlig apathisch und mit depressionsartigen Zuständen in irgendeinen Zoo abgeschoben worden war. Die Opfer der Forschung.

Ein blinkendes Symbol auf ihrem Bildschirm meldete eine eingegangene Nachricht. Hanas Herz machte einen Satz, als sie den Absender erkannte: Alvar!

Vielleicht hatte Rimes recht, und all die selbstlosen Gründe, die sie für ihre Mitarbeit vorschob, waren nur Ausreden. Sie hatte das Angebot angenommen, um mit ihrem Mann in Kontakt bleiben zu können – und war es auch nur zu den Bedingungen der U.S. Air Force.

Natürlich wurde jede Nachricht, die Alvar und sie austauschten, von Rimes zensiert. Entsprechend wenig Persönliches kam darin zur Sprache. Oder es wurde einfach rausgestrichen. In den Augen der NASA brauchte sie nur das zu wissen, was für den Erfolg der Mission notwendig war.

Umso mehr überraschte es sie, als sie die Worte las, die sie vom Mars erreichten.

Hana sprang auf. Alvars Nachricht war die eine Sache. Dass Rimes sie zu ihr durchstellen ließ eine andere. Sie wusste, dass er sie damit zu manipulieren versuchte. Er wollte, dass sie auf die Nachricht reagierte. Zweifellos wartete er nur darauf, dass sie zu ihm ins Büro stürmte und um weitere Informationen bettelte.

Langsam sank Hana in ihren Stuhl zurück. Sie nahm ihren Becher und kippte den letzten Rest Pfirsichtee hinunter. Auf keinen Fall würde sie Rimes den Gefallen tun und auf seine Provokation eingehen. Natürlich würde sie ihn aufsuchen und Aufklärung verlangen. Aber sie würde nicht betteln. Sie würde verhandeln.

***

»Lasst mich los, verdammt!« Michael stemmte die Füße in den Boden, aber gegen zwei kräftige Kerle, die ihn fest im Griff hatten, konnte selbst er nichts ausrichten. Kubinsky trat ihm in die Kniekehle, sodass er einknickte. Dann schleiften die beiden ihn einfach den Gang hinab. Auf der Erde wäre ihnen das nicht so leicht gelungen. Auf dem Mars dagegen spielte es keine Rolle, wie sehr Michael sich sträubte – er wog hier keine dreißig Kilo. Zornig wand er sich in dem Griff von Lajunens Handlangern.

»Alexej! Mach keinen Scheiß!«

»Dasselbe hätte ich dir raten sollen«, murrte Suchanow, ohne ihn anzusehen. »Aber dafür ist es ja wohl zu spät.« Er blieb stehen und legte die Hand an einen Türsensor. »Du hast dir diesen Mist selbst zuzuschreiben.« Damit ließ er Michaels Arm los.

Kubinsky versetzte Michael einen Stoß in den Rücken, sodass er in den winzigen Raum stolperte. Hinter ihm glitt die Tür zu. »Hey!«

Nichts. Keine Antwort. *Wirklich großartig.*

Wütend sah Michael sich in seiner Zelle um. Wobei *Zelle* viel zu optimistisch ausgedrückt war. Er stand in einer Abstellkammer, vielleicht anderthalb mal zwei Meter im Grundriss. Drei Wände wurden von leeren metallenen Regalen eingenommen, die vierte von der Tür.

Gegen die trat Michael, auch wenn es ihm nichts einbrachte als einen schmerzenden Fuß. Lajunen hätte wenigstens den Anstand besitzen können, ihn in seiner Kabine einzusperren!

Aber es lag auf der Hand, weshalb er das nicht getan hatte: Die Schlafkabinen ließen sich von innen öffnen, der kleine Lagerraum dagegen nur von außen.

Michael starrte die Tür an, wartete darauf, dass sie sich erneut öffnete. Das musste doch ein Scherz sein. Lajunen konnte unmöglich so dämlich sein, ihn tatsächlich zu verhaften. Was glaubte er, wie lange er die Kolonie ohne ihn halten konnte? Michael war derjenige, der die Leute dazu brachte, die Ruhe zu bewahren und auf die Verstärkung von der Erde zu warten. Niemanden interessierte Lajunens utopische Scheinwelt, das musste selbst der Finne begreifen!

Doch die Tür blieb geschlossen.

»Diese Arschlöcher.«

Egal. Er war nicht auf Suchanows Hilfe angewiesen. Michael wandte sich um und begann, systematisch Regalflächen abzusuchen. Lajunen war keineswegs so schlau, wie er dachte. Nur weil die Lagerräume an der Innenseite über keinen Sensor verfügten, hieß das nicht, dass der Mechanismus für die Türverriegelung an sich nicht vorhanden war. Er war bloß unter der Metallverkleidung verborgen. Michael brauchte nur etwas, womit er sie aufstemmen konnte, um den Mechanismus zu überbrücken. Ein Schraubenzieher, eine verdammte Plastikscherbe würde ihm schon weiterhelfen.

Aber nichts. Ein paar Staubflusen, das war alles.

Michael packte die Metallverstrebungen und rüttelte daran, aber das verfluchte Regal war mit Boden und Decke der Kammer verschweißt. Er trat einige Male gegen die dünne Leiste, die die Stellfläche des seitlichen Regals absicherte, aber auch die rührte sich keinen Millimeter.

Schnaufend sah Michael sich um. Dann eben anders.

Er legte sich auf den Boden, spähte unter die Regale und tastete über der Wandverkleidung nach der Öffnung des Luftschachts. Unter dem zweiten Regal wurde er fündig. Seine Fingerspitzen glitten über die kleinen Lamellen aus Edelstahl, kalte Luft strich über seinen Handrücken. Entschlossen schob Michael seinen Arm weiter unter das Regal. Seine Schulter drückte schmerzhaft gegen die Metallkante, aber es gelang ihm, Daumen und Zeigefinger in die schmalen Schlitze zu quetschen. Noch etwas mehr, dann bekam er eine der Lamellen zu fassen. Er packte sie, so gut er konnte, und ruckte daran.

Seine Finger glitten von dem glatten Stahl ab. Michael presste sich fester gegen das Regal und versuchte es erneut, diesmal mit den Fingernägeln. Er riss an der Lamelle. Sofort schoss ihm der Schmerz durch den Daumen, als der Nagel über das Metall schrammte und knickte. »Scheiße!«

Michael zog den Arm zurück. So würde er nicht weiterkommen. Aber vielleicht gelang es ihm, das Bein weit genug unter das Regal zu stecken, um die Lamellen einzutreten?

Er wollte es gerade versuchen, als auf dem Gang ein lautes Poltern ertönte, gefolgt von aufgeregten Stimmen. Mehrere Leute schrien durcheinander, darunter mindestens eine Frau. Hastig rappelte Michael sich auf und legte das Ohr an die Tür. Immer noch konnte er kein Wort von dem Streit verstehen. Nicht einmal die Stimmen konnte er zuordnen.

Dennoch klopfte er an die Tür. »Hey! Hier bin ich! Lasst mich raus!«

Die Stimmen wurden lauter, aufgeregter. War das Pignatelli? Sie würde ihn hier rausholen, da war er sich sicher. »Lara!« Er pochte mit der Faust gegen das Metall der Tür. »Lara, ich bin –«

Ein Schuss knallte. Dieses Geräusch war unverkennbar. Jemand schrie. Michael konnte nicht sagen, ob es ein Mann oder eine Frau war.

»Scheiße!« Nun hämmerte er mit aller Kraft gegen die Tür. »Was ist passiert? Hey!« Immer fester schlug er gegen das Metall.

»Was ist passiert? Was zur Hölle ist da draußen los?«

Doch egal, wie laut er rief, Michael erhielt keine Antwort.

***

Ein Schuss. Es hatte einen Schuss gegeben. Alvar konnte es nicht glauben. Er rannte durch die Gänge der *Celeste,* kürzte den gekrümmten Hauptflur mit den schmaleren Verbindungskorridoren ab. Suchanow musste sich geirrt haben. Woher hätte irgendjemand eine Waffe nehmen sollen?

Aus derselben Quelle, aus der auch die Spionagewanze stammte. Alvar fluchte und beschleunigte noch einmal seine Schritte. Suchanow hätte vielleicht übertrieben, aber Kubinsky hatte es bestätigt. Jemand hatte geschossen.

Endlich erreichte er den chaotischen Haufen, der sich vor der Kammer tummelte, in die er Harris vorübergehend gesperrt hatte. Er prallte zurück. Kubinsky stand breitbeinig im Gang, eine Pistole in den ausgestreckten Händen, die er schussbereit auf Lara Pignatelli gerichtet hatte. Eine zweite Waffe steckte hinten in seinem Hosenbund. Die Mechatronikerin sah ihn hasserfüllt an, hielt jedoch folgsam dic Hände auf Schulterhöhe. Suchanow und Fernandez knieten indes auf dem Boden und drückten auf das Bein von Henry Wong, der mit zusammengebissenen Zähnen vor sich hin jammerte. Blut sickerte aus der Schusswunde und bildete bereits eine kleine Lache auf dem Boden.

»Was zum Teufel ist hier passiert?«, fragte Alvar.

Fernandez sah kurz auf, schnaubte und machte sich daran, mit routinierten Bewegungen einen Verband um eine Kompresse zu wickeln.

Der Arzt hatte recht. Was passiert war, war ziemlich offensichtlich. Wong und Pignatelli hatten versucht, Harris zu befreien. Mit Waffengewalt. Und unterschätzt, wozu jemand wie Kubinsky auch ohne Pistole fähig war. »Woher habt ihr die Waffen?«

Pignatelli starrte ihn herausfordernd an und schwieg.

Von ihr konnte Alvar keine Kooperation erwarten, so viel war klar. Sie würde ihren Partner schützen. Wong war vielleicht eher bereit, zu reden, aber im Augenblick einfach nicht dazu in der Lage. Der Verband um seinen Oberschenkel färbte sich bereits rot.

»Schaffen wir Henry erst mal in die Krankenstation«, befand er. An Fernandez gewandt fügte er hinzu: »Gut, dass du so schnell gekommen bist.«

»Was nicht erforderlich gewesen wäre«, erwiderte der Arzt leise, »wenn du Michael nicht eingesperrt hättest. Was sollte das, verdammt?«

Womit wohl auch die Frage beantwortet war, auf welcher Seite der Mediziner stand. Alvar sparte sich eine Antwort. Stattdessen deutete er auf Pignatelli. »Hilf Victor, Henry zu stützen.«

»Ist das dein Ernst?« Die Mechatronikerin schnaubte. »Wieso glaubst du, dass ich deinem Befehl noch gehorche?«

»Deine Entscheidung«, erwiderte Alvar ruhiger, als ihm zumute war. »Entweder hilfst du deinem verletzten Kumpel, oder wir finden auch für dich eine Zelle.«

Die Augenbrauen der Italienerin zuckten, als würde sie einen Kampf mit sich selbst ausfechten. Schließlich stieß sie ein frustriertes Schnauben aus. »Schön.«

Alvar ignorierte Fernandez' vorwurfsvollen Blick. Normalerweise hätte er selbst den Verletzten gestützt und ihn nicht auf den Arzt und eine Frau abgewälzt, die zwei Köpfe kleiner war als er. Aber von normalen Umständen konnte in der gegebenen Situation keine Rede sein. Wer sich stark genug fühlte, eine Waffe abzudrücken, musste auch die Verantwortung für die Folgen tragen können.

»Ich begleite euch«, sagte er schlicht. Er nickte Suchanow zu. »Du solltest dir das Blut abwaschen. Und einen Reinigungsroboter herschicken.« Kubinsky warf er nur einen Blick zu. Der nickte. Er würde die Zelle auch allein bewachen. Immerhin war er nun bewaffnet.

Scheiße, das darf doch alles nicht wahr sein. Wenn die E'Kturi davon Wind bekamen, spielte es keine Rolle mehr, ob Harris noch weitere Wanzen angebracht hatte. Dann waren sie geliefert.

Alvar wartete, bis die drei Harris-Anhänger losmarschierten. Dann wandte er sich an Kubinsky. »Du solltest das Ding lieber nicht offen tragen.«

»Hatte ich auch nicht vor.« Kubinsky sicherte die Pistole, bückte sich und ließ sie im Bund seiner Socke verschwinden. Dann zog er die zweite Waffe aus seinem Hosenbund und hielt sie Alvar entgegen. »Hier.«

»Nein.« Was würde das für ein Bild vermitteln, wenn er Frieden predigte und Krieg vorlebte? Abgesehen davon ... »Ich habe keine Ahnung, wie man so ein Ding benutzt.«

»Das spielt keine Rolle«, meinte Kubinsky. »Solange du das für dich behältst.« Mit einer schnellen, routinierten Bewegung demonstrierte er, wie die Waffe ent- und wieder gesichert wurde. »Vom Abdrücken würde ich dir ohnehin abraten«, fügte er hinzu. »Die Dinger sind selbst gebastelt.«

Alvar runzelte fragend die Stirn.

»3-D-Drucker«, erklärte Kubinsky. »Bei einem Schuss entsteht ein Druck von gut viertausend Bar. Dem Druck muss das Material erst einmal standhalten. Außerdem drucken unsere Geräte im Schichtverklebungsverfahren, und die kleinste Unebenheit kann dazu führen, dass die Waffe blockiert.« Er nickte zur Blutlache hin. »Oder verzogen ist. Selbst wenn die Vorlagen für diese Dinger ebenso penibel programmiert sind wie die für unsere Habitate, würde ich den Dingern nur so weit trauen, wie ich sie werfen kann.«

»Die Waffen stammen aus unserem *Drucker?*«, vergewisserte Alvar sich.

Kubinsky nickte. »Von der Erde sind sie nicht. Keine Seriennummern, keine Metalllegierung …«

»Das heißt, es könnten noch mehr davon im Umlauf sein?«

Kubinsky nickte grimmig. »Davon kannst du ausgehen.«

Scheiße. Soeben war die *Destiny* das geringste von Alvars Problemen geworden. Die kam erst in drei Tagen. Der Aufstand auf der *Celeste* dagegen begann in diesen Augenblicken.

***

»Sie haben Daten von Michael Harris erhalten.« Hana machte sich nicht die Mühe, Small Talk zu betreiben. Rimes wusste, dass sie es wusste. Er hatte ihr die Nachricht von der *Celeste* schließlich weitergeleitet.

»Mrs. Lajunen.« Der Major setzte dieses Lächeln auf, das Hana einmal an einen Pitbull erinnert hatte. Mittlerweile wusste sie, dass es eher das Grinsen eines Aasgeiers war. »Immer wieder eine Freude, Sie zu sehen. Kommen Sie doch herein. Setzen Sie sich.«

Diesen Gefallen tat Hana ihm sogar. Es musste niemand mitbekommen, was sie mit Rimes zu bereden hatte.

Der Major lehnte sich in seinem Stuhl zurück, zog eine Packung Zigarillos aus der Brusttasche und klopfte einen Glimmstängel heraus. Im gesamten Space Center herrschte striktes Rauchverbot, aber Rimes schien das offensichtlich herzlich egal zu sein. Er steckte sich den Zigarillo in den Mund, zündete ihn an und inhalierte langsam. Dann blies er eine graue Rauchwolke zur Decke, an der der vorgeschriebene Rauchmelder entfernt worden war. »Was kann ich für Sie tun?«

Hana ließ sich von seinem Verhalten nicht verunsichern. Sie trat näher an seinen Schreibtisch heran, sah auf ihn hinab. Der Major wollte ihr das Gefühl geben, klein und dumm zu sein. Aber damit forderte er sie nur weiter heraus. »Sie haben Daten von den E'Kturi stehlen lassen«, fuhr Hana unbeeindruckt fort. »Und damit die Beurteilung gefährdet, von der *Sie* fordern, dass mein Mann sie besteht.«

»Und nun wollen Sie wissen, wieso ich das tue.«

»Nein.« Dafür konnte sie sich hundert Gründe ausdenken. Aber letzten Endes spielte das keine Rolle. »Ich muss Sie auch nicht fragen, welcher Art diese Daten sind, die Sie da erhalten haben«, fuhr sie fort. »In Anbetracht der Tatsache, von wem Sie sie bekommen haben, ist die Antwort darauf recht einfach. Michael hätte nicht wahllos irgendwelche Daten gesammelt.« Sie setzte sich langsam und schlug die Beine übereinander. »Entweder ging es um Waffen ... oder um die Antriebstechnologie der Außerirdischen.«

Rimes hob eine Augenbraue. *Bingo!*

»Bisher haben die E'Kturi keine Waffen eingesetzt«, sagte Hana. »Also tippe ich auf den Antrieb.« Diesmal erhielt sie keine Reaktion, aber die brauchte sie auch nicht. Sie wusste auch so, dass sie recht hatte. Ein Blick auf die Uhr verriet ihr, dass es halb zwei war. Noch eine halbe Stunde bis zur Pressekonferenz.

Sie setzte alles auf eine Karte. »Sie bauen ein Schiff mit einem neuen Antrieb«, fasste sie zusammen. »Und ich werde mitfliegen.«

Rimes sah sie unbeteiligt an, beinahe gelangweilt. »Oder was?«

»Oder die Presse erhält statt einer Konferenz ein bereits aufgezeichnetes Statement von mir, in dem ich nicht nur das dritte Marskind ankündige, sondern auch, dass *Sie* dieses unschuldige Leben mit Atombomben bedrohen.« Hana lächelte. »Sie haben zwanzig Minuten, andernfalls wird dieses charmante Statement automatisch an den Presseverteiler gesendet.«

Rimes reagierte nicht so, wie Hana erwartet hatte. Genau genommen reagierte er überhaupt nicht, sondern blies lediglich einen weiteren Rauchkringel zur Decke.

Als sie bereits glaubte, keine Antwort mehr zu erhalten, fragte er: »Was glauben Sie, Mrs. Lajunen, wie weit die NASA die Signale Ihres Tablets orten und verfolgen kann?«

Hana erstarrte.

Rimes dagegen nahm einen Zug und atmete langsam aus. »Weiter als bis zum Tacco-Restaurant am Stadtrand, das kann ich Ihnen verraten.«

Er tippte auf das Sensorfeld auf seinem Schreibtisch, und aus dem Lautsprecher seiner Arbeitsstation erklang Hanas Stimme. »Mein Name ist Hana Lajunen, ich bin die Frau des Kommandanten der *Celeste,* Alvar Lajunen, und ich darf Ihnen heute die frohe Botschaft verkünden …« Rimes unterbrach die Aufnahme.

Hanas Hände hatten unkontrolliert zu zittern begonnen. Unter dem Tisch krallte sie die Finger ineinander. Das war ihr Statement! Passwortgeschützt, über eine angeblich gesicherte Verbindung verschickt …

»Erkennen Sie die Worte?«, fragte Rimes süffisant, nur um gleich darauf selbst die Antwort zu geben. »Natürlich tun Sie das. Wobei wir uns die Freiheit genommen haben, sie ein wenig … anzupassen. Sie entsprechen nun etwas mehr unseren Vorstellungen.« Er lehnte sich zurück. »Sie sehen also, Mrs. Lajunen: Sie haben rein gar nichts in der Hand. Wenn Sie sich weigern, die Pressekonferenz abzuhalten, erhalten die betroffenen Journalisten ein Videostatement, das Sie passenderweise bereits für uns vorbereitet haben. Warum also sollte ich Sie nicht einfach wieder zurück in die Zelle befördern, aus der ich Sie befreit habe?«

Hana biss die Zähne so fest aufeinander, dass ihre Kiefer schmerzten. Aber sie würde ihm nicht die Genugtuung verschaffen, um ihre Freiheit zu betteln.

Offenbar erwartete er das auch gar nicht. Er sah sie an, musterte sie, als würde er abwägen, in welche finstere Grube er sie sperren sollte. Dann fragte er in völlig unbeteiligtem Tonfall: »Wieso wollen Sie unbedingt zum Mars?«

Dieser Arsch! »Sie wissen genau, wieso. Mein Mann ist dort oben!«

Nachdenklich betrachtete Rimes den Zigarillo zwischen seinen Fingern. Schließlich drückte er ihn aus und sah Hana an. »Angenommen, es gäbe dieses Schiff.« Er lächelte. »Wäre es dann nicht voller Soldaten?«

Hana presste die Lippen zusammen. *Natürlich wäre es das.*

»Würden Sie auch dann auf dieses Schiff wollen? Teil einer militärischen Mission werden?« Seine Augenbrauen zuckten nach oben, während er nachdenklich den Kopf wog. »Die Einstellung Ihres Mannes, was diese Frage angeht, kenne ich bereits. Wie steht es mit Ihnen?«

Sie schluckte. Er versuchte, sie gegen Alvar auszuspielen, aber in diesem Punkt unterschätzte er sie. »Ja. Ich würde trotzdem auf das Schiff wollen.«

»Interessant.« Er lehnte sich zurück und klopfte einen neuen Zigarillo hervor, obwohl er den alten kaum zur Hälfte geraucht hatte. Er zündete ihn jedoch nicht an, rollte ihn nur zwischen den Fingern hin und her. »Unglücklicherweise gibt es kein solches Schiff«, behauptete er. »Jedenfalls noch nicht.«

Also hatte sie recht gehabt. Sie hatten die Antriebstechnik der E'Kturi ausspioniert! Hanas Hände wurden feucht. Sie krallte sie in den Stoff ihrer Bluse.

Rimes deutete mit dem Mundstück des Zigarillos auf sie. »Aber vielleicht bald, sofern Sie uns unterstützen.«

Was? Sie musste sich verhört haben. Aber dann begriff sie. Rimes war es schließlich gewesen, der ihr Alvars Nachricht hatte zukommen lassen. Aus irgendeinem Grund hatte er sie in sein Büro gelockt. Er brauchte sie. Aber wofür? »Was wollen Sie denn noch von mir?«, fuhr sie ihn an. »Ich habe doch schon alles getan, was Sie von mir verlangt hatten!«

Der Major nickte gönnerhaft. »Und das haben Sie sehr gut gemacht. Aber die Situation hat sich geändert.« Er ließ den Glimmstängel sinken. »Es gab einen Putsch auf dem Mars. Was ich von Ihnen will, ist, dass Sie Ihren Mann dazu bringen, Harris freizulassen.«

Hana blinzelte überrascht. »Michael hat versucht, das Kommando zu übernehmen?«

»Nein«, korrigierte Rimes. »Michael Harris hatte unsere Erlaubnis, das Kommando zu übernehmen, sofern es seine Mission erfordert.«

Welche Mission genau, spezifizierte er nicht. Das allein sagte

Hana alles, was notwendig war. Rimes war jedoch noch nicht fertig.

»Ihr Mann hat diesen Befehl verweigert«, sagte er, »und Harris stattdessen verhaften lassen.«

Hana war sprachlos. Sie hatte geglaubt, sich auf alle eventuellen Wendungen vorbereitet zu haben, die dieses Gespräch nehmen konnte – aber wie hätte sie *das* vorhersehen sollen? »Das … das muss ein Irrtum sein …«

Rimes breitete in einer gleichgültigen Geste die Arme aus. »Ob Sie es glauben, spielt keine Rolle, Mrs. Lajunen.« Verschwörerisch beugte sich vor. »Alvar Lajunen muss Harris freilassen und ihm das Kommando übergeben. Wir brauchen Harris vor Ort und einsatzbereit, wenn die *Destiny* landet.«

»Warum?«, brach es nun doch aus ihr heraus. »Warum können Sie nicht wenigstens die Beurteilung abwarten? Wieso müssen Sie unbedingt mit Gewalt vorgehen?«

Rimes seufzte. Er sah sie an, als wäre sie ein naives kleines Kind. »Sie sollten nicht alles glauben, was Sie den Medien erzählen«, meinte er.

Hana biss die Zähne zusammen.

»Die Kolonie ist ein Pulverfass, das kurz vor der Explosion steht.« Rimes musterte sie. »Lassen Sie sich nicht von den schönen Berichten Ihres Mannes täuschen. Das da oben ist kein friedvolles Zusammenleben, ganz egal, was Ihr Mann glaubt. Ich kenne seine Berichte. Aber auch die der anderen Besatzungsmitglieder.«

Als sie nichts erwiderte, nahm Rimes seinen Zigarillo wieder auf und zündete ihn an. »Also«, sagte er. »Der Deal ist simpel.« Er nahm einen tiefen Zug und sah sie an. Das Aasgeierlächeln erschien auf seinen Lippen. »Bringen Sie Ihren Mann dazu, Harris das Kommando abzutreten. Dann erhalten Sie einen Platz auf dem Schiff, sobald es einsatzbereit ist.«

***

Alvar atmete langsam durch. Nur allzu bewusst spürte er die harten Kanten seiner Pistole, die ihm gegen den Rücken drückte. So unwohl, wie er sich damit fühlte, war es wohl nicht allzu schwer zu erraten, was er bei sich trug. Und vermutlich war ihm die Waffe ebenso leicht abzunehmen wie Wong und Pignatelli.

Aber nur, wenn sie wissen, dass ich sie bei mir habe. Also verdrängte er jeden Gedanken an das tödliche Ding unter seinem Hemd. Er straffte seine Haltung, legte die Hand an den Türsensor und betrat die Krankenstation.

Aus dem Behandlungsraum drangen leise gemurmelte Worte. Zwei Männer und eine Frau. Demnach war Wong bei Bewusstsein. Und Pignatelli war geblieben, um Fernandez zu assistieren. Gut so. Dann konnte Alvar es gleich auf einmal hinter sich bringen.

Pro forma klopfte er an den Türrahmen des Behandlungsraums, wartete jedoch nicht ab, ob Fernandez ihn hereinlassen oder ihm erneut mit einem Hinweis auf die laufende Operation den Zutritt verweigern würde.

»Wie schlimm ist es?«, fragte er.

»Nur ein Streifschuss«, kommentierte Fernandez, ohne aufzusehen. Er hatte die Wunde genäht und war gerade dabei, das Blut abzuwischen, um einen frischen Verband anlegen zu können. »Er muss sich schonen, aber die Patrone hat keine Sehnen oder großen Gefäße verletzt.«

Immerhin etwas.

Alvar atmete tief durch. »Gut, dann will ich jetzt ein paar Antworten.« Er sah Pignatelli an, die sich offenbar irgendwie als Vertretung von Harris sah, solange der inhaftiert war. »Ich nehme an, die beiden Waffen, die Kubinsky euch abgenommen hat, waren nicht die einzigen.«

Pignatelli verschränkte die Arme vor der Brust und lehnte sich zurück. Alvar fürchtete bereits, dass sie weiterhin abblocken würde, doch schließlich gab sich die Italienerin einen Ruck. »Sie werden uns nicht fehlen«, behauptete sie trocken.

Kein Wunder, wenn ihr euch einfach neue basteln könnt.

»Wie viele aus der Kolonie haben gelernt, damit umzugehen?«, fragte Alvar weiter. Wie viele hatte Harris gegen die E'Kturi aufgebracht – und damit letztendlich auch gegen ihn als Kommandanten?

»Viele.« Als er nur abwartete, schnalzte sie mit der Zunge und ließ ihre Arme sinken. »Vierzig. Mindestens.«

Vierzig? Alvar sah zu Fernandez. Der Mediziner nickte. *Verflucht.* Dann hatte Harris nicht übertrieben, als er von der halben Kolonie gesprochen hatte.

»Und?«, fragte Fernandez. »Was jetzt? Willst du uns alle einsperren?«

Uns. Alvar seufzte. »Nein.« Selbst wenn er wollte, hätte er gar nicht die Möglichkeit dazu. Davon abgesehen … Das war nicht die Art, wie er seine Kolonie führen wollte.

»Dann lass Michael frei.«

»Das kann ich nicht.« Verstand Fernandez denn nicht, in welche Situation Harris sie gebracht hatte? »Michael ist derjenige, der die E'Kturi ausspioniert hat. Wenn *ich* ihn nicht bestrafe, werden die E'Kturi eine Strafe einfordern. Muss ich euch wirklich daran erinnern, wie deren Strafe für die Gefährdung von Wissen aussieht?«

Sr'Tekoi hatte ihr Leben riskiert, indem sie ihre Kenntnisse vor Kt'Arra verschwieg. Sie hatte Alvar deutlich zu verstehen gegeben, was sie für das Eingehen dieses Risikos von ihm verlangte: keine weitere Spionage mehr. Der Täter musste bestraft werden. Lieber sperrte er Harris in eine Zelle, als ihn der Atmosphäre preiszugeben. Er versuchte, seinem ehemaligen Stellvertreter das Leben zu retten, verdammt!

Pignatelli sah das offensichtlich anders. »Du ordnest dich ihnen immer noch unter!«, fuhr sie ihn an. »Hast du immer noch nicht kapiert, dass diese Biester um nichts besser sind als wir?«

Alvar schnaubte. Er wusste das vermutlich besser als irgendjemand sonst an Bord der *Celeste.* Aber das änderte nichts an ihrer Situation. »Was wäre denn dein Plan?«, fragte er. »Mit euren selbst gebastelten Waffen das Schiff der E'Kturi stürmen, sie abknallen – und dann?«

Sie biss sich auf die Unterlippe und schwieg. *Dachte ich's mir doch.* Wenn es so einfach wäre, hätte Harris das doch schon längst getan.

»Wir wissen nicht einmal, wie viele E'Kturi dort an Bord sind«, fuhr Alvar fort. »Wir wussten auch nichts von Ras'Vik, ehe sie bei uns aufgetaucht ist. Und selbst wenn es nur noch die drei sind, die wir kennen …« Er brach ab. Sr'Tekoi und Ras'Vik waren so ein gewohnter Anblick geworden, dass er sich nicht vorstellen konnte, dass irgendjemand sie kaltblütig ermorden wollte. Aber genau das war es, was diese Waffen bedeuteten, oder nicht? »Wenn ihnen etwas zustößt, steht über kurz oder lang ein ganzes Geschwader von E'Kturi-Schiffen im Sonnensystem, und das war's dann mit der Menschheit. Ist es das, was ihr wollt?«

Pignatelli kräuselte die Nase, doch sie erwiderte nichts. Wong stand der Schweiß auf der Stirn, aber das lag wohl eher an seiner Verletzung.

Alvar wandte sich an Fernandez. »Und du? Dich habe ich eigentlich für vernünftiger gehalten.«

Der Mediziner neigte den Kopf zur Seite. »Ich *bin* vernünftig. Oder siehst du mich etwa mit einer Waffe herumfuchteln?«

»Dennoch bist du auf ihrer Seite«, warf Alvar ihm vor.

Fernandez widersprach nicht. Er zog sich mit lautem Schnalzen die Einweghandschuhe von seinen Fingern. »Ich bin Arzt, Alvar. Ich sehe auch die Dinge, die du nicht sehen willst. Die Leute, die sich mit Beruhigungsmitteln zustopfen, weil sie die Belastung nicht mehr aushalten. Die sich von Suchanow und dir nur vertröstet, aber nicht ernst genommen fühlen. Was denkst du, zu wem sie kommen? *Ich* bin derjenige, der sie mit Antidepressiva und Schlafmittel versorgen muss. Spannungskopfschmerzen, Magenschleimhautentzündungen, psychosomatische Halsschmerzen bis hin zur Unfähigkeit, überhaupt noch zu essen … Unsere Leute leiden. Aber du tust, als wäre hier alles in bester Ordnung.«

Was daran lag, dass er von diesen Dingen gerade zum ersten Mal hörte, verdammt! Unwillkürlich war Alvar unter den Vorwürfen einen Schritt zurückgetreten. Nun runzelte er die Stirn. »Wenn das stimmt, wieso weiß ich dann von all dem nichts?«

Fernandez stieß ein trockenes Lachen aus. »Ich habe oft genug versucht, es dir zu erklären. Aber du wolltest nie verstehen, wie ernst es ist.« Er schleuderte die Plastikhandschuhe in den Recycler. »Du hast gesagt, sie müssten durchhalten.«

Alvar schluckte seine Erwiderung hinunter. Ganz so, wie Fernandez es darstellte, war die Sache nicht. Ja, der Mediziner hatte ihm von Einzelfällen berichtet. Leichte Kopfschmerzen, eine Magenverstimmung, die genauso gut auf das konservierte Essen hätte zurückzuführen sein können. Als Mann einer Psychologin war Alvar bestimmt niemand, der Burn-out- und Stresssymptome als Kinkerlitzchen abtat.

Aber Suchanow hatte von einer Besserung der Situation berichtet. Jetzt wurde Lajunen allerdings auch klar, woher die kam: Natürlich fiel es den Leuten leichter, auf ein Gespräch mit dem Bordpsychologen zu verzichten, wenn Fernandez sie mit Psychopharmaka zudröhnte!

Sie alle litten unter der Anspannung, die die Präsenz der Außerirdischen auslöste. Alvar selbst konnte ein Lied davon singen. Trotzdem wäre er niemals auf die Idee gekommen, irgendjemanden niederzuschießen!

»Es sind immer noch drei Monate bis zum Ende der Beurteilung«, mischte sich nun Pignatelli wieder ein. »Niemand weiß, was danach ist. Die *Destiny* dagegen kommt in drei Tagen, und das ist etwas, worauf die Leute sich verlassen können.« Sie warf Wong einen vielsagenden Blick zu. »Für viele ist das im Augenblick das Einzige, was sie noch aufrecht hält.«

»Und was dann?« Alvar sah immer noch nicht, wie ihnen das irgendwie weiterhelfen sollte.

Pignatelli setzte ein entschlossenes Lächeln auf. »Dann zwingen wir die E'Kturi, zu verschwinden.«

Und dann kommen sie mit hundert-, mit tausendfacher Verstärkung zurück! Es konnte doch nicht sein, dass niemand hier das begriff. Sie alle waren hochgebildete, intelligente Menschen – und dachten nicht weiter als bis zum nächsten Raumschiff.

Alvar hatte das Gefühl, gegen eine Wand zu reden. Was er auch sagte, jedes Argument prallte von Harris' Anhängern einfach ab. *Die E'Kturi werden uns alle umbringen.* Er konnte es auf noch so viele Arten sagen, zu jemandem wie Pignatelli würde er ohnehin nicht durchdringen.

Aber was sollte er sonst tun? Er konnte nicht vierzig Leute einsperren, damit brachte er die anderen sechzig bloß auch noch gegen sich auf.

»Lass Michael frei«, forderte Fernandez. »Dann vergessen wir das Ganze.«

»Ich habe doch schon gesagt, dass ich das nicht kann!«

Pignatelli ballte die Fäuste.

Fernandez schüttelte den Kopf. »Ich glaube nicht, dass du da wirklich eine Wahl hast«, meinte er.

Unglücklicherweise sah Alvar das ähnlich. Verzweifelt suchte er nach einem Kompromiss, aber was konnte er schon anbieten? Vierzig bewaffnete Siedler … Notfalls würden sie sich einfach nehmen, was sie wollten. Wenn sie sich zusammenrotteten, stellte Kubinsky allein kein Hindernis für sie dar, und Alvar war mit einer Waffe in der Hand eine größere Gefahr für sich selbst als für irgendjemanden sonst.

Aber schlichtweg aufgeben konnte er auch nicht. Es konnte einfach noch nicht alles verloren sein! Er hatte so viel riskiert, so viel erduldet, nur um den Menschen eine friedliche Zukunft zu ermöglichen. Mit einem Seufzen hob er die Hände. »Gebt mir noch Zeit.«

Die Mechatronikerin schnaubte, doch Alvar ignorierte sie.

»Wenigstens, bis die *Destiny* kommt. Bis dahin solltet ihr ohnehin nichts unternehmen.« Er wandte sich an Fernandez. »Wartet auf die *Destiny*«, drängte er. »Dann habt ihr Verstärkung. Und bessere Waffen.«

Der Gedanke, dass sie von denen tatsächlich Gebrauch machen wollten, ließ ihn schaudern. Damit wäre der Versuch einer friedlichen Verständigung und damit die Hoffnung auf eine erfolgreiche Beurteilung endgültig gescheitert.

Aber das war ohnehin bereits der Fall, wenn es ihm nicht gegen jede Wahrscheinlichkeit gelang, in den paar verbleibenden Tagen noch eine friedliche Lösung zu finden. Und wenn die Menschen schon unbedingt kämpfen mussten, dann sollten sie das wenigstens mit Waffen tun, mit denen sie sich nicht auch noch selbst in Gefahr brachten.

Fernandez schien in eine ähnliche Richtung zu denken. Er sah auf Wongs bandagiertes Bein, und auch wenn er nichts sagte – sein unglückliches Gesicht sprach Bände.

Harris' Partnerin war nicht so leicht zu überzeugen. »Was sollen drei Tage schon ändern?«, fragte sie.

Alvar seufzte. »Alles, hoffe ich.«

13. KAPITEL – BEURTEILUNG

Alvar presste seine Handflächen auf die Tischplatte und versuchte, das Zittern zu unterdrücken. Er musste Ruhe bewahren, auf keinen Fall durfte er sich seine Nervosität anmerken lassen. Nicht nur er war besser darin geworden, die Mimik der E'Kturi zu lesen – auch Sr'Tekoi hatte einiges über die Emotionen der Menschen gelernt. Wenn sie seine Unaufrichtigkeit bemerkte, war es nur noch ein kleiner Schritt, um zu erraten, wovor er solche Angst hatte. Was er mit aller Macht zu verbergen versuchte.

»Du wolltest mich sprechen.«

Er schrak auf. Sr'Tekoi hatte nicht geklopft. Wozu auch? Schließlich stand den Menschen so etwas wie Privatsphäre ohnehin nicht zu. Abwartend stand sie im Türrahmen, die Hände vor der Brust gefaltet, die Tentakel über dem Bauch verschränkt.

»Ja.« Wider alle Vorbereitung versagte seine Stimme. Alvar musste sich räuspern. »Allerdings. Danke, dass du gekommen bist.« Er erhob sich und trat ihr mit – wie er hoffte – offenem Gesichtsausdruck entgegen. »Ich habe denjenigen gefunden, der euch ausgekundschaftet hat. Es wird nicht wieder vorkommen, dafür habe ich gesorgt.«

»Ich fürchte, das allein wird nicht mehr ausreichen.« Die E'Kturi stieß ein bedauerndes Zischen aus. »Es gab einen Ausbruch von Gewalt.«

Alvar nickte. Es war zu befürchten gewesen, dass der Tumult den Besatzerinnen nicht entgangen war. »Weiß Kt'Arra es schon?«

»Noch nicht, aber …« Sie kniff die breiten Lippen zusammen. »Das ist ein Zwischenfall, den ich nicht mehr verheimlichen kann.«

»Das sollst du auch nicht.«

Interessiert weitete Sr'Tekoi ihre Augen.

Alvar atmete tief durch und hoffte inständig, dass er das Richtige tat. »Vielmehr wollte ich dich bitten, die Beurteilung vorzeitig zu beenden«, sagte er.

Sr'Tekoi blinzelte. Dann zog sie den Mund breit. »Wieso solltest du so etwas wünschen? Noch dazu nach einem solchen Ereignis, das sich zweifellos negativ auf Kt'Arras Urteil auswirken wird?«

Weil alles, was jetzt noch geschieht, das Ergebnis eurer Bewertung nur noch weiter verschlechtern kann. Das war die Wahrheit, aber die konnte Alvar nicht aussprechen. Stattdessen trug er die Argumente vor, von denen er hoffte, dass sie für die E'Kturi schlüssiger klangen als in seinen eigenen Ohren.

»Die nächsten Siedler werden in wenigen Tagen eintreffen.« Mit Waffen. »Aber sie sind unsicher, was sie auf dem Mars erwartet.« Genau wie er. »Es wäre für alle Beteiligten einfacher, wenn die Beurteilung bis dahin abgeschlossen wäre und sie das Leben auf dem neuen Planeten ohne Altlasten beginnen können. Außerdem …« Er zwang ein Lächeln auf seine Lippen. »Ich würde nicht wollen, dass die Zeit der Beurteilung ein weiteres Mal von vorne beginnt.«

Sr'Tekoi betrachtete ihn skeptisch. Ihr Schwanz, den sie wie immer eng um ihren Leib geschlungen hatte, zuckte unter ihren Gewändern. »Vielleicht wäre das aber nicht zu eurem Nachteil«, wandte sie ein.

Oh doch, das wäre es ganz bestimmt. »Du machst dir Sorgen«, stellte Alvar mit gespielter Überraschung fest. »Wegen des Vorfalls heute?«

»Selbstverständlich!«, hauchte sie aufgebracht. Ihre Halslappen zitterten. »Du etwa nicht?«

Er schüttelte den Kopf, auch wenn sein Puls insgeheim Kapriolen schlug. »Wieso sollte ich? Von der Spionage weiß Kt'Arra nichts, aber ich werde es gerne selbst zur Sprache bringen, wenn dich das beruhigt. Das alles war ein reines Missverständnis. Der Verantwortliche wurde bestraft, das Problem wurde auf friedliche Weise gelöst.«

»Friedlich?« Sr'Tekoi stieß ein kurzes Zischen aus. Argwöhnisch betrachtete sie ihn aus zusammengekniffenen Augen. »Jemand wurde verletzt.«

»Ein Unfall«, hielt Alvar dagegen. »Ein technisches Gerät hatte eine Fehlfunktion. Du kannst gerne mit dem Betroffenen sprechen, er wurde bereits aus der Krankenstation entlassen.«

Das Zucken unter ihrer Robe wurde deutlicher. Seine Darlegung überzeugte sie nicht. Sie war aufgewühlt. Wahrscheinlich hätte sie gerne getanzt – aber nicht in seiner Gegenwart. Dass Sr'Tekoi ihn nicht zu einem Gedankenaustausch einladen wollte, bedeutete wohl, dass sie nicht wusste, ob er aufrichtig war. Wie konnte er sie davon überzeugen?

Alvars Gedanken rasten, sprangen von einer Option zur nächsten. Keine davon schien ihm angemessen. »Ich weiß, dass euch ein korrekter Ablauf der Beurteilung sehr wichtig ist«, fuhr er schließlich fort. »Nichts liegt mir ferner, als ein falsches Ergebnis der Bewertung zu riskieren.«

Er war nie ein guter Lügner gewesen. Gut darin, so wenige Worte zu sagen, dass sie ihm nicht nachteilig ausgelegt werden konnten, das ja. Aber rundheraus etwas zu behaupten, von dem er wusste, dass es nicht der Wahrheit entsprach?

Diesmal jedoch musste er es sein. Alvar sah zu der E'Kturi auf. Er erwiderte ihren Blick, ohne zu zögern, ohne sich von seinen Gedanken oder seiner Furcht beeinträchtigen zu lassen. Ruhe und Selbstsicherheit, das brauchte er, um Sr'Tekois Zweifel auszuräumen.

Die e'kturische Soziologin stieß ein paar kurze Schmatzlaute aus. »Die Beurteilung vorzeitig abzuschließen ist bereits ein grober Eingriff in den Ablauf«, mahnte sie. »Kt'Arra wird das nicht gutheißen.«

»Das ist mir bewusst.« Leider blieb ihm keine andere Wahl. »Deshalb würde ich gerne selbst mit ihr sprechen.«

Sr'Tekoi zischte überrascht. Fühlte sie sich übergangen? Oder war sein Wunsch derart unverfroren, dass allein das schon ausreichte, um die Beurteilung negativ enden zu lassen? Es war lange her, dass er jedes seiner Worte derart auf die Waagschale hatte legen müssen. Kt'Arra hatte sich nur selten in der Kolonie blicken lassen, sie sah den Kontakt zu Menschen immer noch als unter ihrer Würde an. Von ihr konnte er kein Entgegenkommen erwarten. Die einzige Chance, die er noch hatte, war Sr'Tekoi.

»Ich weiß deine Freundschaft zu schätzen«, sagte er. »Aber es ist nicht korrekt, dass Kt'Arra nichts von dem Fehltritt meines Mitmenschen erfährt.« Insgeheim betete Alvar, dass er das Richtige tat. Er war kein gläubiger Mensch, also schickte er sein stummes Flehen ziellos ins Nichts: *Bitte, lass mich das nicht noch schlimmer machen, als es schon ist.* Er war alles, was die Menschheit jetzt noch retten konnte. Er durfte sie nicht enttäuschen. »Und es ist nicht korrekt«, fuhr er fort, »dass unser Fehler deine Unaufrichtigkeit erfordert. Nicht du solltest dich damit belasten.«

Er selbst hätte sich kein Wort von diesem Mist geglaubt. Aber der E'Kturi war das Konzept der heimtückischen Manipulation offenbar nicht so vertraut wie einem Menschen. Sie stieß ein verzücktes Fauchen aus. Die Muskeln um ihre Augen vibrierten, als sie ihn voller Zufriedenheit anblickte. Als wäre er nichts weiter als ein cleverer Schimpanse, der es soeben fertiggebracht hatte, einen Smiley zu zeichnen.

»Ich schätze deine Aufrichtigkeit«, hauchte sie. »Um unserer Freundschaft willen werde ich sehen, was ich bewirken kann. Auch wenn ich fürchte, dass dein Anliegen dir und deinem Volk schaden wird.« Sie sah ihn an, so als würde sie darauf warten, dass er seine Bitte revidierte.

Aber das konnte Alvar nicht. Er nickte ihr nur zu. »Danke.«

Die E'Kturi erwiderte seine Geste. Etwas, das sie nur selten tat, und nur dann, wenn sie alleine waren. Alvar nahm das als gutes Zeichen. Die erste Hürde war geschafft. Alvars Anspannung ließ jedoch nicht nach, als Sr'Tekoi von dannen zog. Sie richtete sich bloß auf ein anderes Ziel.

Die Beurteilung zu erreichen war eine Sache. Sie zu überstehen eine völlig andere.

Möglicherweise endete allein sein Ansuchen um ein Gespräch bereits mit einem negativen Ausgang. Aber welche Wahl blieb ihm? Jetzt war der einzige Zeitpunkt, an dem er sich noch Chancen ausrechnete. Wenn er Harris' Spionageversuch selbst vorbrachte und zugleich darlegte, auf welche Weise er das Problem gelöst hatte, konnte ihnen das sogar Pluspunkte einbringen, statt ihnen zu schaden. Wissen war für die E'Kturi immerhin das höchste Gut.

Aber was, wenn genau das der Haken an seinem Plan war? Was, wenn Kt'Arra beschloss, dass Harris' Strafe zu gering ausgefallen war, und sie mehr einforderte? Wenn sie Alvar zwang, Harris zu töten, so wie sie ihre Assistentin ermordet hatte? Das Leben seines Stellvertreters gegen das aller anderen Menschen abzuwägen … Alvar schauderte. Das war keine Entscheidung, die er treffen wollte.

Er konnte nur hoffen, dass Sr'Tekois Fürsprache ausreichte, um all die Fehler aufzuwiegen, die sie begangen hatten, wissentlich oder nicht. *Ras'Vik wird auch für uns sprechen*, versuchte Alvar sich zu beruhigen. Zwei der drei E'Kturi, mit denen sie Kontakt hatten, waren ihnen wohlgesinnt. Das musste doch etwas wert sein!

Aber auch wenn es das nicht war, ändern konnte er daran ohnehin nichts mehr. Ihm blieb nichts anderes übrig, als zu warten. Und zu hoffen, dass er die Gelegenheit bekam, für die Menschen zu sprechen – und das Urteil nicht ohne sie getroffen wurde.

Um sich abzulenken, griff Alvar nach seinem Tablet. Er hatte einen Bericht zur Erde gesandt. Vielleicht hatte er inzwischen eine Antwort erhalten. Tatsächlich fand er eine Nachricht in seinem Posteingang. Allerdings stellte er verwundert fest, dass sie nicht von Rimes stammte – sondern von Hana.

Alvar runzelte die Stirn. Gerade nach seiner Meldung über das Ende der Spionage und seiner Weigerung, Harris das Kommando zu überlassen, hätte er erwartet, dass der Major sich persönlich zu einer Antwort herabließ. Wenn er stattdessen Hana involvierte, konnte das nichts Gutes bedeuten.

Sein Finger verharrte über dem Eingabefeld. Sobald er die Nachricht lud, gab es kein Zurück mehr. Die NASA erhielt eine Empfangsbestätigung und alles, was er danach tat oder unterließ, konnte ihm als Befehlsverweigerung angelastet werden.

Nun, da er diesen Gedanken ausformulierte, bemerkte Alvar, wie wenig ihn das eigentlich kümmerte. Wen interessierten Befehle von der Erde? Er hatte völlig andere Sorgen.

Also öffnete er die Nachricht. Es war eine Videobotschaft, was ihn überraschte. Es war lange her, dass Rimes eine solche Nachricht freigegeben hatte.

Sobald er Hanas verzweifelten Blick sah, wurde ihm jedoch klar, was der Major damit bezweckte. Und es funktionierte. Alvars Herz krampfte sich zusammen, und er wusste: Was auch immer Hana im Auftrag von Rimes von ihm verlangen würde – er würde es tun müssen.

»Alvar. Ich habe gehört, was bei euch passiert ist.« Zweifellos nicht alles, denn die neuesten Entwicklungen hatte er noch gar nicht gemeldet. Aber es reichte scheinbar aus. »Hör mir zu«, fuhr sie eindringlich fort. »Du musst Michael freilassen. Und das Kommando an ihn abtreten. Das ist wichtig! Wenn du das tust, werde ich mit dem nächsten Schiff zum Mars kommen. Dann wird alles gut. Aber dazu musst du Michael das Kommando überlassen, denn wenn nicht …« Sie schluckte, hielt krampfhaft die Tränen zurück, die sich in ihren Augen sammelten. »Wenn die Missionskontrolle keine Bestätigung von ihm erhält, dass alles so ist, wie es seine Mission erfordert, wird die NASA davon ausgehen, dass die Kolonie von den E'Kturi korrumpiert wurde.« Ihre Stimme zitterte. Hana schluckte krampfhaft, ehe sie weitersprach. »Dann wird die *Destiny* nicht Soldaten, sondern Bomben abwerfen. Hörst du? Dann löschen sie die komplette Kolonie aus!« Nun liefen ihr die Tränen über die Wange. Energisch wischte Hana sie fort. »Bitte, du musst auf mich hören. Ich habe die Bomben selbst gesehen. Gib Michael das Kommando. Lass ihn weiter Daten sammeln, dann wird alles gut. Ich kann dir nicht mehr verraten, aber –«

Die Übertragung endete abrupt.

»Nein! Verdammt!« Verbissen schlug Alvar auf den Bildschirm, aber das Ergebnis blieb dasselbe. Die Nachricht war zu Ende. Das waren die letzten Worte, die er von seiner Frau erhalten hatte.

Ich kann dir nicht mehr verraten, aber … Aber was?

Alvar lud die Nachricht erneut, doch weder an Hanas Worten noch an den Tränen in ihren Augen änderte sich etwas, als er sie ein zweites Mal ansah. Oder ein drittes Mal.

Voller Verzweiflung warf er das Tablet beiseite. Er stützte die Ellbogen auf den Tisch und barg den Kopf in seinen Händen. *Dann wird die* Destiny *nicht Soldaten, sondern Bomben abwerfen. Dann löschen sie die komplette Kolonie aus.*

Das konnte Rimes doch nicht machen! So etwas würde die UNO niemals zulassen – oder?

Rimes persönlich traute er mittlerweile beinahe alles zu, aber selbst der musste sich doch an irgendwelche Vorschriften halten. An Gesetze. Er war zweifellos ein hohes Tier bei der NASA und auch der Air Force, aber es gab immer jemanden, der noch weiter oben stand. Jemanden, dem Rimes Rechenschaft schuldete.

Aber was änderte das, wenn er derjenige war, der die Mission der *Destiny* kontrollierte?

Und vielleicht wirkte es von der Erde aus tatsächlich so, als hätte Alvar der Menschheit den Rücken gekehrt und stattdessen mit den E'Kturi paktiert.

Zuckerbrot oder Peitsche. Das war es, was Rimes ihm anbot. Entweder Alvar bekam seine Frau endlich wieder – oder er starb, gemeinsam mit neunundneunzig anderen Menschen.

Rimes wollte ihm die Entscheidung offenbar schmackhaft machen. Aber sie war dennoch alles andere als leicht. Denn damit war alles, was Alvar sich soeben mühsam erhandelt hatte, null und nichtig geworden.

***

Michael sah auf, als er ein Kratzen vor seiner Zelle hörte. Die Tür glitt auf. Kubinsky warf ihm einen finsteren Blick zu, ehe er beiseitetrat und Platz machte für den eigentlichen Besucher.

Es überraschte Michael, dass es Lajunen höchstpersönlich war, der durch die Tür trag. Er hatte eher damit gerechnet, dass der Finne einen seiner Handlanger schickte. Unwillkürlich spannte Michael sich an. Der Kommandant tauchte wohl kaum persönlich auf, nur um sicherzugehen, dass Michael nach wie vor in seiner Zelle hockte.

Er wartete darauf, dass Lajunen etwas sagte, etwas tat. Irgendetwas. Doch der Finne stand nur da und betrachtete ihn mit nachdenklichem Blick.

Schließlich verlor Michael die Geduld. »Ich habe einen Schuss gehört«, sagte er. »Hat es jemanden getroffen?«

Lajunen nickte. »Wong.«

Scheiße. Michael verzog das Gesicht. Das hatte er nicht gewollt.

»Es geht ihm gut. Es war nur ein Streifschuss.«

Immerhin etwas. »Und Lara? Ich habe ihre Stimme gehört.«

»Bei ihr ist nur der Stolz verletzt.«

Erleichtert sackte Michael zusammen. Er hatte gar nicht bemerkt, wie sehr ihn diese Frage in den vergangenen Stunden gequält hatte. Pignatelli und er hatten einander zwar versichert, dass das zwischen ihnen bloß etwas Körperliches war … Aber ganz so einfach war es offensichtlich doch nicht.

Als Lajunen nichts weiter sagte, sah Michael wieder auf. »Und jetzt?« War er etwa bloß gekommen, um ihm von dem missglückten Befreiungsversuch – denn das musste es gewesen sein – zu erzählen?

Lajunen streckte die Hand hinaus auf den Flur und legte sie auf den Sensor an der Außenwand. Die Tür schloss sich mit einem leisen Zischen. »Jetzt reden wir.«

Michael sah ihn auffordernd an. Die Zelle war eng. Bereits alleine hatte er sich kaum bewegen können. Dass sie nun zu zweit hier standen, zwang ihnen eine unangenehme Intimität auf. So nah wollte Michael nicht einmal seinen Freunden sein, und als solchen zählte er Lajunen längst nicht mehr.

»Also?«, brachte er heraus.

Lajunen stieß einen langen Seufzer aus. »Am besten, ich beginne der Reihe nach«, meinte er.

Michael zuckte mit den Achseln. Seinem Gefühl nach hatte er drei, vielleicht vier Stunden in dieser Abstellkammer gesessen. Wie viel konnte in dieser kurzen Zeit schon passiert sein?

Eine ganze Menge, wie sich herausstellte.

»Warum erzählst du mir das alles?«, fragte Michael, als Lajunen endlich alles gesagt hatte.

»Weil ich wissen will, ob du noch einmal unter meinem Kommando arbeiten kannst. Wenigstens für die nächsten drei Tage.«

Michael lachte. »Ist das dein Ernst? Nach allem, was passiert ist?«

»Gerade deshalb.« Lajunen sah mit ernstem Gesicht auf ihn hinab. »Ich weiß, wir haben unsere Differenzen. Die werden wir auch weiterhin haben. Aber wir wollen beide dasselbe: die Menschen hier und auf der Erde schützen.« Er hob die Arme. »Wir können nicht ändern, was passiert ist. Du bist aufgeflogen, und was heute los war, werden die E'Kturi ebenfalls mitbekommen. Wir können nur versuchen, das Beste daraus zu machen. Und dazu brauche ich deine Hilfe als mein Stellvertreter.«

Michael schnaubte. »Also hast du nicht vor, mir das Kommando zu übergeben?«, vergewisserte er sich.

»Ich darf dich daran erinnern, dass *du* uns den Mist eingebrockt hast.«

Natürlich. Die Schuld traf ihn alleine.

»Drei Tage«, bat Lajunen. »So lange halten deine Leute die Füße still. Aber diese Zeit werden wir gar nicht brauchen.« Er seufzte. »Hilf mir, die Beurteilung zu überstehen. Wenn wir die überleben, warte ab, bis die E'Kturi abreisen. Dann kannst du die Verantwortung für die Kolonie gerne übernehmen.«

»Was ist mit Rimes?«

Der Finne verzog das Gesicht zu einer unglücklichen Grimasse. »Den wirst du uns vom Hals halten müssen.«

»Und wenn dein Plan nicht aufgeht?«

Lajunen bewegte den Unterkiefer hin und her, als müsste er die Worte erst zurechtbeißen. »Wenn die Beurteilung negativ ausfällt, helfe ich dir, die Kolonie zu verteidigen. Unter deinem Kommando.«

Falls sie dann überhaupt noch am Leben waren.

Unglücklicherweise ließ Lajunens unüberlegter Versuch, den falschen Frieden mit einer vorzeitigen Beurteilung aufrechtzuerhalten, ihnen keine andere Wahl mehr. Die E'Kturi würden ihr Urteil fällen. Und bis dahin … Michael hatte so lange die Klappe gehalten. Ein paar Tage mehr oder weniger spielten keine Rolle mehr.

»Also, hilfst du mir?« Lajunen streckte ihm die Hand entgegen – soweit das in der Enge der Abstellkammer notwendig war.

Michael schlug ein. Er würde die Kolonie am Laufen halten, bis die *Destiny* eintraf. Falls Lajunens verworrener Plan tatsächlich Erfolg haben sollte, würde er die Soldaten als neue Siedler begrüßen. Wenn nicht, dann würden Rimes' Bomben die Kolonie rächen.

Nachdenklich musterte Michael seinen einstigen Freund. Was musste in dem Finnen vorgehen, dass er tatsächlich glaubte, Rimes würde eine menschliche Siedlung zerbomben?

Er schüttelte den Kopf. Lajunens Probleme waren nicht seine. »Wie geht es jetzt weiter?«, fragte er.

»Jetzt ...« Lajunen seufzte. Er drehte sich um und klopfte an die Tür, sodass Kubinsky von außen öffnete. »Jetzt hoffen wir, dass wir den Tag überleben. Wir werden erwartet.«

***

Wie lange war es her, dass er zuletzt einen Anzug angelegt hatte? Vier Wochen? Vielleicht sechs? Alvar konnte sich nicht genau erinnern. In letzter Zeit hielten seine Pflichten ihn meistens im Inneren der Kolonie beschäftigt.

Noch länger war es her, dass er Harris sein Leben anvertraut hätte. Dennoch ließ er nun bereitwillig zu, dass der Ingenieur den Verschluss seines Helms kontrollierte, während er dasselbe für ihn tat. Sie waren gezwungen, einander zu vertrauen. Im Augenblick hing ihr Leben auf noch viel weitreichendere Weise voneinander ab.

»Fertig«, sagte Harris.

Alvar nickte. Ohne ein weiteres Wort traten sie durch die Luftschleuse ins Freie, wo Sr'Tekoi sie bereits erwartete.

Die E'Kturi blinzelte überrascht, als sie Harris erspähte, doch sie kommentierte es nicht. Sie ignorierte ihn einfach vollkommen. »Folge mir«, bat sie Alvar.

Harris sah ihn fragend an. Alvar zuckte mit den Schultern und nickte. Solange Sr'Tekoi nicht explizit Einwand gegen die Anwesenheit des Ingenieurs erhob, gab es für Alvar keinen Grund, ihn zurückzulassen. Harris war derjenige, der die Wanze in die Station geschmuggelt hatte – er würde Kt'Arras Fragen besser beantworten können als Alvar.

Zu seiner Verwunderung schlug Sr'Tekoi jedoch nicht den Weg

zur *Istar*-Station ein, wie er erwartet hatte. Stattdessen ging sie auf das Schiff der E'Kturi zu.

Alvar legte den Kopf in den Nacken, soweit sein Helm das erlaubte, und spähte an dem fremdartigen Gebilde empor, dessen Anblick ihm in all den Monaten nicht vertrauter geworden war.

Das dunkelgrüne Metall glänzte im blassen Sonnenlicht. Unter den kammartigen Aufbauten zeichneten sich tiefe Schatten ab, zwischen denen vereinzelt violette Lichter glommen. Die faserartigen Auswüchse schlangen sich schützend um die gedrungene Form, so als wollten sie das Schiff vor ihrem Zutritt bewahren.

In all den Monaten der Interaktion hatte Alvar noch nicht einmal das Innere jenes Bereichs gesehen, den die E'Kturi in der ehemaligen *Istar*-Station eingenommen hatten. Weshalb wurden sie ausgerechnet jetzt ins Allerheiligste vorgelassen?

Alvar befürchtete, dass ihm die Antwort nicht gefallen würde, fragte aber dennoch nach: »Wieso bringst du uns zum Schiff? Du hast gesagt, ich könnte mit Kt'Arra sprechen. Hält sie sich nicht in der Station auf?«

Sr'Tekoi zischelte nervös. Sie hielt an, wandte sich jedoch nicht zu ihm um. »Kt'Arra hat nicht die Intention, mit dir zu sprechen, ehe die Beurteilung abgeschlossen ist.«

»Ist das dein Ernst?«, mischte Harris sich ein. »Und wohin bringst du uns dann?«

Eines von Sr'Tekois Augen zuckte in Richtung des Amerikaners, doch ihre Antwort galt wieder Alvar. »Wie ich dir bereits sagte: Deiner Bitte wurde stattgegeben«, informierte sie ihn. »Kt'Arra ist jetzt bereit, das Urteil zu fällen, um das du gebeten hast.«

Erschrocken sah Alvar zu der E'Kturi auf. *»Jetzt?«*

Das war zu früh! Darauf waren sie noch nicht vorbereitet! Er hatte gedacht, dass er Kt'Arra seine Argumente vorbringen konnte – nicht, dass sie allein auf seine Bitte hin bereits eine Entscheidung traf! Was sagte das über das Ergebnis ihrer Beurteilung aus?

Kalter Schweiß brach ihm aus. Er spähte zu Harris. Der Amerikaner sah so verbissen drein, als würde er einem Feind gegenübertreten. Alvar hoffte, dass das nicht der Fall sein würde. Aber sicher war er sich dessen ganz und gar nicht.

Sr'Tekoi ging nicht auf seinen Einwand ein. Das lag vermutlich auch gar nicht in ihrer Macht. Wenn Kt'Arra entschieden hatte, dass heute der Tag war, an dem ihre Bewertung endete – dann würde es genau so kommen.

Die E'Kturi vollführte eine weit ausholende Geste mit einer Klaue. Ein leises Knirschen ertönte. Bisher hatte Alvar nicht einmal gewusst, wo sich der Eingang des Schiffes befand. Nun bildete sich vor ihnen ein Spalt in der runzeligen Oberfläche. Allerdings sah es nicht so aus, als würde sich da ein Schott öffnen. Vielmehr kam es ihm so vor, als würde sich das Material einfach zurückziehen. Die Schiffswand unter dem Zugang klappte herab und bildete eine Rampe, die wie ein urtümliches Gewächs anmutete. Obwohl auch das Innere des Schiffes eindeutig aus Metall bestand, wirkte die Rampe eher, als wäre sie aus verschlungenen Kabel- oder Pflanzensträngen gewachsen, die sich zu einer Platte verwoben hatten.

Ein unheilvolles Gefühl breitete sich in Alvar aus, als Sr'Tekoi ihnen voran die Rampe hinaufschritt. Harris folgt ihr, ohne zu zögern. Alvar tat es ihm gleich. Von der Ruhe, die der ehemalige Soldat ausstrahlte, verspürte er jedoch nichts. Er fühlte sich, als würde er den Schlund zur Unterwelt betreten. Nur, dass er hinaufstieg und nicht hinab.

Das Innere des Schiffes schien aus demselben dunkelgrünen Metall zu bestehen, das auch die Außenseite prägte. Der Gang, in dem sie standen, war rund drei Meter breit, allerdings mindestens fünf Meter hoch. Das wunderte Alvar, immerhin war das Schiff der E'Kturi um einiges kleiner als die *Celeste*. Bei einer solchen Höhe konnte das Ding aus einem einzigen Deck bestehen, maximal aus zweien, abhängig davon, wie dick die Außenhülle des Schiffes war.

Wieder fragte er sich, warum man sie hierherbrachte. War das ein Einschüchterungsversuch? Wenn ja, dann erwies er sich als äußerst wirkungsvoll. Der halborganische Eindruck, den das Schiff von außen machte, setzte sich im Inneren fort. Die Wände, der

Boden, die Decke – all das erinnerte Alvar an ein Pflanzengewächs. Vielleicht das Innere einer Samenkapsel, ausgehöhlt und einem neuen Zweck zugeführt.

An den gewölbten Wänden schlangen sich in regelmäßigen Abständen dicke Strünke empor, die an der hohen Decke zusammenwuchsen und von dort wieder in den Raum hinunterwucherten. Und überall huschten Lichter über diese Wülste. Violett, orange, hellblau. Von irgendwoher drang zudem indirektes weißes Licht herein, sodass der Gang trotz der dunklen Wände alles andere als düster wirkte.

Staunend sah Alvar sich um. Harris dagegen wirkte völlig unbeeindruckt, so als hätte er nichts anderes erwartet. Was hatte er bei seiner Spionage alles erfahren? Hatte er das Innere des E'Kturi-Schiffes bereits gesehen? Was wusste er, das Alvar nicht wusste?

Sr'Tekois Stimme riss ihn aus seinen Betrachtungen. »Ihr könnt eure Anzüge ablegen«, sagte sie. »Die Bedingungen an Bord unseres Schiffes sollten für euer Volk akzeptabel sein.«

Überrascht sah Alvar auf. Sie hatten keine Luftschleuse durchquert, aber als er sich nun zum Eingang umwandte, sah er das leichte Schimmern, das darüber lag. Es erinnerte ihn an den Schutzschirm, in den die E'Kturi sich hüllten, um außerhalb ihres Schiffes zu atmen. Nun bemerkte er auch, dass Sr'Tekoi ihren Schutzschirm abgelegt hatte.

Alvar zögerte. Die E'Kturi kamen gut mit der Luft auf der *Celeste* zurecht, also würde es hoffentlich umgekehrt genauso sein. Aller Freundschaft zum Trotz widerstrebte es Alvar dennoch zutiefst, den Raumanzug in einer Umgebung abzulegen, die er nicht zuerst untersucht hatte.

Sr'Tekoi sah ihn erwartungsvoll an. Sie gab keinen Hinweis darauf, ob sein Misstrauen sie kränkte, doch Alvar hatte gelernt, dass auch die E'Kturi ihre Mimik zu beherrschen wussten, wenn sie es wollten. Meistens hielten sie es bloß nicht für notwendig.

Wieso dann jetzt?

Alvar hatte ein schlechtes Gefühl dabei, seinen Anzug abzulegen, sei es auch nur für kurze Zeit. Immerhin bedeutete das, sich den E'Kturi endgültig auszuliefern: kein Funk, kein Sauerstoff und kein Schutz, falls sie schnell zurück nach draußen mussten …

Aber da Sr'Tekoi ihn nach wie vor abwartend ansah und offensichtlich nicht vorhatte, weiterzugehen, solange sie Schutzanzüge trugen, folgte Alvar ihrer Aufforderung schließlich. Falls Kt'Arra beschloss, dass die Beurteilung gescheitert war, spielte es ohnehin keine Rolle mehr.

Mit finsterem Gesicht folgte Harris seinem Beispiel.

Sr'Tekoi hauchte zufrieden. Endlich gingen sie weiter. Sie folgten der Krümmung des Gangs, der sich wie ein Schneckenhaus nach innen wand. Ein leises Summen und Vibrieren drang aus dem Inneren, das immer intensiver wurde, je weiter sie sich auf die Mitte zubewegten. Es drückte auf Alvars Ohren und kitzelte unter der Nase. Er schüttelte den Kopf, doch das unangenehme Gefühl blieb.

Schließlich gelangten sie an das Ende des Flurs. Jedenfalls standen sie in einer Sackgasse. Harris runzelte bereits die Stirn, da hob Sr'Tekoi die Tentakel. Auf Bauchhöhe strich sie damit über die Wand, als würde sie einen Vorhang auseinanderziehen, während sie zugleich ihre Hände auf der Höhe ihres Kopfes an die Wölbung legte.

Es dauerte nur einen kurzen Augenblick, dann bildete sich unter ihren Händen ein Spalt. Das Gewebe teilte sich. Ein Durchlass entstand, breit genug, um ihnen allen dreien Platz zu bieten. Er führte sie in eine große Halle, die fast den gesamten restlichen Innenraum des Schiffes einnehmen musste.

Wie in einem Symposium reihten sich Stehbänke an der Wand entlang, vier Stufen hoch, auf denen sich weitere E'Kturi drängten. Alvar schätzte sie auf hundert, wenn nicht mehr.

Verflucht, was machen die alle hier? Das war kein bloßer Wissenschaftstrupp, das war eine kleine Armee!

Mit zehn, vielleicht zwanzig E'Kturi hatte er nach Ras'Viks Auftauchen gerechnet. Aber so viele? Voller Grauen begriff er, was mit

Harris und seinen Leuten geschehen wäre, wenn sie hier hereingestürmt wären. Selbst zusammen mit den Soldaten der *Destiny* hätten sie nur dann eine Chance, wenn die E'Kturi nicht bewaffnet waren … Und das bezweifelte Alvar. Harris hätte seine Leute in den Tod geschickt – und nicht nur sie. Ein Angriff auf die E'Kturi hätte die gesamte Kolonie und auch die Erde auslöschen können!

Ein Blick zu Harris zeigte Alvar, dass auch der Amerikaner allmählich begriff, was er beinahe getan hätte. Alvar versuchte, seine Aufmerksamkeit auf sich zu ziehen, doch der Ingenieur starrte nur entschlossen geradeaus.

Als Alvar seinem Blick folgte, sah er, was die Wachsamkeit des Ex-Soldaten erregt hatte: Auf einem Podium im Zentrum des Raumes stand Kt'Arra. Die Anführerin der E'Kturi erwartete sie mit ausdrucksloser Miene. Alvar sah nicht das kleinste Zucken in ihrer Mimik.

»Bleibt hier stehen«, wies Sr'Tekoi sie an.

Hinter ihnen schloss sich die Tür mit einem leisen Rauschen. Alvar wandte sich um, doch wenn nicht die Lücke in den Stehbänken geblieben wäre, hätte er nicht sagen können, wo sich die Wand für sie aufgetan hatte.

Immer mehr fürchtete er, dass diese Beurteilung nicht gut für sie ausgegangen war. Womöglich würden sie so oder so sterben, ganz gleich, was Harris oder er getan hätten. Aber sein Versuch hatte ihnen wenigstens eine Chance eingeräumt. Er hatte etwas versucht, auch wenn das wohl der einzige Trost war, der ihm blieb.

Ein Zischen ging durch den Saal. Alvar sah zu Kt'Arra, die den Kopf erhoben hatte und soeben mit einer Ansprache begann – in der Sprache der E'Kturi.

Wir sind erledigt. Wenn sie sich nicht einmal die Mühe machte, das Urteil für die Menschen verständlich zu äußern …

»Kt'Arra grüßt die Versammelten«, übersetzte Sr'Tekoi hilfsbereit. »Nicht alle anwesenden E'Kturi beherrschen die Sprache der Menschen, deshalb fällt mir die Aufgabe zu, euch das Ergebnis der Verhandlung verständlich zu machen.«

Eine Verhandlung! Dann war die Entscheidung also noch nicht gefallen.

Dennoch wagte Alvar nicht, aufzuatmen.

Ohne weitere Umschweife rief Kt'Arra die erste Zeugin auf: Ras'Vik. Die Technikerin trat vor. Sie hob ihre Stimme nicht, doch in dem gewaltigen Raum hallte ihr Fauchen und Zischen laut genug wider, dass man sie wohl auch in der letzten Bank hören konnte. Sr'Tekoi jedenfalls hatte keine Schwierigkeiten, sie zu verstehen.

»Sie beschreibt euch Menschen als sehr rückständig«, übersetzte sie. »Aber lernwillig. Zum Teil verfolgt ihr interessante Ansätze, die dem Verbund neue Anreize bieten könnten.«

Kt'Arra stellte Fragen, die Ras'Vik ruhig und entschlossen beantwortete. Alvar sah zu Sr'Tekoi auf, doch die Soziologin schien zu vereinnahmt, um weiter zu übersetzen. Alvars Pulsschlag beschleunigte sich. War das der Zeitpunkt, an dem über ihr Schicksal bestimmt wurde?

Sr'Tekoi stieß leise ihren Atem aus. Sie zog den Mund breit. »Ras'Vik plädiert für eure Aufnahme.«

War das gut? Es musste positiv sein, wenn Sr'Tekoi sich freute. Alvar entspannte sich ein wenig, doch Kt'Arra rief bereits die nächste Zeugin auf.

»Wer ist das?« Alvar hatte die E'Kturi noch nie gesehen. Sie war jung, wenn er nach der Länge ihres Schwanzes gehen konnte, der unter ihrer Robe hervorsah. Womöglich verbarg sie ihn aber auch bloß, wie Sr'Tekoi.

»Z'Shak«, erklärte ihre Dolmetscherin. »Sie hat die Aufzeichnungen der Menschen überwacht.«

»Welche Aufzeichnungen?«, fragte Harris.

Auch Alvar horchte alarmiert auf. Hatten die E'Kturi den Funk zur Erde kontrolliert und die Nachrichten abgefangen, die zwischen der Kolonie und der NASA ausgetauscht worden waren? Wussten sie von den Soldaten – und den Bomben?

»Unsere Beobachtungen natürlich«, erklärte Sr'Tekoi. »Ihr wurdet überwacht, wie angekündigt.«

»Du hast Aufzeichnungen von uns angelegt?«

»Das war nicht meine Aufgabe.« Sr'Tekoi sah Harris mitleidig an. »Ras'Vik und ich«, sagte sie, »wir sind nur zwei E'Kturi, die hundert Individuen eures Volkes begegnen. Unsere Aufgabe war der Kontakt. Nicht, euch zu beobachten. Das haben wir auf einfachere Weise erledigt.«

Die Überwachungssysteme!, dämmerte es Alvar. Die E'Kturi hätten nicht einmal selbst irgendwelche Kameras anbringen müssen – sie mussten nur auf die zugreifen, die bereits vorhanden waren.

Alvar musste alle Willenskraft aufbringen, um nicht zu Harris zu sehen. Falls die E'Kturi etwas von seinen Widerstandsambitionen mitbekommen hatten ... von den Waffen ...

Doch die Unbekannte zählte nur kleine Vergehen auf. Kleine Unstimmigkeiten, die aber allesamt glimpflich abgelaufen waren. Keine Handgreiflichkeiten, keine Verschwörungen. Alvar hoffte inständig, dass sie tatsächlich nichts gesehen oder gehört hatte, was den Menschen schaden konnte. Oder wenn, dann dass sie es nicht richtig interpretieren konnte. Immerhin war sie keine Verhaltensforscherin wie Sr'Tekoi. Sie gehörte nur zum Überwachungstrupp.

Ein leises Zischen ging durch die Menge, als Kt'Arra die Zeugin entließ.

»Was hat sie gesagt?«, drängte Alvar seine Übersetzerin.

Sr'Tekoi zuckte mit den Halslappen. »Sie enthält sich einer Stimme.«

War das nun gut oder schlecht? Besser jedenfalls als eine negative Beurteilung, oder?

Kt'Arra rief Sr'Tekois Namen. Das kam nicht überraschend, immerhin war sie diejenige, die den meisten Kontakt zu den Menschen pflegte. Sie war dazu da, ihr Verhalten zu beurteilen. Alvar zwang sich zur Ruhe. Sie hatten nichts zu befürchten. Sr'Tekoi war auf ihrer Seite, das wusste er.

Niemand machte sich die Mühe, ihre Aussage für Alvar und Harris zu übersetzen, aber das war auch gar nicht nötig. Gerade

Sr'Tekois Mimik konnte Alvar mittlerweile gut genug lesen. Doch das sah nicht gut aus. Ihre Halslappen fächelten verkrampft. Immer wieder warf Sr'Tekoi ihm und Harris einen Blick zu, statt sich auf Kt'Arra zu konzentrieren. Das lief schief, und zwar gewaltig! Sr'Tekois Antworten klangen unsicher. Ihre Gesichtsmuskeln zuckten immer hektischer. Alvar hatte den Eindruck, dass sie sich ständig selbst korrigierte. Sie brach unter den Fragen ihrer Anführerin zusammen. Er musste irgendwie eingreifen! Aber wie?

Zu spät.

Sr'Tekoi hatte ihre Aussage bereits beendet. Sie schlich zu ihnen zurück wie ein geprügelter Hund. Nicht einmal ansehen konnte sie die Menschen. *Was zum Teufel hat sie gesagt?*

»Was ist passiert?«, wollte Alvar wissen.

Doch Sr'Tekoi antwortete nicht.

Sie hat gegen uns gestimmt, durchfuhr es Alvar. *Sie hat mir nicht geglaubt, dass wir unsere Probleme friedlich beigelegt haben, und gegen uns gestimmt!*

Die nächste Zeugin wurde aufgerufen. Auch sie kannte Alvar nicht, ihr Urteil dagegen erkannte er bereits, bevor Sr'Tekoi es übersetzte: negativ.

Ihr folgte eine ältere E'Kturi, die ihren Schwanz hinter sich herzog wie eine Schleppe. Leise, aber bestimmt gab sie ihr Urteil ab. Eine Stimme für die Menschen.

Aber das würde nicht reichen, das wusste Alvar. Mit Sr'Tekoi hatten sie ihre stärkste Fürsprecherin verloren. Wenn ausgerechnet die E'Kturi, die ihr Verhalten studieren sollte, gegen sie gestimmt hatte, würde Kt'Arras Urteil entsprechend scharf ausfallen.

Sr'Tekoi sah das wohl ähnlich. Als nach einer gefühlten Ewigkeit endlich die letzte Zeugin abtrat, hauchte sie niedergeschlagen: »Kt'Arra wird nun noch ein paar Worte an das E'Ktang richten. Danach wird sie ihr Urteil fällen.«

Nein! Das konnte Alvar nicht zulassen. So einfach würde er nicht aufgeben.

»Ich will vorsprechen«, forderte er.

»Das …« Sr'Tekoi fächelte irritiert mit ihren Halslappen. »Das geht nicht.«

»Warum nicht?«

»Es ist nicht üblich, dass das Volk, über das geurteilt wird, angehört wird.«

»Nur weil es unüblich ist, ist es noch lange nicht falsch«, beharrte Alvar. »Ich habe ein Anrecht darauf, zu sprechen. Immerhin war ich es, der um die Beurteilung gebeten hat, oder nicht?«

»Aber es verstößt gegen die Tradition!«, mahnte Sr'Tekoi. Sie schürzte die Lippen. »Und der korrekte Ablauf der Beurteilung ist Kt'Arra sehr wichtig!« Offenbar fürchtete die Soziologin, dass Alvars Starrsinn das Urteil ihrer Anführerin noch weiter negativ beeinflussen würde.

Schlimmer kann es ja wohl kaum noch werden!

»Ich respektiere das Protokoll. Aber ich werde trotzdem vorsprechen, also übersetz das!«

»Was soll dieser Tumult?«

Alvar fuhr herum. Kt'Arra stand in der Mitte des Podiums, die Muskeln um ihre Augen zuckten zornig.

»Dies ist eine Anhörung«, zischte sie. »Ist euch Menschen dieses Konzept so fremd, dass ihr es stören müsst?«

»Im Gegenteil, Großnichte der Hr'Tach.« Alvar trat vor, wie es die E'Kturi getan hatten, die als Zeugen gesprochen hatten. »Es ist genau das, worum ich bitte: Ich möchte angehört werden.«

Kt'Arra stieß ein wütendes Zischen aus. »Du wirst unverfroren, Mensch. Wäre es allein nach mir gegangen, hättet ihr nicht einmal anwesend sein sollen. Dieses Zugeständnis habt ihr allein der Fürsprache meiner H'Echk zu verdanken. Fordert euer Glück nicht noch weiter heraus.«

Harris trat neben Alvar. »Aber Verbrecher hört ihr an?«, fragte er. »Nk'Zass durfte sich erklären, obwohl sie die Beurteilung wissentlich gefährdet hat. Aber wir, die wir uns nichts haben zuschulden kommen lassen, müssen schweigen?«

Was zum Teufel machte Harris da? Hatte er vergessen, dass er selbst ein Verbrechen begangen hatte, für das Kt'Arra seinen Tod fordern konnte?

Offensichtlich nicht, denn im nächsten Augenblick trieb er sein Spiel auf die Spitze. »Was habt ihr zu verlieren? Lasst uns doch sprechen! Umbringen könnt ihr uns danach immer noch.«

Seine Worte ließen Kt'Arra merklich zusammenzucken. Sie kniff die Augen zusammen und sträubte die Halslappen. Durch die Ränge ging ein empörtes Zischen. Selbst Sr'Tekoi neben ihnen sog entrüstet Luft ein.

»Die E'Kturi töten nicht«, belehrte Kt'Arra ihn.

»Dann hast du mit deiner Tat nicht Nk'Zass' Tod herbeigeführt?«, entgegnete Harris. »Nach dem Verständnis von uns Menschen ist das Mord.« Er grinste schief. »Aber wir sind ja nur unwissende Barbaren.«

Zu Alvars Überraschung zog Kt'Arra den Mund breit. Es war jedoch kein freundliches Lächeln, vielmehr sah es aus, als würde sie die Zähne fletschen.

»Wenn es das ist, was ihr wünscht«, sagte sie, »dann dürft ihr euch gerne meinen Fragen stellen.« Sie trat einen Schritt zurück.

Es war ein Trick, davon war Alvar überzeugt. Sie wollte bloß, dass sie sich selbst belasteten.

Er sah zu Harris. Falls Kt'Arra etwas von seiner Spionage ahnte, musste sie Harris verurteilen. Nach seiner Ansprache blieb ihr gar keine andere Wahl. Doch Harris nickte ihm zu. Entschlossenheit lag in seinem Ausdruck. Der Amerikaner wusste, was auf dem Spiel stand. Und er wollte es trotzdem riskieren.

Alvar bewunderte seinen Heldenmut. Wenn es sein Leben gewesen wäre, wäre er ebenso bereit gewesen, es für eine positive Beurteilung der Menschen einzusetzen? Vermutlich. Allerdings nicht mit einer solchen Ruhe.

Er atmete noch einmal tief durch, dann erwiderte er Harris' Nicken. »Wir sind bereit für deine Fragen.«

14. KAPITEL – SCHICKSAL

»Weshalb habt ihr um eine vorzeitige Beurteilung gebeten?« Die Anführerin der E'Kturi verlor keine Zeit mit Geplänkel.

Michael war das nur recht.

Lajunen dagegen sah aus, als hätte sie ihm einen Schlag in den Magen verpasst. Nichtsdestoweniger antwortete er mit fester Stimme. »Wir wollten eine Entscheidung, bevor das nächste Schiff von der Erde eintrifft.«

»Weshalb?«, zischte Kt'Arra. »Was befindet sich darauf?«

»Das wisst ihr bereits. Dreihundert Menschen, die auf dem Mars landen werden. Außerdem Vorräte und Material für die Kolonie.«

Kt'Arras Augen wurden schmal. »Darunter auch Waffen?«, fragte sie.

»Nein.« Lajunen zögerte keine Sekunde. Er log mit einer Seelenruhe, die Michael ihm nicht zugetraut hätte. Aber das allein würde nicht ausreichen, um das Misstrauen der E'Kturi zu zerstreuen.

Rasch sprang Michael ihm bei. »Ihr habt bei der Ankunft unser gesamtes Schiff untersucht«, erinnerte er Kt'Arra. »Habt ihr Waffen gefunden?«

Sie warf ihm einen kalten Blick zu. »Das tut nichts zur Sache.«

Michael ließ sich nicht aus der Ruhe bringen. »Ihr habt nichts gefunden«, fuhr er unbeeindruckt fort. »Und trotzdem bedroht ihr uns.«

»*Ihr* seid die Bedrohung!«, herrschte sie ihn an. »Ein kriegerisches Volk, das weder seinesgleichen noch den Planeten respektiert, den es bewohnt.«

»Wir sind unbewaffnet auf diesem Planeten gelandet«, wiederholte er. »Könnt ihr dasselbe von euch behaupten?« Michael wusste, dass das nicht der Fall war.

Einen Moment lang wirkte Kt'Arra tatsächlich irritiert. Ihre Halslappen zuckten einmal. Gleich darauf fand sie in ihre Selbstbeherrschung zurück. »Unsere Motive stehen nicht zur Debatte.«

»Warum nicht?«, griff Lajunen den Ball auf. »Weil ihr dann zugeben müsstet, dass auch euer Volk Krieg zu führen weiß?«

Kt'Arra stieß ein herablassendes Zischen aus. »Wissen ist das höchste Gut«, behauptete sie. »Wir sind weit genug entwickelt, um diese Technologie zu beherrschen, ohne den Drang zu verspüren, sie einzusetzen.«

»Natürlich.« Deshalb ging auch die einzige Tote bisher auf das Konto der E'Kturi.

»Wenn das alles ist …« Michael sah zu Z'Shak, jener Außerirdischen, die Kt'Arra mit der Überwachung der Menschen beauftragt hatte. Manchmal war Angriff die beste Verteidigung. »Ihr habt uns beobachtet. Dann wisst ihr auch, dass wir mittlerweile ebenfalls über Waffen verfügen.«

Aus dem Augenwinkel sah er Lajunen erschrocken zusammenzucken. Aber er gab nur zu, was die E'Kturi ohnehin bereits wissen mussten. Wenn sie die Menschen beobachtet hatten, konnte ihnen unmöglich entgangen sein, dass Michael Waffen produziert und Leute im Umgang damit geschult hatte. Denaux und er hatten zwar die Überwachungskameras in den betreffenden Bereichen manipuliert – allerdings nur ihre eigenen. Von irgendwelchen e'kturischen Dingern hatten sie nichts gewusst.

Was hatten sie schon zu verlieren? Das freundliche Getue hatte ihnen bisher jedenfalls auch nicht geholfen. Sogar Sr'Tekoi hatte gegen sie gestimmt. Zu lügen würde ihnen im Augenblick mehr schaden als helfen. Die E'Kturi wussten, dass sie Waffen besaßen. Es wurde Zeit, es auf andere Weise zu probieren.

»Ja, wir besitzen Waffen«, wiederholte er. »Aber wir haben sie nicht eingesetzt.«

»Wieso gibst du ein Vergehen zu, nur um das nächste zu verschweigen?«, triumphierte Kt'Arra. »Es gab einen Vorfall, gerade eben.«

»Einen *Unfall*«, korrigierte Lajunen.

»Jemand wurde verletzt.«

»Und versorgt«, fügte Michael hinzu.

Kt'Arra zischte. Dass er und Lajunen einander unterstützten, brachte sie offenbar aus dem Konzept. »So weit hätte es gar nicht erst kommen sollen«, beharrte sie.

Lajunen räusperte sich. »Das stimmt. Aber wie ihr schon festgestellt habt, seid ihr weiter entwickelt als wir.« Kt'Arra richtete sich zufrieden auf, doch der Finne war noch nicht fertig. »Trotzdem führt ihr Waffen mit euch«, warf er ihr vor. »Macht euch das nicht ebenfalls zu einem kriegerischen Volk?«

Die E'Kturi um sie herum wurden unruhig. Kt'Arra brachte die Echsen mit einem leisen Fauchen zum Schweigen. »Ist es das, was ihr fürchtet?«, fragte sie. »Dass wir Krieg mit euch wünschen?«

»Das ist gar nicht notwendig«, entgegnete Lajunen scheinbar ruhig. Michael bezweifelte, dass eine der E'Kturi das leichte Zittern in der Stimme des Kommandanten wahrnahm, als er weitersprach. »Wenn ihr die Menschen technologisch zurückstuft, tötet ihr sie damit genauso. Wir sind von unserer Technologie abhängig. Gerade hier auf dem Mars.«

Ein Vorwurf, der Kt'Arra nicht sonderlich zu treffen schien. Sie stieß ein knappes Zischen aus, das Michael an ein humorloses Lachen erinnerte. »Also strebt ihr die Beurteilung nur an, um euer Leben zu retten?«

Warf sie ihnen nun ernsthaft den Willen zum Überleben vor?

»Ihr zeigt keinerlei Bestrebung, euch weiterzuentwickeln«, behauptete sie weiter. »Neun Monate sind vergangen, seit ihr auf diesem Planeten gelandet seid. Und kein Einziger von euch hat auch nur versucht, unsere Sprache zu lernen, was entweder für große Dummheit oder noch größere Ignoranz spricht.« Wieder ertönte dieses kalte Lachen. »Euch wurde sogar Zugriff auf höhere Technologie angeboten, aber ihr habt abgelehnt.«

Michaels Blick zuckte zu Lajunen. Na wunderbar! Und ihm hatte dieser Besserwisser erklärt, es wäre eine Falle gewesen! So viel zu seinem Verständnis der Außerirdischen.

Lajunen wirkte ebenso erbost wie er selbst. Allerdings richtete der Finne seinen Zorn auf die E'Kturi. »Sr'Tekoi war zufrieden, als ich abgelehnt habe. Sie …«

»Sie war über deine Einsicht erfreut«, zischte Kt'Arra. »Nicht über eure Unfähigkeit, mit Wissen umzugehen. Ihr habt selbst zugegeben, dass ihr noch nicht stabil genug seid, um auch nur mit der harmlosesten Technik betraut zu werden.«

»Das waren *ihre* Worte«, widersprach Lajunen, »nicht meine. Ich habe euer Wissen nicht aus Bescheidenheit abgelehnt, sondern weil die Menschen damit eine Waffe gebaut hätten.« Ein erschrockenes Raunen ging durch den Saal, doch Lajunen war noch nicht fertig. »Was das angeht, steht ihr uns allerdings in nichts nach.« Er wandte sich Kt'Arra zu. »Du selbst hast demonstriert, dass jede Technologie als Waffe eingesetzt werden kann. Du hast den Schutzschirm deiner Begleiterin gegen sie verwendet. Etwas, das ihr Leben bewahren sollte, hast du benutzt, um sie zu töten!«

»Wer Wissen gefährdet, hat kein Anrecht auf Leben«, entgegnete Kt'Arra unbekümmert.

»Und wer entscheidet, welches Wissen es wert ist, dafür Leben zu opfern?«, fragte Michael. »Ihr habt euch zu einem angeblich friedlichen Volk weiterentwickelt, obwohl euch der Gebrauch von Waffen nicht fremd ist. Aber uns wollt ihr diese Entwicklung verweigern!«

»Ihr zerstört zukünftiges Wissen«, warf Lajunen ihren Besatzerinnen vor, »indem ihr ganze Völker vernichtet, ehe sie an den Punkt kommen, den ihr erreicht habt. Ist das nicht genauso unverzeihlich?«

»Das genügt!« Kt'Arras Stimme hallte durch den Raum. Zum ersten Mal hatte Michael eine der Außerirdischen schreien gehört – falls man das heisere Kreischen, das aus dem Rachen der E'Kturi gekommen war, so nennen konnte. Sie musterte die beiden Menschen kalt, ein Auge abwechselnd auf Michael und Lajunen gerichtet. Mit dem anderen Auge versuchte sie offenbar, die Stimmung des E'Ktang zu erfassen. »Eure Anhörung ist hiermit beendet.«

Ohne sie noch einmal zu beachten, wandte Kt'Arra sich an die versammelten E'Kturi und begann mit ihrer Ansprache. Offensichtlich war sie bereit, ihr Urteil zu fällen.

Michael warf Lajunen einen unsicheren Blick zu. War es das?

Hatten sie die Beurteilung bestanden … oder die Menschen zu einem langsamen Tod verurteilt?

Der Finne machte ein verzweifeltes Gesicht. Sein Blick zuckte zu Sr'Tekoi, seine Hände ballten sich immer wieder zu Fäusten. Offensichtlich fiel es ihm genauso schwer wie Michael, tatenlos herumzustehen und geduldig auf den Urteilsspruch der E'Kturi zu warten. Aber sie hatten getan, was sie konnten. Jetzt mussten sie sehen, was sie damit bewirkt hatten.

»Was sagt sie?«, wollte Michael von Sr'Tekoi wissen.

Diese stieß ein ungeduldiges Fauchen aus. »Sei still«, zischte sie. »Nicht noch eine Störung der Tradition, sonst …« Sie brach ab.

Ein vielstimmiges Rauschen ging durch den Saal, als einhundert E'Kturi zugleich mit ihren Halslappen zu fächeln begannen. Kt'Arra war verstummt.

»Was ist los?«, fragte Lajunen. »Was hat sie gesagt?«

»Kt'Arra hat ihre Entscheidung getroffen.« Sr'Tekoi stieß ein verzücktes Fauchen aus. »Eure Worte haben bewiesen, dass der Wille zu lernen in euch steckt.«

Lajunen atmete auf. »Dann haben wir bestanden?«

»Nein.«

Unwillkürlich spannte Michael sich an.

»Aber ihr habt auch nicht versagt.«

»Und was heißt das jetzt?«

Es war nicht Sr'Tekoi, die Michaels Frage beantwortete, sondern Kt'Arra selbst. »Wer werden euch keine technische Unterstützung angedeihen lassen. Ihr seid kein friedliches Volk. Eure soziale Entwicklung ist noch nicht abgeschlossen. Dennoch werden wir vorerst von einer technologischen Rückstufung absehen.« Sie schürzte die Lippen. »Vorausgesetzt, ihr händigt uns eure Waffen aus, damit wir sie unschädlich machen können.«

Und dann? Unentschlossen sah Michael zu seinem Kommandanten. Sollten sie den E'Kturi vertrauen? Es waren kaltschnäuzige Biester mit zweifelhaften Moralvorstellungen. Aber Hinterlist konnte er ihnen bislang nicht vorwerfen.

Lajunen sah das wohl ebenso. Er nickte. »Diese Waffen waren zu unserem Schutz gedacht. Wir haben kein Verlangen, sie einzusetzen, wenn unser Leben nicht bedroht ist.«

Sr'Tekoi hob die Stimme und übersetzte Lajunens Worte in die Sprache der Außerirdischen. Wieder fächelten alle E'Kturi zeitgleich. Ein ziemlich verstörendes Geräusch, das jedoch rasch wieder abklang.

»Der E'Ktang hat eure Entscheidung akzeptiert«, informierte Kt'Arra sie. »Ihr werdet in den Verbund der Völker unter der großen Hr'Tach aufgenommen.«

Michael benötigte ein paar Sekunden, um zu begreifen, was sie da gerade gesagt hatte. Es war überstanden! Nach all dem Buckeln und Pläneschmieden, nach dem ganzen Widerstand und den geheimen Kämpfen hatten Lajunen und er Kt'Arra öffentlich attackiert – und ausgerechnet das hatte zu einer positiven Beurteilung geführt?

Er hatte keine Ahnung, was in diesen Biestern vorging, aber das war ihm auch völlig gleichgültig. Sie hatten es geschafft. Auf eine Weise, die wohl keiner von ihnen erwartet hatte, hatten sie die verfluchte Beurteilung überlebt. Sie und die gesamte Erde. Und alles, was sie jetzt noch tun mussten, war, die Waffen zu zerstören, die sie ohne die Belagerung durch die E'Kturi ohnehin nie gebaut hätten.

Michael lachte auf. Er sah zu Lajunen, der genauso perplex dreinsah, wie er sich fühlte, und nickte ihm zu. Der Finne klappte den Mund auf, um etwas zu sagen – und schloss ihn wieder. Stattdessen zog er Michael in eine ruppige Umarmung und klopfte ihm auf die Schulter.

»Danke«, murmelte er.

Etwas ungelenk erwiderte Michael die Geste. »Ebenso«, murrte er. »Obwohl du es beinahe verkackt hättest.«

Lajunen lachte. »Du brauchst reden.«

Sie waren so sehr miteinander beschäftigt, dass ihnen Kt'Arras erneutes Zischeln und Hauchen beinahe entgangen wäre.

»Was hat sie gesagt?«, wollte Lajunen von ihrer Übersetzerin wissen.

Sr'Tekoi blinzelte. Ihr Mund zog sich in die Breite, als sie voller Zufriedenheit verkündete: »Dass bereits mit den Vorbereitungen für eure Umsiedelung begonnen wird.«

Michael runzelte die Stirn. »Welche Umsiedelung?«

»Die der Menschen natürlich!«, erklärte Sr'Tekoi, als wäre das von Anfang an klar gewesen. Ihre Halslappen zuckten aufgeregt. »Ein Teil eures Volkes wird in einer Enklave im Reich der großen Hr'Tach angesiedelt, wo eure zukünftige soziale Entwicklung besser kontrolliert und gesteuert werden kann. Auf diese Weise können alle Völker der Gemeinschaft von eurem Wissen profitieren, sobald eure Umerziehung abgeschlossen ist.«

***

»Was für eine Scheiße!« Harris riss seinen Helm herunter, kaum dass sie durch die Luftschleuse der Celeste getreten waren. »Eine große Ehre für die Menschen – dass ich nicht lache. Was bilden sich diese Arschlöcher ein, wer sie sind?«

Die Herrscherinnen des Universums, ganz eindeutig. Alvar seufzte. »Beruhige dich.«

»Wieso?«, schnauzte Harris. »Jesus, Alvar! Die wollen uns Menschen irgendwo in ein anderes Sonnensystem verfrachten. In ein gottverdammtes Umerziehungslager!« Er knallte den Helm auf die Ablage. »Hast du etwa davon gewusst?«

»Natürlich nicht!«

Sie bestanden die Beurteilung und wurden in die Technologie der E'Kturi eingeweiht, oder sie fielen durch und wurden zurückgestuft. Das waren die Möglichkeiten, die Sr'Tekoi ihm angekündigt hatte. Von einer dritten Option war nie die Rede gewesen.

Aber die Beurteilung war schließlich auch nicht nach Plan verlaufen.

Alvar ließ seinen eigenen Helm aufschnappen. Mit etwas mehr

Umsicht als sein Stellvertreter schob er ihn auf die Ablage, stieß dabei jedoch gegen einen Widerstand. Er tastete über das Regalbrett. Seine Finger glitten über Kunststoff. Alvar packte zu und zog die Waffe hervor, die Kubinsky ihm aufgedrängt hatte. Nachdenklich wog er die Pistole in der Hand.

Die Waffen waren einer der Gründe, weshalb er gezwungen gewesen war, die vorzeitige Beurteilung zu forcieren. Sie waren aber möglicherweise auch der einzige Ausweg, der ihnen blieb.

»Wie viele von den Dingern hast du hergestellt?«, fragte er leise.

Harris hörte auf, an seinem Raumanzug herumzunesteln, und runzelte die Stirn. »Macht das einen Unterschied?«

Vielleicht.

Die Menschen waren noch lange nicht vom Haken, das hatten die E'Kturi deutlich gemacht. Und so, wie es aussah, würden sie das auch nie sein. Sie würden weiterhin Gefangene sein, kontrolliert und gesteuert von den Schergen der großen Hr'Tach. Wen die Echsen auch für ihre Enklave auswählten – sie würden diesen Menschen jede Entscheidungsfreiheit nehmen. *Zu unserem eigenen Besten.* Die E'Kturi würden sich nicht davon abbringen lassen, zu tun, was sie für richtig hielten. Selbst Sr'Tekoi verstand nicht, weshalb diese Aussicht Harris und Alvar nicht begeisterte. *Wir sind eindeutig nicht die Einzigen, die nichts aus diesem Zusammenleben gelernt haben.*

»Wir müssen die Waffen ausliefern«, murmelte Alvar. »Das war der Deal.« Er sah seinem Stellvertreter in die Augen. »Wenn du also zwanzig dieser Dinger produziert hast, werden wir auch zwanzig aushändigen. Verstanden?«

Für einen Augenblick verstärkte sich Harris' Stirnrunzeln noch weiter. Die halbe Kolonie hatte auf seiner Seite gestanden. Sie wussten beide, dass er nicht bloß zwanzig Waffen gebaut hatte. Aber wenn sie nur ein wenig Glück hatten, dann war dieses Detail den E'Kturi bei ihrer Überwachung entgangen.

Harris' Augenbrauen ruckten nach oben. Er hatte begriffen, worauf Alvar hinauswollte: Sie mussten guten Willen zeigen, wenn die Außerirdischen ihr Urteil nicht sofort revidieren sollten. Aber das bedeutete nicht, dass sie all ihre Vorteile aufgeben mussten. Sie durften es bloß nicht offensichtlich werden lassen, solange sie noch überwacht wurden.

»Und dann?«, fragte Harris. »Wie geht es danach weiter?«

Alvar wusste es nicht. Er musste sich von einem Punkt zum nächsten vorarbeiten, von einem Tag zum nächsten. Den Forderungen der E'Kturi nachzukommen war undenkbar. Die Menschen hatten schon unter der Aussicht gelitten, sich ein Jahr lang der zweifelhaften Doppelmoral der Außerirdischen auszuliefern. Dass sich das nun über eine Ewigkeit hinziehen sollte, ohne Kontakt zur Heimatwelt? Niemand würde sich freiwillig für so eine Mission melden – ganz abgesehen davon, dass die E'Kturi ihnen vermutlich ohnehin nicht die Wahl lassen würden.

Alvar sah durch das Sichtfeld nach draußen. Inzwischen war die Nacht hereingebrochen. Über der Kolonie wölbte sich der Nachthimmel mit unzähligen Sternen. Nun waren es nur noch zwei Tage, ehe die *Destiny* den Mars erreichte. Mit dreihundert Menschen an Bord und zahlreichen Waffen – richtigen Waffen, keinen selbst gebastelten Notbehelfen. Dann würden die E'Kturi ihnen zuhören. Notfalls musste er sie eben dazu zwingen.

Er wollte die Waffen nicht einsetzen, zumindest in dieser Hinsicht hatte er die Wahrheit gesagt. Jedenfalls wollte er sie nicht abfeuern. Aber vielleicht ließen sie sich auf andere Weise nutzen. Dazu musste er allerdings erst einmal wissen, woran sie überhaupt waren. Es war wohl an der Zeit, dass er erfuhr, was Harris bei seiner Spionage herausgefunden hatte.

»Du sprichst Spanisch«, überlegte er, »oder erinnere ich mich da falsch?«

Von seinem scheinbaren Themenwechsel sichtlich verwirrt, entgegnete Harris: *»Sí … ¿Por qué?«*

»Bei deinem kleinen Projekt … Hat Victor dir dabei geholfen?«

Harris neigte den Kopf zur Seite und sah Alvar aus misstrauisch zusammengekniffenen Augen an. »Nein.«

Alvar überlegte. Der Amerikaner war kein Einzelgänger. Es sah ihm nicht ähnlich, so etwas alleine durchzuziehen. Er hatte sein Spionageprojekt offensichtlich über einige Zeit und mit einigem Aufwand verfolgt. Wer konnte ihm geholfen haben, wenn nicht Fernandez? Lara Pignatelli vermutlich, als Mechatronikerin war sie dazu durchaus in der Lage. Aber das mit den beiden hatte zu locker begonnen, als dass Harris sie von Anfang an eingeweiht hätte.

»Imani?«, fragte er.

Harris' Gesicht verfinsterte sich. »Suchst du Mitschuldige?«

»Ganz im Gegenteil.« Denaux war Französin, was bedeutete, dass sie ihre Ausbildung ebenso wie er bei der ESA absolviert hatte – und entsprechend zumindest einigermaßen Deutsch sprechen musste.

Ein leises Lächeln schlich sich auf Alvars Lippen. Die E'Kturi hatten den Menschen vorgeworfen, dass sie ohne Hilfe die zischelnde Sprache ihrer Besatzerinnen nicht gemeistert hatten. Aber an Sprachverständnis mangelte es hier niemandem. Die Kolonie beherbergte hundert Menschen aus siebenundzwanzig Ländern – und mit ihnen über dreißig Sprachen, von Altgriechisch bis Chinesisch. Er würde ihre Gemeinschaft in ein lebendiges Babel verwandeln. Dann würde sich zeigen, wie gut die Außerirdischen die Erde wirklich studiert hatten.

***

Übermüdet und antriebslos betrat Hana ihre Unterkunft. Harris hatte seine Freilassung bestätigt und auch, dass Alvar ihm den Kommandantenposten abgetreten hatte. Damit war ihr Job getan. Rimes hatte vorerst keine Verwendung mehr für sie.

Er hatte ihr nicht gekündigt, sie konnte also nicht einfach zurück nach Köln fliegen. Ohne einen Ansprechpartner in der Kolonie gab es allerdings im Space Center auch nichts für sie zu tun. Zum ersten Mal, seit Hana aus dem Gefängnis entlassen worden war, verfügte sie über so etwas wie Freizeit. Sie hatte keine Ahnung, was sie damit anstellen sollte.

Sie schlüpfte aus den Pumps, die sie zur Pressekonferenz getragen hatte, und ging auf Strümpfen in die Küche. Ein Blick in den Kühlschrank offenbarte eine ansehnliche Auswahl an Fertigmenüs, aber allein bei dem Gedanken an eine der pampigen Mahlzeiten drehte sich Hana der Magen um. Sie griff zögerlich nach einem Joghurt, nur um ihn direkt wieder zurückzustellen. Obwohl sie ihre Mittagspause damit verschwendet hatte, ihr Videostatement aufzuzeichnen, statt zu essen, hatte sie absolut keinen Hunger. Besser, sie begnügte sich mit einem Tee.

Sie stellte einen Becher unter die Kaffeemaschine und ließ heißes Wasser hineinlaufen, als ihr Tablet klingelte. Hana warf eine Tablette mit Früchtetee in den Becher und linste auf das Display. Rimes. Automatisch schlug ihr Herz schneller. Es war gerade erst eine Stunde her, dass er sie aus dem Space Center hinauskomplimentiert hatte. Warum rief er sie jetzt schon wieder an?

Mit einem nervösen Zittern in den Fingern nahm sie das Gespräch an.

»Ja?«

»Mrs. Lajunen?« Rimes klang keineswegs so überheblich wie noch vor einer Stunde.

»Ja.«

»Wir haben Nachricht von Mister Harris bekommen. Und von Ihrem Mann.«

Ihr Herz stockte. Dann klopfte es umso heftiger gegen ihre Rippen. »Geht es ihnen gut?«

»Die E'Kturi haben ihr Urteil vorzeitig gefällt.«

Die Stille in der Leitung zog sich eine Sekunde. Dann zwei. Hana konnte sich nicht überwinden, die entscheidende Frage zu stellen. *Wie ist es ausgegangen?*

Rimes seufzte. »Wollen Sie immer noch auf das erste Schiff, das zum Mars startet?«

»Ja.« Was das anging, kannte sie kein Zaudern. »Auf jeden Fall.«

»Gut.« Rimes brummte zufrieden. »Dann packen Sie Ihre Sachen.«

»Was? Aber … Sie sagten doch, das Schiff ist noch nicht fertig!«

»Ist es auch noch nicht. Aber das spielt jetzt keine Rolle mehr.«

***

Alvar wollte sich ins naturwissenschaftliche Labor begeben, wo er Imani Denaux vermutete. Harris hielt ihn zurück.

»Hier.« Der Ingenieur reichte ihm einen Becher Kaffee. »Das wird helfen.«

»Danke … Schätze ich.« Alvar hatte nicht gewusst, dass er überhaupt auf Hilfe angewiesen war. Aber andererseits hatte er auch seit ihrer Landung kein sonderlich nahes Verhältnis zu der Physikerin gepflegt. Harris dagegen schon. Alvar nahm den Becher entgegen. »Kannst du inzwischen die Waffen zusammentragen, damit wir sie übergeben können?«

Harris setzte ein schiefes Grinsen auf. »Und wenn ich Nein sage?«

Alvar warf seinem Stellvertreter einen strafenden Blick zu.

»Keine Sorge. Ich bin unterwegs.«

Alvar nickte, doch Harris hatte bereits kehrtgemacht und marschierte davon, zweifellos in Richtung seines geheimen Lagers.

Hoffentlich hat er wirklich begriffen, was ich will. Sie beide hatten keine gemeinsame Sprache außer dem Englischen, das der Einfachheit halber in der Kolonie gesprochen wurde und das die E'Kturi eindeutig verstanden. Aber Harris war schlau. Er würde nicht den einzigen Vorteil aufgeben, den sie besaßen. Erst recht nicht auf Alvars Befehl hin.

Wie weit ist es gekommen, dass ich Waffen und Befehlsverweigerung als etwas Gutes ansehe?, wunderte Alvar sich, während er durch die Gänge eilte, den dampfenden Becher vorsichtig vor sich balancierend.

Am Labor angekommen, klopfte er, legte die Hand an den Türsensor und trat ein, ohne eine Antwort abzuwarten. Das versammelte Team – drei Frauen, zwei Männer – sah von seiner Arbeit auf. Denaux zog die Nase kraus.

»Es ergibt wenig Sinn, zu klopfen«, meinte sie, »wenn du dann ohnehin reinkommst.«

»Sieh es als Vorwarnung.« Alvar hielt ihr den Becher entgegen. »Von Michael.«

Die Französin hob die Augenbrauen. Sie nahm den Kaffee, nippte daran und nickte. »Ja, so schmeckt er auch.« Ohne ein Wort der Erklärung stellte sie den Becher ab. »Ich habe gehört, ihr beide hattet eine kleine Auseinandersetzung. Wieso kommst du jetzt zu mir?«

»Es gibt etwas, bei dem ich deine Hilfe brauche.« Er wechselte ins Deutsche. »Ich weiß, dass du Michael geholfen hast, Informationen von den Fremden zu stehlen. Was habt ihr dabei herausgefunden?«

Denaux musterte ihn argwöhnisch. »Wieso fragst du das nicht *Michel*, wenn ihr doch nun wieder so gute Freunde seid?«

»Wir wissen doch beide, dass er die Daten vielleicht weitergeleitet hat. Aber wenn sie einer entschlüsseln kann, dann du.« Als sie immer noch zögerte, fügte er hinzu: »Ich bin auf eurer Seite. Aber wir müssen handeln. Jetzt.«

Sie seufzte und stieß ein paar Flüche auf Französisch aus. »*Eh bien.* Hauptsächlich haben wir versucht, etwas über das Schiff herauszufinden. Bewaffnung, Antriebstechnik, Luftschirme. Natürlich haben sie nicht so etwas wie einen Bauplan an Bord, aber was wir finden konnten, haben wir zur NASA geschickt.«

»Und was hat die mit den Daten gemacht?«

»Versucht, sie zu verwenden, natürlich. Aber ob sie damit Erfolg hatten …« Denaux zuckte mit den Schultern. »Das musst du *Michel* fragen. Ich habe die Daten nur übersetzt.«

Alvar stieß ein verblüfftes Husten aus. »Aus dem E'Kturischen?«

»Nicht doch.« Denaux lachte. »Aus dem Mathematischen!«

Bedauerlich, aber nicht unerwartet. »Okay. Welche Sprachen sprichst du noch?«

Sie fragte nicht, warum er das wissen wollte, sondern zählte bloß in aller Seelenruhe auf: »Französisch, Englisch, Deutsch, Russisch … Und Mandarin, aber daran arbeite ich noch.«

»Großartig.« Auf Alvars Gesicht breitete sich ein zufriedenes Grinsen aus. »Kennst du das Spiel ›Stille Post‹?«

Denaux lüpfte die Augenbrauen. »Willst du etwa ein Spiel spielen? Ausgerechnet jetzt?«

»Sozusagen.«

»Interessant.« In ihren Augen blitzte der Schalk auf. »Und wie lautet dein Satz?«

»Wartet auf das Schicksal.«

***

Grimmig betrachtete Michael die beiden Kisten, die sie vor dem E'Kturi-Schiff im Sand abgeladen hatten. Siebenundzwanzig Waffen – Pistolen und Gewehre – hatte er zusammengetragen. Das entsprach gut der Hälfte ihres tatsächlichen Arsenals. Der Rest befand sich nach wie vor gut versteckt in den Kabinen jener Besatzungsmitglieder, die Michael für den Widerstand ausgebildet hatte. Dennoch stimmte es ihn nicht gerade froh, auch nur einen Teil der Waffen den E'Kturi zu überlassen. Darin steckte monatelange Arbeit, und die Aliens würden sie einfach vernichten. Nicht nur das, sie machten ein Spektakel daraus. Ein *Reinigungsritual*, wie sie es nannten.

Die gesamte Kolonie musste Aufstellung nehmen. Da nicht genügend Raumanzüge vorhanden waren, hatten die E'Kturi einen ihrer Schutzschirme errichtet, der sich nun kuppelartig über der freien Fläche zwischen ihrem Schiff und dem verzweigten Habitatkonstrukt der Kolonie wölbte. Als ob die Menschen eine Erinnerung daran nötig hätten, wie sehr ihr Leben von dem Wohlwollen ihrer Besatzerinnen abhing.

Was diese mit ihnen anstellen würden, wenn sie herausfanden, dass Michael das Versprechen der Menschen gebrochen hatte und Waffen zurückbehalten hatte …

Er spähte zu der schimmernden Kuppel auf. Vielleicht musste er nicht allzu lange warten, um es herauszufinden.

Aber das war es doch, was Lajunen von ihm verlangt hatte. Oder nicht? Michael hatte keine Ahnung, was der Finne vorhatte. Oder was er sich davon versprach.

Kt'Arra trat vor. Ein Mensch hätte vielleicht die Arme gehoben, um die Aufmerksamkeit der Menge auf sich zu lenken. Sie dagegen schwieg bloß, Hände und Tentakel ineinandergelegt, und wartete. Das leise Gemurmel verstummte von selbst.

»Anwesende«, zischte sie. Leiser, als sie es bei der Anhörung getan hatte, aber laut genug, um auf dem gesamten Platz gehört zu werden. »Ihr sollt nun den Beginn eines neuen Entwicklungsschrittes eures Volkes bezeugen. Ihr erfüllt damit euren Teil des Abkommens – und wir unseren.«

Sie streckte die Tentakel aus, und aus den beiden Enden entsprangen glühende Funken. Über den Waffenkisten trafen sie aufeinander. Ein Blitz flammte auf, lautlos und so grell, dass Michael schützend die Hände vors Gesicht schlug. In der windstillen Kuppel breitete sich der Gestank von verschmortem Plastik aus. Hitze kribbelte über Michaels Haut, doch sie verschwand schneller, als er darauf reagieren konnte. Geblendet blinzelte er die Helligkeit aus seinen Augen und spähte zum Zentrum der freien Fläche hin.

Kt'Arra hatte die Tentakelarme wieder heruntergenommen. Wie eine Statue stand sie da, kühl und unerschütterlich. Die Kisten lagen immer noch unberührt vor ihr im Sand. Nur die Waffen waren verschwunden.

Michael schluckte. Er war nicht wirklich verwundert. Es war klar gewesen, dass die E'Kturi etwas demonstrieren wollten, Kt'Arra hatte sie nicht aus bloßer Eitelkeit hier versammelt. Sie wollte die Menschen spüren lassen, wie weit sie den E'Kturi unterlegen waren. Eine Warnung, das war es.

Und sie zeigte Wirkung. Unbehagen zeichnete sich auf den Gesichtern der versammelten Siedler ab. Michael sah zu Lajunen, doch der Kommandant starrte mit unbewegter Miene auf die leeren Kisten. Bereute er seine Entscheidung bereits? Und wenn ja, welchen Teil davon?

Eine Hand schob sich in Michaels. Er fühlte den vertrauten Druck von Pignatellis Fingern, spürte die Berührung ihres Daumens, mit dem sie über seinen Handrücken strich. Sie lehnte sich an seine Schulter. So leise, dass er im ersten Augenblick dachte, er hätte sich ihre Stimme nur eingebildet, flüsterte sie: »Ich habe eine Nachricht für dich.«

Michael wandte den Kopf, gerade weit genug, um ihr in die Augen sehen zu können.

»Von Alvar«, fügte sie mit einem leisen Naserümpfen hinzu. Sie verbarg es, indem sie ihre Stirn auf seine Schulter legte. »*Aspettate il distino.*«

Michael runzelte die Stirn. Er hatte nicht viel Italienisch von Pignatelli aufgeschnappt, aber dafür reichte es aus. *Wartet auf das Schicksal?* Was sollte das heißen?

Er sah zu Lajunen, der immer noch vor den Kisten stand, als wären sie ein offener Sarg, an dem er einem Freund die letzte Ehre erweisen wollte.

»Er will mit Sr'Tekoi sprechen«, fuhr Pignatelli leise fort. »Vielleicht gelingt es ihm, die E'Kturi zum Abzug zu bewegen.«

Als ob er das nicht bereits oft genug versucht hatte. Aber diesmal war die Lage anders. Die Beurteilung war vorbei. Vielleicht half das. Und falls nicht …

Aspettate il distino.

Michael blickte sich um. Immer noch sah er Unbehagen, Angst und Ärger auf den Gesichtern der Kolonisten. Aber nicht bei allen. Einige der Siedler wirkten gefasst, fokussiert. So als hätten sie ein Ziel vor Augen.

Während Michael sie noch beobachtete, sah er, wie sich Denaux zu einer Gruppe gesellte, der auch Suchanow angehörte. Sie flüsterte dem Russen etwas zu, woraufhin sich dessen Gesicht schlagartig entspannte. Er warf Michael einen kurzen Blick zu, sah dann zu Lajunen … Und ging seinerseits los. Denaux wandte sich um und sprach Chen an, die neben dem Psychologen gestanden hatte. Suchanow dagegen platzierte sich geschickt in einer anderen Gruppe, wo er nach kurzer Zeit ein paar Worte mit Sakamura wechselte. Die beiden blieben stehen, warteten. Dann wandte Sakamura sich zu der schwangeren Niederländerin an seiner Seite um.

Michaels Augen weiteten sich, als er begriff, was hier gespielt wurde. Lajunen vereinte die gesamte Kolonie, und das direkt unter den Augen der E'Kturi. Lange konnte das nicht gut gehen. Aber das musste es auch nicht. Die *Destiny* war nur noch wenige Stunden entfernt.

Er sah zu Pignatelli, die ihm entschlossen zunickte. Dann machte er sich auf die Suche nach Fernandez. *Esperen al destino. Wartet auf das Schicksal.*

Wartet auf die Destiny.

***

»Flughöhe zwölftausend Kilometer«, gab Alvar durch. »Sie schwenken in eine Umlaufbahn ein.«

Er war nervöser als bei ihrer eigenen Annäherung an den Mars. Damals hatte er geglaubt, das Manöver unter Kontrolle zu haben – bis die E'Kturi ihn dieser Kontrolle beraubt hatten, indem sie sein Schiff vom Himmel geholt hatten. Diesmal wusste er von vornherein, dass er rein gar nichts beeinflussen konnte, auch wenn er im Kommandantensitz eines Raumschiffs saß.

Es war nicht sein Raumschiff, das Schleifen um den Mars zog, um in einen stabilen Orbit zu gelangen. Er konnte nur mit der *Destiny* kommunizieren, der Crew Messwerte und Daten von der Oberfläche übermitteln. Und wie lange die Menschen dort oben ihr Schiff noch beherrschen würden, hing ganz davon ab, wie sehr die E'Kturi den Menschen vertrauten.

Ras'Viks Anwesenheit nach zu urteilen lautete die Antwort wahrscheinlich: nicht besonders. Sie hatte hinter Alvar und Harris

Aufstellung bezogen und überwachte jeden ihrer Handgriffe, jedes Kommando. Sollte sie. Das Manöver würde exakt wie angekündigt ablaufen. Die *Destiny* würde in einen stabilen Orbit gehen, von wo aus sie die Frachtmodule mit den Vorräten und Schlafkapseln abwerfen würde. Chen und ihre Leute würden mit den Rovern zu dem Landeplatz hinausfahren und die Module einsammeln. Für Ras'Vik gab es nichts zu sehen, das von dem Ablauf abwich, den Kt'Arra freigegeben hatte.

Die Abweichung fand nicht auf dem Mars, sondern an Bord der *Destiny* statt, wo gerade kistenweise Handfeuerwaffen für die Reise zum Mars vorbereitet wurden.

»Achttausend Kilometer.« Die *Destiny* würde sich dem Mars bis auf dreihundertfünfzig Kilometer annähern und dann mit dem Ausschleusen beginnen.

»Wir bekommen eine direkte Funkverbindung über *Bridge* herein.« Harris grinste. »Jemand ruft uns an.«

Adrenalin rauschte durch Alvars Körper und beschleunigte seinen Herzschlag. *Eine direkte Verbindung!*

Zum ersten Mal seit eineinhalb Jahren waren ihnen Menschen außerhalb ihrer Kolonie so nah, dass ein richtiges Gespräch möglich wurde. Keine Übertragung von Aufzeichnungen, keine fünfzigminütige Verzögerung, bis eine Antwort kam. Ein richtiges Telefonat. *Bridge,* ihr kleiner Kommunikationssatellit im Orbit, würde die Verbindung auch aufrecht halten, wenn die *Destiny* gerade die andere Seite des Planeten überflog.

Aber durften sie das wirklich riskieren? Ras'Vik würde jedes Wort mithören. Wenn irgendjemand an Bord der *Destiny* etwas tat oder sagte, das der E'Kturi verdächtig vorkam … Alvar biss die Zähne zusammen. Das Gespräch ohne triftigen Grund zu verweigern, wirkte jedoch genauso verdächtig.

Er zwang sich zu einem fröhlichen Ton. »Dann sehen wir mal, was sie zu sagen haben.« Mit einem falschen Grinsen nahm er das Gespräch an.

Auf seinem Bildschirm erschien eine Frau in Hanas Alter. Das war allerdings auch schon die einzige Gemeinsamkeit. Ihr Blick war hart und entschlossen, auf ihrem Shirt prangten neben dem Logo der NASA zwei kleine silberne Streifen. Ein militärisches Rangabzeichen, dessen Anwesenheit Alvar nicht im Geringsten überraschte. Ihr halblanges Haar war schwarz und glatt. Wo es nicht von einem Haarband zusammengehalten wurde, schwebte es schwerelos um ihren Kopf. Ihre Augen weiteten sich kurz, offenbar hatte sie Ras'Vik im Hintergrund bemerkt. Dann hatte die Soldatin sich wieder unter Kontrolle.

»Ich grüße Sie«, sagte sie förmlich auf Englisch. »Michael Harris, nehme ich an?«

Demnach hatte die Missionskontrolle ihre kleine Lüge von der Kommandoübernahme des Amerikaners bereits weitergeleitet. Diesbezüglich musste Alvar die Soldatin enttäuschen. »Alvar Lajunen«, korrigierte er sie. »Mister Harris, mein stellvertretender Kommandant, ist ebenfalls anwesend.«

Misstrauen trat in die Augen der Frau. Zweifellos überlegte sie gerade, ob sie ihre Leute überhaupt zur Kolonie schicken sollte, falls Alvar widerrechtlich das Kommando behalten hatte. Ras'Viks Anwesenheit musste den Eindruck einer Fraternisierung mit dem Feind noch verstärken.

Harris brach das angespannte Schweigen, indem er sich hinter Alvar in das Sichtfeld der Kamera beugte und fröhlich winkte. »Hi, Jes!« An Alvar gewandt erklärte er: »Darf ich vorstellen? Jessica Verdura, meine ehemalige Kommilitonin. Sie macht eine Spitzenpaella.«

»Und ist die Kommandantin der *Destiny,* wenn ich daran erinnern darf.« Auf ihren Lippen erschien ein kleines Lächeln. »Schön zu sehen, dass es dir gut geht, Mike.«

Ex-Kommilitonin und wahrscheinlich noch einiges mehr, wenn Alvar raten müsste. Dieses wissende Lächeln kannte er sonst jedenfalls nur von Pignatelli. Er räusperte sich. »Freut mich, Sie kennenzulernen, Miss Verdura. Wie sieht es da oben aus?«

Sie wandte den Kopf zur Seite und kniff die Augen zusammen.

»Wir sollten in … zwanzig Minuten bereit zum Ausschleusen sein. Ich sehe gerade, dass der Grundriss der Kolonie in meinen Daten nicht mehr aktuell ist.«

Harris sank zurück in seinen Stuhl. »Ich schicke dir die erweiterten Koordinaten!«, rief er.

»Danke.« Verdura richtete ihre Aufmerksamkeit auf Alvar. Sie sah ihn abschätzend an. Schließlich schien sie zu einem Ergebnis zu kommen. Ihre Züge blieben ernst, aber sie wurden weicher. »Geben Sie gut auf meine Leute acht, Mister Lajunen.«

»Ich werde mein Bestes tun«, versprach er.

Sie nickte. »Das weiß ich zu schätzen.«

»Hey, Jes!« Wieder schob Harris sein grinsendes Gesicht in das Sichtfeld der Kamera. »Ich kann euch sehen!«

Er deutete auf seinen Bildschirm, auf dem neben einer schematischen Darstellung der Marsumgebung auch ein Teleskopbild des Satelliten zu sehen war. Links umkreisten kleine Punkte den Mars. *Bridge*, die *Destiny*, Phobos und ein wenig weiter entfernt der zweite Mond des roten Planeten, Deimos. Rechts zog die *Destiny* wie eine winzige Arche durch das Bild. Ein schlanker, zigarrenförmiger kleiner Umriss im Schwarz des Weltalls.

Verdura rollte mit den Augen. »Na, wenn du das sagst. Ich für meinen Teil bin ja –«

Von einer Sekunde auf die andere wurde der Bildschirm schwarz. Die Übertragung war unterbrochen worden. Alvar runzelte die Stirn und versuchte, die Verbindung neu zu laden, doch das Signal war verschwunden.

In diesem Moment stieß Harris einen Schrei aus, der unmenschlicher klang als jede E'Kturi. Alvar fuhr herum. Wo auf dem Bildschirm des Ingenieurs gerade eben noch der Umriss der *Destiny* zu sehen gewesen war, ballte sich nun ein gewaltiges Flammengebilde.

Entsetzt sprang Alvar von seinem Stuhl. »*Paska!*«, fluchte er. »Was ist da passiert?«

Das war nicht die richtige Frage. Die *Destiny* war explodiert, *das* war passiert. Dreihundert Menschen waren tot, ausgelöscht in weniger als einem Augenblick. Aber wie?

»Ihr habt gelogen«, zischte es hinter ihnen.

Erneut wirbelte Alvar herum. Die E'Kturi hatte er völlig vergessen.

Ein unmenschliches Knurren drang aus Harris' Kehle. »Was sagst du?«

»Ihr habt gelogen.« Ras'Viks Augen weiteten sich. Sie wich zurück, als würde sie jetzt erst begreifen, was das bedeutete. Ängstlich schürzte sie die Lippen. »Es waren Waffen auf diesem Schiff. Ihr wolltet sie gegen uns einsetzen …«

Sie wirbelte herum, versuchte, aus der Zentrale zu fliehen, doch Harris war schneller. Mit einem wutentbrannten Schrei warf er sich auf die Außerirdische und riss sie zu Boden.

15. KAPITEL – GEISTER

Las Vegas. Von all den Orten, an die Rimes sie hätte schicken können, wählte er ausgerechnet Las Vegas. Als Hana sich durch den überfüllten Flughafen drängte, argwöhnte sie bereits, dass der Major sie einfach nur loswerden wollte.

Aber immerhin besaß er so viel Anstand, ihr dazu einen Fahrer zu schicken. Schwarzer Anzug, weißes Hemd, dessen oberste Knöpfe offen standen, eine Sonnenbrille auf der gebräunten Glatze und ein Schild, auf das ihr Name gedruckt war – inklusive Tippfehler. Sie seufzte und bewegte sich auf den Kerl zu.

Ein Lächeln erschien auf seinem Gesicht und präsentierte dabei viel zu weiße Zähne. »Mrs. Lajunes?«

»So in der Art.« Sie schüttelte den Kopf, als er ihr die Tasche abnehmen wollte, und fragte stattdessen: »Wissen Sie, wo es hingeht?«

»Ich kann Ihnen nur verraten, wo *ich* Sie hinbringe«, sagte er. »Henderson Executive Airport.«

»Noch ein Flughafen?« Wo zum Teufel schickte Rimes sie hin?

»Es sind nur ein paar Meilen. Dort wartet ein Hubschrauber auf Sie.«

Ein ungutes Gefühl breitete sich in Hana aus. Als Rimes von einem Flug gesprochen hatte, war sie davon ausgegangen, dass er sie nach Florida schickte, von wo aus die Personenshuttles ins All starteten. Stattdessen verfrachtete er sie in die Wüste von Nevada. Weshalb?

Es überraschte sie wenig, dass der Hubschrauber, der sie in Henderson erwartete, das Wappen der U.S. Air Force trug. Die Pilotin nickte Hana zu. Sie deutete ihr, die Kopfhörer aufzusetzen und sich anzuschnallen, dann waren sie auch schon unterwegs.

Sie stiegen rasch auf. Nur ein paar Sekunden, dann schwebten sie bereits über den hell erleuchteten Dächern der Stadt. LEDs in allen Farben blinkten in einem künstlichen Gewitter aus Werbung, Hotel- und Casinonamen, doch auch diese Eindrücke ließen sie bald hinter sich. Hana klammerte sich an den Haltegriff über der Tür und sah nach unten. Beton wich sonnenverbranntem Grasland, das nur allzu bald in glühenden Sand überging. Selbst im Helikopter spürte sie die Hitze, die von der Wüste aufstieg. Sie wollte sich gar nicht erst vorstellen, wie es sich dort unten anfühlen mochte.

Andererseits würde sie das wohl bald selbst erfahren.

»Wohin fliegen wir?«

»Zum Stützpunkt«, kam die wenig hilfreiche Antwort über Kopfhörer.

»Welcher Stützpunkt?«

Die Pilotin lachte. »Was glauben Sie denn?«

Im ersten Augenblick war Hana irritiert. Sie war weder Amerikanerin noch vom Militär, woher sollte sie wissen, welche Stützpunkte die Air Force in Nevada besaß?

Dann wurde es ihr schlagartig klar. Es gab hier nur ein militärisches Sperrgebiet, das infrage kam. Insgeheim musste sie Rimes für seine Dreistigkeit Respekt zollen. Wenn man schon ein geheimes Raumschiff mithilfe von Alientechnologie baute, warum dann nicht dort, wo ohnehin jeder jede Information für eine neue Verschwörungstheorie hielt?

Wieder sah Hana nach draußen. Grauer Sand, Kakteen … und weiter vorne bereits die ersten Grenzzäune. Sie näherten sich der militärischen Sperrzone. Per Funk gab die Pilotin ihre Position durch. Es war ein kurzes Gespräch, falls sie überhaupt eine Antwort erhielt. Aber immerhin schoss niemand sie ab, als sie in das Gebiet der berühmt-berüchtigten Area 51 eindrangen. Hana nahm das als ein gutes Zeichen.

»Links von uns«, meldete sich die Pilotin. »Die große Halle.«

Während sie in den Sinkflug übergingen, beugte Hana sich zum anderen Fenster hinaus. Es war nicht schwer, zu erraten, was die Pilotin meinte. Soweit Hana wusste, nutzte die Air Force das Sperrgebiet vor allem zum Testen neuer Experimentalflugzeuge. Entsprechend verfügte der Stützpunkt über mehrere Hangars, zwischen denen gewöhnliche Kampfflugzeuge parkten und Bodenfahrzeuge aller Gewichtsklassen umherfuhren. Am Rand des Geländes erstreckte sich jedoch eine Halle, die es locker mit dem Raketenhangar der NASA aufnehmen konnte. Kein Zweifel: Das war ihr Ziel.

Der Hubschrauber landete sanft, keine dreißig Meter vom Eingang der Halle entfernt. Noch während sie aufsetzten, kam bereits eine drahtige Gestalt auf sie zu. Hana presste die Lippen zusammen. *Rimes.* Er war persönlich hier aufgelaufen. Eigentlich wunderte es sie nicht. Und immerhin bedeutete das, dass er sie nicht umsonst in die Wüste geschickt hatte.

Hana löste ihren Sicherheitsgurt.

»Viel Glück!«, hörte sie noch, ehe sie den Kopfhörer abstreifte.

Sie gab der Pilotin ein Daumenhoch und kletterte aus dem Helikopter. Kaum hatte sie festen Boden unter den Füßen, hob Rimes bereits den Arm und machte eine kreisende Fingerbewegung.

Der Hubschrauber startete senkrecht nach oben.

»Hey! Meine Tasche!«

»Die werden Sie nicht brauchen.«

Großartig. Und wozu hatte sie das Ding dann gepackt?

Hana verkniff sich eine entsprechende Bemerkung. Sie würde ohnehin keine befriedigende Antwort erhalten. Stattdessen konzentrierte sie sich auf das, was sie wirklich beschäftigte. »Was machen wir hier? Sie hatten versprochen, dass ich zum Mars fliege.«

»Das werden Sie auch.« Einladend deutete er auf die Halle. »Kommen Sie.«

Misstrauisch folgte Hana dem Major. »Ich sehe aber kein Shuttle.« Jedenfalls keines, das startbereit an einer Rampe stand. Die Halle wäre zwar lang genug dafür, aber sie war nur knapp dreißig Meter hoch. Nicht genug, um ein Shuttle samt Antriebsraketen unterzubringen.

»Sie brauchen auch kein Shuttle.« Rimes legte eine Hand an den Scanner neben dem Eingangstor, dann beugte er sich vor, um auch seine Iris und die Retina überprüfen zu lassen. Mit einem Zischen glitt das Tor beiseite. »Sie fliegen damit.« Er deutete ins Innere. »Darf ich vorstellen? Die *Ilmatar*.«

Hana runzelte die Stirn. Sollte das ein Witz sein? In der Mythologie war Ilmatar ein jungfräulicher Luftgeist, die Urmutter, die Himmel und Erde erschuf. Aus Ungeduld, nicht aus Schöpfungsdrang.

Als Hana jedoch durch das Tor trat und das schwarzsilberne Ungetüm sah, das sich darin verbarg, wäre sie beinahe zurückgewichen. Dieses Raumschiff war kein Luftgeist – es war ein ästhetisches Monstrum. Es ragte bis zur Decke, füllte die gesamte Halle aus – und es ähnelte nichts, was sie bisher gekannt hatte. Es besaß keine Stromlinienform wie andere Schiffe, die auf der Erde gebaut, und auch nichts von der Leichtigkeit der *Celeste* und der *Destiny*, die im Orbit montiert worden waren. Grob erinnerte die Form an einen liegenden Zylinder mit abgerundeten Kanten, der aus mehreren massiv wirkenden Segmenten zusammengesetzt war. Unten am Heck sah Hana schwenkbare Antriebselemente, drei an jeder Seite, von denen jedes mindestens fünfzehn Meter Durchmesser besaß. Nach vorne zum Bug hin waren fünf schwenkbare, halbkugelförmige Aufsätze montiert, aus denen teleskopartige Panzerrohre ragten, und auch an der Unterseite des Schiffes erkannte Hana zahlreiche kleinere Rohre, vermutlich ebenfalls Abschuss- oder Abwurföffnungen. Kein Zweifel – die *Ilmatar* war ein Kriegsschiff.

Aus dem Schiffsrumpf führte eine Rampe herab in die Halle, auf der soeben ein Trupp Soldaten ins Innere marschierte, gefolgt von zwei Frachtstaplern, die letzte Kisten verluden. Der Rest der Halle war bereits geräumt, die Baukräne und Montageroboter waren an die Seiten des Gebäudes verfrachtet worden.

Das hatte die Air Force innerhalb weniger Monate gebaut? Hana fragte sich, wozu die NASA imstande wäre, wenn sie über die finanziellen Mittel des Militärs verfügt hätte.

»Wir haben viele Daten von Michael Harris erhalten«, unterbrach Rimes ihre Gedanken. »Aber nur, weil man ein Gerät sieht und begreift, was es tut, bedeutet das leider noch lange nicht, dass man auch in der Lage ist, es nachzubauen. Leider befand sich kein Handbuch in den Daten der E'Kturi. Oder gar ein Bauplan ihres Schiffes.«

»Und was ist dann das?«

Er setzte sein Raubtierlächeln auf. »Ein Mischwerk«, erklärte er. »Aus e'kturischer und menschlicher Technologie.« Er winkte sie weiter, auf die Rampe zu. »Wir konnten einige Daten entschlüsseln. Glücklicherweise auch die des Antriebs. Andere Dinge dagegen …« Er hob die Hände. »Wir haben mit dem gearbeitet, was wir nutzen konnten. Die nächsten Schiffe werden besser sein.«

»Sie sagten, das Schiff ist noch nicht fertig.« Auf Hana wirkte es durchaus einsatzfähig.

Rimes nickte. »Unter anderen Umständen hätten wir weit mehr Testläufe durchgeführt, und im Inneren sieht es, fürchte ich, noch nicht allzu gemütlich aus. Aber das Schiff fliegt, und das ist im Moment die Hauptsache.«

»Wieso? Was genau ist auf dem Mars passiert?«

Rimes hielt inne. Seine Gesichtszüge wurden ernst. Zum ersten Mal hatte Hana das Gefühl, dass auch der Major sich seiner Sache nicht zu hundert Prozent sicher war. Er wirkte beunruhigt.

»Ich habe Ihnen doch gesagt, dass die Beurteilung beendet wurde.«

Hana nickte.

»Die E'Kturi sind zu dem Schluss gelangt, dass die Menschen weitere Beaufsichtigung benötigen. Sie wollen einen Teil der Menschen zur Umerziehung in ihr eigenes System verfrachten. Allen voran wohl die Kolonisten, aber damit werden sie sich nicht begnügen.«

Erschrocken sah Hana ihn an. Umerziehung in einem anderen Sonnensystem? Das konnte unmöglich wahr sein! »Aber …« Alvar würde das doch niemals zulassen!

»Das ist ihr Urteil.« Rimes schüttelte den Kopf. »Davon weichen sie nicht ab.« Er bleckte die Zähne. »Eine *Ehre* sollte es für uns sein. Glauben Sie mir, mit Verhandlungen erreichen wir jetzt nichts mehr. Jetzt müssen wir schwerere Geschütze auffahren.«

Als ob er auf Verhandlungen jemals etwas gegeben hätte! Hana sah auf. Von ihrer aktuellen Position aus blickte sie direkt in eines der Waffenrohre. Sie schauderte. »Haben Sie auch Waffentechnik der E'Kturi gestohlen?«

»Wir haben unsere Waffen. Glauben Sie mir, die reichen.«

»Und inwieweit soll die *Ilmatar* dann helfen? Die *Destiny* ist doch bereits vor Ort …«

»Mit einer Atombombe an Bord, ich weiß.« Rimes schnalzte tadelnd mit der Zunge. »Halten Sie mich für derart kaltschnäuzig? Die *Destiny* kann nicht landen.« Er deutete nach oben. »Dieses Schiff dagegen schon. Wir holen die Kolonisten da raus. Und *dann* jagen wir die E'Kturi zum Teufel.«

»Die daraufhin mit umso mehr Schiffen zurückkommen werden«, wandte Hana ein.

»In der Tat. Allerdings erst in ein paar Wochen. Das ist Zeit, die wir gut nutzen müssen. Aber zuerst müssen wir sie uns erst einmal verschaffen. Kommen Sie.«

Zögernd folgte Hana ihm über die Rampe ins Innere des Schiffes. Sie sah, was Rimes mit *ungemütlich* gemeint hatte. Das Schiff war eine Baustelle. Verschalungen fehlten, zum Teil hingen Kabel lose und ungesichert aus den Wänden. Aber das wäre Hana noch gleichgültig gewesen. Was sie verunsicherte, waren all die Soldaten, die die Gänge bevölkerten. Rimes hatte seine eigene kleine Armee an Bord gebracht.

»Warum bin ich hier?«, fragte sie. »Und kommen Sie mir nicht damit, dass Sie bloß Ihren Teil der Abmachung einhalten. Ohne Sie wüsste ich überhaupt nichts von diesem Schiff.«

Rimes stieß ein kehliges Lachen aus. »Da haben Sie recht. Ich nehme Sie mit, weil sie mir nützlich sein sollen.« Als sie ihn nur fragend ansah, fuhr er fort: »Sie werden Ihren Mann zur Kooperation motivieren, falls er wieder eigenmächtige Entscheidungen treffen sollte. Aber verstehen Sie mich nicht falsch: Das hier ist keineswegs eine private Wiedervereinigung Ihrer Familie, Mrs. Lajunen. Das ist eine Evakuierung aus einer Krisensituation. Die Leute werden jemanden brauchen, der sie psychologisch betreut. Jemanden, dem sie vertrauen. Cliff Walker befindet sich zwar auf der *Destiny*, aber er hatte nur mit Suchanow Kontakt. Und Ihre Nachfolgerin, Mary Brooks ... Sagen wir einfach, sie ist nicht für den Außeneinsatz geeignet. Sie dagegen ...« Auffordernd hob er die Augenbrauen.

Hana begriff. Das würde kein angenehmer Flug werden. Sie befand sich auf einem militärischen Raumschiff, das bereit war, in den Krieg zu ziehen. Deshalb die ganzen Soldaten. Rimes rechnete mit Gegenwehr der E'Kturi. Es war gut möglich, dass es gar nicht zur Evakuierung kam. Sie hatte die Arschkarte gezogen. Er nahm sie mit, weil sie entbehrlich war. Weil sie sich freiwillig gemeldet hatte.

Und trotzdem war sie dankbar. Sie wollte zum Mars, auch wenn es gefährlich werden würde. Auch wenn es nur war, um die Kolonisten zu befreien. Sie wollte helfen. Sie wollte ihren Mann wiedersehen.

Vor allem aber wollte sie endlich nicht mehr außen vor gelassen werden.

***

»Lass sie los! Michael!«

Ras'Vik krümmte sich unter dem Menschen, der ihr nicht einmal bis zur Schulter reichte, sie winselte und zischte, Arme und Tentakel schützend um ihren Körper geschlungen.

»Das reicht jetzt, verdammt!«

Alvar musste all seine Kraft aufbringen, um seinen Freund von der E'Kturi herunterzuzerren. Er stieß den Amerikaner beiseite und packte Ras'Vik nun seinerseits an der Robe. Mit einem Ruck zog er sie auf die Beine, überrascht, wie leicht sie trotz ihrer Größe war. Sie hielt sich immer noch die Hände vors Gesicht, so als fürchtete sie, er könnte sie schlagen. Was nicht in seiner Absicht lag – aber Alvar verstand durchaus, weshalb es Harris da gerade anders erging.

»Habt ihr die *Destiny* abgeschossen?«, fuhr er sie an. »Warum?«

Ras'Vik wimmerte. Zwischen ihren Krallen sah er die Augen wild in alle Richtungen zucken. »Waffen«, stieß sie aus. »Kt'Arra sagte, dass sie es verhindern wird, falls ihr droht, euer Wort zu brechen … Ihr hattet Waffen an Bord!«

Alvar fragte nicht, woher sie von der Ladung der *Destiny* wussten. Vielleicht hatten sie es von ihrer früheren Überwachung erfahren. Vielleicht hatte Kt'Arra es auch die ganze Zeit über schon gewusst. Es spielte keine Rolle. Wichtig war im Augenblick nur eines: »Was hat Kt'Arra noch gesagt? Wird sie auch die Kolonie angreifen?« Er schüttelte Ras'Vik, was ihr ein schrilles Kreischen entlockte. »Sind die Siedler in Gefahr?«

Jeder Muskel in ihrem Gesicht schien zu zucken, ihre Halslappen fächelten panisch, doch sie gab keine Antwort. Vielleicht wusste sie es tatsächlich nicht, oder Kt'Arra hatte sie zu gut instruiert … Oder vielleicht war das Schweigen bereits Antwort genug.

Alvar ließ sie los. »Melde dich bei Kt'Arra!«, forderte er. »Sag ihr, dass du hier bist, damit sie nicht auf die Kolonie feuert!«

Immer noch fächelte Ras'Vik nur hilflos mit den Halslappen. Harris stieß einen Fluch aus und griff zum Funkgerät. Er rief einige Sätze auf Spanisch hinein.

Alvar konzentrierte sich indessen weiterhin auf die E'Kturi. »Dieses Schiff, das ihr zerstört habt«, fuhr er mit erzwungener Ruhe fort, »war neun Monate unterwegs. Was auch immer sich an Bord befunden hat, hatte nichts mit unserem Versprechen zu tun!«

Endlich fand die Ras'Vik ihre Stimme wieder. »Dennoch habt ihr geschworen …« Sie stieß unverständliche Zischlaute aus. »Ihr habt vor dem E'Ktang ausgesagt, dass dieses Schiff keine Waffen bringt!«

»Wir wussten nichts davon!«

Ras'Vik zischelte. Ihre Lippen waren geschürzt, ihre Schnauze zuckte. Sie sah überall hin, nur nicht in sein Gesicht. Es war eindeutig, dass sie ihm nicht glaubte.

Voller Zorn schlug Alvar neben ihr gegen die Wand. »Verdammt, ich will dir nichts tun!«, schrie er. »Hilf mir einfach! Lass mich mit Sr'Tekoi sprechen!«

Nun endlich sah sie ihn an. Ihre Augen waren weit vor Angst. Alvar konnte das Schwarze um ihre Iris erkennen. »Wenn du mir nichts tun willst, dann lass mich gehen!«, flehte Ras'Vik. »Meine Anwesenheit wird die Kt'Arra nicht davon abhalten, euch zu eliminieren. Das weißt du!« Sie stieß ein mitleiderregendes Fauchen aus. »Ich will nicht sterben …«

»Wir ebenso wenig. Also sorg gefälligst dafür, dass deine Leute nicht schießen!«

Eine Hand berührte Alvars Schulter. Er fuhr herum. Harris stand hinter ihm und zog eine Waffe unter der Steuerkonsole hervor. Eine weitere lag bereits in seiner Hand. »Hier.« Er reichte Alvar die Pistole und nickte in Richtung der E'Kturi. »Behalt sie im Auge.«

Überrumpelt griff Alvar nach der Waffe, ehe er begriff, was er da tat. Ras'Vik stieß erneut panische Kreischlaute aus, doch diesmal ignorierte Alvar sie. »Und du?«, fragte er.

»Ich werde unsere *Freunde* davon abhalten, ihr Schiff zu starten.« Harris entsicherte seine Waffe. »Solange sie mitten in der Kolonie stehen, können sie nicht auf die *Celeste* feuern.« Mit einem Blick zu Ras'Vik fügte er hinzu: »Hoffe ich.« Dann stürmte er aus der Zentrale.

Einen Moment lang sah Alvar ihm fassungslos hinterher. Ausgerechnet diesen Augenblick nutzte Ras'Vik, um ihren Mut zu finden. Sie stieß ihn beiseite und versuchte, an ihm vorbei zur Tür zu gelangen. Alvar sprang vor. Er trat auf ihren Schwanz. Ras'Vik schrie auf. Alvar rammte ihr die Schulter in den Rücken und brachte sie damit zu Fall. Als sie sich wieder aufrappeln wollte, hielt er ihr die Mündung seiner Waffe unter die Schnauze.

»Ich will dir nichts tun«, wiederholte er keuchend. »Aber du bleibst hier.«

»Damit tötest du mich!«

»Wenn, dann ist es deine eigene Anführerin, die dich tötet.« Rückwärts trat Alvar an die Tür, verriegelte sie mit seiner Sicherheitskennung und steckte die Waffe ein. Langsam atmete er durch. Er fragte sich, ob Ras'Vik bemerkt hatte, dass er das Ding nie entsichert hatte.

Sie traute ihm nicht, da machte er sich keine Illusionen. Aber als sie seine Hand ergriff und sich von ihm auf die Beine helfen ließ, ohne ihn ihrerseits zu attackieren, schöpfte Alvar ein wenig Hoffnung.

»Bleib hier und hilf mir«, bat er. »Dann muss keiner von uns sterben.«

»Was auch immer du glaubst«, zischte sie resigniert, »ich kann dir nicht helfen.«

»Wir werden sehen.« Alvar trat an die Steuerkonsole und rief die Bilder der Überwachungsanlage auf. Es dauerte ein paar Sekunden, ehe er eine Kamera gefunden hatte, auf der das Schiff der E'Kturi zu sehen war. Aber kein Harris. Angespannt starrte er auf den Bildschirm. Das Schiff konnte jeden Augenblick starten. Wo blieb Harris?

»Komm schon …«

Auf der Seite des Bildschirms blinkte ein Symbol auf. Eine eingegangene Nachricht. Alvar wollte sie bereits ignorieren, als er den Betreff sah. »Aktualisierung Missionsziel *Celeste*« stand da.

Alvars Magen krampfte sich zusammen. Er glaubte nicht an Vorahnungen. Aber in diesem Augenblick wusste er ohne jeden Zweifel, dass diese Nachricht nichts Gutes bringen würde.

Er streckte die Hand aus und war überrascht, dass seine Finger nicht zitterten, als er die Nachricht von Major Rimes aufrief. Doch sie stammte nicht von der Erde, wie er gedacht hatte. Sie kam von einem anderen Raumschiff.

***

Noch während Michael zur Luftschleuse rannte, hörte er, wie sich sein Funkspruch verbreitete. In einer, drei, zehn Sprachen ging die Information durch die Kolonie: Die E'Kturi haben die *Destiny* zerstört. Dreihundert Menschen sind tot. Wir müssen *jetzt* zuschlagen, ehe sich die Außerirdischen auf einen Angriff vorbereiten können.

Michael lief, so schnell es ihm die geringe Schwerkraft erlaubte, und mit jedem Schritt spürte er, wie ihm die Zeit davonrann. Er konnte nur laufen und hoffen. Hoffen, dass das Schiff der E'Kturi nicht startete, ehe er es erreichte. Hoffen, dass Alvar Ras'Vik davon abhielt, ihre Anführerin vorzuwarnen. Hoffen, dass es nicht zu spät war.

Immer mehr Stimmen gesellten sich zu seinem Aufruf. Als Michael die Luftschleuse erreichte, war Chen bereits halb in ihren Raumanzug geschlüpft. Sie war unbewaffnet, hatte nie eine Schießübung absolviert.

Michael konnte es nicht fassen. »Was machst du hier?« War sie lebensmüde?

Chen sah zu ihm auf, und der entschlossene Ausdruck in ihrem Gesicht verhärtete sich. »Ich helfe.«

Ehe Michael etwas erwidern konnte, erhielt er einen Stoß in den Rücken. Er fuhr herum und erkannte ausgerechnet Kubinsky, seinen Gefängniswärter. Er drückte Michael einen Helm in die Hände. »Spar dir die Einwände. Du vergeudest nur Zeit.«

Kubinsky hatte recht. Hastig schlüpfte Michael in seinen Raumanzug. Wie viel Zeit war vergangen, seit die Destiny in Flammen aufgegangen war? Zwei Minuten? Fünf Minuten? Zehn? Weitere Leute stießen dazu, ihre Gruppe wuchs.

Michael wartete nicht auf sie. Er stolperte in die Schleuse, sobald er seinen Anzug geschlossen hatte. Chen und Kubinsky folgten ihm, dann zwei weitere Gestalten im Raumanzug. Wong und … War das Corben? Egal, Hauptsache, er war nicht allein. Das Schott schloss sich, die äußere Tür öffnete sich mit einem Zischen. Sie rannten ins Freie.

Das Schiff der E'Kturi stand noch da. Düster, fremdartig und unheilvoll. Eine schier uneinnehmbare Festung. Es gab keinen Zugang zum Schiff, nicht für sie. Aber damit hatte Michael gerechnet.

»Die Sprengladungen!«, schrie er, während er bereits nach einer der Kisten griff, die neben der Luftschleuse standen. Aus dem Augenwinkel sah er, wie einer der anderen dasselbe tat. Er hetzte zu dem dunkelgrünen Ungetüm. Noch im Laufen aktivierte er den Timer des Sprengkörpers. Er wusste, wo der Eingang in etwa liegen musste. Michael kannte die Daten des Schiffes, und vor zwei Tagen erst hatte er es selbst betreten. Er würde sich Zutritt verschaffen. Und im Augenblick war er sogar froh, wenn er dafür Gewalt anwenden musste.

Michael sprang hoch, unterstützt von der geringen Marsschwerkraft, und rammte mit aller Wucht den Anker der Sprengstoffladung in die Schiffswand. Das metallische Schaben, das er erwartet hatte, blieb aus. Statt von der Verkleidung des Raumschiffs abzugleiten, versank der Dorn der Verankerung mit einem feuchten Schmatzen in der pflanzenartigen Struktur des Schiffes.

War das der Grund, weshalb sie die Daten nicht vollständig hatten entschlüsseln können? Weil das Raumschiff nur zu einem Teil konstruiert – und zum anderen Teil *gewachsen* war?

Ein hektisches Piepen ertönte, dünn und leise in der kaum vorhandenen Atmosphäre. Der Timer an der Sprengladung lief aus. Ein zweiter Sprengstoffanker grub sich neben seinem in die Oberfläche.

»Weg da!« Michael stieß Kubinsky beiseite. Keine Sekunde zu früh. Er konnte sich gerade noch ducken, dann traf ihn bereits die Detonation. Michael strauchelte, doch er hielt sich auf den Beinen. Teile der Sprengstoffverkleidung sirrten an ihm vorbei. Er sah auf, in der Erwartung, ein Loch in dem Schiff zu sehen, oder wenigstens eine Delle … Aber da war gar nichts. Nicht einmal ein Kratzer. Nur zwei rußige Flecken.

Das konnte doch nicht wahr sein!

»Vorsicht!«

Michael hörte die Warnung im selben Augenblick, in dem er das Rumpeln hinter sich vernahm. Er fuhr herum und sprang mit einem lauten Fluch zurück. Chen hatte den Bohrer aktiviert und schob ihn mit einem der Rover heran, der gewaltige Bohrkopf rotierte heulend in der Luft. Kaum hatte sie das Schiff erreicht, sprang Chen aus dem Fahrzeug und an die Steuerkonsole des Geräts. Sie schwenkte den Bohrkopf nach oben und rammte ihn in die Außenhülle des Schiffes.

Wie bereits die Dornenanker der Sprengladungen drang die Spitze mühelos in das eigenartige Material. Ein leises Schmatzen erklang, das gleich darauf in metallisches Kreischen überging. Funken stoben, wo der gehärtete Stahl an dem außerirdischen Material rieb. Unter dem dunkelgrünen Gewächs zeichnete sich silbernes Metall ab.

»Gut so, weiter!« Michael winkte indessen die nächsten Leute mit Sprengladungen heran. Gleich mussten sie es geschafft haben …

In diesem Augenblick flammte ein gewaltiger Blitz auf. Chen, die immer noch an der Konsole des Bohrers gestanden hatte, flog in hohem Bogen davon. Einen Moment lang stieg schwarzer Rauch aus dem Gerät, das sich mühelos durch marsianisches Gestein gefressen hatte.

So ein Dreck! Michael sah, wie Chen sich wieder aufrappelte. Sie schwankte, schien aber unverletzt. Der Bohrer dagegen hatte das Zeitliche gesegnet. Dabei hatte er jedoch auch einen beachtlichen Schaden angerichtet.

Michael schnappte sich eine Sprengladung und knallte sie neben dem Bohrkopf in das Loch. Er stellte keinen Timer, aktivierte sie nur.

»Zurück!«

Es piepte hektisch. Drei Mal, dann kam die Detonation. Als Michael wieder aufsah, war ein Loch in der Wand. Mit einem leisen Zischen strömte die Luft aus dem Schiff der E'Kturi. Sie hatten es geschafft!

Er hielt sich nicht mit einem weiteren Befehl auf, sondern erklomm mit wenigen Handgriffen den nutzlos gewordenen Bohrer und kletterte ins Innere des Schiffes. Die anderen folgten seinem Beispiel. Michael streckte die Hand nach draußen, half ihnen herein.

Zuerst achtete er nicht auf das Schmatzen. Kubinsky stand neben ihm, er würde ihm den Rücken freihalten, solange er beschäftigt war. Doch dann bemerkte er, dass das Geräusch nicht von irgendwo im Schiff kam – es drang aus der Wand unmittelbar neben ihm. Das Loch in der Außenwand wuchs zusammen. Und das mit unglaublicher Geschwindigkeit. Michael schaffte es gerade noch, Chen ins Innere zu ziehen, ehe es sich endgültig schloss.

Er half der zitternden Technikerin auf die Beine. »Alles in Ordnung?«

Sie nickte, obwohl er eine tiefe Schramme an ihrer Schläfe entdeckte. Ein blutiger Fleck am Visier ihres Helms bildete das passende Gegenstück. Doch Chens Blick war so entschlossen wie eh und je. »Zeigen wir es diesen Bastarden.«

Michael klopfte ihr auf die Schulter und sah sich um. Er zählte vierzehn Leute, die es ins Innere geschafft hatten. Und nur die Hälfte davon war bewaffnet. Er fluchte. Immerhin hatten die anderen genug Geistesgegenwart besessen, sich stattdessen mit Sprengstoff auszurüsten, aber das half ihnen nur wenig, wenn sie auf Widerstand stießen. Durch die Wand hörte er das Klopfen derer, die es nicht mehr ins Raumschiff geschafft hatten. Michael bezweifelte, dass es ihnen gelingen würde, nachzukommen: Der Bohrer steckte noch in der Wand, fest verwachsen mit den dunkelgrünen Ranken. Sie waren auf sich allein gestellt.

Er nickte Kubinsky zu. »Weiter.«

Sie stürmten den Gang entlang. Michael versuchte, ihre Position abzuschätzen, aber das völlig willkürlich wirkende Gewächs an den Wänden machte es schwer, sich zu orientieren. Im Laufen studierte er die Ranken, deren Sinn sich ihm immer noch nicht erschloss. Er suchte nach einem Muster, nach etwas, das ihm bekannt vorkam.

Plötzlich hörte er Schüsse. Michael fuhr hoch und sah eine E'Kturi, die mit entsetztem Fauchen herumwirbelte und vor ihnen floh. Genau das hatte ihnen noch gefehlt.

»Nicht schießen!«

»Warum nicht?« Wong ließ die Waffe sinken.

»Weil sie davonrennt, verdammt! Man schießt niemandem in den Rücken!«

Und das war auch der einzige Grund, weshalb er selbst sich zurückhielt. Er *wusste,* dass es keine gute Idee wäre, den E'Kturi endgültig den Krieg zu erklären. Sie hatten gerade ein komplettes Raumschiff zerstört, ohne dass die Menschen den Angriff hätten voraussehen oder gar verhindern können. Die Kolonie, selbst die Erde waren für die Außerirdischen vermutlich nicht mehr als Kollateralschäden in ihrer größenwahnsinnigen, hirnverbrannten Mission. Die E'Kturi waren zu allem fähig. Aber nachdem er soeben Verdura hatte sterben sehen, würde Michael dennoch der kleinste Anlass genügen, um trotzdem zu schießen.

Zum Glück gab ihm die E'Kturi keinen. Sie verschwand in der

Wand, in einem der kleinen Räume, die parallel zum Gang lagen. Darin befand sich nichts, was ihnen weiterhalf. Es waren bloß Kabinen. Sie dagegen mussten in die Zentrale gelangen, und dazu musste Michael erst einmal den Weg in die Versammlungshalle finden. Dort gab es einen Zugang zur Kuppel.

Hinter der E'Kturi schlossen sich die Ranken, als hätte es niemals einen Durchgang gegeben. Aber das war noch nicht alles. Sie lösten sich von der Wand, streckten sich über den Gang – und schossen mit plötzlicher Heftigkeit auf die menschlichen Eindringlinge zu.

»Vorsicht!« Michael packte Chen an der Schulter und stieß sie beiseite.

Die Technikerin stürzte unverletzt zu Boden. Andere hatten weniger Glück. Kubinsky schrie auf, als sich eine der Ranken durch sein Bein bohrte. Einen der anderen traf es in die Brust. Ein leises Gurgeln war alles, was von ihm zu hören war.

Michael fluchte. »Bleibt weg von den Wänden!« Er griff nach Kubinsky, stützte ihn und schoss auf das Ding, das sein Bein aufgespießt hatte. Funken stoben, und aus der durchtrennten Ranke troff eine zähe Flüssigkeit, als wäre das seltsame Gebilde selbst verwundet worden.

Mit einem kehligen Stöhnen riss Kubinsky das erschlaffende Ende aus seinem Unterschenkel. Blut tropfte aus dem Loch seines Raumanzugs. Kubinsky sank zu Boden. Die Hände auf sein Bein gepresst, keuchte er irgendetwas auf Polnisch. Er sah zu Michael auf. Zwischen zusammengebissenen Zähnen presste er hervor: »Ich schaff das schon. Geht weiter!«

Wenn das so einfach wäre. Das verdammte Zeug spannte sich kreuz und quer über den Gang, es versperrte ihnen den Weg nach vorne … aber auch den nach draußen. Sie waren umzingelt von Ranken, an denen immer noch violette Lichter entlangliefen. Michael hatte sie einmal für elektrische Leitungen gehalten. Nun wurde ihm klar, dass das noch längst nicht alles war. Sie saßen in der Falle.

Ausgerechnet in diesem Augenblick ging Michaels Funkgerät los. »Michael?«, drang Lajunens Stimme heraus. »Seid ihr im Schiff?«

»Ja.«

»Okay. Ich habe schlechte Nachrichten.« Als ob sie davon nicht bereits genug hätten. Aber der Kommandant fuhr fort: »Rimes schickt ein Raumschiff, von dem er behauptet, dass es in weniger als zwei Stunden hier ist.«

Dann war es dem alten Bastard also gelungen, die gestohlenen Daten zu verwenden? Verdammt, das konnte alles ändern! »Und wieso ist das jetzt schlecht?« Verstärkung wäre Michael mehr als willkommen.

»Weil er plant, das Schiff in die Luft zu sprengen, in das ihr gerade eingedrungen seid. Alle Menschen sollen in die Pflanzkammer hinunter, die Schotten dichtmachen und auf die Evakuierung warten.« Er seufzte. »Ich brauche dich wohl nicht zu fragen, ob du da unverrichteter Dinge wieder rauskommst.«

»Allerdings.« Michael sah sich um. Unsicherheit lag auf den Gesichtern seiner Mitstreiter. Sie wussten ebenso gut wie er, dass es gerade keinen Weg aus dem Schiff gab. Sie konnten es nicht verlassen, selbst wenn sie wollten. Aber das war noch nicht alles. »Wenn Rimes der Ansicht ist, dass wir die Siedler in die Pflanzkammer hinunterbringen sollen, geht er davon aus, dass seine Bombe auch die Kolonie zerstört«, überlegte er.

»Richtig«, meinte Lajunen. »Ich bin kein Experte, was so was angeht, aber wenn die *Ilmatar* eine Atombombe auf die Kolonie abwirft, dann werden uns ein paar Tonnen Gestein nur bedingt schützen.«

Vor allem, wenn man bedachte, dass die unterirdische Höhle immer noch eine Baustelle war. Michael besah sich den leblosen Körper, der aufgespießt vor ihnen in den Ranken hing. Sie hatten immer noch fast hundert Leute, die sie schützen mussten. Mehr sogar, wenn man die ungeborenen Marsianer mitrechnete.

Rimes hatte keine Ahnung vom Zustand der Kolonie. Er schon.

Und im Gegensatz zu Lajunen wusste er auch, dass es keine Atombombe brauchte, um die Kolonie unbewohnbar zu machen.

»Hör zu«, sagte er. »Wir haben mit Sprengstoff da draußen absolut nichts erreicht. Wenn Rimes hier alles niederbombt, stehen die Chancen gut, dass er nur die *Celeste* und die Habitate zerstört, während das E'Kturi-Schiff das Ganze ohne Kratzer übersteht. Und wenn die E'Kturi dann auf die *Ilmatar* genauso schießen wie auf die *Destiny,* gibt es danach keine Evakuierung. Dann verrecken wir hier zwischen lauter Trümmern. Selbst wenn die Bomben irgendwas ausrichten können … Die Chancen stehen fifty-fifty, dass Rimes als Erster schießen kann. Bestenfalls.«

Was bedeutete, dass sie die E'Kturi davon abhalten mussten, zu schießen. Dann konnte die *Ilmatar* landen und sie evakuieren.

»Und falls es doch so klappen sollte, wie Rimes es plant, hätten wir einen interstellaren Krieg, den die Menschen unmöglich gewinnen können.«

Noch nicht, korrigierte Michael im Stillen. Er sah seine Leute an. Sie waren ängstlich, aber entschlossen. Sie wussten, was zu tun war. Und sie waren die Einzigen, die es tun konnten.

Michael packte den Griff seiner Pistole fester. »Halt du Rimes davon ab, auf uns zu feuern«, sagte er. »Wir kümmern uns um die E'Kturi.«

Damit hob er die Pistole, zielte auf die Ranken, die ihnen den Weg ins Innere des Schiffes verwehrten, und schoss.

***

Zweimal war Hana in ihrem Leben bereits in den Weltraum geflogen. Das erste Mal war sie in einer Sojuskapsel zur Mondstation gereist. Ein ruhiger, wenn auch recht beengter Flug. Das zweite Mal hatte sie in einem Shuttle der NASA gesessen und war überwältigt gewesen von der Wucht des Aufstiegs. Keine dieser Erfahrungen ließ sich mit dem Start der *Ilmatar* vergleichen.

Eingepfercht in einen Hangar, bei dem für den Aufstieg des

Raumschiffs nur die Hallendecke aufklappte, dürfte dieser Gigant eigentlich überhaupt nicht in der Lage sein, von der Erde abzuheben. Allein die Energie, die benötigt wurde, um das massive Schiff in die Luft zu bekommen, war enorm. Ganz zu schweigen davon, es so weit zu beschleunigen, dass es die Erdatmosphäre verlassen konnte.

Aber Hana hatte unterschätzt, wozu die Technologie der Außerirdischen imstande war. Sie klammerte sich an die Liege der kleinen Kabine, die Rimes ihr zugewiesen hatte, und verfluchte den Major dafür, dass das Ding zwar einigermaßen bequem war, aber nicht einmal den kleinsten Sicherheitsgurt aufwies.

Dann hatte der Andruck begonnen. Langsam, stetig war sie in die Matratze gepresst worden. Hana hatte die Augen geschlossen und sich auf ihre Atmung konzentriert, sich auf den Moment vorbereitet, an dem der Druck ihr die Luft aus der Lunge pressen würde …

Doch der kam nicht. Ein leichtes Drücken in den Ohren, das sich mit ein paarmal schlucken beheben ließ – das war alles. Hana wartete noch ein paar Minuten, aber mehr kam nicht. Jeder Start mit einem Flugzeug war unangenehmer. Wenn Rimes die Wahrheit sagte und sie tatsächlich nur ein paar Stunden unterwegs waren und nicht mehrere Monate, müssten sie die Erdatmosphäre eigentlich bereits verlassen haben. Dennoch fühlte sie sich normal. Keine Schwerelosigkeit.

Womöglich hat Rimes seine Techniker überschätzt, und wir stehen immer noch im Hangar. Hanas Kabine besaß kein Fenster. Sie konnte es nicht einmal überprüfen. Eine Weile wartete sie noch ab. Schließlich stand sie auf und ging zur Tür, nur um dort ruppig von einem Soldaten zurückgehalten zu werden.

»Tut mir leid, Miss, aber Sie sollen in Ihrer Kabine bleiben.«

»Ach ja?« Hana musterte ihn finster. »Ich dachte, ich wäre eine Passagierin und keine Gefangene.«

Er zuckte nur mit den Schultern. »Befehl vom Major, Miss.« Damit schlug er auf den Sensor an der Wand, und die Tür glitt vor ihrer Nase zu.

War ja klar. Frustriert kehrte Hana zu ihrer Liege zurück, die abgesehen von einem leeren Spind die einzige Einrichtung der Kabine darstellte. Spartanisch, wie es sich wohl für ein Kriegsschiff gehörte. Hatte Rimes wirklich vor, sie hier eingesperrt zu lassen, bis die Evakuierten an Bord kamen? Dafür hätte er sie doch nicht extra mitgenommen. Er wollte, dass sie Alvar zur Kooperation brachte. Aber wie sollte sie das tun, wenn er sie nicht mit ihrem Mann sprechen ließ?

Während sie noch darüber grübelte, klopfte es an der Tür. Es *klopfte.* Als hätte sie hier irgendetwas zu melden. Hana erhob sich. »Ja?«

Es war der Soldat von vorhin, der hinter der Tür stand. Aber er war nicht allein. Rimes persönlich trat in ihre Kabine. Er sah auf sie herab und seufzte. »Wissen Sie, was ich mich frage?«

Hana hob nur abwartend die Augenbrauen.

Er schüttelte den Kopf, als hätte sie ihm dennoch geantwortet. »Wenn Ihr Mann nicht mal die einfachsten Anweisungen begreift … wie konnte er dann jemals Kommandant werden?«

Ohne ihre Reaktion abzuwarten, griff Rimes nach Hanas Arm. »Kommen Sie. Es wird Zeit, dass Sie sich nützlich machen.«

***

Das Innere des E'Kturi-Schiffes war weniger resistent gegen ihre Waffen als die Außenhülle. Aber es war auch deutlich wehrhafter. Jedes Mal, wenn sie endlich durch ein Rankengeflecht gebrochen waren, wuchs vor ihnen bereits das nächste zusammen.

Schon nach wenigen Metern musste Wong Kubinsky stützen. Immer wieder verlangte der Pole, dass man ihn zurückließ, aber Michael traute dem Schiff nicht. Außerdem war Kubinsky selbst verletzt ein besserer Schütze als die meisten anderen ihrer Gruppe. So wenig Michael diese Aussicht angesichts ihrer Vergangenheit auch behagte: Er würde Kubinsky brauchen, falls sie auf Widerstand stießen, der nichts mit diesen gottverdammten Ranken zu tun hatte.

Michael sah sich um. »Hier irgendwo muss es sein …« Die Wände gaben immer noch keinen Hinweis darauf, an welcher Stelle genau Sr'Tekoi die Tür zum Verhandlungsraum geöffnet hatte. Aber ausgehend von der Distanz, die sie zurückgelegt hatten, mussten sie sich zumindest in der Nähe des Zugangs befinden.

Er steckte die Pistole weg und strich mit den Händen über die Struktur der Wände. Sie fühlte sich genauso widerlich an, wie er erwartet hatte: warm, fleischig und pulsierend, als wäre die Oberfläche nur eine dünne Membran, die über etwas Lebendigem pochte.

Chen stellte sich neben ihn. »Was tust du da?«, fragte sie.

Michael antwortete nicht, er tastete nur weiter über die Wand. Chen hatte wohl auch keine Erklärung nötig. Sie streckte ebenfalls die Hände aus und imitierte seine Gesten. Links und rechts von ihnen folgten die anderen ihrem Beispiel.

Es war Chen, unter deren Fingern die Wand plötzlich rot aufleuchtete. Sie wich zurück. »Whoa!«

Das Signal hatte nur eine Sekunde lang angehalten, aber das genügte Michael. Er zog die Pistole. »Geht zurück.«

Drei Mal feuerte er auf die Stelle, an der die Wand reagiert hatte. Beim dritten Schuss brach die Wand – oder vielmehr die Tür – auf. Michael griff in das Loch und zerrte daran. Langsam tat sich der Spalt auf, durch den Lajunen und er den Verhandlungssaal der E'Kturi betreten hatten.

»Los, durch da! Beeilt euch!«

Er half Wong mit Kubinsky, dann schlüpfte er selbst durch die Tür. Der gewaltige Raum dahinter wirkte noch größer, nun, da die Ränge nicht besetzt waren. Wo waren diese Mistviecher, wenn nicht hier?

Michael verwarf den Gedanken. Besser, er begegnete keinen E'Kturi, solange er nicht sicher war, wie er eine solche Konfrontation beenden würde. Davon abgesehen hatten sie gerade ein völlig anderes Problem: Die Plattform war verschwunden. Jenes Podest, das Kt'Arra bei der Anhörung benutzt hatte, um erhaben über den

Menschen zu stehen, war sicher in der Decke der Halle verankert. Die Zentrale war abgeriegelt.

Ehe Michael sich nach einem alternativen Zugang umsehen konnte, bebte der Boden. Sie kamen zu spät.

Als hätte er noch eine Bestätigung gebraucht, meldete Lajunen sich über Funk: »Was auch immer ihr da tut, es funktioniert nicht! Das Schiff startet – und zwar mit einem Höllentempo!«

Michael fluchte. Davon war hier drinnen zwar kaum etwas zu spüren, aber er glaubte dem Finnen. Was bedeutete, dass sich die E'Kturi in Position brachten, um auf die Kolonie zu schießen.

»Wir müssen das Mistding zum Landen zwingen!« Panisch sah er sich um, aber die Halle gab keinen Hinweis auf einen zweiten Eingang zur Zentrale.

»Reicht auch Notlanden?«

Irritiert sah Michael zu Chen, die auffordernd eine der Sprengladungen hochhielt.

»Du hast das Schiff doch studiert, oder nicht?« Sie warf ihm das Paket zu. »Wo sitzt der Antrieb?«

16. KAPITEL – LEBEN

»Sie fliegen weg«, jammerte Ras'Vik. »Sie fliegen ohne mich und lassen mich einfach zurück bei euch Barbaren …« Der Rest von ihrem Wehklagen ging in unverständlichem Fauchen und Zischeln unter. Die E'Kturi fächelte verzweifelt mit den Hautlappen, während sie durch die Zentrale wanderte, die Arme und Tentakel schützend um ihren Körper geschlungen.

Alvar versuchte, ihr Jammern auszublenden. Die *Ilmatar* näherte sich dem Mars mit unglaublicher Geschwindigkeit. Mit jeder Nachricht, die er an Rimes schickte, wurde die Verzögerung kürzer. Zuerst waren es noch fast zwanzig Minuten gewesen, die er auf eine Antwort hatte warten müssen. Mittlerweile waren es nur noch fünf. Aber selbst die erschienen ihm wie eine Ewigkeit, als er eine verzweifelte Nachricht nach der anderen absetzte, in der Hoffnung, Rimes irgendwie zum Abdrehen zu bewegen.

Angespannt saß er vor dem Bildschirm, erfüllt von grenzenloser Unruhe, während sein Herz hämmerte, als liefe er einen Marathon. Kalter Schweiß stand ihm auf der Stirn, seine Finger waren eisig klamm. Er klopfte mit den Fingerspitzen ungeduldig auf den Tisch und tippte auf das Nachrichtensymbol, kaum dass es aufgeblinkt hatte.

»Antrag auf Umkehr abgelehnt«, schrieb Rimes. »Die *Ilmatar* ist der einzige Schutz, über den die Kolonie jetzt noch verfügt. Wir können uns gegen die E'Kturi verteidigen, die *Celeste* nicht.«

»Dieser Arsch!« Hastig tippte Alvar seine Antwort. Michael und seine Leute waren immer noch an Bord, es konnte doch nicht sein, dass Rimes das nicht im Geringsten interessierte!

Die nächste Nachricht fiel jedoch noch ernüchternder aus. Es war nur eine einzige Frage: »Wie viele Menschen sind auf dem Schiff?«

Woher sollte Alvar das wissen? Mehr als zehn, das hatte er beobachtet. Vielleicht fünfzehn. Er entschied sich, seine Unsicherheit zu seinem Vorteil auszunutzen, und antwortete ebenso knapp: »Zwanzig Personen, Identität unklar.«

Ras'Vik hatte es inzwischen aufgegeben, in der Sprache der Menschen zu wehklagen. Sie lamentierte in ihrer eigenen Sprache, was Alvar allmählich das Gefühl gab, eine Fliege im Ohr sitzen zu haben.

»Sei still!«, fuhr er sie an. Als er sah, wie die E'Kturi zusammenzuckte, fügte er ein freundlicheres »Bitte!« hinzu.

Es blinkte. Diesmal hatte die Antwort nur noch drei Minuten gedauert. Weniger als zwei Minuten Verzögerung. Alvar öffnete die Nachricht.

»Zwanzig Personen in der Gefahrenzone gegen achtzig in der Kolonie«, schrieb Rimes. »Darunter drei Schwangere. Unsere Priorität ist daher eindeutig. Michael Harris ist Soldat. Er wusste, welches Risiko er einging, als er in ein feindliches Schiff eingedrungen ist. Ich wiederhole den Befehl: Bringen Sie die Schutzbedürftigen in den Bunker! Die *Ilmatar* erreicht in wenigen Minuten Kernschussweite. Räumen Sie die Station. Wir geben Ihnen zwanzig Minuten.«

Nein, nein, nein! Panisch sah Alvar sich um, als könnte ihm irgendetwas in seiner Reichweite helfen bei einem Problem, das ganz eindeutig nicht in der Zentrale der *Celeste* zu lösen war. Verdammt! Irgendetwas musste er doch *tun* können!

Ras'Vik stieß ein schrilles Kreischen aus.

Alvar fuhr herum. Ein entsetzliches Gefühl von Déjà-vu breitete sich in ihm aus, als er den Feuerball sah, der sich auf dem Bildschirm abzeichnete. Gerade eben war darauf noch das Schiff der E'Kturi abgebildet gewesen. Also hatte Rimes seine Drohung wahr gemacht. Aber er hatte zu früh geschossen!

»Der Antrieb!«, kreischte Ras'Vik. »Das Triebwerk brennt!«

In diesem Augenblick erkannte Alvar seinen Irrtum. Das E'Kturi-Schiff war nicht explodiert, wie es bei der *Destiny* der Fall gewesen war. Oberhalb der Flammen und des Qualms zeichnete sich immer noch die dunkle Kuppel des Schiffes ab. Es brannte, ja. Aber es war nicht zerstört.

Das würde sich allerdings bald ändern. Das außerirdische Schiff stürzte ab.

***

Der Boden bebte unter ihren Füßen. Dann kippte er. Michael hörte die Schreie seiner Mitstreiter, fühlte, wie er selbst den Halt verlor. Er stürzte, krallte die Hände in den faserigen Boden, doch die Handschuhe seines Raumanzugs glitten von den winzigen Unebenheiten ab. Er rutschte auf die Wand des Verhandlungssaals zu.

Nur noch ein paar Meter. Er wappnete sich für den Aufprall. Vor ihm knallte Kubinsky gegen eine der Stufen, das verletzte Bein schützend von sich gestreckt. Es half nichts. Er brüllte trotzdem vor Schmerz.

Michael hob die Arme über den Kopf, doch bevor er Kubinskys Beispiel folgen konnte, kam er zum Stillstand. Entweder kippte das Schiff zurück in aufrechte Position, oder die künstliche Schwerkraft zog wieder in die richtige Richtung. Ganz gleich, was genau geschehen war – die E'Kturi waren aktiv geworden.

Hastig kam Michael auf die Beine und sah sich um. Endlich konnte er den Schaden sehen, den sie angerichtet hatten: Im Boden des Saals prangte ein metertiefes Loch. Dampf und dunkelgrauer Rauch quollen daraus hervor, Kabel, zerrissenes Metall und anderes, pflanzlicher aussehendes Material ragten aus der zerfetzten Kante. Aus den Kabeln stoben Funken, eine übel riechende Flüssigkeit tropfte aus den Ranken und fing Feuer, wo die Funken sie berührten. Ein bedrohliches Glosen drang aus der Tiefe herauf.

Den Antrieb selbst hatten sie von hier aus nicht erreichen können. Aber sie hatten die Zuleitung für das Kühlsystem beschädigt. Offensichtlich hatte das ausgereicht.

Der Preis dafür war allerdings, dass der Raum, in dem sie festsaßen, langsam, aber sicher gefährlich für sie wurde. Unter der Decke ballte sich bereits der Rauch, und die ersten Flammen fanden ihren Weg an den Ranken entlang nach oben. Bald würde hier alles lichterloh brennen.

Und immer noch reagierten die E'Kturi nicht auf sie. Michael wusste nicht, weshalb, aber aus irgendeinem Grund erfüllte ihn das mit unbändiger Wut. Sie riskierten hier ihr Leben, Menschen *starben*, verdammt noch mal, und diese Mistviecher hatten nicht einmal den Mumm, ihnen selbst entgegenzutreten. Sie ließen einfach ihr Schiff die Arbeit machen.

Dabei hatte Michael nicht den geringsten Zweifel, dass die E'Kturi sie genau beobachteten. Vielleicht warteten sie darauf, dass die primitiven Menschen endgültig an ihren Verteidigungsmechanismen scheiterten. Aber wenn er sterben musste, dann würde er die E'Kturi mit sich in den Tod reißen, das schwor Michael sich.

Er packte eine der Sprengladungen und trat damit so nah an das lodernde Feuerloch heran, wie die Hitze es ihm erlaubte. »Kt'Arra!«, brüllte er. »Ich weiß, dass du mich hören kannst, also hör gut zu! Wenn du nicht sofort landest oder noch einmal deine verfluchte Waffe abfeuerst, dann werde ich dein ganzes verdammtes Schiff in die Luft jagen. Hast du mich verstanden?«

Keuchend wartete er auf eine Antwort. Sie kam nicht.

»Ihr selbstgefälligen Arschlöcher! Glaubt ihr wirklich immer noch, ihr wärt etwas Besseres? Ihr habt dreihundert Menschen ermordet! Nicht einfach nur sterben lassen – ihr habt eine Waffe benutzt und sie getötet!« Inzwischen hatten die Flammen den Boden der Versammlungshalle erreicht. Michael musste einen Schritt zurückweichen, doch das fachte seinen Zorn nur noch weiter an. »Ihr habt dreihundert von uns getötet. Wir bisher keine Einzige von euch. Aber wenn ihr nicht augenblicklich landet, wird sich das ändern. Hörst du, Kt'Arra? Ich bringe euch alle um, wenn du noch weitere Leben gefährdest!« Er stieß ein trockenes Lachen aus. »Wie gleichgültig *dir* das Leben deiner Begleiterinnen ist, hast du ja bereits bewiesen. Aber ob sie selbst das auch so sehen?«

Keine Reaktion. Nur das Knistern der Flammen, das Zischen von Dampf, das Husten seiner Mitmenschen. Michael sah sich um. Kubinsky hatte sich mühsam aufgerichtet. Diesmal war es Chen, die ihn stützte. Er sah seine Leute an, einen nach dem anderen. Corben, Wong, Passadakis, Boucher, Cordalis, Steiner, Sante … Er wünschte, sie wären nicht mit ihm gekommen. Er wünschte, es wäre nur sein eigenes Leben, das er für die Kolonie opfern musste.

Aber ihm blieb keine andere Wahl. Er biss die Zähne zusammen und trat in die Hitze, um den Sprengstoff ins Feuer zu werfen.

Ein leises Rumpeln ließ ihn innehalten. Er wandte sich um, sah die Gesichter der anderen, die nach oben gerichtet waren, und blickte auf. Die Plattform, die den Zugang zur Zentrale verschlossen hatte, sank herab.

Michael sah keine Drähte, keine Stangen oder Halterungen. Das kreisrunde Podest schwebte wie von Zauberhand herab in die Halle. Sogleich drängte der Qualm gierig in die Öffnung in der Decke, ehe er von einem schimmernden Schutzfeld ausgesperrt wurde.

Auf der Oberseite der Plattform stand eine E'Kturi. Hoch aufgerichtet, Hände und Tentakel würdevoll vor dem Bauch ineinandergelegt, so als könnten ihr die Hitze, der Rauch und die Flammen nichts anhaben.

Michael ließ den Sprengstoff sinken. War Kt'Arra nur gekommen, um ihnen beim Sterben zuzusehen?

»Ihr Menschen«, zischte sie zornig, »bringt nichts als Ärger und Leid. Wir hätten euch niemals die Möglichkeit einer Beurteilung einräumen sollen.«

»Ihr hättet uns einfach in Ruhe lassen sollen«, erwiderte Michael. »Aber ihr musstet euch ja unbedingt in das Schicksal einer anderen Zivilisation einmischen!«

Kt'Arra sah sich um. Sie streckte die Tentakel aus und deutete damit auf das lodernde Chaos, das in dem Versammlungsraum tobte. »Das nennst du Zivilisation?«

»Nein. Du etwa?«

Die E'Kturi blinzelte. Rauch wallte um ihren Kopf. »Was wollt ihr hier überhaupt?«, zischte sie. »Wieso seid ihr hier?«

Abschätzend sah Michael zu der Anführerin der Besatzerinnen auf. Sie wartete tatsächlich auf eine Antwort. Die unbändige Wut in seinem Inneren verschwand, und damit auch die verzweifelte Energie, die ihn auf den Beinen gehalten hatte. Mit einem Mal fühlte Michael jeden Schmerz, jede Müdigkeit der letzten Wochen.

»Was wir die ganze Zeit wollten«, sagte er. »Leben retten. Das der Menschen – und damit auch zwangsläufig das der E'Kturi.«

Kt'Arra fauchte amüsiert. »Als ob wir auf die Hilfe niederer Wesen wie euch angewiesen wären.« Sie hob die Hand, und ein Sturm brach los. Ein Luftsog ging durch den Versammlungsraum, löschte die Flammen und verschlang den Rauch, bis nur noch ein beißender Geruch zurückblieb, der an verbrannten Gummi erinnerte.

Sie demonstrierte ihre Macht. Aber sie sprach mit ihm. Und Michael wusste, dass sie ihm niemals ihre Aufmerksamkeit geschenkt hätte, wenn sie sich davon nicht etwas versprochen hätte.

Er straffte die Schultern und sah zu ihr auf. »Es ist ganz einfach«, sagte er. »Wenn ihr nicht landet, werden die Menschen euer Schiff zerstören, wie ihr das unsere zerstört habt. Ganz gleich, ob wir an Bord sind oder nicht. Man wird auf euch schießen.«

Kt'Arra betrachtete ihn aus einem Auge. Den Blick des anderen ließ sie über die Menschen schweifen, die an der Wand des Versammlungssaals hockten. »Und wenn wir landen?«

Michael seufzte. Er war sich nur allzu sehr bewusst, dass er Lajunens Rolle einnahm, als er sagte: »Dann reden wir.«

***

Rimes führte sie mit forschem Schritt durch die Gänge. Wenigstens hatte er ihren Arm losgelassen. Hana fragte sich, weshalb er es plötzlich so eilig hatte. Eine Erklärung bekam sie wie üblich nicht.

Sie erreichten einen halbrunden Raum, der mehr an ein Missionskontrollzentrum erinnerte als an das Cockpit eines Raumschiffs. Zwölf Arbeitsplätze reihten sich an dem einzelnen, lang gezogenen Tisch, der sich der runden Seite folgend durch den Raum krümmte. Nur die Hälfte davon war besetzt. Auf der geraden Seite lieferte dagegen eine Wand aus Bildschirmen sämtliche Informationen zu Messdaten der *Ilmatar*, der Marsstation und ausgewählter Punkte auf der Erde. Hana sah Cape Canaveral und Baikonur, aber auch andere Orte, die nichts mit Raumfahrt zu tun hatten. Jedenfalls nicht nach ihrem Wissen. Vermutlich handelte es sich dabei um militärische Stützpunkte. Wetter, Witterung, Position von Erde, Luna, Sonne, Mars, dessen Monden und … noch etwas anderem.

»Die E'Kturi sind gestartet, Sir«, meldete eine Soldatin. »Aber sie verlieren an Höhe. Wie es aussieht, haben sie eine Fehlfunktion des Triebwerks erlitten.«

Rimes verzog den Mund. »Wie ist die Höhe? Noch ausreichend, um zu feuern?«

»Negativ. Es sieht aus, als würden sie versuchen, wieder zu landen.«

»Und die Kolonie?«

»Noch keine Bestätigung von Mr. Lajunen, Sir.« Sie sah ihn unsicher an. »Sollen wir trotzdem den Abschuss vorbereiten?«

Der Gesichtsausdruck des Majors verfinsterte sich. Er sah aus, als würde er am liebsten irgendetwas kurz und klein schlagen. Hana wäre jede Wette eingegangen, dass es nicht seine gute Erziehung war, die ihn davon abhielt, Unflätigkeiten auszustoßen.

»Nein«, presste er hervor. »Warten Sie auf eine Bestätigung.« Er wandte sich Hana zu. »Ihr Mann«, sagte er in einem Tonfall, als würde er von einer Seuche sprechen und nicht von einem Menschen, »weigert sich, die Leute unter seiner Obhut in Sicherheit zu bringen. Die E'Kturi haben die *Destiny* abgeschossen, woraufhin die Siedler einen Angriff auf das Schiff der Außerirdischen gestartet haben. Die E'Kturi machen sich eindeutig bereit, um die Kolonie zu zerstören. Uns bleibt keine andere Wahl, als das Feuer zu eröffnen. Aber das können wir nicht, solange Ihr Mann die Kolonisten nicht anweist, den Bunker aufzusuchen.«

Hana runzelte die Stirn. »Weshalb sollte Alvar einen derartigen Befehl verweigern? Er würde niemals grundlos Menschenleben gefährden.«

»Womöglich erscheinen ihm die Außerirdischen mittlerweile wichtiger als seine eigenen Leute.« Rimes schnaubte. »Fakt ist, dass er die Kolonie als lebenden Schutzschild für die E'Kturi benutzt.« Auffordernd deutete er auf den äußersten Arbeitsplatz. »Bringen Sie ihn zur Vernunft.«

Wie betäubt trat Hana an den Bildschirm, der aus der Arbeitsplatte herausragte. Alvar, *ihr* Alvar, sollte Menschen benutzen und Leben aufs Spiel setzen? Das konnte unmöglich sein. Irgendetwas musste Rimes ihr verheimlichen.

Sie ließ sich auf den Stuhl sinken und aktivierte die Tastatur. »Wie lange ist die Verzögerung?«, fragte sie?

»Eine Minute«, antwortete die Soldatin, die Rimes den Bericht erstattet hatte. »Stellen Sie sich einfach einen langsamen Chatpartner vor.«

Es hatte wohl scherzhaft klingen sollen, aber Hana war alles andere als zum Lachen zumute. »Danke«, sagte sie nur. Dann öffnete sie die Nachrichtenverbindung zur *Celeste.*

Nur, was sollte sie schreiben? Was konnte sie ihm sagen, das er nicht bereits längst wusste?

Schließlich entschied sie sich für die einfache Wahrheit. »Alvar, hier ist Hana. Rimes bereitet einen Angriff auf das Schiff der E'Kturi vor. Bitte, bring die Leute in Sicherheit. Bring *dich* in Sicherheit. Ich brauche dich. Wir sind in einer Stunde bei euch.«

Sie überlegte, ob sie noch etwas hinzufügen sollte, doch sie wüsste nicht, was. »Ich freue mich auf dich« war unter den gegebenen Umständen wohl kaum angemessen. Also schickte sie die Nachricht ab.

Die Antwort kam prompt zwei Minuten später. »Hana?! Bist du etwa an Bord der *Ilmatar?*«

Ehe sie darauf antworten konnte, kam bereits eine zweite Nachricht. »Ein Grund mehr, nicht das zu tun, was Rimes verlangt. Solange er nicht eingreift, haben wir die Situation unter Kontrolle.«

»Unter Kontrolle? Die *Destiny* wurde abgeschossen!«

»Ich weiß. Ich habe Kontakt zur Zentrale der E'Kturi. Wir werden das auf andere Weise lösen können, aber Rimes muss sich raushalten! Sag ihm, er soll abdrehen!«

Hana wusste nicht, was sie davon halten sollte. Erst der Putsch gegen Harris, und jetzt wollte Alvar eine Evakuierung der Siedler verhindern. Wieso? Hatte Rimes etwa recht, und Alvar zog die E'Kturi mittlerweile den Menschen vor? Aber so sehr konnte er sich doch nicht verändert haben! Oder doch? Neun Monate waren eine lange Zeit. Und wer wusste schon, was die Außerirdischen in dieser Zeit mit ihm angestellt hatten? Vielleicht manipulierten sie ihn, ohne dass er es bemerkte. Hana versuchte, sich zu erinnern, wann sie die letzten persönlichen Worte getauscht hatten. Sie konnte es nicht sagen.

Eine weitere Nachricht traf ein. Hana hielt den Atem an und öffnete sie.

»Solange ihr Schiff auf dem Boden ist, können die E'Kturi nicht auf uns schießen. Auf euch schon. Bleibt außer Reichweite. Bitte, Hana.«

Als sie ihren Namen las, krampfte sich alles in Hana zusammen. Wut, Rührung, Verzweiflung ... Ihre Gefühle wirbelten durcheinander wie in einer Zentrifuge. Warum glaubte er, sie aus allem heraushalten zu müssen?

»Wieso bringst du die Leute nicht in den Bunker?« Ganz gleich, was ihn sonst bewegte, wenigstens die anderen Kolonisten sollte er doch schützen wollen.

»Ich schicke meine Leute nicht in eine Baustelle, die sie im Fall einer Bombardierung sowieso nicht retten wird. Es muss einen anderen Weg geben.«

»Aber was ist, wenn du dich irrst?«, tippte Hana mit brennenden Augen.

Diesmal dauerte es länger, bis Alvar antwortete. Ein Teil von Hana wünschte, er hätte es überhaupt nicht getan.

»Dann hilft es auch nichts, dieses eine Schiff zu zerstören«, schrieb er. »Die E'Kturi werden uns zurückstufen. Oder es kommt ein Krieg, den wir nicht gewinnen können. So oder so – wenn wir versagen, spielt es keine Rolle mehr, was wir tun. Dann werden wir sterben. Ich liebe dich, Hana. Aber ich verbringe meine letzten Stunden lieber damit, für die Menschheit zu kämpfen, als tatenlos in einem Bunker zu sitzen und auf das Ende zu warten.«

***

Chen Mei tat ihr Bestes, um sich ihr Unbehagen nicht anmerken zu lassen. Aber Michael kannte die Technikerin gut genug, um ihre Fassade zu durchschauen. Was zum Teil daran lag, dass er exakt dasselbe empfand.

Sie standen zu zweit in der Zentrale eines fremden Raumschiffs, bedrängt von gut einhundert E'Kturi. Die Außerirdischen beäugten die Menschen voller Argwohn und unverhohlenem Missmut, ihr Zischen und Hauchen erfüllte den Raum, der sehr viel kleiner war als der Verhandlungssaal unter ihnen.

Auch hier waren die Ranken und wandernden Lichter allgegenwärtig. Michael konnte keine Schalter, Konsolen oder andere Bedienflächen ausmachen. Nur ein gewaltiges, dreidimensionales Hologramm, das in der Mitte des Raumes schwebte und irgendwie auf Kt'Arras Gesten und Befehle reagierte. Selbst wenn sie es ohne die Hilfe der E'Kturi in die Zentrale geschafft hätten – Michael hätte keine Ahnung gehabt, wie er das verdammte Schiff zum Landen hätte bringen sollen.

Glücklicherweise hatte Kt'Arra diesen Part nun übernommen. Aber damit schien ihre Kooperationsbereitschaft auch bereits wieder erschöpft. Sie sah ihn aus zusammengekniffenen Augen an, ihre Halslappen zuckten ungehalten. »Was nun, *Mensch?* Gibt es noch weitere Drohungen, die du aussprechen möchtest?«

Eigentlich gab es ganz andere Dinge, die er tun wollte. Er trug immer noch seine Pistole bei sich. Aber Kt'Arra kaltblütig zu erschießen, würde Verdura und die anderen Opfer der *Destiny* nicht zurückbringen. Es konnte jedoch hundert andere Menschen das Leben kosten. Und noch sehr vielen mehr, wenn er die Menschen auf der Erde mitzählte. Gewalt war also keine Option.

Michael blies die Backen auf. Er war in das Schiff gestürmt, weil er dachte, dass es einen Soldaten bräuchte, um dieses Problem zu lösen. Diplomatie war Lajunens Fachgebiet, nicht seines. Aber er würde tun, was er konnte.

Unbemerkt öffnete er den Funkkanal, sodass nicht nur die Leute in Raumanzügen, die unten auf ihn warteten, seine Worte hören konnten, sondern auch Lajunen in der Zentrale der *Celeste.*

»Was wir *möchten*«, begann er, »ist unsere verdammte Ruhe. Das ist alles. Lasst uns in Frieden und haut ab.«

Kt'Arra zischte. »Und du glaubst, du kannst eine positive Beurteilung mit Waffengewalt erzwingen?«

»Steck dir deine Beurteilung sonst wohin. Die interessiert hier niemanden.«

Eine der E'Kturi musste seine Worte übersetzt haben, denn ein empörtes Fauchen ging durch den Raum.

»Okay«, kommentierte Lajunen leise im Helmfunk, nur für Harris hörbar. »Vielleicht solltest du etwas mehr Feingefühl aufbringen.«

Witzbold, dachte Michael. *Was glaubst du, warum ich dich dazugeschaltet habe?*

Er musste die Worte nicht aussprechen. Lajunen erriet seine Rolle auch so.

Michael setzte eine versöhnliche Miene auf. Wort für Wort gab er wieder, was sein Kommandant ihm soufflierte: »Wir haben nie nach eurer Technologie oder eurer Führung verlangt. Im Gegenteil, wir haben euch wiederholt erklärt, dass wir uns eigenständig entwickeln möchten. Auf unsere Weise.«

»Eine Weise, die Krieg und Tod bringt«, konterte Kt'Arra. »Nicht nur für eure Spezies.« Sie stieß nachdrücklich ihren Atem aus. »Wir können euch nicht einfach euch selbst überlassen. Ihr seid eine unberechenbare Gefahr. Ein Volk von Barbaren, das noch lange nicht bereit dafür ist, mit anderen Völkern zu interagieren.«

Lajunens Antwort bestand aus einem Vorwurf. »Woher wollt ihr das wissen, wenn ihr nie jemandem die Chance gebt, selbst an den Punkt zu kommen, an dem sie das tun? *Ihr* seid es, die hier ungefragt aufgetaucht sind! Wir hätten niemals von uns aus Kontakt gesucht. Wie auch? Unsere Technologie hätte es uns noch lange nicht ermöglicht, das überhaupt zu versuchen!«

Seine Worte erreichten Kt'Arra nicht, das wurde Michael klar. Sie war von der Rechtmäßigkeit ihrer Sache nach wie vor überzeugt. Ein lebenslanges Dogma ließ sich eben nicht von ein paar Worten auslöschen. Besonders dann nicht, wenn diese von *primitiven Barbaren* stammten.

»Lasst uns das einfach friedlich beenden«, schlug Michael vor. »Es sind genug Leute gestorben, auf beiden Seiten.« *Und alle durch die Hände der E'Kturi.* Er schob den Gedanken beiseite. Groll würde ihm jetzt nicht weiterhelfen. Eindringlich fuhr er fort: »Niemand muss mehr verletzt werden Lasst uns aus eurem Schiff, und ihr bekommt Ras'Vik zurück, die sich immer noch in unserer Kolonie aufhält. Keine Angriffe mehr. Von niemandem. Und keine Umsiedelung. Zieht einfach ab und lasst uns in Ruhe.«

»Du sprichst immer noch, als könntest du irgendwelche Forderungen stellen.« Kt'Arra schürzte die Lippen. »Du vergisst, wo du dich befindest. Wir sind nicht hier, um mit euch zu verhandeln. Das Ergebnis eurer Beurteilung war an Bedingungen geknüpft. Diese habt ihr nicht erfüllt. Also werden wir euch zurückstufen und sehen, ob ihr euch bei der nächsten Gelegenheit zu einem Volk entwickelt, das einen Platz im Reich der Hr'Tach wirklich verdient.«

Ihre Impertinenz machte Michael wirklich wütend. Niemand wollte Teil ihres beschissenen Reichs werden! Mühsam beherrschte er sich, um sie nicht anzufahren. »Davon würde ich euch abraten«, erwiderte er knapp.

»Etwa wegen eures kleinen Schiffes, das sich gerade bereit macht, auf uns zu feuern?« Ihre Halslappen zuckten einmal kurz, wie bei einem Menschen, der mit einer Handbewegung die Widerworte abschneiden wollte. »Was sollte uns davon abhalten, es ebenso zu zerstören wie das letzte Schiff, das ihr gegen uns benutzen wolltet?«

»Gar nichts«, hörte Michael Lajunen in seinem Helm sagen.

»Was?« Das konnte er doch unmöglich ernst meinen!

»Mach schon! Sag ihnen: gar nichts.«

Widerwillig leistete er dem Befehl seines Kommandanten Folge. Kt'Arra zischte amüsiert. Doch der Humor verging ihr, als Michael weitersprach.

»Schießt, wenn ihr unbedingt töten wollt. Aber dann holt euch besser auch gleich Verstärkung, denn das wird nicht das Letzte gewesen sein, das ihr von uns gesehen habt.« Ein kaltblütiges Lächeln schlich sich auf Michaels Lippen. Endlich waren Lajunen und er einer Meinung. »Denkt daran, wie schnell wir euren Antrieb nachgebaut haben. Wir haben aus euren Daten die Position eurer Heimatwelt erhalten, und die der anderen Welten im Reich der Hr'Tach. Wenn ihr also unsere bedroht, dann werden wir zurückschlagen. Und das ohne Erbarmen.«

»Wir wissen, woher sie kommen?«, warf Lajunen erstaunt ein.

Michael reagierte nicht darauf. Er trat einen Schritt auf Kt'Arra zu und fuhr fort: »Es ist ganz einfach. Du kannst mich töten. Du kannst die Kolonie vernichten, das Schiff abschießen … Aber all das wird Folgen haben. Schieß auf das Schiff, und wir zerstören deines. Greif die Kolonie an, und unser Schiff feuert auf euch. Wenn du dich für Gewalt entscheidest, wirst du Gewalt ernten. Dann können die nächsten E'Kturi zwar die Erde angreifen, falls ihnen danach ist … Aber bis dahin haben wir Menschen bereits weitere Raumschiffe, die sich euch in den Weg stellen werden.«

»Sprich nicht mit Kt'Arra«, riet Lajunen. »Nicht sie musst du überzeugen …«

… sondern die anderen E'Kturi. Michael wandte sich um, sah den Außerirdischen entschlossen in die Echsenaugen. »Wir wollen keinen Krieg mit euch. Aber wenn ihr ihn beginnt, dann werden wir uns wehren. Wir haben uns bisher stets zurückgehalten. *Ihr* wart es, die getötet habt. Wir haben versucht, eine friedliche Koexistenz zu etablieren. Aber eure Gewalt führt zu Gegengewalt, und es liegt allein in der Hand der E'Kturi, nicht der Menschen, ob diese Spirale in Gang kommt.«

Kt'Arra schwieg. Michael fühlte sich erschöpft, ausgelaugt wie nach einem Gefecht. Letztlich war es eben auch ein Kampf, den er ausfocht. Und er war noch nicht zu Ende.

Die anwesenden E'Kturi verfielen in wildes Getuschel. Kt'Arra schwieg immer noch. Sie hielt den Kopf gesenkt, die Augen waren zu schmalen Schlitzen zusammengezogen. Als sie endlich aufblickte, verstummten die übrigen E'Kturi nach und nach.

»Eines verstehe ich nicht, Mensch«, hauchte sie. »Ihr hättet jede Möglichkeit gehabt, meine Begleiterinnen zu töten. Warum habt ihr es nicht getan, nicht einmal aus Vergeltung, nachdem ihr in unser Schiff eingedrungen seid?«

Michael seufzte. *Weil sich mit Vergeltung nicht zurückbringen lässt, was man verloren hat.*

»Du hast recht«, sagte er. »Wir sind ein kriegerisches Volk. Aber das ist bei Weitem nicht alles, was wir sind.«

Kt'Arra sah ihn an, und zum ersten Mal glaubte Michael, so etwas wie aufrichtiges Interesse in ihrem Blick zu erkennen. Die Menschen hatten ihren Respekt errungen. »Es ist möglich, dass ich euer Volk unterschätzt habe, Mensch.«

Michael nickte. »Das glaube ich auch.«

Die Außerirdische richtete das Wort an ihre Begleiterinnen. »Den E'Kturi liegt nichts an Krieg. Wir kommen, um Wissen zu verbreiten, nicht, um zu töten.« Sie sah zu Michael. »Wir werden abreisen, ohne euch Wissen zu schenken. Und ohne es euch zu nehmen.«

Das Adrenalin, das eben noch durch seine Adern gerauscht war, verebbte. Er nickte ihr zu. »Danke.«

»Aber wisse, Mensch: Auch wir kennen eure Heimatwelt. Und wir werden euch weiterhin beobachten.«

Michael zuckte mit den Schultern. Nichts anderes hatte er erwartet.

Plötzlich wurde die Zentrale in flackerndes Licht getaucht. Neue Anzeigen flammten auf dem Hologramm auf, eine nach der anderen. Kt'Arras Mimik versteinerte.

»Was ist das?«, fragte Michael. »Was passiert da?«

Kt'Arra zischte. »Das Fi'Ssech«, hauchte sie. »Es wird einsatzbereit gemacht.«

Dafür brauchte Michael keine Übersetzung. *Die e'kturische Waffe!* Automatisch fuhr seine Hand an den Griff seiner Pistole. »Warum?«

Die E'Kturi, die seine Bewegung bemerkt hatte, zuckte hektisch mit den Halslappen. »Es geschieht nicht auf meine Anordnung!«, versicherte sie.

»Dann beende es!«

Kt'Arras Tentakel fuhren durch die Luft, zeichneten Muster,

die keinerlei Auswirkung zeigten. »Das kann ich nicht.« Ihr Zischen klang verzweifelt. »Der Befehl stammt nicht aus dieser Zentrale!«

***

Sie erhielt keine Antwort mehr von ihrem Mann, aber das änderte nichts. Hana wusste alles, was sie wissen musste. Alvar war davon überzeugt, das Richtige zu tun. Und sie glaubte ihm.

Langsam erhob sie sich von ihrem Stuhl. Ihre Knie fühlten sich an, als würden sie jeden Moment nachgeben. Verhalten räusperte sie sich. Hana versuchte, ihre Stimme fest und bestimmt klingen zu lassen, als sie sich zu Rimes umwandte.

»Sie müssen umdrehen. Sofort.«

Der Major hob nur die Augenbrauen. »Ach ja?«

»Die Kolonie braucht keine Evakuierung, im Gegenteil. Das Auftauchen eines Kriegsschiffs wird die Situation vor Ort nur eskalieren lassen.«

»Lassen Sie mich raten.« Seine Lippen kräuselten sich zu einem spöttischen Lächeln. »Die Einschätzung ihres Mannes?«

»Und die von Michael Harris.«

»Behauptet Ihr Mann.«

»Michael ist auf dem verdammten Schiff, das Sie abschießen wollen!«

Rimes nickte. Für einen Augenblick glaubte Hana, aufrichtiges Bedauern in seinem Gesicht lesen zu können. Der Eindruck verschwand ebenso schnell, wie er entstanden war. »Harris ist ein guter Mann. Er kämpft für die richtige Seite.«

»Ja, für die meines Mannes!« Frustriert schüttelte Hana den Kopf. »Die Situation auf dem Mars ist unter Kontrolle. Es gibt überhaupt keinen Grund, jetzt einen Vergeltungsschlag auszuführen, der die Marssiedler ebenso treffen wird wie die E'Kturi!«

Er bedachte sie mit einem Blick, der Hana einmal mehr klarmachte, wofür er sie hielt: eine hysterische, naive Frau, die nicht verstand, wie die Welt funktionierte. Und in diesem Fall hatte er sogar recht damit. Sie verstand wirklich nicht, was das alles sollte.

»Was bezwecken Sie wirklich mit diesem Angriff?«, fragte sie. »Wieso wollen Sie unbedingt einen Krieg anzetteln? Was wollen Sie damit beweisen? Sie haben doch Ihre Technologie und noch viel mehr Daten, als Sie bisher überhaupt verwerten konnten. Ein Krieg wird Ihnen nichts bringen außer weitere Opfer.«

»Es geht nicht um die Technologie«, entgegnete Rimes barsch. Drohend trat er auf sie zu. »Oder um die Kolonie. Es geht um die Freiheit der Menschheit. Sie haben doch gesehen, was die Verhandlungen Ihres Mannes bewirkt haben.« Er deutete auf die Bildschirmwand. »Es wird immer die nächste Forderung kommen, und die nächste. Das muss beendet werden. Und zwar, solange nur *ein* außerirdisches Schiff hier ist und nicht hundert!«

»Und die nächsten hundert?«, fragte Hana. »Wer wehrt die ab?« Sie wich nicht zurück, selbst als er sich über sie beugte. »Alvar und Michael versuchen gerade, eine friedliche Lösung zu finden. Und Sie sabotieren sie!«

Wie die mythologische Ilmatar, die Luftgestalt, die voller Ungeduld die Eier zerbrach, die sie auf ihrem Schoß hätte bergen sollen. Nur dass die *Ilmatar* aus Stahl dabei keine Welt entstehen lassen würde – sie würde sie zerstören.

»Wieso können Sie nicht einfach abwarten, bis die Verhandlungen beendet sind?«

»So wie wir auf ein Urteil der E'Kturi gewartet haben?«, erwiderte er. »Oder darauf, dass die *Destiny* die Kolonie erreicht?« Er schüttelte den Kopf. »Wir müssen *jetzt* zuschlagen.«

»Sir?«

Wieder meldete sich die Soldatin. Hana sah sie an. Halb hegte sie die Hoffnung, dass die unbekannte Frau ihr zustimmen würde. Aber genau das Gegenteil war der Fall.

»Wir messen einen abrupten Energieanstieg in dem fremden Schiff«, informierte sie. »Die E'Kturi machen sich bereit zum Angriff.«

Schreck durchfuhr Hana. Alvar hatte gesagt, dass die Außerirdischen nicht auf die Kolonie schießen konnten. Damit blieb nur ein anderes Ziel übrig. *Auf uns. Sie schießen auf uns.*

Rimes reagierte augenblicklich, so als hätte er nichts anderes erwartet. »Feuer erwidern!«, rief er einem der anderen Soldaten zu. »Sofort!«

»Nein!« Hana packte ihn am Arm. »Wir müssen abdrehen!«

»Glauben Sie ernsthaft, dass wir damit aus der Schussweite kommen? Wir wissen nicht einmal, wie weit die reicht!« Energisch schüttelte er sie ab. »Wir müssen diese Biester daran hindern, zuerst zu schießen. Feuern Sie!«

»Nicht!«

Wenn die E'Kturi zuerst schossen, starb sie. Aber wenn die *Ilmatar* zuerst schoss, starb Alvar.

Hana wusste selbst nicht, woher sie den Mut oder auch nur die Kraft nahm. Sie reagierte einfach. Mit aller Kraft, die sie aufbringen konnte, sprang sie auf den Soldaten zu, den Rimes angesprochen hatte, und riss den Mann zu Boden.

***

»Paska! Tämä ei voi olla totta!« Alvar sprang von seinem Sitz auf. »Tut doch irgendetwas!« Verdammt noch mal, seine Frau war da oben! Wie konnte es sein, dass weder Harris noch Kt'Arra diese verfluchte Waffe aufhalten konnten?

»Es geht nicht!« Harris klang angespannt, aber nicht panisch. Kein Wunder, er wusste schließlich nicht, wer sich diesmal auf dem Raumschiff befand. Bei der *Destiny* hatte er Verdura vor Augen gehabt.

Alvar dagegen wusste nur zu gut, wen er verlieren würde, wenn dieses *Fi'Ssech* losging. Er fuhr zu der e'kturischen Technikerin herum. »Wie schaltet man dieses Ding aus? Es muss doch einen Notschalter oder sonst etwas geben!«

Sein scharfer Tonfall ließ Ras'Vik zusammenzucken. »Das

Fi'Ssech kann nur an der Stelle deaktiviert werden, von der aus es auch aktiviert wurde«, hauchte sie.

»Wo?« Alvar hatte keine Zeit für subtiles Ratespiel. Er brauchte Antworten. Jetzt.

»Es kann auch vom Außenhabitat aus gesteuert werden.« Ras'Vik duckte sich, als er zur nächsten scharfen Frage ansetzte. »Das, was ihr *Istar* nennt.«

In der Bodenstation? Das durfte doch nicht wahr sein! Wie in aller Welt sollte er dort rechtzeitig hinkommen? Aber er musste es schaffen. Hanas Leben hing davon ab.

Kurz entschlossen packte er Ras'Vik am Tentakel. »Komm mit.«

Die verdammte E'Kturi sträubte sich. »Wohin willst du?«

»Was denkst du denn?« Er konnte sie nicht allein in der Zentrale lassen. Bisher hatte sie zwar keinen Unfug angestellt, aber Gelegenheit machte bekanntlich Diebe. Oder Verräter. Eilig zerrte er sie auf den Gang hinaus.

»Lass mich doch einfach gehen! Ich werde keine Probleme machen.« Sie stieß ein durchdringendes Zischen aus. »Ich will doch nur nach Hause …«

»Das wollen wir alle.« Aber so einfach war es nicht.

Mit der E'Kturi im Schlepptau hastete Alvar durch die Gänge zur Luftschleuse. Er stöhnte auf, als er dort Sakamura traf, der gerade aus dem Raumanzug stieg. Der Raumanzug! Daran hatte er gar nicht gedacht. »Yuma! Ich brauche …«

»Hier.« Eine Krallenhand öffnete sich vor seiner Brust. »Nimm das.«

Ein kleines, unscheinbares Ei lag auf Ras'Viks Handfläche. Was zum Teufel sollte er damit?

Doch als Alvar danach griff, hüllte ihn plötzlich ein helles Schimmern ein, das ihm ein warmes, wohliges Gefühl bescherte. Frische Luft strömte in seine Lunge. Ungläubig sah er Ras'Vik an. Sie hatte ihm ihr Schutzfeld überlassen. Was bedeutete, dass sie sich soeben völlig den Menschen ausgeliefert hatte, denen sie eigentlich zu entkommen versuchte.

»Geh«, hauchte sie.

Alvar nickte. »Danke.«

Er hetzte weiter. Quälte sich durch die Schleuse, rannte die kurze Strecke hinüber zur Bodenstation. Die Sekunden, die er dort in der Luftschleuse ausharren musste, fühlten sich an wie Stunden.

Endlich glitt das Schott auf. Trügerische Stille empfing ihn in der Station, doch Alvar ließ sich davon nicht beirren. Er wusste genau, wohin er sich wenden musste.

Die Tür zum Wohnbereich war verschlossen, aber das kümmerte ihn nicht. Er zielte auf das Sensorfeld und schoss. Ein Blitz, ein Funkenregen. Die Lichter der Station flackerten, aber das Sicherheitsprotokoll griff: Außenschotten dicht, Innenschotten auf. Die Tür glitt auf. Alvar drängte hindurch, kaum dass sie sich weit genug für ihn geöffnet hatte.

Der Anblick im Habitat der E'Kturi war bizarr, aber vertraut. Die Außerirdischen hatten die Station in ein Abbild ihres eigenen Schiffes verwandelt. Die gleichen Ranken bedeckten Wände, Decke und Boden. Alvar beachtete sie nicht weiter. Er richtete die Waffe auf die Gestalt, die mitten im Raum stand, Hände und Tentakel in das Gewächs vergraben.

»Weg da! Lass sofort das Zeug los!«

Die E'Kturi zischte und wandte sich um.

Alvar senkte die Pistole, als er erkannte, wen er da vor sich hatte. »Du?«

Mit einem Ausdruck maßloser Enttäuschung ließ Sr'Tekoi die Ranken sinken. »Du hast mich hintergangen«, hauchte sie, so leise, dass er sie kaum hören konnte. »Du hast mich belogen. Mich benutzt, um eine bessere Beurteilung zu erhalten, als es die Menschen verdient haben. Das kann ich nicht zulassen.«

»Eure Beurteilung spielt für uns keine Rolle.« Zum Teufel, selbst Kt'Arra hatte das eingesehen, wieso hing ausgerechnet Sr'Tekoi an dieser bescheuerten Tradition? »Wir wollen nur in Ruhe gelassen werden. Bitte, schalt diese Waffe aus.«

»Du verlangst, dass wir eure Welt und eure Vergehen einfach vergessen. Dass ich vorgebe, euch niemals begegnet zu sein.«

»Du hast mir schon einmal geholfen«, erinnerte er sie. »Um unserer Freundschaft willen.«

Sr'Tekoi stieß ein leises Seufzen aus. »Das ist nicht dasselbe. Ihr hattet Wissen gestohlen. Jetzt dagegen …« Ihre Halslappen zitterten, doch der Rest ihres Körpers war bewegungslos. Keine Andeutung einer Diskussionseinladung. Sie wollte ihre Gedanken für sich behalten. Und seine nicht hören. »Es geht hierbei nicht um mich oder um dich. Ihr baut Waffen, schürt Gewalt. Eine derart aggressive Spezies darf nicht die Gelegenheit erhalten, sich weiter auszubreiten.«

Sie streckte die Hände aus, um erneut in die Ranken zu greifen.

»Nein!« Alvar riss die Waffe hoch. »Bitte, Sr'Tekoi. Ich will nicht auf dich schießen müssen. Geh einfach zu den anderen. Flieg nach Hause.«

Die E'Kturi sah ihn an und blinzelte. Erst mit dem einen, dann mit dem anderen Auge. »Du hast es immer noch nicht verstanden, Alvar Lajunen.« Sie stieß leise ihren Atem aus. »Die Beurteilung sichert das Wissen der Galaxie. Sie beschert uns Frieden. Ein korrekter Ablauf ist unumgänglich. Das Wissen muss um jeden Preis geschützt werden. Und ihr gefährdet es.«

Damit versenkte sie die Klauen in den Ranken. Alvar drückte ab.

Sr'Tekoi keuchte. Violettes Blut tropfte aus ihrem Maul. Die Ranken fielen ihr aus den Händen. Sie hob den Kopf und sah Alvar an. Ein stummer Vorwurf lag in ihrem Blick. Dann wurde er starr. Sr'Tekoi stürzte zu Boden.

Nein, Sr'Tekoi, dachte Alvar, *du bist es, die nichts verstanden hat. Nicht Wissen muss geschützt werden, sondern Leben.*

Er sah auf das Blut, das zwischen den Ranken versickerte. Die Pistole glitt aus seiner Hand und fiel mit einem leisen Poltern zu Boden.

Und zwar um jeden Preis.

Es tut mir leid.

17. KAPITEL – ZUKUNFT

Der Strom an Soldaten schien kein Ende nehmen zu wollen. Sie kamen die Rampe der *Ilmatar* entspannt und in plaudernden Gruppen herab, nicht im Marschschritt. Dennoch konnte Alvar sich des Gefühls nicht erwehren, dass das hier die eigentliche Invasion war. Die E'Kturi waren vor ihnen auf dem Mars gewesen. Die Soldaten dagegen nahmen das in Beschlag, was er und seine Leute über Monate hinweg aufgebaut hatten. Ihr Zuhause.

Ein Zuhause, das sich innerhalb weniger Stunden von Grund auf verändert hatte.

Wo das Schiff der E'Kturi gestanden hatte, prangte nun ein Loch in der Kolonie. Ihre Besatzerinnen waren verschwunden. Geblieben war der erste Tote, den sie nun betrauern mussten: Leif Hannsen, der Ethnologe aus Norwegen.

Alvar presste die Lippen zusammen. Sein Traum von einer friedlichen Kolonie war vorbei. Die UNO hatte den Mars zum militärischen Stützpunkt erklärt, für die strategische Verteidigung der Erde. Das Kommando hatte ausgerechnet Major Rimes, der die Gelegenheit nur zu gern ergriffen hatte. Vermutlich war er dafür sogar der Richtige. Wenn jemand eine Armee fernab der Erde zusammenhalten konnte, dann Rimes. Soweit Alvar wusste, hatte er Harris den Stellvertreterposten angeboten. Aber der hatte vorerst genug vom Mars, genau wie sie alle.

Wobei es nicht der rote Planet an sich war, dessen sie überdrüssig geworden waren. Es waren die permanenten Besatzer, ob nun außerirdisch oder nicht. Harris wollte dasselbe wie Alvar: Einfach wieder ein normales Leben führen. Ohne permanente Angst, ohne übermenschliche Verantwortung. Nicht mehr für die gesamte Menschheit verantwortlich sein. Nur für sich selbst – und für die, die einem nahestanden.

Mit einem Seufzen wandte Alvar sich der Frau an seiner Seite zu. »Das war es dann. Ich glaube, die Menschen sind einfach nicht für Frieden gemacht.«

»Sag das nicht.« Hana legte ihre Hand um seine Hüfte und schmiegte sich an ihn. Den Blick hatte sie jedoch ebenfalls auf das halbmenschliche Raumschiff gerichtet, das sich wie ein Parasit an die Kolonie drängte. »Du hast es versucht.«

Ja, das hatte er. Ebenso wie sie. Gemeinsam hatten sie einen Krieg verhindert. Aber es stimmte, was er Kt'Arra gegenüber erklärt hatte: Die Menschen lernten schnell. Und sie machten aus *allem* eine Waffe.

Mit der Antriebstechnik der E'Kturi stand ihnen der Weg zu den Sternen offen. Und damit war es nur eine Frage der Zeit, bis sie zu genau dem wurden, was die E'Kturi gefürchtet hatten: einer Gefahr für das Universum.

»Ich frage mich«, murmelte Alvar, »ob das wirklich die Zukunft ist, in die man ein Kind setzen sollte.«

Hana schwieg. Nur ihre Hand strich langsam über seinen Rücken. »Niemand weiß, was die Zukunft bringt«, sagte sie schließlich. »Wir haben so lange gewartet. Welche Rolle spielen da noch ein paar weitere Jahre.«

Es schmerzte Alvar, dass sie so einfach aufgaben. Auch wenn nichts an dieser Entscheidung einfach war. Hana hatte recht, sie hatten so lange gewartet …

»Wie wäre es für den Anfang mit einem Hund?«

Verblüfft sah Alvar seine Frau an. »Ein *Hund?*«

Ein warmes Lächeln erschien auf ihrem Gesicht. »Ich wüsste da sogar schon einen.«

ENDE

DANKSAGUNG

Ein Roman entsteht vielleicht im stillen Kämmerlein, aber niemals im Alleingang. Auch diesmal hatte ich wieder viel tatkräftige Unterstützung beim Schreiben und allem, was darum herum passiert. Deshalb möchte ich diese Zeilen nutzen, um folgenden Personen zu danken:

Meinem Partner Kai Hirdt, der nicht nur mein Gejammer ertragen, mein Manuskript zerlegt und mit mir über Plotprobleme gegrübelt hat, sondern mich auch fürsorglich mit Nervennahrung versorgt und Kinderdienst geschoben hat, damit ich Zeit zum Schreiben hatte. Danke. Einfach nur danke. Du bist der Beste.

Auch mein geschätzter Kollege Michael Thurner hat mit Argusaugen über den Text gewacht und mir jeden Fehler vorgeworfen, wofür ich ihm unendlich dankbar bin – genauso für die aufbauenden Worte, die er zwischendurch für mich übrighatte. Niemand ist so unsicher wie eine Autorin, der mitten im Manuskript steckt.

Danke auch an Peter Dachgruber, der mir seine Zeit und sein technisches Wissen geliehen hat, um meine Raumschiffe und ihre Manöver etwas realistischer darzustellen. Tut mir leid, wenn ich mich dann doch nicht daran gehalten habe.

Natürlich gilt mein Dank auch den beiden Frauen, ohne die dieser Roman gar nicht erst entstanden wäre: Jennifer Jäger und Natalja Schmidt vom Droemer Knaur Verlag, die mir die Chance gegeben haben, mich völlig frei zum Mars zu bewegen.

Außerdem in vollkommen willkürlicher Reihenfolge: Meine Lektorin Silvana Schmidt, die mir nicht nur mit kritischem Blick, sondern auch vielen Einsichten zur Seite gestanden hat. Nora Bendzko, die sich bereit erklärt hat, als Sensitivity-Readerin zu fungieren, und mir dabei aufgezeigt hat, dass nicht jedes Thema, das mir durch den Kopf geistert, auch unbedingt in den Roman muss. Ebenso Annabella Lamprecht und Dieter Hofher, die mir ihre klugen Worte geschenkt haben; Ingrid Vielhaber, Raul Vargas und Marco Castiello für ihre Hilfe bei dem Sprachgewirr; Nina George dafür, dass sie an mich geglaubt und mir ihre Stimme geschenkt hat, als ich sie dringend gebraucht habe; und meine beiden Agentinnen Lisbeth Körbelin und Antje Hartmann, die mich beratend unterstützen und mir den Papierkram vom Hals halten, von dem ich nichts verstehe.

Unbekannten Dank möchte ich an dieser Stelle auch Samantha Cristoforetti und Chris Hadfield widmen, die der Welt und damit auch mir Einblicke in ihre Erfahrungen und ihre Arbeit im Weltall erlaubt haben. Ihr seid Helden!

Und zu guter Letzt: Vielen Dank euch Leser*innen, dass ich immer weitere Bücher für euch schreiben darf! Ich hoffe, ihr hattet eine spannende Reise mit der *Celeste.*